偷灵魂的男孩

Kingdom of Simplicity

〔美〕荷莉·佩恩 著

蒋红 译

北京联合出版公司
Beijing United Publishing Co., Ltd.

给读者的话

当我打算写这本书的时候，我不知道我是在进行一场关于宽恕的旅程。我在宾夕法尼亚州兰开斯特县的旧秩序派——阿米什人社区附近生活了十八年，我只是简单地由此受到启发，并且我想要捕捉到他们文化的精髓。然而，随着故事的发展，我已深入到伊莱·约德的旅程里，我意识到我塑造出他这样一个角色，是帮助我原谅那个醉酒司机的方法。那个醉酒司机在 1994 年撞倒了我，导致我将近一年都不能走路。对于这次事故，我除了记在日记里之外，什么也没写。多年来，它对我一直都是一个很脆弱的话题，因此我就没有将其写成文字。也许，我需要用小说的形式来让保护我安全自由地表达"那场意外"对我影响有多深，这也让我意识到这或许根本不是一场意外那么简单。我从未见过那个司机，但他仍对我产生了巨大的影响。尽管我不希望它发生在任何人身上，但这场事故就像是一份礼物，因为它给我上了一课，并强迫我在很年轻的时候就思考自己的生死问题，让我在活着的时候能够使用这份礼物进行写作。在很多方面，这本书是我首次作为作者而意识到写作就是一次自我治愈的旅程。而通常，这种情绪会来得稍晚，往往出现在一个人在回顾往事的时候。

作为一个讲故事的人，我的意图就是照亮这个世界上有危险的人们或者地点。我希望我在这个故事中所创造的世界能够以最真实的光亮反射出阿米什人。尽管他们重视简单朴素，但他们绝不简单，相反他们是一个复杂的亚文化群，我需要尽力去探究并理解。或许我最感激的就是从他们身上学会的对宽恕的践行。在写作的时候看见了一件事情，在 2006 年 10 月 2 日周日上午，一名年轻的阿米什男子在一间单室学校枪击了 10 名阿米什女孩，造成了 5 名女孩死亡，这个阿米什男子最终选择自杀。在这一周的过程中，我跟全世界的其他人都带着敬畏在看，阿米什社区是如何对这个枪杀者的家庭伸出援手，并且在埋葬他们自己女儿的同时还参加了凶手的葬礼。在接下来的六个月中，阿米什人拆掉了这间旧学校，重新找地方建了新学校，并且建立了基金，用来帮助凶手的妻子和三个孩子尽快从这个悲惨的校园枪击事件中恢复。这也难怪一队兰开斯特县的阿米什人，会在 2007 年 4 月到弗吉尼亚理工大学去支持 32 名被枪杀的学生和教师的家人以及朋友们。尽管阿米什人因为如我书中所述的各种理由希望和我们的世界保持隔离，但是他们的同情和宽恕的力量依然是无限的。

荷莉·佩恩
加利福尼亚，索萨利托

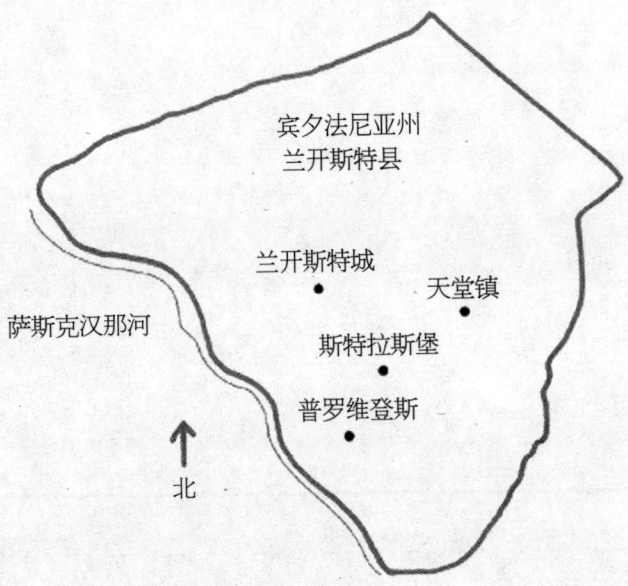

宾夕法尼亚州
兰开斯特县

兰开斯特城

天堂镇

萨斯克汉那河

斯特拉斯堡

普罗维登斯

↑
北

第一部分

◆

宾夕法尼亚州 兰开斯特县

一

我家农场的路边生长着一棵胡桃树，在它厚厚的树皮上有一道伤痕，这道伤痕在我的心中挥之不去。它像是一道被雷电击中形成的伤疤，但一般人却不容易看见。那些怀有宗教信仰的人坚信是上帝之手造就了这道伤痕，然而我却花了很长时间才体会到这道印记的神圣之处。

他们说事故是因为意外才发生的。认识我姐姐们的人都会这样说，"这纯属意外"。但我想告诉人们的是这世界上并没有意外，有的只是机缘。

是的，在一个完美的世界中，我想这样对人们说。经过我家农场的大部分人都会觉得这里好似天堂，如果我不在此讲述我的故事，我的寓意就会让人产生误解，我正在逐字逐句地重建我的天堂。

和这棵老胡桃树一样，我也被击中过。不过不是被雷电，不是被马匹，也不是被任何人造的东西。就在一年前，我被命运击中。对阿米什男人来说，这是一件比在进入到徘徊期 [1]，决定是否受洗还要庄严的事情。

───────

[1] 徘徊期是指来自宗教规定的阿米什青年的一个对自由的实验期，当他们能够独立地生活时，就可以开车、喝酒，体验其他主流美国文化的各个方面。徘徊期过后再决定是否接受洗礼、加入教会。徘徊期一词是高地德语"四处走走"的直译。

去侍奉教会，而你知道这有可能会改变一生的时候，没有什么比这更能让阿米什人[1]感到恐慌了。因为我们不能为此做准备。没有需要学习的课程，也没有需要参加的考试。甚至当一个人被选中时，阿米什人会传统地表示慰问而不是祝贺，这并不是一个值得庆祝的时刻，对所有人而言。

据我所知，没有男孩儿会梦想长大后成为一名牧师，他梦想的是这种命运永远不要发生在他身上。因为这不仅仅是短短几年的任命，而是要终其一生的责任。

我就是那个为此担惊受怕的男孩，即使是在四十五岁这个年纪，低着头，闻着有些破损的皮革制作的赞美诗集的味道，也依然心有余悸。它们在我们十个人之间分发，我们这十个人就是被家人、朋友、邻居所提名的授圣职的人选。我们的衬衫都被汗水湿透了。大家都坐在桌边，不停地流着汗，紧张地盯着这些赞美诗集。我发誓我们的恐惧若聚在一起就能生出火来。诗集中有一张纸条上有两句诗文，一句来自箴言篇，一句来自使徒行传。所说的基本上就是任何人若在诗集中发现这张纸条就是上帝做出的选择。每个人的手都在哆嗦，腿在桌面下颤抖，一旦有机会，有人就会像发疯一样乱跑，以此来逃避被选中用其一生来作为献身者的责任。我不确定我们之中有人认为自己具有成为一名合格牧师所需具备的品质，如提摩太反复所说的那样，是一个"警惕、冷静、行为良好、热情好客、善于教导"的人。我们之中有人具有这样的资格吗？我们之中有谁做好了用余下的一生来献身的准备？

我知道我没有。我有妻子、孩子和工作，我继承了家族的拍卖生意，还有五英亩的乐园需要保护。一夜繁忙的拍卖就已经让我喉咙发干，更别提周日上午的布道了，在和我一起坐在桌边的人中，我是最不可能的人选。

他们不知道吗？我不是献身者，我曾是一个小偷。在多年的隐瞒和羞愧之后，我想告诉他们我在九岁的时候偷过一台相机。阿米什人不喜

---

[1] 阿米什人（Amish）是美国和加拿大安大略省的一群基督新教再洗礼派门诺会信徒（又称亚米胥派、阿曼派），以拒绝汽车及电力等现代设施，过着简朴的生活而闻名。

欢别人为他们拍照，虽然我曾看见过少数阿米什人高兴地从软帽的黑色帽檐的阴影中抬起他们的眉眼，面对相机微笑，分享他们简单生活的快乐。但我们信仰伪神，我们相信一张简单的相片就能偷走我们的灵魂，尽管相片没有揭示出微笑背后的秘密、一切我们眼中所隐瞒的东西，以及一切我们选择无视的东西。我从不想要相机，但也不完全是这样，我想要的是它所留下的东西。

二

虽然差不多四十年过去了，我仍然记得事故发生的那一天。1976 年 7 月 6 日，周二，赶集日。一个来旅游的家庭忘记带走他们的相机，随之留下的还有一些零钱。我把这些硬币丢在爷爷糖果摊后面的雪茄盒里，这些小摊一个挨一个立在集市的帐篷里。我的姐姐们把我留在柜台，偷偷溜出去看本地的青少年们在停车场放烟火。我虽不能透过高大的帐篷看清楚，但是我知道他们会这样做。我知道大姐姐汉娜用爷爷的糖果来换取多彩烟雾弹。女孩儿们会在谷仓后面把它点燃，在那儿她们能跳舞而不会被父亲看见。每年的 7 月 4 日之后，集市上就会开始卖烟火，她就会用软糖来跟本地的男孩儿们换取烟火。供应本县的易爆品有一半儿都是这些男孩儿们从卡罗莱纳州弄来的。她很大胆，虽然她不能看见这些有色烟雾的危害，但是她却知道照片所能造成的伤害。

她返回想拿更多的软糖，但却停住了，她看见一个游客家庭的男孩儿也带着相机过来了，想要给我拍张照片，汉娜叫他不要拍。她那时十九岁，但在提出自己的要求时毫不畏惧。起初她的声调很温和友好，但这男孩儿还是继续给我拍照。

我让他拍了。

以前没有人想为我拍照片。而这并不重要。人们不允许我们为游客拍照而摆出造型。父母曾无数次地教育我们这一点，我有些不以为然，但是我的大姐姐却执行得最好。有一天她带我们放学回家，在路上遇见一辆旅游巴士停下来看我们，汉娜把我和莎拉拉到一边。"如果他们坚持要拍照，你们就闭上眼睛。"她说，"眼睛是灵魂的大门。无论你做什么，都要锁好它，要低着头，或者看旁边。"然而我想知道如果被拍了照片后灵魂又会怎样。汉娜还说只要我们不直视相机，上帝就知道我们还不打算放弃灵魂。

游客们喜欢汉娜和我的姐姐们。他们毫无疑虑地开着租来的车挤在我们的农场边上，看着我们用双手双脚在土地上劳作。我们习惯了这些相机，就如同在成长过程中习惯了我们农场上的小世界，从蜘蛛咬伤到有毒的藤蔓。相机跟汽车一样，我们都尽可能地避开。然而我并不认为游客是故意想伤害我们。我的姐姐们有着脱俗的美丽，因此看见她们的人都很喜欢她们。她们有着和母亲一样的蓝色眼睛和白皙的瑞士人般的皮肤，脸颊衬着胡桃色的头发，和着教堂里的那种红棕色及金色，盘成圆形发髻，用发夹别在后颈。而我只拥有同样颜色的头发。我是个男孩儿，没有什么能够配得上她们的美丽和优雅。

九岁的我只有她们一半儿高，且较瘦弱，勉强能够到柜台。我常常躲在姐姐们的后面，从箱子里舀糖果。但是这个带着相机的男孩儿有着某种让我想被他看见的东西。我拿着常用来铲糖果的小铲子，从柜台后走出来，让他能更好地看见我，我拉起草帽的帽檐，露出眼睛，咬住嘴唇，强忍着微笑。相机的咔嗒声，在他通过镜头看见他兴奋的东西时舌头所发出的啧啧声，这些声音让我感觉很舒服。我能感觉到他在看我，而我喜欢这种被关注的感觉。这个男孩儿靠得更近了些，红色的肚皮抵着柜台。他的皮肤被晒红了，流着汗水，在玻璃上留下看起来像光亮的甜甜圈一样的印记。

我突然咧嘴而笑，露出缺掉的牙齿，我认为他想要看看我齿间的空隙。我喜欢这种在说话时像在吹口哨的感觉。"甜玉米。"我说道并指着缺掉的牙齿。

"你得到钱了吗？"

"得什么钱？"

"你的牙啊。"

"没有，你掉了牙齿得到钱了吗?"

"保持你手的姿势不动。"他说。

这个男孩儿拍了更多的照片，我看见他的手指按下快门，力求精确并符合意图，他就像在狩猎一样。突然，一副剪刀和戴着一枚大金戒指的有很多汗毛的手盖住了我的脸。

"请不要给他拍照。"

我听出了这声音。一阵低沉而洪亮的声音，在北费城的童年生活经历让这声音听起来更加严厉。这绝对是勒罗伊·费舍尔，他是我们家的老朋友，在需要长途旅行的时候我们雇他当司机。我们在大篷货车里与他相处了很长时间。他把这当成是副业，是为他想买的位于斯特拉斯堡的理发店储备资金。在天气恶劣的时候，如果他为了我父亲的拍卖而在深夜出行，我的家人会送给他烟斗丝。他照顾了我们，我们也报以关心。他是我父母唯一邀请来到我们家的外人。我们从未将他称为"英国人"[1]。他就是勒罗伊。我们爱他。他还是我们所认识的唯一的黑人。

他的手在我的面前挥舞，手指闻起来有滑石粉和生熏香肠的气味，他把熏香肠用干酪薄片裹起来当"午饭"吃，我还看见他指甲里也嵌了一点。他拿着一把剪刀，刀片上还粘着一根阿米什男人四分之一寸的银色鼻毛，他是理发师。他对我们来说就是一把凳子、一块罩单、一把手持镜子和斜对角。对本地人和游客来说，勒罗伊·费舍尔一直固守在爷爷的糖果摊旁边，他模仿阿米什人很在行，他用减弱的且抑扬顿挫的话语能精确地模仿高地德语的口音，那是我闭着眼在糖果摊后面听到的，我那时认为勒罗伊绝对是阿米什人。

"听着，"他说，"逗你笑是我的职责，你最清楚这点。保罗和玛丽很喜欢花生酱和果冻? 没开玩笑，是真的!"我好奇的是他是怎么学会这种口音的，"上帝在我的梦中对我轻语。"他说。这让我有时认为勒罗伊或许就是上帝。我曾问过主教上帝是不是黑人，他告诉我说:"上帝没有面容。"我意识到他的肤色并不重要。在宗教改革时期的瑞士没有黑人，勒

---

[1] 阿米什人把非阿米什社区的人称之为"英国人"。

罗伊的先人生活于北费城一带。

尽管这一切的证据显示勒罗伊可能是上帝或至少非凡人，但他却没有宗教信仰。他很少像其他很多美国人那样谈论耶稣。他家里的墙上和摊位上都没有木制的十字架，他也不会随身戴着会悄悄走进集市去买黏糊糊的小圆面包和肉条三明治的修女们挂在脖子周围的红色串珠。他在夏天的每个周二就会出来为大家提供服务，我带着敬佩和嫉妒观看他用黑色的手指摆弄剪刀很多年了。但在那一天我却不希望他出现。

"走开，勒罗伊。"我说。

"随你便。"

"勒罗伊不会走开，我也不会，除非这个男孩不在这里。"

汉娜走上前来站在我们中间，勒罗伊收回他的手。我的耳朵发烫，皱起鼻尖，我的目光转移到她掉在地上的紫色烟火弹，接着又盯着她握紧的拳头。她的声音颤抖着。

"走开，伊莱。"

"我还没拍完哪。"那男孩说。

"伊莱·伊曼纽尔·约德。"

"他还没拍完。"我说。

我的脚后跟用力踩进地面，拒绝离开，我感到了混凝土地面的冰凉。这个男孩拍了更多的照片。尽管我知道这样不好，但我还是很喜欢。我对受相机关注的喜爱超过了对失去灵魂的恐惧。这是我生命中第一次有从外面来的人想看我。

"如果你不停下来，我就拿走你的相机。"汉娜说。我的姐姐们一个接一个慢慢走过来，她们闻起来有烟火和鞭炮的味道，还有一些破损的纸条卡在她们的祈祷帽上。她们在贝勒的面包摊前停下，站在我们对面，汉娜威胁的语气吸引了她们。她们对着摊主和他的女儿艾玛私语，艾玛用沾满面粉的手捂着她们的嘴。从刚学走路那会儿我和艾玛就成了好朋友。她的父亲是我们教区的主教，她就像我的另一个姐姐。她盯着我们，看上去惊呆了，还不停地摇着头。

这男孩举起相机，缓慢地向我走来，靠近了甘草车轮糖。

"跟我击掌吧。"他说，并敲敲我的手，将他的手掌摆出击掌的姿势，尽管那时我几乎不会说英语，但我还是明白他的意思，甚至连我们的狗都知道"跟我击掌吧"是什么含义。我曾看见过年长的男孩儿们在"徘徊期"时彼此击掌，大摇大摆地带着晶体管收音机在他们的四轮马车边行走，费力做出耍酷的样子。

我举起我的双手，期待着他跟我击掌，但他却拍了一张照片。他大笑起来发出哼哼的嘲笑声。

"哇哦，这真是又大又丑的手啊。"他说。

"你说什么?"勒罗伊问道。

"又大又丑。"他冲我眨眨眼，慢慢地说。

我花了很长时间才明白过来。在家里我们都说高地德语，这是一种瑞士德语的方言，我们在阅读时几乎全部使用德语，包括阅读圣经。从六岁之后我才开始说英语，听力比口语要稍好一些。"又大又丑"，这简单的词语仿佛在我的胃里翻搅，我想说什么又好像都哽在喉咙里。我抬起头看见了这个男孩儿的父母，他们回来是争论我姐姐找给他们的用五十美元买两美元二十三美分糖果的零钱。我期待他们会对儿子说点什么，说任何话都行。

"请不要惹我们生气。"汉娜说。

这个男孩儿又笑了起来并向母亲求助。

"母亲，阿米什人不会生气的，是不是?"

"他们不会的。"她边说边咔的一声合上钱包。

汉娜突然伸出手，去拍打相机，还把手心紧紧按在镜头上。男孩儿抬起头，显然受到了惊吓。汉娜凝视着他，耐着性子等这男孩儿离开。她的脸颊变得通红，脖子上也起了红斑点。我从未见过她如此不安，但我们都知道这是为什么。这时勒罗伊转身走开了，他知道在那天他只能帮我到那儿。

这男孩儿举起手把汉娜的手掌从镜头上挪开，并对着我拍了最后一张照片。

"笑笑啊，手又大又丑的人。"

但我没有笑。我收回我的双手，在背后握着拳头，像汉娜那样捏着手指。现在我能感觉到自己的脸上泛着红光，脖子上也开始发烫。我嗽着嘴，不再微笑。我盯着地面，看见来往的鞋子都停下了，露脚趾的凉鞋紧张地改变方向，一位护士用白皙的脚后跟挠着脚踝。没有人走动，但我希望他们不要这样。我感觉到后背的灼热感一直烧到了我的腰部，又进入了我的肺。我曾带着敬畏之心看见过一位越南兽医在市场的停车场里弹奏手风琴。那时我感觉我的肺就像是那架手风琴，被挤压而感到窒息，受到现实无情的打击。之前从未有人告诉过我的手很丑陋，我只知道它们有些不一样。医生为我得出的诊断结果是并指，是一种阿米什人中常见的遗传病。医生还说这没什么。"那就当一名优秀的游泳健将，"他开玩笑说，"就像一只金毛猎犬！"

指尖的"蹼"从第一处指关节到第三处指关节，皮肤是半透明的且较柔软。我把指尖的"蹼"卷进拳头里，把我的脸埋在里面，突然间，让人无法摆脱的，我意识到了关于我自己。这个男孩是对的，我的双手的确是又大又丑。这就像是上帝点燃了一盏油灯并说道："伊莱，这就是你。"我再也不想受到任何人的关注。

我站在那里，眼睛盯着甘草车轮糖，不能移开，这时一阵类似炸弹爆炸的声音让除了我以外的所有人都像发狂一样散开了。本地的一个少年点燃了一枚 M-80 焰火，它穿过帐篷飞过市场。那个男孩儿在跑出去的时候把相机留在了柜台上，它静静地立在那儿，等待着。

我要拿走它，我对自己说，并且丝毫没有感到歉意。

我知道这不对，但我不在乎。

我扫描着空荡荡的市场，在爷爷糖果摊旁边的货摊上找到一排没有脸的阿米什人玩偶。共有六个，五个女孩儿和一个男孩儿，就像我和姐姐们一样，但是没有眼睛。我弯下腰来对着玩偶低声说话，请它们允许我拿走这台相机。我在甘草车轮糖的箱子上挖了一个洞，把它藏了起来，我闭上眼睛祈祷这个有红色肚皮的男孩儿永远不要再回来。当我抬起头，视线越过玩偶们，我看见了勒罗伊·费舍尔站在他的镜子面前看着镜子里的我。

记得那晚我不想上床睡觉，因为我不想去思考我是怎样度过那一天的。在晚餐时，我想象主教问我："你是好人还是坏人？"即便我们的厨房很暖和，但当想到答案时我还是打了一阵寒战。我怎么能告诉主教或者我家里的任何人说我偷了一台相机？从此我变得沉默。每当我要吃东西时，就会看见勒罗伊脸上疑惑的表情，我丢下叉子，看着盘子里自己的倒影。在伊萨克叔叔和我的侄子们以及贝勒主教来访时，家里的餐桌就会变得拥挤。这顿饭是用来庆祝的。就在这周之前，十八岁的双胞胎姐妹凯蒂和艾拉，她们宣布了受洗的决定并在秋天加入教会。因为我的父母设想并期望他们的大女儿汉娜也会受洗，他们就觉得应邀请主教参加晚宴，并提供我家的马棚作为举行仪式的地点。但是那天没有人谈到洗礼，而是都看着我，并表示担心。

只有伊萨克叔叔问了我是否安好："艾玛告诉我你在集市那天遇到了些事情。"他说。

我吞咽了一下但没有说话，而是盯着一块块的食物——用卤水泡过的胡萝卜、花椰菜、黄绿色的蜡豆。我的母亲在我的背后停下，手里拿着盛着面包卷的篮子，她用手腕的背面按着我的额头。她只是边叹气边看着我的姐姐们，想知道关于我古怪行为更多的信息，为什么我不吃东西？为什么我的手垫在屁股下面？

几分钟过后，我没有太多的感觉，只是在指尖有一阵麻木和刺痛，而指尖是唯一没有长"蹼"的地方。如果当时是冬季，那么我的姿势就不会引起注意了，但这是在7月初，空气中黏腻着热气，湿度达百分之九十，即便是达到百分之百我也不在乎。我打算整晚都坐在我的手掌上，或许在余下的一生都这样。

我意识到还有其他的方式可以吃东西。我不需要刀叉或者勺子，不需要餐桌，我一个人就能吃饭。这个想法让我感到了一点点振奋，我想我甚至发出了微笑。坐在硬硬的木头长凳上，藏着我的手让我的家人不能看见，我突然感觉到满怀希望。如果我有衣袋，我将不会在任何人面前露出我的双手。

就在那时我的母亲把勺子向后拨开并问我，就好像她能读懂我的思绪一样："那么告诉我能拿点儿什么给你？"

"衣袋。"我说，没有一刻犹豫。

我母亲深吸一口气，父亲和主教都感到惊讶，姐姐们则放下了手中的刀叉。

"衣袋？"

"没错。"

"你为什么想要衣袋？"我的母亲问道，并向姐姐们一瞥表示知晓。他们都看着盘子但默不作声。

"我想要衣袋是因为是时候了。"我说，即使我们都把衣袋当作是世俗化的东西。我们大多数人都穿两边有纽扣的裤子，但是大部分阿米什男孩儿在满六岁之后才会穿有衣袋的裤子。我却迟了三年。

"我会想办法帮助你。但你是个正在成长的男孩儿，如果你想继续穿裤子的话就需要吃东西。"

坐在我右边的莎拉咯咯地笑着。她比我大两岁，十一岁了，相貌酷似汉娜，但是更矮并且喜欢多嘴。能用左手打出全垒打的十四岁的露丝，把手伸过我的膝盖去掐莎拉的腿，直到她喊疼。我抬起头看着母亲。

"你明天能把它们缝上吗？"

我的母亲看着父亲，他摇着头。

"你的母亲还有工作要做。单这周就有二十个人要生孩子，她的手会很酸痛的。"

我不相信他。她很少抱怨她的工作，是一种被称作"哥特体活字"的业余爱好，一种书法形式，看起来像是装饰在纸上的针绣花边。因为阿米什人的生活中没有相片，关于我们存在的唯一历史就以这种哥特体活字记录，其大部分被用作家庭的记载。阿米什人听说了她美丽的书法技艺，就从如蒙塔纳那么远的地方将她雇来了。

"我的手没问题，鲁宾。没关系的。"

"我都没有衣袋，"我父亲说，"而且我已经四十五岁了。"

"你也没有我这样的手。"我低声说，感到急速上涌的血液让我脸颊泛红，我想要相信衣袋就足以掩盖我的不同之处。

勒罗伊·费舍尔那辆 1962 年出厂的奥斯汀·希利牌轿车的轮胎从砾石路面上碾过，这声音打破了寂静。除了那辆厢式货车之外，希利就是唯一经常出现在我们农场上的车辆，一扇门打开又关上了。

我们听见了石板人行道上脚步的嗒嗒声，和我们养的小狗起身向勒罗伊表示欢迎时颈圈发出的叮当声以及它的尾巴靠着他的腿发出的嚓嚓声。勒罗伊扒开了纱门。

"很抱歉打扰你们。"他用北费城口音说道，"但我想给伊莱一样东西。"

"礼物吗？伊莱的生日是在 9 月啊。"母亲站起来说。

"我可没忘记他的生日，瑞秋。难道一个男孩非要在生日才能得到礼物吗？"

我母亲露齿而笑，说："噢，勒罗伊，坐下来吃点儿甜点吧。"

我父亲站了起来，在桌边从他自己和主教之间拉出一把椅子，对勒罗伊表示尊重，，让他加入到他和圣人中来。

"谢谢你，鲁宾。但露丝安妮和我要去买烟火。"

我母亲想挽留。

"我们有玉米馅饼和魔鬼蛋。"

"露丝安妮带了便餐。"

我母亲点点头。包括她在内没有人能够比得上露丝安妮的厨艺，即使母亲曾经尝试过。阿米什女人并不能在所有方面都是最强的。

"你不想留下来喝点沙士吗？"她坚持说，"孩子们想听你讲更多的新笑话。"

这让我的姐姐都争抢着在他们之间挤出位置，还为谁坐在勒罗伊旁边而斗嘴，勒罗伊的脸跟糖浆馅饼的颜色一样，并且同样让人感到甜蜜。

勒罗伊站在门边，臂弯里塞着一个鞋盒，盖子隆起并封着胶带。他露出一丝微笑，大大的牙齿衬着深色皮肤而显得发亮。

"至少让我给您切一块馅儿饼吧。"

"好吧，但只要一小块儿。"他边说边轻拍自己鼓起的肚子。

勒罗伊取下在夏天用来抵挡炎热的白色草帽，挨着我的草帽把它挂在门边的挂物架上。他穿着一条红蓝相间的方格花纹裤子，一件红色的高尔夫衬衫，白色的漆皮鞋。这一切都彰显着假日的惬意和他自己的独立性。我的姐姐们之前从未见过他或者说任何人的穿着是这样的颜色和样式。我们见惯了黑色的裤子、衬衫和简单的蓝、绿、紫的素色衬衫。勒罗伊的衣着迷住了我们。

他走进我们的厨房，臂弯下不舒适地抱着鞋盒子。当他把目光转移到我的身上，又黑又大的眼睛中透露出的神色使我感到紧张。他恭敬地低下头，手指摸索着鞋盒盖上破损的胶带，或许是在起初还不确定是否要将它送人。勒罗伊用手轻轻擦去额头的汗珠，感觉到了我家人们的好奇目光，还包括我们的小狗。当想象到照相机时，我的脖子感到一阵灼热的刺痛。我实在太紧张了，以至于尿湿了裤子。

"我要上厕所。"我站着说。

我父亲点点头，像在拍卖时表示同意那样用拳头敲击饭桌的边缘。"快点儿回来。"他说，"可别让勒罗伊等太久。"

勒罗伊看着我露出微笑。我朝他吐口水表示不屑，接着就溜到走廊走进厕所。我们养的猫咪们在这里的窗台上蜷成一团，想在潮湿的夜晚感受穿过的微风。我拿起一卷厕纸，擦拭我的裤子，尽量把它弄干。我将窗户大打开，想让穿过的风帮忙吹干，接着面朝着门把我的屁股对着穿堂风。我透过钥匙孔窥视勒罗伊，这个让我心跳加速的人。

父亲朝着饭桌一推，坐在滚轮椅上划过长长的厨房地板，他用这种方式，成交一桩拍卖。父亲像法官一样坐在椅子上，像是小木槌的胖拳头像在扶手上生了根，使他拥有做出重要决定的力量，而对于母亲则通常是很困难的决定。轮子在油布上平稳地旋转，接着再辘辘驶过走廊的木地板，在厕所外的地面上嘎嘎刹住。他重重地敲着门，不太牢固的门把手轻轻摇晃并掉下来。他透过钥匙孔看进来，想要找到我。

"伊莱?"

"怎么?"

"你没事儿吧?"

"我不太舒服。"

"伊萨克叔叔会帮你揉揉肚子。"

"不!"我说。谁也不想被伊萨克叔叔揉肚子,他会不停对自己的儿子挠痒痒直到他尿裤子。在一天之内我可受不了丢脸两次。我抬头看见窗台上的猫咪,思忖着穿过窗帘,爬到院子里,我可以跑到马棚后面的池塘边消失掉。父亲通过锁孔低语。

"伊莱,这样可收不到礼物。"

"它不是礼物,父亲。"

"你不打开怎么知道?"

我慢慢打开门。一只猫咪跳下窗台跟着我走进了厨房,我站在父亲的滚轮椅后面。"嘿,勒罗伊。"我嘟囔道。

"你好,伊莱,这是给你的。"

他对着我母亲屈身耳语,把盒子递到她手上。她点点头,轻拍勒罗伊的肩膀。他转过身,拿走他的帽子,并在看着我的刹那间对我眨眨眼。他挥挥手走出了大门,如来时般迅速。

我等候着,直到听见他的脚跟在石板路上发出咔嗒声并打开车门,我希望这是最后一次见他。

"他说了什么?"我用高地德语不假思索地问道。饭桌旁的每个人都转过来对着我。撇开这方言的温柔,我的话听起来冰冷又强硬。

"他说你应该在你的房间里打开它。"母亲歪着脑袋但什么也没说。父亲转向我,我能听出他声音里对我的不满,这羞愧和我的害怕在我心里激烈地摩擦着。"你这是怎么了?你没有说谢谢。"

"我不认为这是礼物。"我说。

阿米什人在大部分场合不使用礼貌用语。"请"和"谢谢你"并不是阿米什人的日常用语,尽管我们会对"英国人"使用这些话语。礼貌用语是官僚和贵族的腔调,而他们在很久以前的宗教改革期间想要杀死我们。说谢谢只会出现在接受礼物时。

"我糊涂了。"我说道,低着头看着地板,目光跟着父亲滚轮椅的滑动痕迹。

父亲轻拂他的胡须，低下头用一段安静的祷告结束了感恩节晚餐，在这之前没有人说话。他抬起头，注视着母亲，母亲则把盒子给了我。

"你可以离开餐桌了，伊莱。"她说。

我把盒子抱在胸前，从家人身旁穿过跑上楼回到我的房间。就在外面那一道烟火划破了农场的天空，我关上了房门。

我换下了裤子，然后坐在床上，抱着这个有些潮湿的硬纸板盒子。我慢慢打开盒盖，吃惊地发现这是一叠颜色鲜亮的小杂志，上面有各种人物的图片，还有在小边框里的人物对白。我之前从未见过漫画书，还只能读出标题《勇敢的船长》。我用拇指翻着盒子，拿出一本漫画书，翻过一页又一页，被画在方格子里的英雄逗乐了。勒罗伊还留下了用手写的便条，我不太明白意思但能试着读出来：

勇气是能帮助男孩儿笑出来的英雄。

我不明白其含义。但这不是照相机，让我松了口气。我刚一笑出来就听见楼梯发出吱吱声，赶紧把盒子踢进床下。母亲没有敲门就打开了房门，手里还端着一盘西瓜。

"你感觉好点了吗？"

"一点点。"

她在黑暗中穿过房间，坐在我的床沿上，眼睛里反射出烟火的光。她把手腕放在我的额头，拂开我眼前的头发。在潮湿的空气中她的皮肤很温暖还有点儿黏黏的，她的衣袖带着油炸玉米馅饼的味道。她放下手，把盘子递给我。

"我把西瓜子拣出来了。"

我的胃里发出咕咕声。我突然间觉得很饿，真希望之前吃了她做的土豆沙拉。我坐下来拿起一块西瓜，狼吞虎咽起来，吮吸西瓜皮的汁水时还发出了声音。我的舌头在几乎被吃干净的西瓜皮上来回扫荡。母亲看着我时带着一种安静的满足感，在她表达自己简单的快乐时也会这样。但在她将开嘴边散落的头发，忍着叫喊或者哭泣时，我能看出来她还在想着别的事情。我不知道是哪种，但我想让她停止。

"你知道'英国人'在失去一颗牙齿时会得到钱吗？"我问道，瞥着她左脸颊上的酒窝。她擦去了我下巴上的西瓜汁。

"是那样吗？"

"是的。一个'英国男孩'告诉我的。"

"汉娜说他告诉了你很多。"

"是吗？"

汉娜当时手上全是烟雾弹，说了这些让我感到惊讶。我突然想知道勒罗伊和她是不是用了某种方法合谋。就好像他们能不问我就知道什么。

"对不起，伊莱。他伤到你了吗？"

我抬起头看着她，看见酒窝消失了。我把西瓜皮放在盘子上，眼睛瞥着被褥，目光跟着上面的线缝移动。"是的，母亲。"

母亲温柔地把我的手抬到她的嘴边，亲了亲我的手指。然后把它们放在我的胸前，轻轻地按在心口，并且用高地德语方言低声说着："Vass-evvah es diah havva vellet es leit doon zu eich， so Emma diah du zu eena"，这是条黄金规则，意思是你想别人怎样对待你，你应该首先要这样对待别人。这是我们小时候所学到的第一课。

"你必须要想办法原谅他，伊莱。"

"我会试一下的，母亲。"

"试一下？如果他就是上帝呢？"

"上帝创造了我的双手。"我说。

"是的。"

"上帝会说他所创造的东西丑陋吗？"

母亲转过去把盘子放在木制的床头柜上，她嘴唇紧绷着。

"你已经足够大了，能明白我说的是什么。"

我点了点头，咽了口气。她只在不安时才说英语。这次，我的肚子是真的疼了，不过并不是西瓜造成的。母亲站着，用手弄平围裙上的褶皱。她转身朝门的暗处走去，她的脸庞就像在剪影中。

"勒罗伊送给了你什么？"

我指指床下，过去拉出盒子，打开盖子。

"漫画书。"她又惊讶又高兴地说。

"你读过吗？"

"曾经读过，"她说，"每个人都爱漫画书。"

"我不懂勒罗伊写的便条。"

我把纸条递给了她。她顿了一下，一边读着便条一边思考着。她的英语很好，通常在说英语的时候听起来像是另外一个她。

"勇气是能帮助男孩儿笑出来的英雄。"

我听着她说，并注意到"笑"这个词。

"笑是什么？"

母亲伸出手，帮我扫去眼前的刘海。她微笑着用高地德语对我说话。

"就是笑出来。"她说，"就是当上帝原谅我们所犯的错误时发出的声音。"

"哦。"我说，但是我不懂她的意思。

"原谅那个男孩儿。"她说。

"那样上帝就会笑吗？"

"不，伊莱。那样你某天也会笑。"

母亲抬起头看着窗外的烟火，我看见她皮肤上红色和金色的闪光。她为我盖上床单，吻了吻我的脸颊。她自己的脸在碰到我的时候已经湿了。她走到走廊关上了门，但并没有离开。我看见了门下她的鞋跟，每隔几秒我都会听到她呼吸和啜泣的声音。

我不想让母亲为我哭泣。我想原谅这个触犯了黄金法则的男孩儿，但我更想让上帝原谅我偷了相机。我躺在床上，听着外面烟火的爆炸声，在窗户反射出的红光中舞动我的双手。我希望那天从未去过集市，祈祷下次去集市时，我会有衣袋。在接下来的几天里，在夜晚我会听见我的姐姐在墙的另一边祈祷，希望自己能够原谅那个男孩儿。我知道我也应该原谅那个男孩儿，但我让我的姐姐来负责。因为我要忙着祈求上帝其他事情。

三

　　我所知道的阿米什人都不会承认，但我一直相信的是我们做出的原谅的选择更像是一种生存的行为而不仅仅是一种美德。在 1525 年抗议婴儿洗礼之后，我们成了受迫害的人群。我们认为成人应该选择他们的信仰，而不是孩子，因此我们发起了再洗礼——第二次洗礼。在宗教改革时期，我们从瑞士的阿尔萨斯的家和村庄逃走，在荷兰的鹿特丹找到了避难所。一百年后，在 1727 年 10 月 2 日，我们才航行到了宾夕法尼亚州的费城，这差不多是在抗议开始两百年之后。

　　我们是门诺派[1]教徒的后代，其是最初的再洗礼派[2]教徒的分裂派，是在 1563 年由天主教神父门诺·西蒙斯所创立的。跟西蒙斯一样，我们也受到了天主教徒和路德教徒的迫害。尽管他们很多次试图杀死我们很多次，并且偶尔成功过，但我们还是幸存了下来。我们通过印刷在《殉道者之镜》中的故事来追忆那些追寻信仰的死难者们，它是在宗教改革期间，由被关在狱中的再洗礼派教徒所作的信件和歌曲的汇集。我们的生活方式就是对这种努力的反映。

　　四百年来，我们在马棚和房屋里进行秘密的仪式来避免更多的迫害。我们常常避开那些像军人一样穿着制服，折磨、囚禁、灼伤我们的人。在我们的内心深处，我们是和平的反对者，并且我认为偷走相机就是一种

---

[1] 基督教新教派别之一，他们的宗教教训源自 16 世纪欧洲的再洗礼派（Anabaptist）。门诺派信徒坚持自己与非门诺派团体完全分离。他们不配带武器，也不宣誓。他们按字面意思解释《圣经》，并且严格服从《圣经》的教训。
[2] 16 世纪欧洲宗教改革时期新教中一些主张成人洗礼的激进派别的总称。因该派否认婴儿洗礼的效力，主张能够行使自由意志的成人受洗才为有效，故名。再洗礼派最初出现并流行于瑞士和德国，从一开始就受到世俗当局和教会权威的双重迫害，并一直被视为异端。

表示异议的形式。

　　我的姐姐们再也没有说起过那个红肚皮男孩儿，但在他们想要牵我的手或者帮我做那些用我的双手不能做的事情时，我知道她们就会想起他。我发现在接下来的几周里，我不愿意向她们伸出双手。我独自穿过街道，试着切我吃的肉，学会如何用指尖和手掌边缘来扣纽扣。在集市上，午休时间我开始一个人待在停车场。后来我意识到我的这种独立不只会伤害到我姐姐们和父母的感情，还会伤害到堂兄妹、同学们、老师们以及贝勒主教的感情，他们通过帮助我应对困境时都得到了某种善良的感觉。1976 年，除了切穿皮肤，他们也不能为分开我的手指而做什么。

　　夜晚，我躺在卧室地上，把耳朵压在木地板上，听见我的父母争吵着，而他们以为我已经睡着了。我的母亲一直都争着想要为我做手术，但我的父亲却认为这不是上帝的旨意。每天我都纠缠着他们要衣袋。我甚至还足够大胆到为拥有衣袋而祷告，在用餐之前公开地在谢恩祷告中提出请求。在约德家的饭桌前从来不会缺少咬指甲的或者撕餐巾的人，特别是在衣袋的话题出现时——我确保在每一餐结束之前提出这一请求。我的母亲会做出同样的回答："让我们等等看明天你会觉得如何。"好像明天我就会觉醒并且我的手也会变得正常一样。

　　我感到很生气并很沮丧，因为似乎没有人想要帮助我隐藏我的双手。别人总是告诉我说我的缺陷是阿米什人中较为常见的遗传病，但是我却从未见过其他人的手跟我的一样。在集市上，我注意到越来越多的人盯着我的手看，但我认为他们已经这样看了很多年了。我讨厌他们眼中的同情，我不想要同情，我只想要衣袋。

　　我不打算把照相机还给那个红肚皮男孩儿。我想把它从甘草车轮糖的箱子里解救出来，然后在我们农场中的某个安全的地方把它毁掉。把它点燃，用我的滑板车轧过去，或者把它扔进谷仓后面的池塘里。又或者，我就简单地把它放在一辆车的轮胎后面，看着它被碾碎，就像我们把硬币放在铁轨上一样。带着这些想法我难以入睡，我想知道如何才能把相机拿出来而不被姐姐们发现。我不确定她们会认为我在发生了那一切之后，接下来的周二还会跟着她们一起去集市。但在那一天，我第一个起床，并且已经在天未亮时就套上马车。如果我到了能够驾驶的年纪，我就会这样驾着马车一个人去摆我们的糖果摊了。

那天在去集市的路上我一句话也没说，脑袋里反复排练着如果我被抓住了该如何解释，但直到我们到了目的地也没能想出来。厕所外面以及所有帐篷的撑杆上都张贴着传单，上面描画着一个看起来很忧伤的男孩儿，写着"若能使他快乐将会得到奖赏"。

相机丢失。贵重物品。
1963 年的莱卡 M3。我去世的祖父送给我的礼物。
赏金一百美元。7 月 3 日丢失。
马库斯·保尼 717-555-2791

我们一路上到处都能看见这样的传单，尽管姐姐们似乎不太注意它们。汉娜转过来对着我说："上帝的旨意。"我点点头，但当轮到我上厕所时，我就在集市上来回穿梭，并撕掉视线内的所有传单，然后把它们扔进厕所外的垃圾桶里，也不在乎别人看见我这样。我从未想过要归还相机并得到一百美元来结束我的痛苦。在那时候我没有看见可以被称作机缘的与红肚皮男孩儿相关的任何事情。

当我回到我们的糖果摊时，我从勒罗伊摊点旁边的熟食摊走过，他和一群穿着制服的人在一起评定 M-80 烟火所造成的损害。其中一个人的儿子买了这个烟火，另外一个人引爆了它。他们不知道该由谁来负责。勒罗伊声称如果这些男孩儿像阿米什孩子一样有真正的工作就不会发生这一切了。他朝下指指我并冲我眨着眼。

"对不? 伊莱。你们都没有惹麻烦。"

"我猜是的。"我说，并从人群中站出来，感到脸和脖子一阵泛红。

"麻烦可不用猜的。"勒罗伊一边说着一边用拇指拨弄着一个嘀嗒糖盒子。他不停地用相机给熟食摊的碎玻璃门拍照。

"这是你的吗?"我问,手指着相机。

勒罗伊停下来看着我。

"是的。"

"它是怎么拍出照片的?"

"这个吗?"他指着照相机问道,在旁边则是走过的游客。他们停下来,高兴地微笑着,接着勒罗伊按下了快门。相机发出一阵尖锐的声音,听起来像是受惊的乌鸦,随即吐出一张跟我手掌一般大的方形卡片。勒罗伊把它递给了我。

"摇一摇,让它呼吸一下。"

我前后摇动着它,好奇相片怎么会呼吸,但这的确有道理,人们开始在里边不知是以什么方法活了起来。

"你会教我使用它吗?"我问道,这让我们都感到惊讶。

勒罗伊收回脖子并看着我。

"你想知道怎么用照相机——在发生上周的事情之后?"

我耸耸肩,大声地说:"为什么不呢?我还从没照过相。"

勒罗伊点点头:"为什么不?这样你父亲或许永远不再跟我说话。你母亲也会杀了我。你想让我有麻烦吗?"

"不,勒罗伊。我只是想……你能帮助我明白。"

勒罗伊用拳头抵着嘴:"帮你,你知道那个男孩儿今天早上来找他的相机了?张贴的告示到处都是。他们甚至还带着一位警察,到处做着笔录。好像那个男孩儿的父亲是一个好摆架子的律师。你现在不想牵涉进去,是不是?"

律师?我感到心脏怦怦直跳,喉咙也直发紧:"你告诉他们了吗?"

勒罗伊摇摇头,感到厌烦:"你认为我会告发你?"

"也许吧,如果我是个坏人。"

"坏人,什么坏人?"

"就是说如果我坏了规矩。"

"你的确是，你偷了不属于你的东西。"

"我知道。那这就让我变成坏人了吗？"

"那要看那个男孩儿拿了你什么？"

我疑惑地盯着他。

"他什么也没有拿。"我说，感到更加不安。

我觉得喉咙像是肿了一样。我知道偷东西是不对的，即便不是阿米什人也知道这一点。偷东西就是偷东西，人不应该拿走不属于他的东西。我预料勒罗伊会教训我，但他却笑了起来，我看见了他闪着光的金牙。

"有一些规律就是用来打破的，但这对你来说太年轻了。这是我们之间的秘密，这就是为什么你们的主教发明了'徘徊期'让你们东奔西跑，释放压力，放松一下。规矩，规矩，有太多的规矩。"

我的直觉告诉我现在是时候问他了。这并不是我听到了什么声音或者话语，我只是在整个身体中感到一阵强烈的欲望想要知道相机是怎样使用的。

"教教我。"我说道并伸出手想要从勒罗伊手中接过相机。

他顿了顿，看着我挥舞的手。

"噢，伊莱。我知道了。"

"什么？"

"不要告诉我你跟其他人一样害怕相机。"

"不。"我嘟着嘴，挤出一句谎话。

"你确定？你发誓？"

"我可不发誓。"我说。

"你知道我说的是什么。《申命记》里的人物怎么样？"

"他怎么样？"

"他可不是相机的拥护者。"

"我在圣经里从没读到过相机。"我说。这是事实。

"伪神。伊莱，你明白的。"

"是的。"

勒罗伊停下来端详着我，我绷紧了神经。

"你不害怕会偷走别人的灵魂或者其他东西吗?"

我拼命点着头,帽子都掉下来了。勒罗伊蹲下来从地上捡起帽子,把它戴在我的头上,并用手指轻弹把它理正。"透过镜头,找到你喜欢的东西。当你做好了准备,就按下快门,这很简单。"

我拿着相机把取景器放在眼睛上,透过镜头观察着。取景框里的世界让我不知所措。集市看上去不太一样,我以为它会缩小,看起来却似乎变大了。最简单的物体看起来都意义重大,甚至连鞋子都是如此。

"我该选择什么来拍?"

"你不必选择,而是事物选择你。那时你就应该拍照了。"

我抬起头看着勒罗伊,不太明白。

"相机自己也有一颗心,伊莱,它会在重要的时刻被唤起。那样的时刻就是相片。"

"一个被唤起的时刻?"

勒罗伊点点头:"重要的时刻,我确定你曾经历过这样的时刻。"

我点着头,思考着他的意思。我从未见过上帝,但我一直相信当我母亲在花园里劳作的时候他曾来过。"但我没有相片。"我说,突然注意到如果某天我看见上帝在母亲的花园里,如果没有相片做证就没有人会相信我。

"那么你有很多事要赶着做了。"

我手里拿着相机,思索着我迄今为止短短的一生里发生的所有对我和家人而言的重要时刻。我们没有记录下它们。没有阿米什家庭会有任何以相片的方式记录的东西。只有自宗教改革以来的用墨水和笔记下的图画;并且在这些图画里所有人看起来都没有什么区别。唯有外面的世界发生了改变。我把相机推给勒罗伊,跳下走廊,心扑通扑通地跳着。

"你去哪儿?"

我没有停下转过来解释。我跑回糖果摊,抓住甘草车轮糖的箱子,在姐姐们阻止我之前跑开了。我从勒罗伊和艾玛的面包摊旁边跑过去,穿过钟匠和那个用椰子做鸟笼的老人,又穿过转角处卖蜡烛的女人,接着再穿过我父亲的拍卖点,从正在出价的人群中间跑过,惊得一群待卖的鸡陷入狂乱，羽毛和尘埃到处乱飞。我打开后门，穿过停车场、穿过街头小贩、烟火、雪花冰、油炸饼。沿着玉米地和公路上发热的黑带之间的沟壑奔跑，这条黑带连着天堂镇和南兰开斯特县的普罗维登斯。我跑过路边的跳蚤市场，穿过水果摊、古董店和蜡烛仓，周围混杂着游览车环湖、棉被、糖浆馅饼的广告牌。在远处是单室学校[1]和棚桥，绿色的溪谷，山坡和许多的农场。但是我没有停下来给它们拍照，因为对我来说它们并不那么重要。我带着本能和迫切向斯特拉斯堡跑去，在迟到之前去捕捉最重要的东西。

　　我在母亲的花园里停下了，喘着气。带着箱子一路跑，让我的手臂酸疼，我一把把箱子丢在地上，浑身无力。母亲没在花园里照料药草和花朵，或者是在榛子树的树荫下读书，这让我感到失望。光是花园还不足以让我想拍照。因为当母亲在那里时，会有一种快乐从她的整个存在中散发出来。

　　尽管阿米什人不会宣称自己是艺术家，也不会把他们区别开来，但这座花园就像是为我母亲的创造力而准备的一块油画布。多年来，有许多旅游巴士在路边停留，有来自世界各地的游客走进我们的砾石车道来看我母亲的作品，还通常收录在商会和旅游局印刷的小册子中，它们每年会为我母亲提供丰富的种子或者她想要的任何花卉。这也从来不会和钱有关。

　　这座花园给了我母亲一种不能在其他地方体会到的自由。其不仅仅是一种爱的劳作，它是我母亲成长的地方。双手在兰开斯特县富饶的土地上挖掘、种植、除草，塑造她周围的兰开斯特，映射出她所见到的世界上的美丽，并且创造出其所缺少的。尽管母亲从没说过，但我相信她在土地上劳作的时候会觉得跟上帝最接近。

---

[1] 单室学校，曾是19世纪末、20世纪初的美国和澳大利亚乡村常见的学校，只有一个课室。在大部分村落和小镇学校，所有学生都在同一课室学习，一个老师教授初等教育的基本科目如阅读、书写和算术。单室学校是乡村社群及小镇的中心，许多小镇的聚会和野餐在那里举行。

我从未考虑到我的母亲会因为我的计划而生很大的气。我一个人站在那儿，意识到了为重要的时刻拍照会是一个挑战。我要如何捕捉到艾拉和凯蒂的笑（人们都知道她们的笑声很特别，而即使在她们十八岁之后人们仍然难以区分他们俩）？我要如何才能捕捉到露丝在十四岁时说英语的超快速度？或者是她在餐桌旁边展示的，她所拥有的秘密成就，那就是她说英语的速度比父亲还要快。我要怎样才能展现出莎拉在教育上的热情，即使她对我来说有点专横？一张相片要怎么才能表达出她在帮助别人时的耐心和认真？我被难住了，而最难的是要如何才能捕捉到我的大姐姐汉娜，她似乎总是生活在她头脑中的秘密世界里。相片怎么表现出她的梦想？我还想知道的是如果某天我的姐姐们让我拍她们洗澡的时候，湿湿的头发散落在肩膀上的情景。这些都是重要的时刻，我要找到办法来捕捉到它们，并且不让人们知道我有一台照相机。

四

尽管在接下来的一周我仍然没有衣袋，我却可以随意地使用这台相机。首先是小事情，我把床下的地板撬开，把相机藏在里边，我在大家都睡着的时候把相机拿出来。我坐在床沿上，手里拿着相机，觉得如此小巧的机械竟然拥有偷走灵魂的力量，真是不可思议的事情。我想要知道有多少我的灵魂已经装在了里面，或者是用力量偷走了多少别人的灵魂。但是我把它放在地板下面越久，我就越渴望使用它，并且还越害怕我的父亲会找到它，那样我就会失去它。他已经在厕所边发现了揉成一团的传单以及拍卖摊上马库斯·保尼的母亲留下的便条。寻求正义并且予以报答，她已经亲自参与到了这件事中来并且已经联系了我们的主教。

当然，已经出现了很多闲话——阿米什人热衷的活动。我们的邻居和朋友拒绝相信情节像在葡萄干面包上的苹果酱一样展开：我偷了相机而马库斯的父亲想要为自己招揽生意，把这一事件当作是公关战略。我不知道什么是公共关系或者是能够从中赚钱，但我知道的是我不喜欢被主教看见，不喜欢一些执事在7月中旬的周一聚集在我家厨房的餐桌开会。他们一边吃着我母亲做的派一边讨论着。打嗝声和着灌满沙士的声音，我父亲的帮助会让公众的注意力从阿米什人身上移开。因为拍卖生意的性质，我的父亲是我们这片地区最公众化的人物，他们需要他来进行调解。

当我父亲弯腰祈祷，假定我清白的时候，只有墙上挂钟的嘀嗒声在回答着他们。我看着他穿过楼梯的栏杆，姐姐们也聚集在那里，她们光着沾满泥土的黑黢黢的脚丫。尽管她们告诉了父亲我奇怪的举止和装甘草车轮糖的箱子丢失的事情，但她们还是没有问我是否拿走了相机，就好像她们不想知道真相。她们把拳头揣在围裙里，聚集在角落处，想知道我父亲会做怎样的决定，想知道他是否会为了保护自己唯一的儿子而冒险地大胆对抗马库斯·保尼。

我们坐在如同从母亲的烤箱里发出的闷湿的微风中，窗户紧闭热气也透不出去，但是我们因为悬念而无暇顾及。通常这类事情父亲会向母亲寻求帮助，因为她对自己的决定很坚定。是母亲说服了父亲买了一台空气压缩机用来挤牛奶。她知道她可以自主地提出自己的建议，但她尊重在大人之间自己的位置而不告诉别人，静静地擦拭已经很白净的柜台。甚至没有什么要清洗的时候，母亲会拿着抹灰布沉思来找到放松自己精神的办法，最终她会说话。安静思考的时刻最能用来定义她，我常常想知道（现在也这样）她精神的景象是否跟她花园的景象相配。每件事情都有它的目的，每样东西都有它的位置，每个选择都是一颗种子。不论其生出花朵或者杂草都是她在为自己思考而不是别人为她思考而承担的风险。她有种神秘的能力，能不说话就让别人听见她的声音。

她知道父亲在等着，等着她透露自己的意向。她把最后一块大黄派给最年长的执事，再次擦洗柜台，把海绵扔进水槽里，又穿过厨房走出后门到她的花园里。她在榛子树下停住了，摆出如阿米什女人的微笑一样谨慎的姿势，她把右手倚在最低的树枝上，难以觉察地竖起拇指，让她能从厨房的窗户里被看到。这就是我父亲说话所需要的全部。父亲清了清嗓子。执事们放下叉子，吞下最后一口沙士。

"我会做的，"他嘟囔着，"但只是这一次，行吗?"

执事们呼了口气，显得非常高兴，并清理着胡须里的大黄派碎屑。"谢谢你，鲁宾。"

"现在还不要太激动，还什么都没做呢。"

父亲的声音振动了空气，跟他的拍卖师声名一样嗡嗡作响。

父亲能够找到任何东西，甚至不用看也行。稀有的书籍、古董行李箱、斜切锯、鲨鱼颚、南北战争时期的毛瑟枪和填充的麋鹿头。他具有难得的能力，他能比"英国人"自己更了解他们。他研究过他们的购买习惯。对他们来说，大部分事物的情感价值要胜过它们的真实价值。如果商品预示着地位，那么一定会卖出。相反，对阿米什人而言，他所处街区的每一样商品都呈现出实用性。这就是为什么我的父亲永远不会明白我为什么会偷走一台相机，以及为什么他问我是否偷了相机时我会撒谎。父亲答应帮助我们的社区，我本应该感到高兴。他是一个好人，做着一件好事。然而，在7月的那个晚上，当他从桌子边站起来，看着我的眼神就好像他会买一个填充的麋鹿头，我感觉到胃里一阵痉挛。

那晚，在执事们离开仅仅数小时后，我感到如受强迫一般的第一次想要使用那台相机。我把它从地板下拿出来，塞进我的裤子下面，然后尽可能不发出一点声音，踮着脚尖走过姐姐们的房间。我偷偷溜下楼梯把相机拿到外面去，马棚后面通往池塘边的石板路有些冰凉，我的脚趾踩进了池塘边的泥土里。我把相机紧紧地抱在怀里，想让我的心跳得慢些——因为感觉它随时可能爆炸。

我眨了两次眼睛。接着，我被眼前的景象吸引住了：汉娜沐浴在月光里，从马棚投射来的斑驳阴影穿过了柳树，照在她长长的白色脖子上。紧挨着她的是一个我和月亮都不知道的，个子高高的、肩膀宽阔的男孩儿，他穿着牛仔裤和短袖T恤。尽管是在黑暗中，还是看得见他戴着太阳眼镜和棒球帽，在靠过去亲吻她脖子的时候掉了下来。我屏着呼吸，不敢喘气。我从未见过姐姐和其他男孩儿在一起。我从未见过别人亲吻，甚至连我父母亲吻也没见过。就算勒罗伊不告诉我我也知道这是一个重要的时刻，正当我把相机举到眼前的时候，汉娜弯下腰去捡男孩儿的帽子，并转过来发现我在池塘边，她猛地把一块银色的马蹄铁塞到男孩儿手里，接着连跑带跳地穿过了院子，远离了我，她裙子的拍打声嘲笑着我的心。

第二天早上，我看见父亲坐在他的滑轮椅上等着我，手里拿着一卷报纸。他后面的窗户上，太阳已经升起来了，天空带着银色和粉色的条纹。这对除了父亲之外的任何人来说都是一个美丽的早晨。他用被焦油熏黑的拇指敲着桌子，啪的一声用粉色橡皮筋捆好报纸。"坐下，伊莱。"

我坐下了。父亲坐在滑轮椅上穿过油布毯，把咖啡杯放在水槽里，他唯一嗜好的深色戒指污损了杯子。接着回到桌边，双手伸出，盯着我。他的手是我的两倍大，并且和我的完全不一样，发育完全并且强壮有力。我从未见过父亲发火，虽然我知道有的孩子会被他们的父亲用皮带在背上鞭打起泡。

我父亲是一个众所周知的急性子，而他从未打过我，但我想知道这次我是不是给了他一个打我的理由。"把你的手给我。"

我害怕地颤抖着，不愿意伸出我的手，我闭上了双眼，想象着他打我的时候会有多疼。

"站起来。"

我站起来，眼睛闭着。父亲把我的手放在一张弄皱的纸上。我不看都知道那是什么。他的声音带着苦恼与耻辱，他只说了一句话："看看。"

我眯着眼睛，闭得更紧，父亲咆哮道："睁开眼睛，伊莱。"

他洪亮的声音让我全身感到紧张，当他再次开口的时候我的下巴都在颤抖。"世界上只有一双手与这些相匹配。"这就是他所需要说出的全部。我突然把眼睛睁得大大的，看着从垃圾桶中拿出来的被油脂和番茄酱弄脏了的皱皱的传单纸。我确信父亲从我脸上读到的恐惧已经足以证实他的猜测。他坐在椅子上，用拳头托着下巴。他把沉重的眼神从我身上移到墙上然后说："你知不知道当一个人犯了法时，警察通常都是通过指纹来抓到坏人的?"

"也许这里就有一个坏人。"我边说边拉开我的手,把它们放到背后去。

就在这时,母亲从花园回到了屋里;她看见桌边的我们俩,又光着脚朝外面走去找我的姐姐们了。父亲为了拍卖很保护自己的嗓子,一般不会多说话,在家总是单向沟通。他发出的咕哝声,这些像密码一样只有母亲才能解码。听见他说出完整的句子就意味着发生了某些非常错误的事情。

"是你拿了这些又把它们塞进垃圾桶的吗?"

我闭着眼,知道如果我若再撒谎或许就永远不会被原谅了。压力就像塞满干草捆的马棚里的气体一样增加,我担心我会因为内心隐藏的秘密而爆炸。我没有意识到我憋着气,当我说话时听起来就像是泄气的气球一样。我指指那些手印。

"这是我扔进去的,是我拿走了传单。"

父亲靠在椅子上。手肘用力地按在桌子上,双手托着下巴,盯着木头不知道该说什么。

"还轮不到你决定事物的价值。"他说。尽管我从未想象到过他会教育我。我们从未谈到过我学习如何给市场上的东西估价,我也从来没有在这方面表现出兴趣,希望他永远不要问。让如此多的人来决定你要卖出的废物似乎是一件可怕的事情,我希望他教给露丝而不是我。她喜欢拍卖并且会准确、流利地说英语。在我们家还从没有女孩儿当拍卖师,露丝想要做第一个。

"你有没有停下来想过那个男孩儿丢了什么?"

我耸耸肩,在他接着说的时候我从膝盖上抠下了一块皮痂。

"这相机对他来说很重要,是他爷爷的相机。"

我盯着他,感到疑惑,不能理解为什么这会对他很重要。

"要知道,'英国人'喜爱他们带有情感的东西,阿米什人也一样。"

"什么是带——有——感——情的东西?"我问,发出这个新词语。我父亲笑了,但他的笑看起来带着忧伤:"你为什么这样做?"

我干咽了一口，感觉就好像他的拳头已经塞进了我的喉咙里。

我顿了顿，想要找到真相。"我不想让马库斯找到他的相机。"我说，等着他问是不是我拿了相机，或者更糟的问题，汉娜自己已经把这事儿告诉了他。

他只是叹叹气然后说："好吧，伊莱。好吧，这可以理解。"

父亲点点头，然后开始慢慢地、轻轻地哼出来自《圣歌书》里的一首歌，我知道这首歌，但我不喜欢它的旋律，我只记得歌词是说一位在多瑙河拯救了一名落水者的先祖。它是一首糟糕的歌曲，我选择了自己的语言，在脑中回想起在勒罗伊车上的收音机里听到的吉姆·克罗斯的歌词，想象着听见"坏坏的，坏坏的伊莱·布朗"，它唱的是对的。

在这天剩下的时间里我不能集中注意力做事情。我需要找汉娜谈谈，我知道最好的地方是哪儿。我发现她坐在池塘边的一艘小划艇里，她在那里储存在集市上卖的马蹄铁，并在那儿给它们上漆。很多年以前我的爷爷把鲑鱼囤在这深暗的水里来教我们钓鱼，但吸引汉娜的不是能钓到鱼的期望，而是能在那里释放的一切。我不只在那个夏天抓着她绕着池塘，在日出和日落时分，水中反射出了她在筒仓的影像。她快速地自言自语着，那时有些话我还听不懂。池塘好像就是一个能够抛掉烦恼的地方，对我来说也是这样。我找到了它的秘密。

池塘很深，在中心超过了二十英尺，塘沿四周还长满了滑溜溜的青苔，在夏天走在上面感觉又滑又凉快。在冬天它会结冰，我们会整个下午都在上面玩冰球或者溜冰；在夏天，我们还会在池塘中潜水。

池塘既是欢乐也是危险的源泉，这就是为什么汉娜把它指定为取得好运的官方地点。她喜欢听牛蛙的叫声，她坚持认为这是上帝的交响乐，看池塘里云的倒影或许就能把上帝的美丽面容带到我们身上。

我走到她的后面，拽开了她黑色的围裙带，然后围裙带在她上漆的时候从手臂上滑落。"你看见他了吗?"我问。

汉娜转过身来，吓了一跳，手里的漆刷也掉了。一群蚊子围着她的祈祷帽嗡嗡叫，我挥舞手腕把它们赶走。

"我看见谁了？"

我让她感到沮丧，她凝视着船里留着的一堆生锈的马蹄铁。

"你知道的。"我用手遮着天空说道。

"不，伊莱，我不知道你说的是谁。"

"他。"我说。

汉娜咬紧下巴，吹吹从祈祷帽里跑出来的擦着脖子的一缕头发。

"我不再找他了。"

"他在找你和我。"我说，她声音里的轻蔑让我觉得震惊。

"他甚至不认识你，伊莱。"

"你为什么这样说？"

"他甚至从未看见过你。反正没有靠近地看。"

"他没有吗？"

我抬头看看天空挥着手，然后爬进了船里，面对着她，拒绝相信在我已经活了的这九年里上帝从未看见过我。

"是不是因为我的双手？"

汉娜抬起头，用她大大的蓝眼睛看着我。

"什么？"

"也许是他在创造我的双手时出了点儿差错，就像你和母亲把饼干烤焦了而不得不扔掉一样。"

汉娜直起身。一抹忧伤的微笑划过脸颊，但我并不是想讲一个笑话。我不明白什么这么好笑。我的声音很小。我们膝盖挨着膝盖，我蹲下去捡起一块马蹄铁握在手里。

"或许我也应该把它们扔了。"我说。

"伊莱，到这来吧。"

汉娜把漆刷放在一旁，从船里走了出去，把手伸给我。我没有牵她的手而是抓着船舷，脚下挨着马蹄铁让我感到安全些。

"这就是为什么他不想看见我。"我说。

"上帝看着你，他没有出差错。"

"你怎么知道?"

汉娜用手指擦着额头。

"听着,伊莱。我没有在说上帝,我说的是别人,那晚你看见和我在一起的那个男孩儿。"

"哦,他啊,对的。那个'英国男孩儿'。"

我疑惑了。

"但他戴了棒球帽。"

汉娜点点头,她的目光移到池塘中间的一片睡莲叶上。不知那里是什么吸引了她,让她着迷。而这却让我烦恼,因为在我看着她眼睛的时候不知道她在哪儿。

"那个亲了你的——"

"他没有,伊莱。我不知道昨晚你看见了什么。"

"他亲了你的脖子!就在那儿,你下巴下面。"

汉娜光着脚站在池塘边。她往前走五步,然后转身,再走三步,接着再转身,泥巴从她的脚后跟发出抽吸的声音。每隔几秒她就会闭上眼睛噘起嘴,用拳头的一侧擦擦嘴,并用另一只手捂着后背,就好像是有人踢了她一下。她抓着她的脖子,接着卷起一缕头发在她脖子上的粉红色印记上卷起又散开,好像在思忖着是不是要告诉我这个秘密。

"好吧,伊莱,你是对的。你看见了我们。"

她拉起连衣裙爬进了船后。她坐在那儿盯着我,跟我父亲一样,但却是为不同的缘由。父亲带着的是指责的表情,但汉娜则是带着为某种不可撤销的事情而谴责自己的失望表情。

"你明白'徘徊期'是什么意思吗?"

"是的,"我说,高兴地改变了话题,"徘徊期"就是按照主教的安排四处游走的时间。是融入外面世界的时间,拥有一辆车并驾驶它,生活在"英国人"当中,甚至与之约会。意义在于给阿米什孩子一个机会去体验在一个不同的世界里生活是什么样的;然后再选择一种跟随。我听说过许多孩子参加过有酒桶和乐队的聚会,我也常常想汉娜是不是因为这而很晚回家。我昂起头笑了,想着她也许会带我去:"凯蒂和艾拉说你开过车。我希望勒罗伊能让我开那辆希利车。"

"算了吧。'徘徊期'可不仅仅是与开车有关，它与你人生中最重要的抉择有关。"她边说边把一块大石头扔进池塘里。

我感到自己的眉毛皱成一团。

"那是什么抉择？"

"去过父亲希望我们过的那种生活——加入教会。"

我突然失望了。我曾幻想过用一整年时间开着那辆红色的敞篷车四处旅行，听收音机，学会一首歌词包含我名字的歌曲，或者是创作一首那样的歌。我会带上我的伙伴一起去看电影。我们会把大摆裤换成牛仔裤（带着拉链和口袋），跟"英国人"一样穿上 T 恤，戴着棒球帽。没人会盯着我们看，也没人会笑我们。或许我们还可以开着车到机场，停在福斯特冷饮店买什果冰吃，还可以看飞机飞到那些地名没有用高地德语翻译的地方，比如洛杉矶、拉斯维加斯、新奥尔良。

"听起来不全是坏事。"我说。

"你知道你能离开吗？"

我转过身朝着汉娜，惊呆了。

"离开？你为什么想这样做？"

汉娜紧咬着嘴唇，看起来像是她扔进池塘的石头不知怎么地卡在了她的喉咙里。她说话的时候闭着双眼，但听起来不像是在对着我说话，而像是在回忆别人说过的话。

"有时候你只需要往前走，而不需要知道为什么。"

"我永远不会离开。"我说，并难以理解她。

"即使父亲发现了你的相机也是？"

她伸出手合上了我的嘴。我感到呼吸困难，马蹄铁朝下，我突然感到不安全，一切都糟糕透了："你告诉他了？"

汉娜竖起头，把食指戳进潮湿空气中。她清楚地、故意地带着一种合谋的语气说："我没有看见过相机，你也没有看见过接吻。"

我什么也没说，听见的只是逐渐增强的蝉鸣和午间第一只牛蛙的打嗝声。汉娜一直看着我，我没有给她任何反应。直到我慢慢明白并点了点头，我把目光转移到池塘深暗的水里，对着汉娜的倒影说："我某天会把它还回去的。"

"这由你决定。你到时候会知道的。"

汉娜咧开嘴，露出了我此生见到的她最开心的微笑。她的牙齿在夏日的薄雾中闪光，跟母亲的厨房台面一样白。她的快乐是那么的无忧无虑、天真烂漫。回想起来，她是否知道保护我就是麻烦的开始。

我抱着她的肩膀，感觉到她衣袖里透出的热度，看着她前臂的肌肉带着生气而抽动。这阵热度舒服且轻妙，感觉就像是各种爱的结合；那时候我知道，在过去、现在和将来我都没有理由离开这里。

"这是不是一个重要的时刻？"我问。

汉娜用手指轻拍她的下嘴唇。

"每一刻都重要。"她说。

"但是这感觉起来不一样。"我说，"它很特别，好像上帝也想看见。"

我希望当时我带着相机，我刹那间明白了为什么这是必要的，并且《申命记》是错误的。相机就像是另外一种眼睛，它能看见重要的时刻，以免上帝忘记看。

<h1 style="text-align:center">五</h1>

我们之间关于相机和亲吻的合谋在第二天就发生了冲突。8月14日，周六早晨。是夏季最热、阴霾最重的一天，空气很潮湿，是要下雨的前兆。炎热让我的母亲和姐姐们把她们的整个罐装操作搬到了厨房里，打开窗户和弹簧驱动的顶风扇。即便是这样，还是没有缓解炎热，她们又把东西都搬回了主房间里，那里空间更大，而令人惊讶的是在木门和纱门之间有一只破烂的粉红色缎织鞋。

"这是什么？"莎拉吃惊地问道，而我知道露丝知道，因为她咬着嘴唇，眼神四处扫描但就是不敢看母亲。

母亲的裙子已经被汗水浸湿了，她把一板条箱的桃子放在地上，捡起了那只鞋，把它拿到从窗户中透过的楔形光线中。她用手指摩挲着鞋底的边缘，然后缠绕又解开围绕在她手腕处的粉红缎带。

一本《圣歌书》摊在厨房的桌面上，就像是读者由于太忙而没有看完一样。母亲走过去读着封页内的名牌上的字：汉娜。

莎拉僵住了，露丝则清了清嗓子。

"也许是她忘了。"露丝轻轻地说，虽然她指的更多的是那只鞋而不是那本赞美诗集。我们都认为双胞胎姐姐和汉娜都在主教家里，参加了一门课程，为洗礼做准备。

我母亲擦去了祈祷帽帽檐上的汗水。一缕黑头发卷曲在脸颊上，使她看起来沾满汗水且没有光泽，不是因为炎热的原因，而是因为她大女儿的异常行为。

"她已经忘了很多事情。就在上周她忘了给要洗的衣服加肥皂粉，还忘了给馅饼加糖。"莎拉咯咯笑着说，带着紧张和尴尬。

露丝给莎拉使眼色叫她别再说了，并把目光移到母亲整理的黑白色油毯上。她转过身看着我，"把它拿给你姐姐。"她说着把《圣歌书》拿给我。

"那个怎么办？"我指着那只鞋问道。

"那可不是为请求洗礼。"

但从露丝和莎拉脸上的微笑看来，我知道或许是的。我还知道在我母亲走出门去继续装罐时，我就可以把它滑到我的帽子下面。

我把滑板车停在主教家的前门廊处，走过和一群青少年坐在草地上的凯蒂和艾拉。她们喝着柠檬汁，诵读着《信仰》的第十七章，但在看见我时她们停了下来。

"伊莱？"

"汉娜把这个留在家里了。"

意识到还有其他的女孩儿，我把《圣歌书》丢在草坪上并把我的双手藏在背后，接着便是一阵沉默。

双胞胎姐姐站起来，光着脚向我走来。

"谢谢你，伊莱。我们保证她会拿到书。"

我环顾四周。没有其他女孩儿说话。

"汉娜在哪儿？"我问。

"她正在来的路上。"艾拉说，凯蒂则用手蒙住了嘴。目光跳到其他女孩儿身上，她们的脸上显露出了判断。

"你现在可以回家了。"艾拉说。

"我想尿尿，"我说，"厕所在哪里？"

"他能带你去，对不对？"凯蒂边说边指着人群中的唯一一个男孩儿。

他起身走过来，并伸出了他的手，似乎很高兴见到我。

"你就是伊莱吧。"

我向退后了一步，他没有戴帽子，头发也剪得非常短，这让我觉得他看上去是"英国人"。他看起来像我们在 30 号公路上看到的广告牌上的男人一样，有着夸张的微笑和完美的牙齿，他的眼睛就像我们池塘的水一样发亮。他的手很大，是一双经常劳作的手，手臂上布满青筋。他的头发看起像油油的稻草，颈部还长着粉刺。他的肩膀很宽，胸部肌肉发达，而腰和臀部看起来却相对苗条。让我惊讶的是女孩儿们在他从旁边走过时变得很安静。那时我还不知道美丽会跟穴怪图 [1] 一样让人感到放松。跟他相比，我们显得完全不同，这让我感到了威胁但也同时激起了我的好奇心。他的身体姿势也显得不像是阿米什人。我们不大摇大摆地走路，也不显得趾高气扬。至少我们认为不会这样。他穿着牛仔裤，裤兜里塞着棒球帽。如果不是因为他的吊裤带，我会以为他是外来人。他还会说我们的方言。

"就在这儿。"他跟我说。

我们在主教家的畜棚后面撒尿，是在出故障的干草装载机和被推翻

[1] 穴怪图：西洋穴怪图像，为欧洲 15 世纪末至 19 世纪前半叶室内艺术特有的装饰风格。在欧语系的文学用辞上，该字亦有奇异与怪诞之意。

的独轮手推车之间。这真是一个奇怪的撒尿处，而得知这个男孩告诉我的事情后就更奇怪了。

"他们是你的姐姐？"他问道，一边拉上拉链。

"那对双胞胎。"我说。一边好奇地看着他的拉链，还控制自己不要盯得太久，"但我是来找汉娜的。"

"盖比和丹尼尔家的汉娜？"

"不是。"我疑惑地说。我觉得拉链比扣子要更加方便，不知道母亲为什么不在我的大摆裤两边缝上拉链。

"贝特鲁·贝蒂是我的姑妈。"

"贝特鲁·贝蒂跟我伊萨克叔叔一起工作。"我说，并且不知道我们为什么会扯这些宗谱游戏。这听起来很滑稽，因为阿米什人的姓大都一样，我们想出了其他的方法来识别我们自己，因为在每一天都可能有很多名叫汉娜·梅·约德或者伊莱·伊曼纽尔·约德又或者任何其他阿米什人名字组合的人。让我觉得奇怪的是他表现得像已经认识我或者知道我的事情，他说："你一定在找红甜菜鲁宾家的汉娜。"

"红甜菜鲁宾是我的父亲。"我说。尽管他从未准备要接受他的绰号，父亲在拍卖的时候喊得太久，把皮肤都晒红了。

"我的姐姐是马蹄铁汉娜。"

男孩儿伸出他的手，在看到我把手缩到背后时又收了回去。

"红甜菜鲁宾家的马蹄铁汉娜是你的姐姐？"

我点点头，觉得其实他早就知道了，不过是佯装而已。

"那么你就是马蹄铁汉娜家的伊莱咯？"他问。我再次点点头。"我知道一个关于马蹄铁汉娜的秘密，如果你答应我保守秘密，我就告诉你。"

他很高，在阳光下我不得不伸着脖子才能看清楚他的脸。他在说话之前发笑，这让我觉得他是不是在开玩笑，但在他的声音中却带着愤怒，他放低声音，不让其他女孩儿听见。

"汉娜用她的脚在学习。"他说，接着沉默了一阵，好像他还不确定接下来要告诉我多少。然而，他提议带我去汉娜的"教室"，但有两个条件。首先，不要让她知道他做了这些；其次，永远不要告诉她我们见过面。

这似乎是一次简单的交易。我只要保守秘密就能换取他知道的秘密。我甚至连双胞胎姐妹也不能告诉。我偷偷穿过草坪，在她们回到主教家里时拿回了《圣歌书》。为了不让她们看见我，我在主教的车道尽头踏上滑板车说再见，那男孩儿让我们在那儿碰面。当他说他的名字是李维·埃希时，我目瞪口呆地盯着他。"你就是亲了我姐姐的那个人?"

"当时是想要亲她，"他说，他把手揣进牛仔裤的裤袋里，"汉娜不想和我一起。"

"是因为你看起来像'英国人'。"

"你的姐姐比我更想成为'英国人'。"

李维推推滑下鼻梁的太阳镜。在阿米什人开始戴太阳镜很久之前，他就戴上了这种金边的太阳镜。我不喜欢在镜片里看见我自己。

"汉娜不是'英国人'。"我坚持说。

"目前还不是。"他说，"我会证明给你看的，你会知道的。"

我让他骑我的滑板车。但在我们离开主教的农场后，就拐进了一条狭窄曲折的乡间小道，它通往一座破败的乳牛场，那里有少量的病恹恹的奶牛围着土地乱转。

"我以为我们要去汉娜的学校。"

"是啊，但是骑车过去太远了。"

这个男孩儿让我在谷仓外面等。他把滑板车靠边，走向谷仓门，他拉开了门，有一辆黑色的大卡车在里面。我感到自己的眼睛睁得老大，因为我觉得我看见的东西既漂亮又可怕，就好像我看见了一个在车轮上的怪兽。铬合金映着晨光，上了几层蜡的黑色油漆还闪闪发光，抛光擦亮的就像马鞍一样。当然我以前见过汽车，但是还从未看见过汽车停在谷仓里。

"哇哦。这是你的吗?"

"大部分是的。再跟你父亲工作几个月就会付清全款了。"

"你为我父亲工作?"

"现在还是学徒。"他说。

"我父亲知道你开汽车吗?"

李维笑了笑。

"这就是他雇我的原因。他需要到处转转。"

"哦。"我说,心里想为什么父亲不雇勒罗伊来载他去拍卖,"但是他已经有司机了啊。"

"谁? 那个费舍尔?"

我摇摇头:"他还是一位理发师。"

"是的。不,我明白了。他像这样剪我的头发。"他一边说一边举着手在金色的木瓦架上挥舞,"我是他在集市上理发的最后一个人。"

"他走了?"我问,感到喉咙像堵住了一般。

"他拆掉了在集市上的理发摊,不过现在那里又一个新来的人在卖毛线衫,是一种腈纶做的产自台湾的衣服。"

我盯着他,我不知道台湾是什么。我只知道我不能想象集市上没有了勒罗伊。

"为什么?"我问。

"他的老婆生病了,他需要在家里照顾她。"

他把手伸进卡车里打开收音机,并把声音放得很大。他捡起兜帽里的菱形花格布,弯腰站在前保险杠前,用抹布在铬合金上来回擦拭,擦掉从自己的影子中映出的锈迹。

"她真是个美人,对不?"他一边说一边把收音机声音调得更大。

"什么?"我问,心里想为什么勒罗伊没有告诉我们露丝安妮的事。

"我说你见没见过这么漂亮的汽车?"

我耸耸肩。我认为唯一漂亮的汽车就是勒罗伊的奥斯丁·希利。

"没有,"我大声说,"你能把声音关小点儿吗?"

他关小了,不过只持续了几秒。

"我不想让我母亲听见我在发动引擎。"

他再次调大了声音。电台的杂音很大,但我还是能分辨出声音。他跟着一起唱歌。"你能看见真实的我吗,牧师? 你能看见吗? 你能看见吗?

你能看见真实的我吗？"

我怀疑他是不是想让主教贝勒看见真实的他。在洗礼课上不穿牛仔裤也不戴棒球帽。我想那个吻可能不是这个课程计划的一部分，并且我怀疑他是不是真的想加入阿米什。

"上车。"他说，而我只是呆呆地站在那里，看着保险杠上映出的自己。

"我不应该乘坐除了勒罗伊的车以外的其他车。"

"我打赌你从没坐过 1969 年的道奇汽车。上来吧，我会教你怎么开车。"

我抬头看着他，想要看透这黑色的镜片。

"我的脚够不着踏板。"

"当你长大一点，在你开始'徘徊期'的时候就可以开车了。"

我注视着他，开始接受这个亲吻了我姐姐的高大的、淡黄色头发的男孩儿。

他打开乘客侧的车门。我把滑板车放在地上，拿着姐姐的《圣歌书》复印本走过去，但就在我爬上这个怪兽的时候，李维从我手中拿走了书并把它放在门外的干草捆上。

"不要为这个烦恼，汉娜不需要这个。"

"但她怎么知道要唱什么？"

李维把车钥匙塞进点火开关并从上面看着我："谁说汉娜要唱歌了？"然后一脚踩下油门。引擎发出噼啪声，这让我想知道是否应该驾驶一个怪兽。

卡车上没有安全带。在转弯的时候我就在座位上滑来滑去，并且一路上转弯很多。我们开过深绿色的烟草田和玉米地，开过我们单室学校的房子，开过邦克山公墓，在那里卡车回火的时候，一群乌鸦遮盖了天空。

"那是什么？"

"排气管上有洞。"李维说。但我不相信他，因为当他知道我在昨天之前从未听说过他时，他把方向盘抓得更紧了。

"汉娜从没提到过我的名字？"

"只提过一次。"我澄清道。

李维笑了，但是声音里还是透露出了我在主教家里觉察到的同样的悲伤。那时我还不知道原因，因为我还不完全清楚他们之间的故事。但是在那个夏天李维找汉娜找错了地方，他的头脑中一直坚持认为她应该待在他所认为的地方。

李维是对的。汉娜不需要这本《圣歌书》，她需要的是留在我们家的那只鞋。和这本《圣歌书》相比，汉娜更需要的是我们在一座旧的磨坊的停车场处看到的祈祷帽，在那里女孩儿们穿着粉色和黑色的紧身连衣裤跳着经过窗户。磨坊旁的一座大的木头磨轮面向小溪，并越过了磨坊的石灰石墙，在夏天的雷鸣中，一架钢琴弹奏着莫扎特和伯拉罕的乐曲。我爬下汽车，穿过停车场捡起那顶掉落的祈祷帽，然后跟着李维走进了工作室。

我们跟着一群母亲们在黑暗的等候室里。我跟在李维的旁边，在一面单面镜后面，注视着光着脚站在工作室角落里的姐姐，她缠绕又解开从圆发髻滑落下来的一束头发。

当我看见她时，我的第一反应是生气，而不是惊叹。阿米什人不支持或者练习任何类型的演出。我们认为这是傲慢且徒劳的，跟高中或者任何超过八年级的正规教育一样。我们相信这会转移我们对上帝的注意力。看见她穿着如此暴露的粉红色的短袖紧身连衣裤让我不舒服。我想让她穿回自己的黑色连衣裙，把围裙紧紧地拴在腰上，并戴上祈祷帽。我伸出手并把它们放在窗户上，想要挡住她，不让屋里的人们看见她。姐姐的姿势中透出高傲，为自己的舞蹈而自豪，并跟"英国人"一样喧闹着要求别人注意，这让我感到震惊。

汉娜欺骗了我们所有人。我们以为每周六她都在背诵《信仰》的第十七章，但是她却是在记忆着芭蕾舞的经典姿势，小踢腿、单腿蹲、擦地、小弹腿、全蹲、大跳。整个都是新的语言，整个都是新的生活。我曾以为这些词语是一些植物的名字，因为她在我们的花园里浇花的时候嘴里喃喃地说着，伸展她的手臂，抬起腿，在花园水管的拱形下扭着她修长的身体，像雄鹿穿过石板一样大胆地跳跃着。我以为她喜欢花园，但她喜欢的却是练习舞蹈姿势的名字，而植物不会出卖她的秘密。

母亲们放下手中的杂志，抬头看着我微笑。

"她是你姐姐吗？她可真有天赋。"

我摇摇头，我不想与汉娜虚伪的骄傲产生联系。钢琴停下了，每个人都看着汉娜，等着她跳舞，但是她只是站在那儿盯着地面，看起来不知所措，这让我感到比生她的气更加糟糕。

我快速地把我的手从口袋里拿出来，用拳头敲击窗户。李维把我的手拉开："你在干什么？"

"她需要她的鞋。"我说。

等候室里变得安静了，母亲们把杂志放在膝盖上，并停止剪上面的食谱。我从她们之间挤过去，朝着门走去，然后打开它，走上舞池。在工作室的另一边是惊呆了的汉娜，她看着我向她走过去。当我离她足够近的时候，我用我们的方言对她低声说："你没有告诉我你要离开。"

汉娜用手盖住了嘴巴。她的脖子和脸颊红得发亮。我取下帽子，把它翻过来，露出了芭蕾舞鞋。"你需要这个。"

汉娜伸出手拿了鞋，"我爱你。"她悄悄说。

我感到大家都在看着我们，包括她的老师。我转过身，朝着门走回去，但是汉娜用英语喊我，而所有人都能听懂咱们的话。

"你要留下来看我跳舞吗？"

我在舞池中间停下了，眼睛看着坐在地上的露出好奇表情的女孩儿们，她们盘着腿，背朝着镜子。

"这里？"我一边问一边指着脚下的地板。

"是的。就坐在那儿。行吗？"

汉娜抬起头看看老师，那是一位不比汉娜高出多少的年轻女人，有着一头黑色的头发，坐在钢琴边微笑着。

"祝演出成功[1]。"她说。

汉娜笑了，断腿？说断腿怎么还会笑出来。汉娜最清楚这点，因为她曾看见过我四岁那年从胡桃树上跌下来过。我花了六周的时间来治疗。摔断的骨头可不像冰淇淋、小狗或者紫色的烟雾弹那样能让小孩儿开心。我看着汉娜并不顾一切地用我们的方言大喊，想要阻止她。

"你腿断了可不能跳舞！"

汉娜大笑起来。她蹲伏下来，用一条旧缎带把膝盖包起来："意思是祝好运，伊莱。"

"断腿是好运？"

"意思是打破遗产。"她说，"打破传统。"

她把缎带打了两个节，并在鞋尖擦上了一团松脂然后就站起来了。钢琴声开始响起，汉娜伸出手，整个屋子安静了。她低下头，闭上双眼，接着跟上音乐节奏开始跳舞。她所具有的优美在跳舞时让她看起来像悬浮在地面上。她的脸颊变红了，肩膀顶端显出粉红色。她所有的一切看起来都暗示她不是'英国人'，也不是阿米什人，而是来自完全不同的世界，似乎是来自天堂，带着发出炫光的翅膀。汉娜跳舞的时候，我所看见的，我们所有人看见的，她就是神。那就是她的荣耀，也是我不得不原谅她离开的理由。

六

汉娜信守自己的诺言，我也一样，我们没有告诉任何人关于池塘或者舞蹈室的事情。三天以后，我觉得汉娜和我好像成为了最好的朋友。我不会再有这样的好朋友，在以后的任何时候都不会。这三天，我感觉好像世界上的所有事情都是对的。然而，我的父母却不像我们这样高兴。一

[1] 原文为"break a leg"，有祝好运、祝（演出）成功的意思，但是字面上看则是断腿的意思。因此下文主人公产生了歧义。

天晚上他们叫我们坐在桌边，告诉我们露丝安娜的眼睛瞎了，并且勒罗伊也不会再开车载我们外出了，他也再不会来我们家吃饭了。

"瞎了？"我问，听到这确切的消息让我目瞪口呆。

"糖尿病。"父亲一边说一边摇头。

我听说过这种病。我的爷爷以前曾警告过我们不要吃太多糖果，但是他从没告诉过我们可能会因此而变瞎。

"吃了太多的糖果？"我问。

我母亲耸耸肩，轻轻擦了擦眼角。

"勒罗伊不会接受我们的任何帮助。"

"为什么不？"

"有时候对人们来说接受太难。"

"是勒罗伊太傲慢了？"我问，并好奇怎么有人这样傲气。

"傲慢？不。不过像一只固执的老山羊。"

我从未见过父母说勒罗伊的坏话，他们通常只会说他的好。我抬头看着父亲，他猛拉他的衬衫领，让脖子通通风。

"你的拍卖怎么办？"露丝问，比起露丝安妮和勒罗伊的处境，她更关心父亲的生意。

"我们会另外找一名司机。"他说，"这是我们最小的问题，真的。"

谈话最终转向了我。显然，父亲让牧师失望了，因他拒绝亲自与马库斯·保尼的父亲见面。有传言称父亲开始寻找那台相机，他已经与这一区域的每位相机经营者或者当铺联系过，向东一直到了盖普，向西则到了乔伊山。显然，他还没有找到它，这是他有生以来第一次承认失败。我不认为是因为这样的承认阻止他与保尼先生见面，我相信是因为不能忍受告诉他们或者告诉在我们地区的任何人，是他的儿子把传单扔进了垃圾桶——他不会感到遗憾，这要取决于在马库斯给我拍照以后我所失去的一切。

看到父亲没能找到相机，汉娜给了他一个马蹄铁。

"为什么不在寻找的时候用这个？"

"我不相信马蹄铁。"他说，但还是把它拿走了。没有人会愚蠢到拒绝我姐姐的马蹄铁，自从她在集市上出售马蹄铁之后，它就被证明很有用，它被用来作为装饰物挂在门口，对相信的人们或者不相信的人们来说，U形的装饰品能够驱逐霉运。

汉娜相信运气，但是她从未声称其在她那一边，或者在任何人那边。汉娜说运气就像是天气，你必须要关注迹象来决定预测。如有火和雨，就有好运气或者坏运气，这就是为什么汉娜把这作为生意来保护她自己和她所认识的人。

在我去取裤子的那天我也需要运气。我担心口袋不够大，藏不了我的手，或者又做得太小，我的手会卡住。汉娜叫我不要担心，她请了一名来自特利托的女孩儿来帮我缝。我问汉娜这个女孩儿对做口袋知道些什么，汉娜说："她什么都知道。她是'英国人'。"

她刚把装着手绘马蹄铁的箱子都搬进马车后面，这时母亲出门朝我们走过来，手里拿着我的帽子。

"你要去市场？"她问。

"是的，母亲。"我说。

她回头看看院子，皱着眉头："但是你们还没有锄完草。"

我感到喉咙被堵住了，所有失望压在我的身上。我为口袋足足等了六个星期了。"我们回来后我会帮他锄草的。"汉娜说着把马车的嵌板关上。母亲把手伸进窗户给我戴上帽子，"那就明天，不能再往后推了。"

"就明天，"我保证，"杂草一定会被锄光的。"

她眯着眼睛，回头看见我的姐姐们从屋里走出来加入我们。不管当时她听见了什么声音，她都不告诉我们，而是看着天空，看着从清晨就聚集在天上的暗带。

"天要下雨了，小心驾驶。"

"我们会的。"凯蒂和艾拉说，并爬进后座。莎拉也跟进来了。我坐在中间，在最前面，在汉娜和露丝中间的我的笑容如同整个世界都那么五彩斑斓。我的烦恼结束了。在那天之后，我的裤子就会有口袋了，并且没有人会再看见我的手了。

　　那天晚上我应该多注意天色，就像汉娜会做的那样，但我太小了，不能从中收集到它的意思。有人警告我们要小心暴风雨，但是我们还是决定要花一点我们卖马蹄铁赚来的钱。我们想吃冰淇淋，这是带我们到特利托去的最完美的策略，我的新裤子还在那儿等着。父亲之前反对，提醒我们母亲还在家里等着我们回去吃黄桃派。他禁止我们在夜晚或者雨天驾驶马车，尽管有电池车前灯。他过度小心了，即使我们已经根据州法在后面板上安装了橙色三角形标志。我们家有三辆马车，是大多明信片里的那种标准马车，一种带弹簧的用来搬运重物的马车，和一种封闭式的市场用轻便小马车，跟阿米什的旅行车的作用一样，下面有重重的悬架和一个可拆卸的座椅。在我们去市场的时候，我们都驾驶四轮马车，还会争抢靠窗的座位，以免坐在前面或者后面长凳的中间而被别人挤压，特别是在烈日炎炎的夏季。我的姐姐们想看晚上的风景，而我没有跟她们争抢。我坐在双胞胎和露丝中间，莎拉坐在父亲和汉娜之间，我们都坐在被压坏的蓝丝绒上面。

　　在坐马车时候我们通常很安静。即使我们有勇气告诉父亲我们是要去特利托取我的新裤子，而他没有听我们说。他脑袋里想着别的事情。他已经尽力避开主教和执事们了，他们认为他已经与马库斯·保尼的父母见了面，并且结束了他们对阿米什人无休止的指责。他们用无根据和无关的表扬来迫使他，而他所能做的只是逃避。跟我们一样，他的眼睛盯着路面，而路面的平静放大了我们马车的吱吱声和趾高气扬。在天快黑的时候我们看见了雨水溅泼下来。我转过身去从后面窗户往外看，看着天空，想知道上帝是否也正在看。我感觉他是的，就好像他知道他要看见这一刻一样。

　　我们驶入了特利托，把马车拴在为阿米什人预留的两根拴马柱上。有两个少女，她们是特利托的双胞胎姐妹，穿着白色的迷你裙和褶边的粉红色吊带背心，坐在拴马柱上，抽着万宝路香烟。她们脸红了，迅速地把烟头扔在地上并用脚踩熄，然后消失在了楼后面，接着又出现在窗户上。她们中的一个打开了户外的扬声器。对杰姬和有着白皙皮肤、浅金色如羽毛般头发的琳恩来说我们并不是陌生人，她们走出来迎接我们。她们尊重我们的忠心，然而绝不会是对冰淇淋的忠心，而是对她们喜欢的广播电台。在轮到我们在谷仓主持招待的时候，在农场上我们会做足够多的冰淇淋，但是除了勒罗伊的汽车收音机之外，我们很少听到现代音乐。杰姬和琳恩在音乐方面很有品位。我们喜欢FM97，是一个本地电台，会播放顶尖的摇滚乐和摩城音乐。冰淇淋就是我们感受格雷迪斯·奈特和马文·盖伊音乐里的基调强节奏的密码，它会在停车场里产生回响，引起我们产生跟看到烟火一样的兴奋感。

我们的计划是这样的：杰姬把我举到柜台上，让我尝试最新一批冰淇淋。而父亲则在柜台后面耐心地等着结论。我的姐姐们坐在马车里，听着从室外立体扬声器里发出的音乐。她们的记忆力很好，还常把歌词译成我们的方言，并且希望我的父母不会听见。我的姐姐们坚持说这些歌是她们从阿米什青少年周日歌唱组合学来的，是来自19世纪的福音歌曲的复兴曲调。我的父母跟大多数的阿米什父母一样，不喜欢收音机，但我常常听见母亲在做饭的时候哼着《让我们开始吧》[1]。

天气让我们那晚的计划失败了。闪电划过了霓虹灯，上面的字母 R 掉了，字母 Y 像快门一样闪了一下。父亲指着天空。

"没时间品尝了，伊莱。"

我透过窗户看着姐姐们。汉娜使着眼色。凯蒂、露丝和艾拉把头伸出马车外，并对我竖大拇指。莎拉甚至举起手祈祷，他们都为我快要得到有口袋的裤子而兴奋。

"但是他们换了味道怎么办？"我问，更加担心我的新裤子了。我们还没有商量要如何才能真正地拿到裤子——绝对不能在我父亲面前。

---

[1] 马文·盖伊的名曲。

"我们不会改变已经持续了上百年的事情。"他说,"同样,他们也不会改变已经持续十年的东西。这没有什么好质疑的。"

我擦擦鼻头,不太相信。杰姬已经准备好了第一种试吃品。"冰淇淋来啦。"她说,拿出一个蛋筒冰淇淋。她知道这比给我杯装冰淇淋要好,因为蛋筒冰淇淋更方便拿着吃。我露出微笑,她靠近我的脸低声对我说:"你的裤子在外面的牛奶箱里。"

我点点头。父亲清了清嗓子。

"伊莱,天快黑了。我们必须快点。"

"那好吧。一个双球冰淇淋。"

父亲叹着气说:"拜托我们已经有六个双球蛋筒冰淇淋了,还有一个给我的花式冰淇淋。我们可以快点走了吗?"

另一阵电闪雷鸣,屋里灯火摇曳,冰柜也关了又启。

"我们要避开这场暴风雨。"

"这是肯定的,约德先生。"

琳恩把拖把放在一边,之前她在打扫摔碎并溅在地上的可乐瓶。她从杰姬手里拿过来一个蛋筒冰淇淋,然后把它放进一个看起来像是倒转的蛋形纸盒里面。她被一阵汽车喇叭声吓得退缩了一下。一队小运动员挤在三门旅行车里,停在了窗边。一伙戴着棒球帽穿着草色运动衫的男孩儿,隔着挡风玻璃对着杰姬挥手,他们看起来很熟悉。我眯着眼睛看,想要辨认出后面那个坐在疲倦司机旁的男孩儿。他比其他人看起来要胖些,脸红扑扑的,肚子虽被遮住了,但我记得很清楚他是谁。马库斯·保尼似乎也记得我,他对着窗户挥手,估计他把手指弄得僵硬并且不分开。

"嘿,手又大又丑的人!"

"我在这儿。"杰姬喊道,"我的天!你们表现的好像是这里的主人一样。你们这只小运动联合会!"

"就是这个男孩儿偷了我的相机!"

"什么?"

马库斯从窗户里伸出手指着我。一个可能是他母亲的女人旋下了驾驶座的玻璃窗。

"他？你怎么知道？他们看起来都一样。"她指着我说。

我用帽檐挡着我的眼睛。

"不，母亲，就是他！快看他的手。"

"我们走吧，父亲。"我说，一边去拿杰姬放在柜台上的蛋筒冰淇淋托盘。父亲拿出钱包。杰姬挥手不收钱并示意外面即将到来的暴风雨。闪电在窗户外发出噼啪声，并在天上留下一道银线。杰姬看起来很担心。

"闪电很厉害，约德先生。"

"不给钱我们可不能接受。"

"快走吧，父亲，它们快化了。"我乞求道，眼睛盯着外面的旅行车。杰姬背对着我们，把窗户开得更大来让小队员们点吃的。

我迅速从柜台上跳下来。我不想再冒险地和马库斯多待一秒钟，仅仅是一秒钟就可能改变很多事情。我拿起冰淇淋朝着大门走去，我打开门并用臀部抵着门，等着父亲出来。这时天空像裂开了一般，风雨狂暴地吹进商店。父亲没有动，而是站在不停摇晃的顶风扇下，看上去很迷惑。我从未见过父亲那样呆呆站着，朝上看着风扇的叶片，就好像每一片他都应该读懂一样。

我从窗户往回看，看见马库斯已经从旅行车里出来了，并朝着大门走过来。我的心跳加速。冰淇淋都融化滴在地上了，我决定冒着冰淇淋被淋坏的风险跑进雨中。我没有在牛奶箱那里停下，而直到今天，我也不知道我的新裤子到底在不在里面。

"拿着。"我一边说一边把托盘扔进汉娜手里。我一头扎进马车，爬上后面的座位，坐在双胞胎姐姐中间，而她俩正享受着双球冰淇淋，无暇顾及在旁边又湿又惊慌的我。我蹲在地上，颤抖着。汉娜递给我最后一个冰淇淋，已经化掉一半了。

"你在下面干什么？"

我拿过冰淇淋什么也没说。

"拿到裤子了吗？"

"还没有。"

"为什么？杰姬说已经准备好了啊。你已经在里面待了这么久。"

露丝靠下来，捏着我的肩膀。

"是的，我们刚学到了最后一句歌词'你真是白费功夫'。"

我的姐姐们就一起模仿起卡利·西蒙的声音来。她们咯咯笑着，"英国人"会自己写歌嘲弄自己让他们觉得好笑。

我没有笑，也不觉得有趣。我甚至没有吃冰淇淋，希望父亲能快点带我们回家。我感到胃疼并且心跳加速。我透过窗户看着父亲，他和杰姬好像正激烈地谈论着什么。他用手指着马车，而杰姬用手指着父亲。她在空气中挥着双手，接着用双臂拍着胸口，摇着头。

"你觉得她是不是告诉了父亲裤子的事情？"我问。

"不，与我们的裤子无关。"汉娜说，并把手紧扣在嘴上看着他们，"杰姬不会出卖你的。"

"那是怎么了？"我问。我想爬上座位自己看看，但又不想被走出门的马库斯看见。

"没什么，伊莱。没什么。"

"杰姬说冰淇淋是免费的。"

"她真的这么说吗？"

我点点头。我难以想象为什么父亲会在免费的冰淇淋上如此大惊小怪。但是这就是重点。没有什么是免费的，没有什么是无代价的。

父亲从拴马柱上解开缰绳，爬上马车，他的衬衫湿透了，粘在手臂上，显出了肌肉轮廓。汉娜递出他的冰淇淋。

"你吃吧。"他说，他的声音很嘶哑，那晚比拍卖还要费嗓子。

"但是只有你一个人喜欢香草味的，父亲。"

他转向脸红红的大姐姐。

"到家时我们得谈谈。"

父亲拿过冰淇淋，用左手握着，然后用右手猛拉缰绳，想要控制住被雷电惊吓的马。大雨吹进马车接着突然变成了一阵冰雹，猛烈地击打着挡风玻璃，弹着车顶。父亲想打开车灯，但是不起作用。汉娜望着父亲，显得很担心。她叹了口气，头低着，看着朦胧的玻璃窗。

"我记得叫你们换过电池。"

汉娜咬着嘴唇，凯蒂用胳膊肘推着她。父亲看起来跟那辆旅行车里的父亲一样，疲倦不堪，渴望他的王国简简单单并充满慰藉。我们在特利托停车场的边上停下了，给小联盟的旅行车让道。我们在他们后面上了公路，跟着柔和的车尾灯，但是暴风雨让它很快熄灭了，然后我们脑袋里闪过让暴风雨过了再走的念头。我们离家只有一英里，即使在暴风雨里也只需要不到六分钟。只要在黑暗中加快速度，赶快到家，我们就安全了。

是母亲首先发现了我们。在撞车现场，我穿过臂弯注视着她，而这只手臂就像洋娃娃一样向后弯曲。她一直跪在胡桃树底下，光着脚，内心不可思议的平静。用在花园里我们接受她的指令时的那种仔细观察看着我们，尽管我们那晚的安排与命令毫无关系。我缓慢地用手指穿过一团缠结的头发抓住了她的手。她退缩了一下。我的双手沾着鲜血，大拇指把冰淇淋的蛋筒弄得粉碎，并且湿透了，就像是湿纸巾。我躺着，捏着她的手腕，看着天空穿过月亮的乌云。空气很潮湿而黏腻，一切都太平静了。

"伊莱？"

"我卡住了。"我哭喊道，背部钻心地疼。我的双手和嘴巴都流着血。我咬破了上嘴唇，尝到鲜血的味道时又吐了出来。我感到我的手臂重重地吊在胸口，另一只手则绕着脖子。一片颈骨断裂扎进肉里，把我钉在了摔倒在地上的马车上。我转过头，感觉到柔软的棉布裙包裹着我，身体还是暖的。我移过目光，看见父亲的胡须的尖擦着我不想去辨认的手。我伸出手去捏他的肩膀，看见他的一只鞋掉了，落在树边。他的右脚向后扭曲，血渗在了树皮上。

"父亲？"我哭喊道，"父亲！"

母亲把汉娜从我腿上挪开，把双胞胎姐妹推到一边。凯蒂和艾拉纠缠在一起，手臂紧扣着，就跟她们在她的子宫里一样。她们的嘴巴没有动。

"他们没有说话。"我说，"他们为什么不说话？母亲！让他们说话。"

母亲没有说话并紧紧地抓着我的手腕。她的另一只手托着我的脖子，手指冰冷潮湿。

"不要动。"她说，并搜寻着我身上有无其他伤处，紧紧地按着我的臀部和骨盆、手臂和腿部、我的脚，还有我的手。除了背部的剧痛以外我没有其他感觉，就像被一匹马踢了一样。

"我想起来。"我说，先是感到太安静而恐惧，接着看见远处警报器在旋转。

"我想尿尿。"我说，我的声音颤抖着。但太迟了。一道暖流沿着我的腿流了下来。母亲用手臂把我抱住，把我从一堆缠结的身体和损坏的马车中拉了出来。

我让自己稳稳地靠在母亲的肩上，并注视着眼前的混乱情景和母亲的样子。她的面容如同暮霭，她沾满面粉的手在姐姐们的围裙肩带上留下白色的痕迹。她看着推翻了的马车，看着变形的车轴上摇晃的车轮，巨大的树干也被压变形了。她的膝盖上搁着一块后挡板上的塑料三角反射板，在她的眼里反射出橙光。她或许比我还要不知所措，在黑暗中寻找着天使。我把头埋进她的祈祷帽。"让他们说话。"我祈求道。

"我不能，伊莱。"

"求你了，母亲，说点儿什么。"我说着并再次跪在她旁边，戳着姐姐们的肩膀。

母亲伸出手，把手压在我的手上。

"伊莱，"她闭着眼睛说，好像她能缓和这宣告，"他们死了。"

我顿住了："他们全部都死了？"

母亲僵硬地点着头，然后抬起下巴，好像是要调节眼泪和地面的距离。她没有向上看着姐姐们，也没有移动或者眨眼。她只是坐在那儿，没有弓着背，也没有倒下，而是缩着身体。看见她五个女儿的死让她立刻萎缩了，面无血色，显得惨白而渺小。她没有从尸体中找我的父亲。她也没有问到他。我察看他的肢体，推测他也已经死了。母亲也没有伸手去检测他的脉搏。

　　救护车警报器在远处哀号着，红蓝色的光在我们的头顶上闪烁。直到今天，我也不知道是谁叫了救护车，但我相信是那个撞了我们的司机。

　　"我想要你进去帮我拿一把剪刀。"

　　剪刀，我以为我听错了。

　　"快去拿剪刀。"

　　母亲没有看我只是重复着这话。每一个词都带着她的命令口吻。她的声音听起来让我难以辨认，就好像是从她的喉咙深处发出的并从她的心脏后滑出的声音，就像是在废品抽屉里的一枚丢失的硬币。我不想猜疑她会拿剪刀来做什么，我的双眼含着泪水。

　　"你确定，母亲？"

　　母亲点点头，有条不紊地从姐姐们的头上移去白色的祈祷帽，带着如在烹饪或者照顾我们时的那种精确和决心。首先是汉娜的帽子，接下来是凯蒂和艾拉。当她碰到露丝童帽的流苏时，她的手指颤抖着，害怕去解开在她下巴下面形成的小十字架。莎拉横躺在父亲的胸口上，不一会儿当父亲呼吸时，我以为她抬起了她的头。

　　"父亲还活着。"我说。

　　母亲没有听见。她已经迷失在了这个仪式中，移去祈祷帽，准备分离。从马车上脱开缰绳的马穿过玉米地和马路，歇斯底里般地践踏着母亲的花园。她依然保持着平静，等着我帮助她，她的手伸开在一旁，手掌朝上，等着剪刀。

　　"去屋子里。"她的声音听起来如此缓慢让我以为这句话仿佛吞没了她。我不知道我的母亲已经消失了，她发出的声音不过是我自己的回音。

　　"去干吗？"我低声说，我的下嘴唇因说出实话而颤抖着。她抬起下巴，凝视着我。

　　"剪刀。"

　　我吞下流进喉咙的血滴。

　　那时我对救赎一无所知，但我现在相信那晚我看到了母亲美丽外表下露出的悲愤。她会永远记得当时的场景——明亮的灯光，她穿过厨房听到的引擎盖的爆炸声，金属的碎裂和皮革的撕裂声，狂奔着消失在田地里的受惊吓的马匹的嘶鸣，还会记得那个没有留下来看她的家人是否还活着的司机。

我想把她摇醒。我不认得这个跪着的女人，她的平静吓坏了我。我跑开了这一切，跑开了她，跑开了我死去的姐姐们，她们的眼睛还睁开着，向上看着天空，好像还在数着萤火虫或者等着月亮升起。我想要她们眨眨眼。任何的动作都足以让我确信没有发生车祸。

我在走道上踢掉鞋子，注视着这幢白色的大房子，想要把它全部装在眼里。那时它对我来说太大了，给我安全的错觉。父亲的简单王国突然地、错误地被超过我的控制或者理解的环境复杂化了。闪电划过，照亮了我们的房子，吸引我走进房里。但是我不想从前门进去，我跟我母亲一样认为这意味着晦气。我跑去了后门，看见了母亲被打翻的天竺葵，石板上撒着盆栽里的泥土和黑色的脚印。到厨房的纱门打开着，门槛上还蜷缩着两只小白猫，享受着吹过的微风。我用石块把它们赶走，弄干净门口并抵着门框，我知道无论我母亲决定用剪刀做什么，一切都已经改变了。

走廊的门在微风中前后摇晃着，被吸引来的苍蝇围绕着母亲用了整晚来烘焙的馅饼，黄桃味和擦了肉桂的大黄味在桌上飘荡。一条皱巴巴的围裙摊在地上，无人照管的马灯的火焰把煤灰吹到玻璃上。我吹熄了灯，走向母亲放剪刀的抽屉，希望上帝不要看见我要做的事情，或者责怪我充当了母亲犯罪的帮凶。

我伸手抓住抽屉的把手，祈祷剪刀不要在里面，希望这一次母亲把东西错放在祈祷帽发夹的旁边。我慢慢打开抽屉，厌恶橡胶辊发出的软软的声音和散落在硬币间的弹珠发出的隆隆声。这些剪刀是本地的一位铁匠打造的，躺在它们的黑色丝绒盒里，剪刀的把手映着照亮我们厨房白墙的闪电而闪闪发光。

我踮起脚尖，把手伸进抽屉，把剪刀从盒子里拿出来。我能看见我的半张脸在弯曲的金属中映射出来，脸颊上带着血痕。我拖着小指慢慢地压在我右边眉毛上的伤口处，看着皮肤像海绵一样回弹开，这道伤疤会在多年以后仍使我想起这久久不去的愤怒。

我离开厨房，把剪刀拿给母亲。警察和医务人员挤满了道路，一路上都是警车和救护车灯的闪光，像是被恐惧吸引过来。我记得听见一辆车的车门打开，然后是一阵喇叭的鸣叫声。一台对讲机。还有越来越多的警笛声。从一辆巡警车上发出耀眼的光。我把剪刀递给母亲，站在她身旁，我完全知道她要做什么。

医护人员们停止救助并注视着我们。父亲睁开眼睛咳嗽着，清着嗓子，想要示意我母亲停下来。而她没有看见他。她也不需要经过他的允许。

她的右手颤抖着，手腕无力，好像反抗着让自己的手指不要把剪刀的刀刃分开。当我在屋子里的时候，她已经把每个姐姐的头发都编成了辫子。接着她一个又一个地剪掉了她们头顶的辫子，快速而激愤。她的前额流着汗水，血管里带着某种一生都难以消散的忧虑而抽搐流动着。她剪下了祈祷帽上的流苏，手依然不停颤抖着，确保每个辫子都打着双结。闪电一闪而过，一切都安静了。医护人员关小了嘎吱作响的对讲机。雷电的爆炸声让我们意识到暴风雨还在持续。母亲的头也不抬，浑身颤抖着，就好像她内心的纷乱与外面的安静发生了争执。她收齐了辫子，稳稳地靠在我的肩膀上，然后站起来往回走，穿过院子，走进屋子，又关上了门。

母亲没有回头看一眼尸体。但我看了。我站在母亲之前站的地方，站在那些试图让我姐姐们合上眼睛的医护人员旁边。

"让他们睁着。"我叫喊道，感到自己的声音都嘶哑了。

我感到鼻子像灼烧一般，嘴唇发抖，我咬破了嘴唇，克制住哭泣。但是还是禁不住流下了眼泪，沿着脸颊向下滴落，我只能用手扇耳光才能擦去。眼泪，汉娜曾经说过，就是心灵的雨滴，我让眼泪滴在姐姐们的脸上，希望能把她们唤醒。

"嘿，嘿。你该进屋去了。"

医护人员们交换眼色。即使我不把目光从姐姐们身上移开也能感觉到她们在看着我。我想要记住她们的嘴唇、鼻子和眼睛。如此的错综复杂让我不知所措，我从未数过姐姐们脸上的雀斑，从未注意到露丝下巴上的酒窝有多深，也从未注意到凯蒂和艾拉的颧骨看起来像是光滑的梨一样。我凝视着她们，想要寻找到她们血肉模糊的身体的意义。莎拉的脖子在撞车时被折断了。她看起来就像是一个损坏的洋娃娃。我蹲下来用手盖着她，但是一位护理人员把我的手拉开了。

"孩子，请你不要这样。"

"你没有把她们救活。你需要把她们救活。"我恳求道。

这位护理人员哽咽了并用衣袖轻敷自己的脖子。他的上司，一个穿着黄色橡胶长筒靴的小个子男人朝我走了过来。看见他的腿上沾着血污让我直哆嗦，我知道这不是他流的血，橡胶是不会流血的。

"我们会处理好她们的。"他说，"她们已经死了。"

我拍打着自己的耳朵，不想听见他说的话，因为它们就像是蜂刺刺穿了我的鼓膜，事实发出的高频率一直掘进了的大脑里。一阵猛刺、刺痛、刺穿。他们已经死了。

之前这句话从我母亲口中说出来的时候，我还没有完全缓过神来，但现在，我意识到我再也见不到他们了。阿米什人活着的时候不会留下照片。

我发出尖叫。接着一切都陷入了黑暗。

当我醒过来的时候，我记起那位医护人员向我走过来，把我抱起来，让我离开姐姐们的尸体，并奋力把我的手从她们的手和腿上撬开。我都不知道自己在九岁的时候怎么能有那么大的力气，需要三名医护人员和一名警察才能把我拉开。我想抓紧我能抓住的一切东西。衣袖、脖子、手臂、脸庞。我想蹲在他们身下，把自己藏起来，想要回到之前的那个时刻，想要坐上马车在暴风雨里前行，想去特利托，想去拍卖场，想去满是马蹄铁的四轮马车上。护理员在我的鼻子下面舞动着闻起来像盐的东西，我眨一眨眼睛，看见他们在我上面盘旋着。

"你必须要离开了，孩子。"

我感觉自己的手被人从一只手臂上撬开，但我抬起头，用含满泪水的眼睛看着他们。"停下来，"我说，"我还要拿走一些东西。"

穿着筒靴的医护员显得有些犹豫，但一位年轻的警官告诉他再多给我一分钟时间。他把我拉正，轻拍我的肩膀，用手肘轻推我。

我跑回家里，穿过厨房，跑过母亲做的馅饼，接着一步两梯跑上楼去，猛地一把推开卧室的房门，重得在墙上留下了凹痕，还弄倒了衣帽架。

我在黑暗中穿过房间，在床边单膝跪地，在床下搜寻着，我摸到了零星的西瓜子，一支破铅笔，一枚硬币，还有那块藏着相机的松动的地板。我用力把它撬开，竟没有意识到指甲已经嵌了进去。我不确定那晚我是否还有任何的感觉，但我记得那种耳朵和心脏被刺痛的感觉。我拿出相机，把它紧压在怀里，想要缓解憋着气的肺，它已经沾满了在黑暗中悬浮的灰尘。我站起来，走到窗前看见医护人员们正回头看着房子。我不在的时候，巨大的黑色口袋已经放在了姐姐们的旁边。一条大警犬被释放出来，跑过玉米地，试图追寻到肇事司机的气味。我的父亲股骨粉碎，在轮床上挣扎着，想要把自己从扣带上解脱出来。他拼命地乱动意味着他会好起来的。他没有呼唤任何人，他的声音打破了暴风雨之后的寂静。"只不过是骨头断了。只不过是骨头断了。"但我们知道骨头只是我们所受到的最小的伤害。

我拿着相机穿过房间，没来得及关门就冲下楼梯，从母亲的身边跑过。黑暗中，她坐在桌子旁，盯着一个空的雪茄盒，那是她放置我姐姐们辫子的地方。她抬起头来看着我，但是对于我手中的相机她什么也没说。我将永远不会知道她是否意识到我们的羞耻，又或者她想让我站在她的罪行这一边：阿米什妇女是禁止剪掉她们的头发的。《圣经》告诉她们，头发是她们唯一的荣耀，并且对她们而言，剪掉头发是一种对自我的耻辱行为。或许母亲知道我必须做的事情已经超出了她的控制，但是一部分的我希望她能够站起来，离开椅子，拿走我的相机。在我想象中，她是这样做了，并且我成为了一个拥有不同故事的人。但实际上，她没这样做。我没有责怪她。她知道她的意志和我的意志是不会经由教条或经文打破或驯服的，虽然有时我们都希望它能够被打破或被驯服。我的母亲知道滚石的力量，她让我走。我在门边停顿了一下，抱起在门边的小猫们，将我的脸埋在了它们的毛皮中。然后我把它们放在了石板上，带着相机穿过了门槛。

我不记得是如何穿过庭院来到姐姐们的尸体边的。我的脚似乎是滑过湿湿的草地，叶子上闪着的光让我不知不觉好像陷入宇宙万物之间。农场的一切都开始发光、分裂并闪耀着，我看见姐姐们在玉米地里模糊的轮廓，然后是天空。她们爬上胡桃树，坐在最高的树枝上，向下望着，招着手，让我也加入她们。她们知道我喜欢爬树，尽管我的双手是这样。我眨了眨眼，用手擦了擦眼睛。我转向医务人员，问他们看到了树上有什么。

"什么也没有。"他们说道。

他们是对的。我回头望向树，树枝上什么也没有。然后玉米地里闪现一道光。我转过身，看见我的姐姐们在玉米的茎秆上飞翔，头发无拘无束地在风中飞扬，吹回到如同乌鸦翅膀一样的黑色。我想去追逐她们，但我更想的是给她们拍照。

我一直等待着，直到医务人员将我父亲举到救护车上，并关上了门。然后我走近姐姐们的尸体，将相机举到我眼睛的位置。我呼吸急促，按照勒罗伊教的那样握住相机，将焦点集中在我姐姐们的脸上。我必须使她们的眼睛保持睁开，我很清楚我在做什么，即使这是错误的。这次，我没有征求允许。我迅速地拍了五张照片，为她们每人拍了一张。

接下来我所记得的，就只是相机里巨大的热浪，好像这相机被这暴风雨充了电一样。相机在我的手中变得又重又热，我不堪忍受，将它扔在了地上。草地发出嘶嘶的声音。医务人员在宣誓。"耶稣基督。"

当他们拉上了装我姐姐们的长长的黑色口袋的拉链，并将她们装到救护车里时，我捡起相机并转过身。他们问我是否想要和我父亲一同坐车，我拒绝了。我爬上胡桃树，看着救护车消失在天堂镇到普罗维斯登之间的丘陵处，我想要知道我能有多渺小。一切都已经杂乱无章。我感觉自己被分离并远离我自己，飘浮在玉米地上空的某个地方，追逐着姐姐们形态的碎片，我的伤心沮丧，就像黑墨水一样渗入到我的躯壳里。我抓紧相机，咬紧牙关，然后张口尖叫，将我所有的歉意都融入到这黑夜里。

对不起，但我想让你们跟我在一起，而不是上帝。

我现在是一名真正的小偷了。在那个夏天，我偷走的远远不止相机。我偷走了我姐姐们的灵魂。母亲剪掉了她们的头发，偷走了她们的荣耀。我们试图将这些秘密和尸体一起埋葬。我想这些照片可能足够抵消我们的损失，但是正如照片会让我想起死亡一样，它也不会包含生活的策略，而这恰恰是我最需要的。

第二部分

一

　　一部分的我还留在那棵古老的胡桃树上，朝下望着，试图弄清我们农场的边缘，那是我姐姐们最后所看见的地方。在她们的周年忌日那天，我爬上树，看着太阳升起来照耀在我们的农场上，我想以此更好地来理解我在那场事故中的角色。希望有一天，当我爬下树，松开树枝的时候，也会放开寻找那场事故发生原因的念头。如果我是一个真正的阿米什人，我就会相信那是上帝的安排。但是那时我是如此年轻，我无法相信。

　　在兰开斯特的每一个人都听说过"伊莱和约德姐妹们"，即使我的父母从来没有同意记者采访，并赶走 WGAL 电视台第八频道的采访车。那次事故在整个国家以及当地的媒体都成为了新闻头条，包括阿米什人的周刊新闻，《要闻集成》和《大使馆》，也包括每月的杂志——《日记》。

　　这次事故催化形成了一个遍及全州的祈祷群体，他们给我们寄来了多得可以淹没我们邮箱的信件、卡片、礼物以及祝福，以及让我父亲懊恼的东西——钱。在最初的一年里，超过十万美金以支票或汇票的形式寄给我们，那些不知道我们银行账户的人还直接给我们现金。起初，我父亲彬彬有礼地接受了这些钱，这些钱可以帮助我们支付医治父亲断裂的股骨、臀部、骨盆以及肩部的医药费。迄今为止，父亲没有为他受伤的部位做过任何 X 光片，即使我的母亲曾告诉我"它们看上去像是粉碎了的咸饼干"。父亲的康复并没有用光阿米什的医疗补助以及我们的医疗保险，他拒绝使用，以防万一有人更需要它。

直到父亲不再使用叉状架而使用拐杖的时候，各种媒体的大规模报道才终于结束，而此时他的拍卖生意规模也增加了三倍。父亲一周的每一天几乎都很忙，这也使我们种植的烟草没有时间受到良好的照料，也伤害了那些需要雪茄的男人们，包括勒罗伊。在某种程度上，我认为父亲会感激拍卖生意，他可以因此没有时间停下来思考其他，尽管我母亲在看到他一瘸一拐的时候恳求他停下来休息，而父亲从不停下来。一旦他开始行走，就意味着他试图忘记。他集中于磨炼自己的技艺，得以精通不同物品的价值。他对每月填满我们信箱的钱显得并不情愿，因为再多的钱也不能取代自己的五个女儿。

有趣的是金钱有时候被"英国人"用来建立彼此以及同我们之间的关系。不要误会我的意思。我知道他们给钱是一种表达爱的方式，但我们与土地的关系以及我们之间与上帝之间的关系有多深才是衡量我们财富的标准。然而，钱也同样会影响我们。

在父亲身体恢复以后数月，他每晚的例行公事就是数钱和抽雪茄，并把一堆钱推给我母亲，她会含着眼泪再数一遍钱，然后把钱推给坐在桌对面的父亲，不知道要用这笔钱来做什么。这种情况持续了多年。实际上，在每个夏天，在姐姐们逝世的纪念日前后两周内，我们都会收到一张来自一位匿名人士的一万美元支票。这件事第三次发生是在1979年，父亲数了几次支票后面的零，把烟灰抖在了支票上，接着抬着头说："够了。他们以为他们是谁？他们不能再这样了。"第二天他画了一张告示牌，并挂在了栅栏上（这张告示牌，包括上边的拼写错误在他去世之前都会一直留在那儿）：

我们很好，谢谢你们。不需要再帮助我们了。

第二年，当支票到达我们的信箱，一直都是些没有回复地址的汇票，父亲用颤抖的右手写了一张巨大的如锯齿状的字：

我们更需要上帝，而不是金钱。

而母亲反对他这样。她想用这些钱来为像我一样的阿米什人成立一个基金会，用来寻找能够帮助我们克服那些不好的遗传特性的医生，从长蹼的手脚到槭糖尿症[1]。毕竟，我们仅仅是两百个瑞士再洗礼派人士的后裔，是一个相当小的基因池塘。母亲提出给我的手做手术，切开我指尖的蹼，分开我的手指。父亲则反对这样做，认为这是上帝的旨意，而母亲则说这些钱也是上帝的旨意。父亲淹没在了关心和照顾的洪流中，不仅来自阿米什人，而更多的是来自"英国人"。他骨子里并不愿意接受他们的帮助，他与他们送来的礼物保持距离，还疏远了接受这些礼物的母亲。每年，他的告示牌都会变得更大，所写的字也会更醒目更尖锐。

在最初的两年里，我们接到的软糖订单几乎让我们忙不过来了，这种软糖是我母亲专门制作的。她并没有什么秘密配方，但却被授予全国最佳软糖，击败了我们的竞争者"梅西糖果"。而在我爷爷看来，他们制作的软糖远比我们制作的要柔软。然而，来我们糖果摊的游客络绎不绝。他们用箱子、背包来装满枫软糖砖，还往我们的空罐子里放"小费"。一周又一周，他们用一美元、十美元、二十美元的钞票塞满了罐子。他们把购买软糖的钱放进罐子里，还往里边扔零钱，但是从不会有硬币，好像硬币显得无礼且廉价。我唯一见到的硬币是位小女孩儿放的，那时候她比我大一点点，有着蓬松的金色卷发，嘴唇上还沾着点儿草莓，她把手伸进裙子前的衣袋儿，拿出两枚跟她的蓝眼睛一般大的银色银币。她的父亲抓着我微笑着说："这是麦迪逊的生日礼金。"

人们想对我们赠予，并且想为我们分担悲痛。他们想伸手越过我们的柜台并穿过屏障到我们的内心世界表示他们的关心。我感到我与这些人有着一种奇怪的联系，他们像我一样，都努力想要原谅肇事司机；因此

---

[1] 槭糖尿病即枫糖尿症 (maple syrup urine disease,MSUD)，是一种常染色体隐性遗传病，由于分支酮酸脱羟酶的先天性缺陷，致使分支氨基酸分解代谢受阻，因患儿尿液中排出大量 α－酮－β－甲基戊酸，故带有枫糖浆的香甜气味而得名。

他们填满了小费罐子，这不是由于他们或许并没有发现的情感所驱动，而是由于他们想要减轻自己与之关联的内疚感。我听见他们经常说"他们应该绞死那个浑蛋"或者"我会杀了他"。每个人都认为那位司机是个男人，但是我们都不能确定。我们并没有惦记着这事。司机仍然没有容貌，不是因为警察没有成功地找到他，而是我们从未使他集中于人的属性，给他眼睛、嘴巴、鼻子和耳朵，或者心脏。如果他具有这些东西，我们就会觉得奇怪为什么他从不来见我们。

一天又一天，老师们、同学们、堂表亲们和邻居们都在提醒着我要原谅那个罪人，而不是原谅罪恶。但是无论我重复这句箴言多少次，我还是没能遵循别人对我的劝告。我不能理解有一个人杀了我的姐姐们而且还活在世上的事实。还有人跟我的想法一样，但他们不是阿米什人。我不会在学校里、田地里或是在集市上的摊点后面工作的地方找到他们。相反，我是在他们写于 1976 年的 1251 封信中找到他们的。

这些信件对我来说有着某种新鲜感，在这些信件中我听见了从未在阿米什人之中听见的公开表达。这些毫不掩饰的简单粗暴的诚实强迫我反复阅读它们，即使我的父亲想让把它们扔进垃圾堆而摆脱掉它们。我小心地等着父亲睡觉后，挖出这些碎裂的纸页，它们让父亲十分恼怒，但却能安慰我。在这之前，我从未读到过这些关于愤怒、厌恶、不公平、痛苦和憎恨的表达。英语很适合我。有很多方式能够说出我的感觉，是一种情感的自由，而用我们的德语方言则难以表达。或许是我对其他人的愤怒有着无法满足的好奇心，其迫使我去学习如何比大多数跟我一样年纪的阿米什男孩更快地读写英语。我想要感受用不是自己的声音发出来的愤怒表达。我读得越多，我就越是觉得自己亏欠那些用完全一样的想法减轻我痛苦的写信者的人情。在寄来的卡片里面甚至还有在上学的孩子们画的涂鸦——长长的蓝色游泳池和秋千的图画，邀请我去拜访他们，享受他们的乐趣。我喜欢他们画的彩虹，连接了我和金色的罐子，儿童艺术家们在之间手拉着手，简笔画的友谊延伸越过了紫色的围篱桩。

　　我想要感谢这些写信来的人，感谢他们的这些礼物，感谢他们让我感到不那么孤单。多年以来，我一直禁不住想去众多邮戳上的目的地旅行，不管这些信件上的邮戳来自哪里：堪萨斯州、肯塔基州、路易斯安那州，又或者是北达科达州。几乎来信的每一个人都说到同样一件事情：他们为我和我的家庭祈祷。对于我们失去我姐姐们的这件事，他们感到抱歉、悲伤和愤怒。一些人甚至称肇事司机为永不出现的懦夫。我感觉自己被"英国人"所理解，但是在那时由于我的手无法给他们回信，我也感到很沮丧。日复一日，从他们的来信中的大量信息里，我意识到在很多方面我更像他们，而不是阿米什人。

　　在《殉道者的镜子》里，有许多关于阿米什人原谅他们的罪人的故事，但是没有一个故事比荷兰再洗礼派教徒德克·威廉姆斯更让我好奇。我第一次听说这个故事是在学校，我十岁生日的时候，那是一个下雨的下午，离姐姐们的葬礼仅仅一个月之久。当时我坐在地板上，跷着腿，老师在给我们讲解德克被一个"抓贼高手"追捕的故事。德克被追捕并不是因为他是一名小偷，而是因为他不信仰婴儿洗礼。在他逃亡的途中，他的追捕者在刚刚穿过他的村庄就掉入了结冰的湖里，德克返回去营救了他。德克后来被抓住烧死在火刑柱上。那是一个有风的日子，当风吹散他上半身的火时，仅仅只能推迟他的死亡。据当地的村民说，德克在火刑中哭喊了"我的上帝"共七十次。

　　当老师读完德克的故事之后，她强调的不是哭喊声，也不是火刑的痛苦，而是德克哭喊了七十次的"我的上帝"的重要意义。她提醒我们（但是当她说话的时候她却看着我），是耶稣告诉彼得他应该原谅那些伤害过他的人，不仅仅是七次，而应该如同他要求的一样，是七十次。关键是，她说道，现存的阿米什人要学会接受这种原谅的基本准则，它是过去四百年我们能够得以生存的重要工具。我们在宗教改革时期原谅了我们的敌人，并且学会了如何去爱他们。

　　我记得，当我还从来没有运用这种原谅的基本准则去原谅谁的时候，我就一直在思考，到底要花多长时间才能让我原谅肇事司机七十次。当老师问我们在内心深处是否有需要原谅的人时，我举起了手，但却是要求上厕所。在我上完厕所后，我没有回去。我跑回了家，当时只希望母亲将我眼睛和脸颊的泪水误认为是雨水。

母亲在马棚里找到我，轻轻地拍掉我穿着的父亲的黑披风上松散覆盖着的干草。和我的老师相比，我的父母更不愿提起肇事司机。但是他们越拒绝提起他，我就越想要直接跟他对话，但实际上并不是他，而是干草堆。我对着它们吼叫、吐口水，并且用棒球棒频繁地重击，我的手上长了通常是秋天才长的水疱，我不知道我的母亲是否会认为这是有害的。那天，她什么也没说，只是留下我一个人让我静一静。稍后，母亲又回来了，拿着一棵芦荟和一个绷带。当我父亲问我手是怎么回事的时候，我告诉他是我爬树造成的。我没有勇气告诉父亲或母亲，如果我是德克·威廉姆斯，如果我看见小偷捕手落入结冰的湖里，我没有勇气去救他。我想要结束困扰我们的所有问题，也包括我老师所提出的问题。我想要知道为什么肇事司机从未说过他很抱歉。在那时，一句抱歉就足以让我走出阴霾。

我学着在《勇敢的船长》里寻找安慰。与其和朋友们在学校的房子里玩耍，我更愿在休息时间独自坐着阅读。我在勒罗伊给我的漫画书中所得到的指引比老师所安排的任何课程都要多。我将它们称为"朋友之书"，我读它们的时间比读《圣歌书》还多。那年秋天，当我忽略了我周围的朋友，并让他们从我身边溜走时，这些漫画书便成为了我多年来的朋友。正如我不想要那些认为我手丑陋的人的怜悯，我也不想要任何相信我应该更快地走出阴霾的人的千篇一律的安慰。他们越试图转移我的悲伤，我就越反抗，我就会花更多的时间和我的"朋友之书"相处。我不知不觉地沉浸在自己的世界里，在上课的时候发出了愉快的笑声。

我的老师用高地德语问我："什么这么好笑，伊莱?"

当另一辆旅行车停下来，人们下来为正在校园里打垒球的阿米什小孩拍照时，我望向了窗外。人们为了拍照，付给了那些小孩便士，好似他们的灵魂要值一大罐水果糖那么多。"英语。"我回答道。老师听了之后咬住她的嘴唇，点了一下头，然后转向她已经写在黑板上的词汇表。我没有必要撒谎。她知道我在读什么，虽然《勇敢的船长》不属于她的教学计划，但是她也给了我很好的回应，听见我的笑声让她感动。我在学校里很少讲话，因此当同学们和老师听到我声音的时候，他们都很惊讶。

　　我需要依靠那些"朋友之书"给我的安慰。我带上漫画爬上我们农场上的小山，让自己沉浸在勇敢船长的对白中，他是一位有关追寻与战胜的预言家。我对他救助处于危难中的人们的超能力感到惊奇，这些被救助的人主要是二战期间恐惧的士兵。这些故事对我意义重大，我相信总会有人去帮助那些处于困难中的人。但是我常常想知道，戴着面具、穿着特殊套装的勇敢的船长是否是上帝的化身。在后面的几本里，我喜欢后来成立的超级神秘人，这是一个英雄团队，他们为了让自己和其他所有被束缚的人获得自由而与刚愎自用的军人们做斗争。虽然勇敢的船长不是再洗礼派教徒，但他依然很吸引我，并且我也很尊敬他。我常常在想，勒罗伊送我漫画书是否想让我相信我自己能够拯救自己。

　　艾玛·贝勒是我所认识的人当中，唯一一个没有为我的悲伤所烦恼的人。说来也奇怪，只要有她在场的地方，我都能感觉到快乐。我们曾经每周都要在集市上见面，但是现在我的姐姐们离开了，我们中的任何一个都无法忽视我们之间的巨大隔阂。尽管我已习惯了独自吃午饭，但艾玛开始给我从布鲁巴克先生的熟食店带来"土耳其潜艇"，又或是从芬克的薯条店里给我带来一盒薯条，因此我就不能离开。我想要对她说一句"谢谢你"，因为毕竟这也是一份礼物。在那里，当我们默不作声地吃饭的时候，我们站着，面对着彼此，走道上的"英国人"在我们之间。久而久之，她找到方法将我吸引到愉悦的谈话中，这些谈话都不涉及原谅的话题。终于，我们坐在一起共享午餐，尽管她是唯一一个和我吃午餐的人。在糖果摊很忙的时候以及卖完了面包的时候，她甚至会留下来帮忙。缓慢的时光在集市上很快就过去了，我们谈论渔具、滑板车以及小狗，当我不想说话的时候，我会给她一册《勇敢的船长》让她阅读。

多年后，她承认她从来没有喜欢过我的漫画书，但是她喜欢这些漫画书给我带来的快乐。当然，她很快就理解了这些漫画书的意义，并向我解释《勇敢的船长》里的勇气，好像她希望那些勇气有一天能够成为我的。从我姐姐们去世那时起，她在学校就一直留意我，尤其是在休息时间，并且当她看到旅游者橡胶似的脖子上挂着相机的时候，她也不会让他们随心所欲。当旅游者离我太近的时候，她就会挖一把碎石握在拳头中，然后又把碎石松开，挥舞着她空空的双手，而小石子在皮肤上留下了凹痕。"如果你敢拍他的手，我就砸坏你的相机。"她说道，这种情形我不止一次看到。

那时，艾玛是我唯一的朋友，我们每个星期天都在我们马棚旁边的小池塘一起度过。我们一起抓鱼，即使当时没有鱼可抓又或者芦苇地已结冰。夏天，我们会花几小时坐在内轮胎上飘浮，望着兰开斯特县潮湿的天空，希望它能够下起雨来。我喜欢和艾玛分享这夏天的暴风雨。雨水能够使我平静，我能够领会其中的悲哀。艾玛教我脱掉鞋子在泥浆里行走，然后躺在地上，让泥浆吸走我的悲伤。

"你能感觉悲伤从你的脚踝处流走了吗？"

我摇头，感觉耳朵里有泥浆。

"像什么？"

"我不知道。感觉像蜡烛在滴蜡。"

"你在开玩笑吗？"

艾玛摇着头，然后扑哧一声笑了。我们都笑了。我们躺在地上，张开嘴嘶吼，伸出舌头品尝雨水。

"这都是骗人的，是吗？"我站起来问道，感觉很愚蠢。

"不。"她严肃地说道。

艾玛知道我的哀伤只会在我需要抒发情感的时候才会持续。她从未试图劝我走出自我的感受。也正因为如此，我很感激她。我找到表达我感激的方式——时常从我母亲的花园里给她带一些花，或者一些种子，虽然对她而言应付我的情绪不那么容易。

我确信我考验过她的耐心，得到的结果是她比我大两岁，而且比我成熟很多。我知道，当我一次也没笑过的时候她也显得沮丧，即使是我们在阳光明媚的天气里飘浮在池塘上。就好像我的精神和我的心灵正在经历一次漫长的融解过程，我们都不知道这需要多久。艾玛告诉我的唯一一件事情，不是建议，而是一个简单的理解事情的方法，"时间能治愈一切，伊莱，如果你愿意的话。"她说道。

二

那年，没有我的姐姐们而庆祝圣诞节似乎是一个错误。在那场意外之后，我们从未提及假期，但是我知道母亲是在担心她会做太多的食物。那天我站在厨房门口，她将做的蛋糕和饼干送了一半给邻居和朋友。她说她在清理杂乱的柜子，但是她从八月份开始就已经在清理了。除了挂在楼下走廊壁橱里的软帽之外，很少有我姐姐们留下的东西了。一天又一天，她有条不紊地清除掉那些证明她曾经有五个女儿的东西。甚至连那些由我姐姐们命名的盆栽也被作为礼物送给了一些在医院的年长的阿米什人。当我问她为什么要把"格特鲁德"也送掉，那是一盆在凯蒂和艾拉的房间里显得不起眼的耐旱的吊兰，我母亲认为"格特鲁德"需要一个新家。

我记得母亲将"格特鲁德"吊在前臂想要送出去时，我在走廊里阻止了她。

"你也准备将我也丢了吗？"

听到这些，母亲将吊着的"格特鲁德"从手臂上滑了下来，落在了地板上。"格特鲁德"没有坠毁，而是垂直地着地。

"伊莱，为什么你会这样说呢？"

"你在清除一切能让你想起我姐姐们的东西，难道不是吗？"

母亲蹲下，将我拉向了她。我将头埋在她有薰衣草香的袖子里，母亲用她纤细的手指抚摸着我的后脑勺，她抱着我，直到她停止哭泣。

"伊莱，我永远不会抛弃你的。"

"请不要停止做蛋糕。"我恳求道。

母亲站起来离开我身边，她擦拭着流到她鼻子上的眼泪。她笑了，我发誓，她脸上深深的酒窝能够承受住巨大的悲伤。

"我会为你烘烤蛋糕的，我保证。"

我用衣袖后面擦拭着我的鼻子。

"我们还过圣诞节吗？"我问道。

母亲咬着下嘴唇，将目光从我的脸上转移，透过小方窗，她将目光移到了走廊的墙上。十二月的第一场雪开始飘落。

"要的，伊莱，我们要庆祝圣诞节。"

"我们在这里庆祝圣诞节吗？"

"你想在什么地方庆祝？"

"邦克山。"我说道。

从那以后，我一直在计算着圣诞节来临的日子，我不是因为庆祝圣诞而感到兴奋，而是因为母亲允许我单独去墓园。

虽然参观墓园不是阿米什人的习俗，但是自从葬礼之后，我每周都会去墓园。我会带上一本《圣歌书》唱给姐姐们听，留下吃了一半的无比派作为供品。我从未告诉任何人我去了哪儿，但是我想我的母亲知道。在我去邦克山的那天，母亲额外多做了一些无比派，并且将《圣歌书》上她以前常常唱给姐姐们听的歌曲标上了记号，她希望我能够代替她唱给姐姐们听。在很多个清晨里，我都听到母亲在哼唱马文·盖伊的《让我们在一起》。母亲从未要求跟我一起去墓园，但是我知道她感激我努力陪在姐姐们身边。这或许会给母亲和我一种感觉，即她们好像还是以某种方式和我们在一起。

当圣诞节我去墓地时，我发现有人已经来看过她们了。雪地里的鞋印通向我姐姐们简单的墓碑，她们的墓碑在墓地的左下侧，那是阿米什孩子们被埋葬的地方。阿米什孩子们的墓碑是平躺着的，成人们的墓碑是垂直的，这能帮助我记住哪些墓碑是姐姐们的，尽管其他的孩子也被埋在那儿。正当我要下跪的时候，我发现雪地上有一个醒目的被抽了一半的烟头和一个塑料的吉他拨片，它看起来像是一个很小的橙色的三角反光板，像是从马车后掉落的警示牌。尽管我应该为有其他人来看我的姐姐们而感到高兴，但我却感到不舒服。我记得当时我跪在地上，将拳头重重地打进雪地里，诅咒着那年带走了我最后安慰的来访者。

　　在六个月的忧伤以后，我需要做点别的事情了，特别是在夜晚我家空旷的卧室会显得更大，回声听起来更刺耳而萦绕不去。尽管我知道露丝一直都想要一个工作，我还问过父亲我能不能做她的学徒。我知道很多晚上我都需要待在拍卖场，并且我还要及时做我的零工，还要毫无怨言地做学校布置的作业。这我不介意，而我还是希望在那些时候母亲能雇别人来代替我在糖果摊的位置，让我能自由地帮我父亲的忙。有我的帮助他会很高兴，特别是在李维·埃希辞工改行做木匠以后。李维告诉父亲说他不喜欢人群，父亲也相信他，对他作为一个习惯独处的人从事面向公众的职业的窘境表示同情。接他的班让我感到解脱，我模仿他估价的技巧，学习他不靠使用双手而工作的方法。

　　拍卖，我的父亲解释过很多次，是一门需要头脑的生意。父亲是杰出的拍卖商的后代。他说唯有理智才能解释超越单纯财务的细节。他在说到财务的时候牙齿总会咯咯作响，然后在头顶挥舞着手臂，强调表达出热情的重要性，这是他的标志性姿势，甚至是在他并不是那么自信的时候以及在大多数的情况下，在那场意外之后虽然失落和悲伤后也是这样。他还拥有一副清亮、有力、浑厚的嗓子，人们记住并尊敬他的声音（他在拍卖时会准备三杯甘草茶，在每次拍卖前都会呷上一口）。我的第一堂课就是注意他往热水瓶里放的茶叶和水的量。

　　我第一次试的时候就把茶和水的比例弄对了，然而在哈里斯堡举行国家农场表演的那晚，我不经意地把热水瓶留在了家里，因而茶水也并不重要了。对我而言要想在拍卖生意上取得进步需要花上比其他事情更多的时间，但是最终我会学会每个方面。

最终，我的角色会包括办公室经理、公共关系经理、会计、交通协调员和守卫。我会使用拖把，当然，我还会把数字输入计算器，我还会沏一壶香浓的甘草茶。这些事情都不要求我的手是"正常"的，父亲也对我充分证明了我的手并没有什么不好。然而，当轮到我来抓住一件货物时，我还是常常在他的眼中捕捉到一阵紧张的抽搐，不是因为他怕我会把货物摔坏，而是怕人们会把注意力转移到我的手上。这种干扰必然会破坏买卖，当从未见过双手长蹼的男孩儿的人们做出某些不明显的手势时，我的父亲会误以为是在出价。就会出现这样的争论，盖过了他的扩音器发出的尖利的嘶嘶声：

"我没有打算用 36 美元买生锈的锄头。"

"但是你刚才出价了，先生。"

"我没有。"

"你用手指了的。"

"我退缩了一下。"呼叫者会脱口而出，接着再次用手指，"当我看到那个男孩儿的手时！"

父亲会深呼吸并看看我，浓密的胡须下的下巴颤抖着，寻找着合适的谎言，证明这个人错了的温柔谎言。当找不出来的时候，他会再次叫喊，重新开始拍卖。从父亲所讲的难懂的故事里，我知道了大多数人都会对陌生的和奇形怪状的东西入迷，并且我从来都不确定他的听众和生意是否由于人们对我的双手产生好奇而增加了。

然而这的确是阻碍了人们每晚的出价声。在这种事情发生后很久，有一天晚上母亲得知这些公众对我的羞辱，那时我从未见过母亲如此愤怒。父亲曾告诉过我不要提这件事情，他需要我的帮助并且我不得不学着去忽视、去原谅那些取笑我的出价人。但当我母亲迫使我明白为什么我会在裤子上磨穿一个洞时，我则提醒了她我仍然没有裤袋来隐藏我的双手。那是在一个暴风雪的夜晚，我们被困在了房子里，那时母亲才知晓了这件事情。母亲让我和她走下楼到厨房去，此时父亲正愁苦地坐在滚轮椅上，母亲让我在父亲对面的椅子上坐下。她清了清嗓咙，宣布她要用银行里的所有钱来为我开一个账户。母亲说在我开始徘徊期的时候无论我需要多少钱，我都能从里面取。但这不是说我可能买一辆车。我问她我十六岁时做什么会需要那么多钱时，她说，"手术。"

"为我的手？"

她点点头。

"我认识在佛罗里达的好医生。"

"他们能做什么？"

"能让你的手指分开，这不是你最需要的吗？"

在她说需要的时候让我感到一阵畏惧，就好像是她在这个词中塞进了一种机会或者说威胁。我不知道是哪种，而我也没有勇气问她。

父亲愤怒了，坐在他的滚轮椅上来回滚动，雪茄的烟雾悬浮在挂在桌上的煤气灯光里。母亲站起来走到水槽边，毫无理由地抓起一块海绵擦拭台面。她背朝着我们说话，眼睛盯着花园里的榛子树，树枝上盖满了白雪，它提供了那时她所需要的慰藉。

"你十六岁时会知道要做什么的。"她说。

但是我不知道。我只知道我不想做什么。

经历了在父亲拍卖场上的不如意之后，我决定不与他人来往，我偏爱安全的地方，并从养狗中得到一点安慰。我养了一只黑色的拉布拉多犬和罗威纳犬的混血犬，它是一位"英国"邻居当作安慰送给我们的两只狗生下的，这位邻居自己也是一个寡妇，她担心我会孤单。我是一个很好的饲养者，并且通常会为此每月得到三百美元或者取决于当时的季节。

多年以来，我遇到过很多英国人，大多都是离了婚的人，鳏夫或者寡妇，他们都更需要陪伴而不仅是爱情。受过伤的年轻情侣，还有被爱情击中的渴望从小狗那儿寻找到慰藉的孩子们，他们会坐在笼子上，告诉我他们为什么需要小狗，甚至还有人相信最单纯的人会变成小狗而回到这个世界上。为什么不呢？他们会问。这是一种多么好的生活方式，安全、有人喂、有人爱，你不这样认为吗？我会点点头，很少说出超过礼貌性交谈之外的语言，从来不与别人握手。我发觉人们越是不了解我，他们就越不会问我，我也就越不需要告诉他们什么。

我常常低着头走路，看着路面上的裂纹。每当有人看着我的眼睛，仅仅因为我很安静就夸奖我是一个"好孩子"时，我会因羞愧而脸红。只有上帝知道我的安静是对抗我所要面对的一切后果的防御而已。年复一年，我把这个秘密藏得原来越深，我拒绝给人爱我的机会，从而他们就不会知道真相而对我失望。我相信，在某个地方，以某种方式，一个捉贼者会找到我。

三

在我十一岁生日那天早晨，我发誓要丢掉那台相机。把它带给某一家我父亲常去的当铺是很容易的事情，或许是把它卖了去买一些更有用的东西，比如一双工作鞋或者能用来做冬天穿的绒线衫的羊毛，或者外套，在我发现它能值多少钱之后，用它买一个飞钓轮。

阿米什人也会庆祝生日，我们也会收到一些小礼物。在我们年幼的时候或许会收到木头玩偶或者特别的蛋糕、糖果、饼干或者手工冰淇淋。通常孩子们在学校会唱生日快乐，但是在那次意外之后，我拒绝了这首歌。因为它听起来让我太痛苦，因为它会让我想起自从姐姐们去世后我们错过的所有的生日，并且如果有人对我唱而不先对我姐姐们唱会让我感到不太对。我想避免在我生日时的安静的观察，希望那天快点结束。我不想参与游戏，不想玩球，不想要糖果，也不想要安慰。这个世界上再没有什么，我是真的这么认为，有人会给我能让我在生日那天开心的东西。

我必须要自己给自己那个东西。

我想见我的姐姐们。

问题不在于相机，而是相机里的图像。要不然我会很乐意地把相机还给他的主人，当我长大一点的时候，我常常想在报纸上登失物招领的广告，让其看起来像是我刚刚在父亲的一次拍卖上发现的一样。

但是，跟我的生意一样，每次我想找一个朋友帮我写广告词时（我不能打字，并且要辨别我写的字就跟通过马粪辨认马匹一样可能），我知道他们会问我起初把相机用来做什么了。我想要的是去把胶卷洗出来的勇气，因为我等得越久，那些图像就越容易受到光的损坏。让我害怕的是这样一片薄薄的塑料和化学物会如此的敏感。这样是为什么，在我的母亲用我的名字开设了银行账户和保险箱之前，我都把相机放在我所知道的我家最黑暗的地方——厨房天花板和我床下的地板之间。

在那年的 9 月 6 日，我把它撬开了，深吸一口气并没有特别地告诉任何人，但很可能告诉了上帝，我今天要见到我的姐姐们。我拟订了一个计划，我知道在哪儿可以把胶卷洗出来。我知道药店显影剂的价格，还在他们促销的时候存了些优惠券，就跟母亲买洗衣用品和厕纸的时候拿到的那种一样。这个选择有一个不好的地方，那就是我不得不把胶卷放进一个大大的黄色封套里。我或许再也见不到它，因为大多数药店的显影剂要一周时间才能买到，我没有这么长的时间了。我担心他们会把我的订单搞错，担心别人会先看到我的姐姐们。我想如果他们看见了一定会被吓到，还会叫警察，这只会让我丢脸，并且我的家庭故事再次成为公共话题。

这些年来，小型的无人照片自动冲洗机在本县的银行和杂货店附近的停车场出现了。我记得每一处的地点，还在我的笔记本里面画了一张粗糙的地图，标记了交通线路，特别是那些离阿米什人的农场较近的。目的是为了防止被我认识的任何人看见。而这并不是那么容易，因为阿米什人可能在任何地方出现。在 30 号大街的凯马特零售店外面有一个拴马柱，谁会和他的一家从旁边的红龙虾餐厅走出来？贝勒主教。我记得当时我试图躲在停车场的一辆巨大的凯迪拉克轿车后面，但是艾玛看见了我，并向我跑过来，挥舞着手。

"生日快乐，伊莱。"

我在车尾厢后面站着。

"你好，艾玛。"

她四下环顾，看见了我的马和马车，然后直起了头，意识到我是自己驾车去的商业中心。当时我才十一岁。距我能单独驾驶马车还有一年："你一个人在这里做什么？"

我指向凯马特零售店："我想去看看新款的钓鱼线轴。"

艾玛眯起眼睛，她的父亲呼唤着她。

"我们也要去买东西，跟我们一起吧。"

"好的。"我说，看见了更多的阿米什马车停在了拴马桩处。我们并没有生活在保留地，但是如果那样的话对我来说就容易多了——如果我们两个世界有更多的物理界限，而不仅仅是由我们的习俗和信仰所画出的线。

我想把胶卷洗出来，可时机似乎总是不对。在第二次我起床的时候就生病了，扁桃体发炎，还是链球菌性喉炎的前兆。第三次，我卧室的地板因为罕见的十月炎热天气而发胀了，我不能把地板撬开拿出相机。第四次尝试也失败了，因为艾玛和母亲给了我一个惊喜，两条为我十二岁生日专门缝制的有口袋的裤子。一条是冬天穿的羊毛裤，一条是棉质的。我没来得及区别哪条是哪条就穿了那条羊毛裤。我好想快点穿上这条裤子。这份礼物让我受宠若惊，我还骑着滑板车到勒罗伊的理发店里去秀给他看。那是在九月炎热的一天，就在劳动节的周末之后，并且公路也仅此一次地免费为游客开放。然而，顶着炎热，我用了差不多一小时才到理发店。阿米什人不穿短裤，也不会穿会热的裤子，那条羊毛裤差不多要把我熔化了。在敲理发店的门时，我看起来一定像是发了高烧。勒罗伊正在为顾客理发，他放下剪刀，跑过来见我。"发生什么了？"他问，感到慌张。自从露丝安妮因为糖尿病瞎了之后，勒罗伊似乎意志紧张不安，像是随时准备扑灭一场大火。但是我并没有发生什么。这是很长时间以来的第一次，感觉事情正在好转。

"现在没有人能看见它们了。"我露齿而笑。

"看见什么？"

我低下头，看着我的裤袋："我的手啊。"

勒罗伊挠了挠脖子。

"我猜着解决了一切。"他说。

"就一段时间吧。"我说，并感到安心，还想到了父亲的拍卖。

"你确定那些口袋足够大吗？"

"是的，"我说，"直到我再长大都行。"

他注视着我，露出了微笑，然后把门关上，对着我低声说："那么我猜你也能把相机藏在里面，是不这样？"

我惊恐地看着勒罗伊。我之前希望他也会跟我一样为这份礼物而高兴，但很明显勒罗伊没有看到庆祝我能藏东西的理由。我不记得是如何匆匆跑回家的，只觉得心里感到忧伤。这全怪勒罗伊。尽管他知道我拿了相机，但是我从来没有告诉他我用相机做了什么，这也让我比以前更急切地想要摆脱掉它。

我发誓以后再也不去勒罗伊的理发店找他了，也不会把母亲烤的长面包给他和露丝安妮，尽管她不能像以前那样烘焙了。甚至是他偶尔独自来我们家吃晚饭，我也会找借口去伊萨克叔叔家吃。最终，他不再来拜访我们了。尽管我想念有他的陪伴，还有他讲的笑话，我也不能冒险暴露自己。勒罗伊看起来好像总是知道我自己都不知道的关于我的事情，这让我感到害怕，因为我确信我不喜欢这种感觉。

最让我记忆犹新的一次是我十三岁生日那天，我想把照片洗出来，结果还是搞砸了。在通常情况下，我都是步行去学校，但是那天我父亲问我要不要跟他一起坐马车去，因为他正好要去我叔叔家的马具店，我还是小孩子的时候还在那儿打过工，给马鞍上润滑油。那里的人很爱谈天，我知道父亲也会在那儿待上比计划更长的时间，这也给了我时间让我能够把相机拿到隔壁的礼品店去把胶卷洗出来。这是个完美的机会。我把相机藏在我的午餐盒里，但就在我们离开农场的时候，警察叫父亲把车靠边。不是因为警官想要逮捕我们；而是因为他看见我们橘黄色三角反光镜从我们的马车后面掉下来了。

当这位警官把头伸进马车的时候，吓坏了我和马，他认出了我的父亲。似乎每个人都因为拍卖或者那次意外而认识我们。从他与父亲的交谈中，我认为他是通过这两件事情知道我们的。

"我很惊讶你们连这个都会掉。"

父亲接过塑料反光镜并点点头，透过缠结的银色胡须勉强露出微笑。

"谢谢你，"他低声说，"我们下次一定会把它钉得更牢。"

"你要确保没有下次，约德先生，人们才需要你。"这位警官直直地看着我说，"也不想失去他。那里面装的什么？伊莱？"

我咽了口唾沫，马也发出嘶鸣。我抓紧了小巧的红白色圆顶冷藏盒的把手，我们通常把这种盒子当作午餐盒，我祈祷着他不会问我盒子里装的是什么，或者问我介不介意分享。我还没有准备把我姐姐们的灵魂交给一位穿制服的人。德克·威廉斯可能会更有勇气，但十三岁的我有的只是更多的感觉。

"无比派[1]。"我说，并把目光从他身上移开。

"当午餐？"

"今天是伊莱的生日。"我父亲说，他的声音听起来很急躁，因被耽搁而感到恼火，不是因为马具店会很忙或者我上学会迟到，而是因为所有经过我们的车辆都慢下来想看看发生了什么。他们沿着马路慢慢前进，向马车中窥视。当有路人拿着相机从车窗里伸出手臂时，父亲就开始用拇指和食指把胡须拧成结。如果我父亲知道我的午餐盒里放的是什么，那么他可能会把胡须扯掉。

警官吸了口空气，就好像他的鼻子自己就能够探测到我的午餐盒里是什么。"自制的？"

"几乎一直都是。"父亲说，我能从他说话的声音中听出他的不快。

"我爱吃无比派。"警察边说边拍手，然后把手插进裤袋拿出一个有

---

[1] 无比派。由两块口感类似蛋糕的软饼干组成，中间夹甜馅料，是阿米什人的传统点心。

些破的黑色皮夹。

"我能从你那儿买一个吗？"

"买一个？"

"或者两个。我正打算去给咖啡时间买点吃的呢。"

我把目光移到父亲身上，他刚停止拧他的胡须。然而他的手指还是贴着胡须。他显得跟我一样震惊，并且他的眼神好像在说，难道他没有看见这里有一个拍卖台吗？

"它们不卖。"我一边说一边把把手抓得更紧，并裹住我手穿过的东西，"我母亲刚刚好做够我和学校的同学们吃的分量。"

父亲弯起了眉毛，他知道这是个谎言，我知道他想给我上一堂课并且不是在遥远的未来，而是就在马车这儿。

"你母亲总是会多做的，也给老师做了的。我想你应该给警官一个派才对，因为他照顾了我们的安全。"

我再次咽了口唾沫。我点点头，紧紧地坐在长凳上。

"我不想骗人，但是真的不够。"

"足够的，"父亲说，"足够了。"

警官微笑着抬起眼睛看看蓝色的天空，空气里有种新割干草的香甜味。在我们身后的远处，有一队马为我们的阿米什邻居拉着干草装载机，我咒骂自己没有接受他们的邀请加入他们的工作嬉戏中去。每当这个警官说话，他的话听起来就像是旋转着并发出嗡嗡声的链锯的锯片一样。

"你帮我节约了很多时间。"他说，"我希望这不会耽误你。"

"你保护我们不发生车祸。"父亲说，他的微笑在看着我时停止了，而是看起来阴沉又绝望，他什么也没做。

"伊莱？快啊。给他一块无比派。"

我在一生中还没有双手抖得那么厉害。我不把盒子从膝盖上敲下来就差点不能把双手从把手下取出来。我设法把它在膝盖上放好，并用拇指戳了一下盖子一边的白色小按钮，并用另一只手握着把手，把它滑向左边或者右边。在这种情况下，是左边，用一点盖顶来遮住里面的内容，挡住在外面徘徊的父亲和警官的眼睛。

"需要搭把手吗?"

"不。"我说,并设法自己打开了它。

"你确定里面有足够的无比派?"

我盯着父亲:"我想应该够的。"

我用左臂盖着盒子,并用右手抱着它下面,好像它是一条小狗。我假装在数无比派的数量,它们是用透明的塑料纸包裹着的,我实际上是在把它排起来遮住相机的任何部件。镜头穿过了中心,我的手臂划过中部,然后靠在了整个冷藏盒上,这时我伸出手递给警察两个小的无比派。

"拿去吧。"我说。

"生日快乐,伊莱。"他说,并给了我钱。

我点点头,挤出微笑,感觉到我的心脏在怦怦跳,没有意识到我的刘海都变平了,并粘在了我的前额上。我注视着他,看着他大摇大摆地回到自己的警车。他感到很开心,已经剥掉了塑料纸,用牙咬进了黑色的巧克力蛋糕和松软的奶油里。当他坐进车里并开走时,我才想起他的工作除了追逐超速的车辆之外,就是抓小偷。我十分不想再撞见他,我让父亲立刻送我去学校。再次尝试洗照片还要再等上三年。

四

艾萨克叔叔是一个身材苗条、牙齿缝隙较大且很爱唠叨的人,他以我们旁边三十英亩的小麦农场为生。他在我十六岁生日的那天早上为我准备了一个热气球,这个热气球是他的孩子们到达"徘徊期"的时候享有的特权。这是一份礼物,也是一份声明,即我的年龄已经到了能够在阿米什人社区获得更广阔的视野和人际交往的时候。听起来是最完美的礼物,对不对?

我母亲最小的弟弟说,没有什么比坐热气球来迎接这种仪式更好的方式了,它能提供一个观察我所爱及他也爱着的人们和土地一个新的视野,艾萨克叔叔主张用热气球,他认为那是一种"让人们离上帝更近,能够感觉更舒适"的方式。

但存在两个问题。第一，我害怕高处。在年少时我曾多次避免在马棚里从事饲养工作，因此人们也认为我是唯一一个自愿做洗盘子工作的阿米什男孩儿。在厨房里女人们会不可避免地让我使用双手，而在那里我也要承受那些关于我的谣言和闲聊。

我不喜欢高处，并不是因为我怕坠落，而是害怕离上帝太近，并且会感觉有一种力量迫使我承认我的秘密，并让我归还我姐姐们的灵魂。我还没有准备好，至少在那时还没有。当我拒绝这份礼物的时候，艾萨克叔叔看上去很伤心。

"伊莱，这可是人生中千载难逢的机会啊！只有我的儿子们和双胞胎曾经到达过那样的高度。"

我盯着他，双手叉在胸前站在他的畜棚里，生小牛时我曾在那儿帮过忙。小牛还跟我一起过生日。我拉出一块带着血污的破布，伊萨克叔叔还从它粉色的小鼻子里挑出一根干草。

"有什么问题吗？你不感到兴奋吗？"

"我知道一切。我感觉我已经到过那样的高度。"

艾拉和凯蒂是第一批坐上艾萨克叔叔热气球的女孩，那时她们十二岁，仅仅因为她们恳求艾萨克叔叔。艾萨克叔叔没有女儿，最后屈服于她们。艾拉和凯蒂为她们的胜利而炫耀了一个月，每天晚餐的时候，她们都会详细地向我们描述她们在热气球上看到的一切是多么渺小，还有当你向地上看时，有多少无关紧要的人在那儿。那时我只有四岁，但是她们的描述给我留下了深刻的印象，我想象着外面一定有比我们农场更大的世界。但是艾萨克叔叔越是让我去见识外面的世界，我的好奇心就越小。我需要自己把问题想清楚，并且我不太喜欢艾萨克叔叔有时的行为，他时常表现得好像他是我的父亲。他是我的叔叔，我希望他能成为我的朋友，但我时不时会从他的眼神中看出他很关心我所选择的生活方向，好像他能看到我要选择哪条路，甚至在我知道其存在之前。事故之后，他常常和我母亲坐在花园里，数小时地谈论关于我的事情。他代替了我父亲在拍卖之后变得嘶哑的声音，他和母亲除了食物什么都谈论。

"我更愿意待在地面上。"我说道。

"你怎么能这样说呢？伊莱，你去看了就会相信的。"

也许艾萨克叔叔是对的。阿米什人是禁止乘坐飞机的，所以热气球应该是最接近坐飞机的一次体验。我应该去看看，去相信它的非凡之处，去理解一种观点的价值，因为直到那天为止，我去过最高的地方就是邦克山——埋葬我姐姐们的地方。

"或许吧。"我说道。

"或许？它将改变你的人生。"

我什么也没说，帮着艾萨克清洗畜栏，里面有只小母牛，正躺着喘着气，看上去精疲力竭，一只沾着血的小牛犊倒在小推车上。它痛苦地呻吟着，我停止擦她的脖子。它的眼睛一动不动，脖子软弱无力地放在我大大的手上，它紧张的肌肉放松了。这是一次很艰难的分娩，并且它失血过多。我拍打着它的眼睛四周。

"它快要死了吗？"艾萨克问道。

我翻开它的眼皮，看着它那像深黑色池塘的眼珠，我看到了自己的倒影。"不，"我说道，"今天不会。"

我跟着艾萨克走出畜棚，他将小推车上带有血迹的干草倾倒在施肥堆的最上面。我在水池边清洗我的双手。外面依然是黑夜，蟋蟀们在黎明前平静的空气里叫得很响，月牙还挂在天上。艾萨克带着期望的眼神转向我。

"伊莱，再好好想想。"

我点头，很想告诉他我已经想好了。我已经等了七年来完成我的计划，我不需要热气球来改变什么。

当我从艾萨克叔叔那儿回到家时，母亲把我叫到了晾衣绳旁。她看起来很兴奋，但不是因为她刚刚晾好了她的衣服。晾衣绳向下垂着，上面挂着湿湿的黑色的裤子和围裙，还有颜色从深到浅依次排列的衬衣和连衣裙。衣服上蒸发的水汽像是粉红色的云雾，当母亲一丝不苟地晾其他的衬衫时，明亮的晨光映出了她脸庞的轮廓。我的母亲对我们穿的衣服很挑剔，正如她对所晾的衣服在晾衣绳上看来如何一样。这种现象在阿米什妇女当中并不是独一无二的。尽管大多数人不认为她们洗的衣服与骄傲有关，但对经过兰开斯特县的人们来说，他们所看到的晾衣绳上的衣服都显得很漂亮。自从那次事故之后，母亲遗弃了她的花园和缝纫，所以，母亲的晾衣绳可能是除了她的烹饪之外，剩下的唯一能使她的创造性表达的形式了。多年以来，我几乎都帮助母亲晾洗好的衣服，然而没有任何事情能诱使母亲放弃自己在洗衣服时所做的声明。

我们很好。

我们必须继续向前。

我们必须学会原谅。

但是事实上我们并没有继续向前。我们试着远离跟我们过去相似的东西，仅仅通过什么也不做来改变它。我在晾衣绳和房子之间的通道上停了下来，看着铺着石板路的小块土地上长着我母亲不再清理的杂草。我们房子的油漆涂料也在风中剥落，甚至窗户上的窗格玻璃也已破裂。我的父母也无心去修整，或者重新给它们上漆，在我们邻居修剪整齐的花园和粉刷一新的栅栏里面，我们的农场显得很异常。甚至旅行车和租赁车队最后都不再经过我们的地方。我们农场最好的特征，就像我姐姐们的脸一样，被时间和记忆逐渐模糊掉。我的父母自从事故之后就停止修葺，好像修葺任何东西现在对他们而言都毫无意义，包括我姐姐们卧室里关不上的橡树做的门。门的铰链生锈了，把手也转不动了。甚至我母亲的花园也不再种花了，那棵榛子树的树叶也掉光了，那是我们逐渐忘掉悲伤的地方。我母亲的晾衣绳是希望的唯一标志，它也是母亲给我礼物最合适的地方，为此她等了十六年。她转过身，看着她晾的床单上我的影子。

"我还以为你现在在热气球上。"

"没有，"我说，"你知道我不喜欢高处。"

"你拒绝了？"

我点头，注视着她，拼命地想要解释，但是她没有给我机会。她已经想到其他的事情上去了。

"也许这也没什么，我有一个更有用的礼物。"她说。她的声音愉悦，脸颊泛红，裂开嘴露出了近几年我看到的最开心的笑容。她走到了晾衣绳最远的那端，走到一张很大的白色床单后面，取下挂在另一边的外套。起初，我以为那是我父亲的黑色粗布工作服，但是当她从床单后面走出来时，我才意识到她拿着的是一件长大衣，尾部开叉且有一个帽子。

"我们一直在等着给你这份礼物。"

当她朝我走过来的时候笑得更灿烂了，她把衣服按在我的背部和肩膀上。

"你的肩膀比外公宽半英寸，但只要我把线缝改大一点，就正好合适。"她边说边伸开双手走到我面前，高兴地把这件她父亲穿了五十年的衣服递给我。

我看着这件大衣，但并没有拿它，我试图理解母亲手势的含义。我不确定是否应该感谢她。在阿米什男孩到十六岁的时候，会收到帽子作为礼物，但是我们要在受到洗礼之后才被允许戴它。我不明白为什么要将一件我需要等待才能使用的东西称之为礼物。

如果我的父亲不是正好拿着一个棕色的盒子从房子里走出来，穿过院子来见我们，我不会觉得这是一份礼物。他的步伐很快，好像他之前在计算着自己到来的时间，如果迟到的话他会很沮丧。当他把盒子递给我的时候，摇晃着脚指肚。见到我母亲愉悦的表情，他似乎也很高兴，这是我很长时间以来第一次看见他们的眼神不是因为悲伤而交流。我往后退了退，希望不要打破他们之间这小小的快乐的火花，因为这是一件更加好的礼物。

父亲把盒子递给我。

"打开它。"

"在这里?"

父亲点点头，用他颤抖的右手摇晃着这个巨大的棕色盒子，从盒子上的标签可以看出，它曾经装载过十磅的黑甘草轮糖。

当我打开盒子边缘朝里看的时候，里面没有相机，而是一个滑稽的黑色呢帽，与宽而圆的呢帽相比，这顶帽子的两边显得平而窄，和大多数阿米什人戴的帽子差不多。我抬起我的眼睛，感到很迷惑，想知道这是否是我父母给我开的一个玩笑，因为每个人都知道狭窄的帽子是叛逆者的标志。越保守的阿米什人，他们戴的帽子的边缘就会越宽，帽冠也会越高。甚至我自己都没有胆量去削减我的帽子。我们的着装要求也是我们反对唯物论的一部分，它不仅是我们相互之间团结一致的一种标志，也是我们和外面世界隔开的一种标志。多年来，对于"英国人"好奇的眼神，我需要帽子边缘的那三英寸对我的保护，我也很依赖帽檐映在我脸上的小阴影，它可以遮住我的脸。对于我的十六岁生日，我有很多计划，但将我的帽子换成一个更小更窄的，不是其中之一。

父亲打开盒子，拿出这顶形状古怪的帽子，将它和我头上的帽子做了交换，戴在了我的头上。他调整过帽子的边缘，所以帽边在我头的中间会变尖。母亲双手合十，祈祷着。

"几乎和亚伦一模一样！"她哭泣着说道。

"是很像。"父亲说道，脸上露出愉悦的表情。

我叹息着。对我生日而言，他们拿我和外公比较并不是一个好兆头，他们希望这一切都是一个礼物，而更像是我将成为谁的承诺。不是变成外公，很明显的，是变成像他一样的人——一位受人尊敬的阿米什人。这顶形状滑稽的帽子和那件面料柔软但很重的大衣都是外公的，在外公因为抗议他的子女受到强制的中学教育而被监禁之后，从他进入兰开斯特县监狱，到 1956 年他出来，他都穿着它们。帽子独特的形状吸引了那天所有的摄影师，奇怪的是，我们的社区将其视为一种标志，即我们能通过各种各样的方式来接受教育，而非必须要让其成为一件傲慢的事情。

外公被释放出来后，我们得知一名勇敢的法警，他将自己的帽子剪得像一顶学位帽，当他推开监狱的门的时候，他对第一个记者说："看到了吗？有很多方式可以毕业。"

我外公的和平抗议，外加其他五十个阿米什父亲的陪伴保持成了一个传统，从那以后再也没有引起过争论。但是，没有改变的，是我们帽子的样式，以及主教对我外公直到他去世时的异议。

我的父母不希望我在我吉利的生日这天戴这顶帽子，他们仅仅是想我信仰它所包含的意义。

"好了，好了，把它拿下来吧。"我母亲重复说着，正如她快速转换的口气一样，她的眼睛也四下张望着，看有没有像侄子一样的不速之客，"现在没必要长时间戴着它。"

她用手弹了弹帽子顶部，摘下了一些线头。

"到星期天为止。"

"那星期天呢？"

"那天你两样都可以穿上。"

我把目光转移到从又重又湿的羊毛帽子散发出来的水汽上，想知道这是否是一次考验。我注视着她，心里充满了好奇。但她只是继续笑着，或是心里充满激动。她没事吧？

"这是你第一次参加圣歌团。"

"哦，那个。"我说，突然感到很沮丧。

"在那儿能见到很多女孩子，难道你不激动吗？"

"女孩？也许吧。但是我想我还没有准备好。"我说道，故意发出沙哑的声音，"听见了吗？没人愿意听我这种声音唱歌。"

"艾玛·贝勒愿意。她请求我邀请你。"

我抬起眼睛，看着她的双眼。

"我告诉她你会去的。"母亲说道，脸上露出了灿烂的笑容，"那天是她的生日，记得吗？"

我点点头，感到很恐惧。在艾玛十八岁生日那天，我本该很高兴地去为她庆祝，但是星期天晚上是唯一一个我确定不会在公众场合见到阿米什大人的夜晚，如照片冲洗店，我打算在停车场的照片冲洗店待上一夜。如果必要的话，我会睡在我的马车里，与此同时，技术人员就会把我的姐姐们变活。

我坐在床边，盯着门后钩子上挂着的帽子，感到绝望和焦虑。让我感到恐惧的是，父母鼓励我接受艾玛的邀请，且一致赞成我参加有上千年历史的仪式——"逗留"或称为 Bett Schlupa，另外还被称为捆绑[1]，即在床上求爱的长久等候的特权（一些阿米什人对其提出质疑，还有一些人拒绝它的存在），它与"徘徊期"同时发生。让我吃惊的是，我们的主教认为捆绑是"自从伊甸园的蛇以来，这是魔鬼制造的最聪明的事物了"。

如果我年龄足够大，能够自己决定关于加入教会的事情，那么我的父母就会知道我已经足够大了，我能够自己决定要娶哪个女人了。我的父母相信我们只是聊聊天，轻轻地触碰一下，然后就入睡。为了让我们不受我们的荷尔蒙分泌的影响，他们鼓励我们用睡袋，长枕或者床板，据我所知，现在很多床都去掉了床板。在我的枕头边，他们留下了一个黄色的手电筒和一个小的收音机，另外还有它们的备用电池。在我的一生中，我曾多次见到并使用过那个手电筒，但是我从未在我们的房子里见过那个收音机，并且我想知道，那是否是父亲在拍卖会上拍得的。我打开了它，只发现有人把它调到了一个乡村电台，里面发出的阴沉的吱吱声，苦恋的声音，都不能消除或埋没我的声音。我抱怨着关掉了它。

几乎我所认识的每一个男孩都很兴奋。艾玛是主教唯一的女儿，也是众多男孩们谈论的对象，他们都将目标瞄向她，一位眼睛似苔藓般碧绿，眼形如鹿子般圆润的女孩，甚至他们传闻她身上的味道闻起来如金银花般清香。我从未注意这些。我生命中的大部分时间都和艾玛在一起，并且我想说的是，她闻起来像是汗水和棉布的味道，但我喜欢金银花的味道。甚至她的父亲我也很喜欢，他很有风度，并且通情达理。如果我对《圣经》里的诗篇混淆不清，或是对里面的诗篇理解不透，他也不会令我难

---

[1] 与情人着衣同床而睡，一种求爱习俗。

堪。但是我最不想做的事就是将我自己和他的女儿"捆绑"在一起，就在他眼皮底下，就在他家里，即使他希望这样，并在他年轻的时候和他妻子捆绑过，又或者在结婚之前和许多其他的人捆绑过。这仅仅是一种形式——跟性毫无关系。捆绑如同当有人打喷嚏时，传统地说一句"祝福你"一样。虽然很少有阿米什人提到捆绑，但是每个成年人都奉行过它。一个公然反对捆绑的牧师被禁言了五年。捆绑并不意味着性，它仅仅是依偎、拥抱和接触。

现在就很容易理解我为什么紧张了。我和艾玛之间甚至连手都没有牵过。

我们在主教屋后的谷仓见面，喝着沙士和橙汁，直到我们喝到胃疼才停止。我和跟我年龄相仿及比我年龄大点的男孩们坐在一起，我们全是单身，并都处在"徘徊期"。女孩们穿着新的连衣裙，她们的连衣裙大多数是深蓝色和绿色的，并且都很朴素。她们面对着我们，坐在一根由干草做成的长凳上。早些时候，我们在两个没套马的马车之间拉了一张网打了一会儿排球。艾玛和我在不同的队伍里，尽管她很高，动作也很快；但是她还是跑得不够快，没有躲过我的近网扣球。她肿着嘴唇坐在干草堆上，冰袋的水滴在了她的新裙子上。

那一刻，我想站起来去帮她，但是在我站起来之前，谷仓里的每一个男孩都飞奔着给艾玛拿新鲜的冰袋。这也破坏了整个聚会。其他的女孩们都一直在耐心地等待着，她们在那晚早早地就已经挑选了自己心仪的男孩，希望男孩们会有所回应。但事实却相反，剩下的女孩们站起来，快步走出谷仓，然后默默地驾起她们的四轮马车，任连衣裙在风中飘扬。她们确实有充分的理由生气。那晚，男女在数量上是五比一。虽然在她们刚来到聚会的时候，这个比例对她们而言是件好事情，但是她们却遭到了最糟糕的拒绝，因为她们意识到后来的比例变成了三十三比一。这个一就是艾玛。艾玛丰满的嘴唇融化了冰块，也融化了那一群男孩儿的心。

这不是艾玛的错。她站起来，走到门边的女孩们那儿，劝她们在多待会儿，再多唱一些歌，但她们都找借口想要回家。她们用余光扫视了一下那些厚着脸皮拿着冰袋的男孩们，他们还在等着，希望用冰袋治疗艾玛的嘴唇，并获得她的芳心。如果我是女孩的话，我也会离开，但是我是男孩。并且在他们离开之前，艾玛要求我留下来。她也没料到这些男孩们会都给她送冰袋，尤其是穿"英国人"衣服并称他们为里柯克的那群男孩，他们是众多帮派中的一伙，这些帮派往往在他们"徘徊期"的时候形成。环顾谷仓，我发现每个帮派都至少有一个男孩儿在这里，包括松果帮、漂流者、猎枪、雪球和金丝雀。很明显，她对他们都没什么深刻的印象。她一度离开了排球场，拿起一杯柠檬水，对追求她的一位"里柯克"说了一些同样新鲜的尖酸的话，他刚开着他的黑色奥尔兹莫比尔牌汽车到这儿，"如果你想让我对你有印象，下次放掉轮胎的气走路吧。"艾玛和我一样讨厌汽车，但是艾玛更讨厌里柯克的那些男孩们因为开着汽车而到处炫耀。

艾玛厌倦了他们的追求，那天晚上她为自己找了一个借口，她不停地假装打哈欠，然后穿过草坪回到自己家中。她关上门，但并没有睡觉。夜晚对她而言还没有结束。

事实上，对艾玛而言，夜晚才刚刚开始。她在她的卧室里等待着，或许正横躺在床上，床头柜上燃烧的油灯映出了自己的影子，那是她自己做的决定命运的睡衣，而这种情景是参加聚会的每个男孩儿愿意拿一吨冰块来看见的。每个人都在猜想，到底谁会是我们中间的幸运儿。众所周知，没有结婚的情侣很少公开在一起，而还是有人发现他们在一起。通常男女朋友关系也是很私密的事，尽管人们在大家缝活动[1]和工作聚会中会猜测这些。

我们跟随艾玛来到她家门外，走到挂着我们帽子的谷仓外的栏栅柱边，然后背靠着栏栅柱，努力在月光下表现得很酷很平静。看到每个男孩在那摆的造型，也包括我自己，你可能会以为他们全都被邀请

---

[1] 妇女聚在一起缝被的联谊会。

参加捆绑仪式。每个人都缓慢地将马套在自己的马车上，当然也没有人还会大胆地在那徘徊。我们嘴里嚷嚷地说着再见，沿着同样的路返回，直到岔路口我们才分别。我想继续等等，想告诉艾玛我胃疼，如果我不是将球打到她的嘴唇，我应该拥有和艾玛捆绑的机会。我欠她一个道歉。我感觉我在排球场上的表现很不好，我很后悔因为我的双手而错失了和艾玛捆绑的机会，我希望艾玛能重新考虑一下邀请我捆绑的事情。

我曾多次去过主教家里，对周围的环境都很熟悉，但不是在夜晚。主教的家是一栋陈旧的农舍，有两个楼梯和两个前门，一个是为了更好地离开，一个是为了更好地进来。我决定利用厨房的后门进去，然后爬上狭窄的楼梯。我朝下望着又长又黑的走廊，闻着煤油灯的味道。我听到艾玛的房间有划火柴的声音，她的房门微微地半开着。我屏住呼吸，希望贝勒主教和他的儿子们现在已经熟睡，因为我知道他们很不愿看到我现在的行为。

跨过走廊的墙就能看到艾玛的影子，我走进她的影子，让自己挨着它——影子里，艾玛正在取下她的祈祷帽，用手解开她的辫子和发髻，她那又黑又厚的头发滑落到她裸露的肩膀上。我从未见过任何女孩的肩膀，包括我姐姐们的我也没见过，仅仅是艾玛的影子就已经让我感到窒息。

这些年来，艾玛已经由一个害羞的、牙齿缝很大的瘦弱女孩蜕变成一位苗条的女人，拥有如月光光泽一般的肌肤。她仿佛一夜之间绽放成了一个女人，而我却没有足够大的花瓶来装下这朵盛开的花。

艾玛脱掉衬衫，松开裙子，把它们都放到了地板上。这时，她小心地松开她的胸罩，而我不知道她穿了胸罩，她将它放在了椅子的后面。然后站起来转身，映出了乳房小巧圆润的轮廓。她的头发顺着她腰部的曲线散落在背上。

我喘着气，用衣袖捂住嘴巴。我心跳加速，已经忘了在哪儿，或者为什么会在那里，只有一种确切的模糊感。我对用排球打伤了艾玛的嘴唇感到很愧疚，同样我对看到艾玛的影子感到很羞耻，在她的影子中，我可以很安全地伸出手去触摸她。

在黑暗的走廊里，我单膝跪下，在墙上的影子中，从她的脚开始打量她的身体。我用手划过她纤细的脚踝，到她的小腿肚，划过她的膝盖和坚实的大腿、高翘的臀部以及如山谷般凹凸有致的腰部，然后向上划动到她的胃部和胸部，如同小山丘的双肩，如同斜坡似的颈部，我慢慢地、轻柔地将我的手放在了她头发的影子上。正当我准备向前倾去吻她的影子的时候，她用一根细长的手指打开了虚掩着的门，把我叫进了她的房间。

"你不必坐在地板上。"她说。

我不能移动，也无法呼吸，强忍着身体的僵硬和极度的不自然。我心想着这是怎么回事，同时不顾一切地想要摆脱我的尴尬。我站起来走向她，但在门口的时候却停了下来。我看着穿睡衣的艾玛越久，就越无法呼吸。我从未见过如此场景，一条无袖的粉红色雪纺衫紧裹着艾玛的臀部和胸部。正当我紧张得一个字都说不出来的时候，艾玛双臂环抱在腰上，迷惑地看着我。

"你不喜欢吗？"

"不。"我脱口而出。

艾玛张大了嘴巴。她看起来像是受到了打击。

"你不喜欢？"

"不。"我说道，心里实际上想告诉她我很喜欢，想告诉她这是我看过的最美丽的风景！但是她的美丽再次吸引住了我，让我说不出来。

我又试了一次，"很漂亮，艾玛。"我说，我顾不上我红着的脖子和脸颊，低声说道，"你很美。"

"哦。"艾玛说着，用手抚摸着她的头发，她的脸红润可人，"想要喝一杯苏打水吗？"

"哈。"我说，同时也为我自己所说的话感到很愚蠢。我没有解开夹克，从沙发上的窗户反光里看到我的帽子是斜着的。艾玛穿过一个小桌子，拿了一瓶沙士，然后走到我身边用手撕掉了标签，如同多年来她在超市给我买午餐时所做的一样。对她而言，打开一瓶沙士轻而易举，我也从未拒绝她为我开启瓶盖。但是突然之间，我很厌恶她的这一举动，并且想自己开启瓶盖。她仿佛感觉到了什么，在她松开饮料罐之前盯着我。

"没问题的。"她说。

我点点头，虽然心里不是这样想。无论以前我是什么样的男孩，无论她认识的我是什么样的，我都不想再像以前那样，但是我还没有成为我希望成为的那种男人，且还没有征兆告诉我何时才会成为那样的人。我取下外套，将它挂在墙上的小木质架上，靠在她祈祷帽的旁边，然后将我的帽子放在她的无边软帽旁边，我感到仿佛有那么几秒钟，我和她生活在一起……

艾玛走到窗户边的沙发上，拉低了绿色的窗帘。

"坐下来怎么样？"

我们坐在一起。她坐在右边，我坐在左边，我们中间隔着的距离可以再容下一个我们。我快速地啜着沙士，很快就一饮而尽。艾玛看着我。我停了下来，打着嗝，把饮料罐递给她。艾玛接过饮料罐。我笑着，将目光集中在我们脚下的地毯上。我不知道应该说些什么。每当我看到艾玛粉色的连衣裙，我的脑子里就会一片空白，我想知道，是否这种情况会经常发生。我从来没有理由去问其他的男孩，当他们在徘徊期看到女孩们穿着睡衣时到底会发生什么。我无法想象谁在这种情况下还能有清晰的思维，到现在我还在为我的胡言乱语而感到沮丧。"也许你应该梳一下你的头发。"

艾玛快速地转动着她的头部，以至于我认为她快扭断了脖子。

"我的头发怎么了？"

"今晚之前我从未见过它这样。"

艾玛挠着她的脖子，我能够看见她肩膀和背部的肌肉紧张收缩着。她之前像男孩子一样，并且在她的七个兄弟面前也从不会紧张，但是现在她看起来确实很紧张。我希望是相反的场景——一个困倦的、安静的艾玛，在我有机会看见她穿着那条裙子之前飘进了梦乡。我诅咒冰霜和严寒，诅咒引领我到这一刻的一切事物，虽然我不会诅咒我的母亲，但是我诅咒她以我的名义给艾玛许下的承诺。

艾玛从沙发上站起来，到她的梳妆台前拿了一把梳子。

"你的嘴唇现在怎么样了？"我问道。

"好多了。"

"只是看起来还有一点浮肿。"

艾玛拿起梳子，转向我。

"这可是因为你，下手重的人。"她边说边笑。我也跟着笑了起来，我们同时发出了嘘声，因为我们不希望吵醒她家里的任何一个人。笑声让我感觉很舒服，并且这是我进入她房间之后，第一次感觉到了自己的呼吸。她拿着梳子，向后走到了沙发边，并且这次坐得离我更近了，直接面对着我。

"为什么你不帮我梳头呢？"

她递给我梳子。我擦拭着我的鼻子，沙士饮料的罐渗出水珠，滴了下来，但是我感觉到我嘴唇上的水珠，我知道我在流汗。我们没谈论多久就沉默了。

终于，艾玛开口道："让我教你。"她拿过梳子，将梳子穿过她的头发。她举起那松散的披在她右肩上的长长的如同波浪似的卷发，它们在夜晚灯光的照耀下显得如此耀眼。她将梳子轻轻地穿过头发，用她头皮上天然的油脂抹平头发的毛糙。她的头发健康、茂密，如同翻滚的波浪，她的头发虽然剪到齐肩长，但只要她跪下接受洗礼后就不会再剪掉它。不管它们长到多长，我认为它们都是一种美丽的负担。她将秀发放到左肩，用梳子梳理着它们，她的每一根秀发仿佛都在闪闪发光一样。

我不记得最后一次看见女孩像她那样梳头是什么时候了，或者说我不记得最后一次看见女孩头发是什么时候。阿米什男孩能够看到女人的头发只能是在他的母亲或姐姐洗完澡之后。我很多年都没见过一个女孩像这样把头发松散着，这一幕令我激动，也让我感到伤心。我想起了母亲剪掉了我姐姐们的辫子，同时也偷走了她们的荣誉。

艾玛停了下来，把梳子递给了我。

"现在你来试试吧。"

我点点头，感觉沙士在我的胃里翻腾。艾玛转过身，等着我为她梳头，我慢慢地尝试着，希望能够使她高兴。我拿起刚才她在肩上梳着的同样厚度的头发，按她的要求做着，小心地解开在发尾打成的结。我缓缓地梳着，但是令我沮丧的是，梳子能够比我更真切地感受它们。我想用手指穿过她的秀发，但是我做不到。当我梳完之后，我把梳子放在了沙发上。

"我们来玩纸牌吧。"我说，感觉自己的声音在颤抖，"我有鲁克牌。"

艾玛睁大了眼睛，她叹息着。

"我不想玩纸牌，我只想你牵着我的手。"

我不知道当时我是什么表情，但是我可以确定的是，当艾玛将她的手放在我手上的时候，我的表情一定很糟糕。我把她的手拽开，放到我后面。在艾玛反应过来之前，我快速地离开沙发，走到门边，然后拿起我的帽子和外套，感觉全身都在颤抖。在我冲过黑暗的走廊时我觉得受到了打击，看见美丽的代价就是首先要面对什么是丑陋。

那夜，我彻夜未眠。我套好马车，坐着它回家，然后在我们农场的周围散步，农场里植物的茎秆又高又干，在风里摇摆着，像是被风抽打着一样。我沿着雪橇山上长长的白色栅栏线前行，然后跑下斜坡，坐到了池塘边，夏天的高温让我又渴又累。我把膝盖抵着胸口，将脸埋在我的膝盖间，甚至在月光下我也觉得尴尬。

如果在那晚我能向上帝做一个请求，那么就是请求让我永远停留在十五岁。在我十六岁生日后仅三天，在我刚刚开始"徘徊期"的时候，我的生活就变得复杂起来。我不需要去酒吧和开汽车，如果我想适应这个塑造了我的不能被改变的世界，那么我就需要改变。这种改变不是指新衣服或者一辆新车，或者是一个新的工作，又或者是一个新的信仰，而是与新的手有关。除了能够再次见到姐姐们的愿望之外，这就是我最想要的。

五

第二天，我拿着行李箱排队站在农户第一银行，好奇我要去哪儿的"英国人"都注视着我。吸引人们目光的并不是我们的衣着，而是我们有钱的事实。阿米什人避免炫耀性的消费，我们也不鼓励过多的财富，但是我们很朴素很节俭——我们之中有人甚至还投资了互惠基金 [1]。我们不会积聚钱财，我们还会分享我们所拥有的东西，但是在那天，我不能告诉你我有任何与人分享任何东西的打算。

"招待女孩儿的好办法哦，约德。"

我转过身，吃惊地看见艾玛·贝勒的三个年长的哥哥。其中一个带着一个很大的黑色银行钱袋，另外一个在填着一张银行存款单。他们是施工员的一部分，正在去工作的路上，手掌已经被木材着色剂染上了棕色。通常，在银行看见其他的阿米什人是一种宽慰，但我却对艾玛的哥哥们没有一点同志情谊。他们才刚满二十岁，都已经受过洗礼。正准备要结婚而成为男人。

我咽了口唾沫，并点点头，感到呼吸紧张，想找到哪怕是一个词来应答。"嘿！"我脱口而出，但是我的声音沙哑而刺耳，完全不像是我的声音。

"你要去旅行吗?"他们问，眼睛盯着旅行箱。

"佛罗里达，"我说，努力让自己的声音听起来不那么胆怯，"实际上是潘卡夫特。"

---

[1] 互惠基金（Mutual Fund）就是将众多投资者的余额集中一起，等于众多投资者共同聘请一个基金公司的专业投资经理，利用其专业的知识，分散投资于各种不同的投资类别上，使这一小额投资亦能在互惠基础下享受低风险及较高的回报机会。

"这么快就离开?"大哥问道。

"是够快的。"我说,并调整自己的帽子,把它拉得更低,好浸干我额头的汗珠。在银行里面我的体温差不多有一百摄氏度。

"是个好时机。"二哥雅各布说。他朝我走来,把手搭在我肩上:"你若再在我们家耍花招,你就会觉得骗马也有好运气了。"

"什么花招?"我问道,身体僵直,感觉到雅各布的手指紧紧地捏着我的肩头。他其他的弟兄也团团围着我。

"你也许已经十六岁了,但是要成为一个男人你还有很多东西要学。"他说,"你不能就这样离开,留下一个女孩儿哭泣。"

我盯着他,感到迷惑。

"艾玛哭了?"

最小的弟弟约书亚笑了起来。

"在你离开后她哭得很大声,把全家人都吵醒了。"

我向后退,感觉到所有人,不只是贝勒家的人,都盯着我看。

雅各布低声对我说:"你知道她真的很喜欢你。"

"我也喜欢她。"我说。

约书亚转向雅各布,雅各布正看着艾伦。最年长的哥哥雅各布靠过身子,在艾伦抓着我肩膀的时候对我耳语。

"那么就不要再像那样留下她一个人了。懂了吗?"

艾伦松开我的肩膀。他的手指深深捏进了我的肉里,但是我没有一点感觉,只感到脸颊泛红。

"下一位,你好,我能帮到你吗?"

这声音跃过人们的喧闹声和破旧顶风扇的咔咔声。雅各布把我向前推了推。我提起旅行箱朝银行柜员走去,厚重的鞋底在地毯上绊倒了。如果这笔钱是我所取的唯一一笔钱,那么我会介意艾玛兄弟们的目光,但此时我宁愿吞下自己的拳头也不愿暴露我羞愧的真实原因。

在我走出银行的时候,一辆黑色的道奇卡车在我的马车旁边停下了。开车的是李维和阿莫斯·埃希，他们站在贝勒的马车旁边。贝勒一家看都没看他们一眼，而是直直地看着我。

"伊莱能带你们回家。"他们带着厌恶说道，接着挥着手，让马车出了停车场，"总之他跟你们是一路人。"

好吧，我想。这很糟糕。

我点点头，挤出微笑。当埃希兄弟穿过停车场向我走来时，我把相机藏在我的后背，在旅行箱和两腿之间。李维和阿莫斯一点也不像阿米什人。他们穿着鲜亮的T恤，戴着棒球帽。我有很多年都没见到他们了。他们一个二十六岁，一个二十九岁，算是在"徘徊期"里年龄最大的人了。有人看着他们的短发，我估计他们短时间内没有受洗的计划。大多数父母都不希望他们的儿子或女儿与埃希兄弟交朋友。有传言称他们在他们的谷仓里举行了几场派对，有一次他们还拍了一段音乐录影，里面记录了来自印第安纳的阿米什女孩儿下流的画像，她们摆出的姿势看起来就像是折扣商店的爱情小说的封面。

"有什么问题吗？"我问。

"卡车过热了，我们需要一个千斤顶。"

"哦。"我说，看见黑色的引擎盖就像乌鸦的嘴一样打开，发动机上冒着黑烟。

"谢谢你，伊莱。"李维微笑着说，"你挽救了局面。"

"我还没有挽救任何东西呢。"我说，感觉到太阳的灼热从碎石路面上散发出来，进入到我的裤子里。我需要阴凉处，我需要轻拂的风。超过了来自艾玛兄弟们的恐惧，我更害怕的是埃希兄弟一路上会问我的问题。

对埃希兄弟们来说这是条曲折的路，路面凹凸不平、弯弯曲曲，篱笆桩的阴影穿过路面。这条路没有路肩，车辆很难超车，而我想让从银行停车场出来时就一直跟着我们的白色货运车开到我们前面去。我向司机示意，但是这辆货运车还是继续尾随我们，这让马受到了惊吓，它猛地一拉把马车拖到了马路外面。我们越过了一棵被伐倒的树，只有后车轮的轮辐卡在了树干的残枝里。李维和相机飞出了车门。而之前在后座上睡着了的阿莫斯被一阵号叫惊醒。被吓坏了的马挣脱缰绳跑进了路前面的草地，又立刻咀嚼青草而使自己满足。

我看着侧视镜，想知道是谁这么着急。白色的货车在偏远地区的马路上很常见，我想它可能是一辆水管工用车，或者是一辆运奶车、面包车甚至可能是卖花人的车。从货车里出来了三个人，慢慢地靠近马车，低声地交谈着。当他们在镜子中靠得足够近时，我才发觉他们脸上套着尼龙袜。我之前从未见过有人这样，我还以为是新出台了州法，要求面包师不仅要戴头套，还要戴面罩。我把头伸出马车外，准备问他们是否需要帮忙，但是又迅速抽回到了座位里，因为我看见司机手上拿着枪。我的心怦怦直跳，我用高地德语低声说："快坐在钱上。"当然，阿莫斯总是在错误的地方问错误的问题，他用英语大声说："你在悄悄说什么呢？"

我转过眼睛看着侧视镜，看见这几个人正站在我们的马车后面，司机把手放在背后，虽然看不见枪，但感觉更危险。阿莫斯推了推我的肩膀。

"挪过去一点，我要撒尿。"

李维没有说话。他已经从他的位置看见了那把枪，他放低了头，在祈祷或者是惊慌失措。我永远不知道我是否看见了李维·埃希的眼睛。在太阳镜流行之前并且在他真实的恐惧表现出来之前他就已经戴上了太阳镜。

阿莫斯推着我想要出去，突然有人说话了，但不是他。

"别动。"

这时他们转向了我这边，司机站在这里，然后又看看李维那边，另外两个人围着他。一只蜜蜂飞进了马车，阿莫斯对蜜蜂非常过敏，他尖叫一声。司机拿出枪，塞进马车。他用枪管猛击我的脸颊，打我的眼睛，还把枪口对准了阿莫斯。这些人轮流说着话，都带着南方的鼻音，这首先让我想起了主教，但是在他们的言语间还带着更多的灼烧感，好像在每个音节里都有他们刚刚抽过的烟头。

"再尖叫你就再也听不到你的声音了。"

"现在你们几个只要听话就不会受伤。"

"你们都是忠诚的基督徒，快出来吧。"

我闭上发胀的眼睛，听见风呼呼穿过马车的声音，玉米地发出的沙沙声，还有栖息在我们上方的电线上的大乌鸦的叫声。我的心脏紧张得怦怦直跳，声音大得让我害怕那些人会叫我停下来。我想要遮住我衬衣袖口的裂缝，但是害怕地不敢动弹。血并不会让我感到烦扰，我已经看见过很多次生小狗狗了，但是自己的血滴在手上会让我晕眩作呕。

在其他的任何情况下，我会认为这只是天堂镇普通的一天。我们刚刚经过市政厅，在那里阿莫斯让我停下马车他想撒尿，但是李维却不让我停下，想给"甜牙"阿莫斯上一课，不要在早上喝那么多沙士。我们在报纸上读到过抢劫和杀人，但是暴力犯罪很少在阿米什人身上发生，只是在兰开斯特县是这样。

"我说了快出来！"

他们其中一人用力踢了马车钢轮一脚，碰到了他的脚趾。

"你们要什么时候才会使用轮胎呢？从来没有听说过橡胶吗？"

司机看着这个刚说话的人。

"闭嘴！快拿箱子。"

"好吧，孩子们。到时间下马车了。"

我们照做了。这是一个惊吓和屈服的时刻。我的马在远处看着我，但是并没有嘶鸣，而是满足地在那儿嚼着野草。同时这三个戴着尼龙袜的人让我们面朝田地，要求我们脱去衣服，包括鞋子和袜子，还叫我们像我母亲教我的那样把它们叠得整整齐齐，然后把衣物放在身后，叫我们跪下。

"你要杀了我们吗？"阿莫斯问。

"除非给我们不杀你们的理由。"司机说道。

我解开衬衣的纽扣，用袖子擦擦额头，袖子被汗水浸透了，干了后又因为盐而变硬。我不想脱掉裤子。还是湿的。但是拿着枪的人挥舞着枪口，戳着我的后背。

"脱掉。"

我看着李维，他光着上身，光着双脚，在他解开自己的衬衣时，他说："给他们他们所有想要的东西，伊莱。"

"你们不用拉链？"

阿莫斯看着这几个人："我们不推荐使用拉链。"

"为什么呢？"

阿莫斯冲着我眨眨眼。

"上帝让我们成长。"他解释道。

"什么？"

"人们告诉我们拉链会束缚住我们。"

李维笑了，而我闭上了眼睛，因他俩轻视这一切而诅咒他们。

"看看这个。"

其中一个人从阿莫斯的裤袋里搜出了一台相机。

"一台莱卡 M3 ！"

"看起来像古董。"

"它是古董，现在还很值钱呢。"

我吞了口唾沫，再次感到头昏眼花。

"1962 年德国人生产的。他们已经不再生产这个型号了。"

"那是什么？"司机盯着我问道，试图读懂我的唇语。原谅罪人而不原谅罪恶，我反复念着，希望如果上帝知道我已经原谅了这些人，他就会表示宽容，饶恕这台相机。

"你可以带走那匹马。"我说。

"什么？"

"用马换相机。瞧！他在做买卖哪。"

我穿着内裤朝我的马走过去，想要抓住缰绳，但它踢了一脚跑了。它还没有把栅栏的木头啃完就穿过田野跑了，踏着九月份干燥的土地，尘土在它的马蹄下扬起，它永远地离开了。那几个人站着看着我，目瞪口呆，跟埃希兄弟一样感到难以置信。

"你们是不应该使用相机的，对不对？"

我点着头，感到路面仿佛裂开了一般，把我拉进了这个世界最黑暗的深渊。

"那么，知道了吧？这是一次双赢。你们保住性命，我们拿走相机。你们几个跪在路肩那儿，面朝田地，从一数到一百，先用英语数，再用你们嘴里蹦出的滑稽方言数一遍。然后你们就可以选择自由地回家了。我们对你们的不变表示歉意，但是你们会帮助一些有需求的基督徒，我们保证神会偿还你们的。"

司机挥着他的枪，好像它是一个扩音器，指示着他的同伙拿走我们的衣服。当他们捡起我的裤子时，他们停下来了，摸到了潮湿的棉布，然后他们闻闻裤子望着我们："是谁尿湿了裤子？"

李维和阿莫斯转过来看着我，我羞红了脸。

"是你尿在裤子上了吗？"李维吃惊地问道。

"你尿裤子啦？"阿莫斯也问，"该死。我猜我也会，如果我偷了别人的灵魂。总之你用相机都干了什么？"

我挤着眼睛，感到泪水刺痛着。我害怕极了，他们也感到恐惧。但是我的恐惧似乎淹没了他。司机清了清喉咙，并且有那么一会儿儿，我对他的同情表示感激。

"他做了好事。"他说。

"偷灵魂？"阿莫斯嘲笑地问我。

"尿湿了裤子，真是帮了我们忙。警犬爱跟着强烈的气味追踪。"

他把钱袋从马车里拉出来，然后大摇大摆地走到货车后面，就好像他是停下来买甜瓜一样。另外两个人跟着他爬进了货车。

"继续，开始数数。我们要听见你们的声音。"

我们跪在路边，身体完全裸露。在蓝天下，一阵热风刮过田野里的玉米，碎石扎进我们的小腿，但是我们不敢停下数数而抱怨。用任何一种语言大声地从一数到一百都需要花很长的时间。我们很害怕，说话结结巴巴；我们或许数到了三百才估计安全了，然后站起来回家。

　　撇开马车，除了那几个人留给我们的黑色宽边帽和它们的阴影，没有什么东西能够遮住我们。我们并排走着，低着头，沉默不语，李维在我的左边，阿莫斯在我的右边，我在中间"滴着血"。在他们争吵要走哪一条路时，我再次受伤了。他们无视我不要回到城里的请求，相反坚持返回银行，在那里我们能用电话打给一位"英国人"司机。

　　"你要打给谁？"

　　"勒罗伊·费舍尔。"

　　"什么？为什么？你不能那样做！"

　　"为什么不行？"

　　"他已经不再开车了，"我气喘吁吁地说，"他丢了驾照。"想到勒罗伊看见我这样我会难以忍受，因此我撒了谎，并且毫无破绽。

　　阿莫斯笑了起来并指着李维。

　　"他也一样。"

　　我转向李维。

　　"你没有驾照？"

　　"从来没有，"阿莫斯说，"老李维充满了秘密。"

　　李维越过来，把阿莫斯的帽子从他的私处扯下来，并像扔飞盘一样扔了出去。我不得不停下来等他们在马路边摔完跤，没注意被我们弄得嗖嗖作响的半挂车，扬起了灰尘，弹开了空的汽水罐子。在我们穿过340号公路的时候阻碍了交通。

　　从鸣笛声、叫喊声、喇叭声可以判断，我们是这座城里在林林兄弟马戏团之后最好的演出。事情发生得如此之快，我们都无法预料我们暴露的代价。

　　多辆旅游巴士刹车停下，车门打开，很多游客几秒钟内就把我们围住了，他们以令人晕眩的速度拍着照。这激怒了李维和阿莫斯，他们一只手因为显然的原因拿着帽子，另一只手在空气里竖起僵硬的中指。

我也十分愤怒，在空气里挥着我的手，却意识到我学他们学得并不像。我的手指不能分开，而这也超过了裸体，激起游客们想给我们拍更多照片。我们的帽子盖着我们的私处，而在中午我们的影子也不够长，不能把我们遮住。

"伊莱？"

我转过身，听出了这如同忍冬蒸馏出的声音，并且感到身体内外的一切都收缩了。艾玛在我们旁边停下了马车，这时她的马拉了很大一坨马粪，人群因此避让开了，马粪的味道把这些纽约客熏回了巴士，然而他们还撬开窗户想要抓拍更多的照片，这会让我们成为他们和友人们多年的谈资。

"伊莱，上马车。你们俩也上来，快！"

我僵硬地站在那儿，感到我整个身体都羞红了。起初我还假装没有听见她，并继续穿过人群，不知道该往哪儿走，只是不想让艾玛·贝勒看见我裸露着身子，跟我看见她的影子一样。我想要藏起来，我在人群里寻找着任何能够把我遮住的东西，我渴望解开一名游客腰上的防风夹克。我只能跑到报刊亭那儿，走上楼梯来到一家小书店，拿出一张本地的旅游地图，把它摊开，像裙子一样包裹住我的臀部。荷兰奇境在臀部左边展开，右边是糖浆馅饼的广告图案。在这种情况下，我只能做到这样了，但这样只是在让自己出洋相。

"伊莱，你在流血！"

艾玛坐着马车跟着我。李维和阿莫斯已经爬进了马车，他们用手卡住车门，在我固定地图的时候一把抓走我的帽子。

"嘿，给我！"

"快进来，伊莱。"

"不。我可以走路回家。"

"为什么？别犯傻了，伊莱。你需要去看医生。"

我紧张地抬起没受伤的右眼，看着艾玛的眼睛。一滴眼泪从她的眼角流下，她咬着嘴唇，接着睁大了眼睛，好像这是她一生中见过的最滑稽的事情，或者是最悲哀的事情。但是她还没有笑话我。

"警察随时会来，快进来。"

我呆站着，感到又聋又哑，并且滴着血滴。她是对的，我需要去看医生。但是我本要去看的医生并不是医治眼睛的。

"至少喝点水啊。"

天气太热，让我难以心平气和，所以我什么也没说。

艾玛深深叹了口气。

"随你便。"她边说边把缰绳拉得嗒嗒作响。

"随你便！"阿莫斯重复道，喊出了言语中的双重意味。

上帝从很多人中选择了艾玛来帮助我，但我并不能接受被主教的女儿解救。

六

是人的小便味而不是马的叫声让我醒过来，并且让我意识到我不在家。在我上面有着明亮的光，我听见了在我上面的一名护士的低语。她低声说着一些令人镇静的话，同时给我的脸颊缝针。我侧身躺着，在一张简易床上蜷着身子，眼神在地上的血滴间跳来跳去，擦亮的皮鞋们想要避开这些血滴。两只德国警犬嗅着我悬在床沿的手，尽管我不是在医院里。

弯曲的吸管挨着我的嘴唇时我动了动，我吮吸着，吞下的一口凉爽的饮料让我感到舒缓。护士重新在我的鼻子里敷好药。"还需要多包扎一个小时。"她说，"直到他能坐起来，且别无他碍。有什么新情况吗？"

"还没有。车牌来自田纳西，是一辆偷来的车。"

护士站起来和一个高个子男人换了位置，这个男人朝前摆动着他的钥匙，并把钥匙扔在我残破的帽子上，帽边被扯烂了，这就是我所能看见的细节。一切事物都仿佛有着一种斑驳的粗糙感，好像这个世界是用木炭画笔描绘出来的一样。线条很粗很快，在我看来它们就像是聚集在我家农场上的暴风雨的乌云。

"走运的一天，嘛？"

我奋力想看见这个人的目光。但我还是侧过眼看旁边的狗狗。它们中的一条因为髋关节发育不良而走起路来一摇一摆，走到了门口盛着水的玻璃盘子边。它完全没在意聚集在一堆的记者们，也没在意对着我和警察们的很多相机。我能听见的只是闹哄哄的声音。每个人说话都飞快。有的人说话带有我从未听见过的口音，还有人的口音跟勒罗伊那刺耳的口音一样，另外有人的鼻音还很重。他们争抢着问问题，而我之前只看见过动物们表现得这样凶猛。我所能记得的只是在相机闪光前他们对着我微笑时瞬息一现的又长又白的牙齿。

"把他们带出去，这里不是该死的马戏团。"一位警察厉声说。尽管在某种程度上，这的确有点儿像。门卫砰的一声关上了门，房间里安静了下来。

"对不起。"他边说边靠近我，臂弯里夹着一卷档案。他身上有一股皮革和须后水的味道，在他说话的时候轻轻弹了一下手枪皮套上的按扣，"我是富勒队长，乔纳森·富勒。你可以叫我约翰尼，好吗？"

我点了点头，而头一动就觉得疼。

"你现在在天堂镇警察局。如果你想去医院，我们会送你去的，但是我们不会强迫你。我们尊重阿米什人。"

"我并不反对去医院，"我紧张地说，"我就出生在医院里。"

"没问题吗？"

我再次点点头，接着斜着抬起我没受伤的左脸，够到他拿过来的饮料吸管。这次我尝到了苹果汁。现在是常温，但是饮料罐挨着我的下巴还是感觉凉凉的，缓和了我内心燃烧的火焰。我才意识到我正穿着牛仔裤和T恤衫。这不是我的衣服。闻起来有股香烟味儿。

"这些上面需要有你的名字。"他说，把苹果汁饮料罐从我脸上拿开，"我们试过搜寻能鉴别身份的东西，但没有找到司机的驾驶证。你能告诉我你的名字吗？"

"伊莱。"我从喉咙发出咕噜声，吞下了最后一啜苹果汁。扭着身子读着 T 恤上的文字，"吻"。一个吐着长长的白舌头，卷曲的黑色头发，眼睛周围画着巨大星星图案的白皮肤男人从衣服上凝视着我。

"好的，伊莱。伊莱……斯托茨弗斯？"

我闭上眼睛，奋力想摇头，但是我只能让下巴移动一点点。他明白了。

"贝勒？迈尔？齐默尔曼？施罗德？约德？拉普？"

我张开嘴，睁着没受伤的眼睛说着"约德"。

"那么好吧，我知道这不会用很长时间。"他说。他对自己感到满意，显然清楚阿米什人姓氏的人并不多。"伊莱·约德。我们要记录下你所有的回答。尽全力回答问题是很重要的，你明白吗？我们需要你记起今天所发生的一切，准备好了吗？"

我感到胃里一阵痉挛。

"慢慢来。要注意仔细回忆今天发生了什么。"

约翰尼拉过一把椅子放在简易床边并打开一个文件夹。他拿出一些画着人像的素描图，大部分是年轻人和比我大不了多少的短发男孩儿。他慢慢地一张一张地举起这些图画。

"你能认出他们中的任何人吗？"

我摇摇头。即使有明显的特征如疤痕或者胎记，如果我说这些脸当中有看起来熟悉的，那么我也是在说谎。我并没有注意看那些男孩儿长什么样，我也没有理由去注意那些在尼龙袜下面被压扁了的脸是什么样子。

"你能辨别出他们的声音吗？口音？俚语？他们会这样说话吗？"[1] 约翰尼问道，他的声音听起来像是曾经原文约翰尼模仿某种方言发音。卖给我姐姐们烟雾弹的来自卡罗莱纳州的男孩儿们。"是的。"我说。即便约翰尼的模仿很不标准，这也足以让他感到兴奋。

"他们说了什么，伊莱？"

"它……很……值……钱。"

---

[1] 原文约翰尼模仿某种方言发音。

"什么？什么很值钱？"

"我的相机。"

"什么？"

"他们说……我的相机很值钱。"

约翰尼把图片放回他大腿上的文件夹里。如果他感到惊讶也不会让我担心，因为所有的"英国人"都有相机。相机跟汽车和死亡事件一样普遍。

"他们一共偷了多少钱？"

我喃喃地说："九万六千美金。"

警官站了起来，显得很吃惊。

"像你这样的男孩儿用这么多钱来干吗？"

"这些钱是在我姐姐们去世之后别人给我们的。"

富勒警官顿住了："我们？"

"我的家人们。我母亲以我的名字把钱存在银行账户。她说在我十六岁生日那天就可以把钱取出来。"

"她这样说过？用来干吗呢？买新车？你们阿米什人总是用现金付款的吗？"

我盯着他并擦去眉毛上的汗珠。

"搬去佛罗里达。我想……跟我的表亲们做狗生意。"

这位警官看着我，想要察觉出我是否在说谎。然而他只是耸耸肩。

"祝你好运。那么那台相机值多少钱呢？"

"更值钱。"我说，我知道它是无价的。

"更值钱？嗯。"

在想到相机时我感到一阵晕眩。

"我现在可以回家了吗？"

"当然可以。但我们才刚刚开始。我们让你再多睡几个小时，但是我们现在还需要多问你几个关于袭击者的问题。"

他在说"袭击者"的时候让我感觉他们跟我就像是老朋友。

"我不会作证的。这不是我们的方式。"

"我们意识到这点了，但是我们需要更多的信息。"

"我已经原谅他们了。"我说。

约翰尼停住了。

"就这样算了？"

"是的。"

这并不需要我花上很长的时间来决定。只要他们不是杀死了我姐姐们的凶手，原谅谁都可以。

"上帝啊，"他说，"上帝啊。"

那时约翰尼觉得我应当说出更多的关于袭击者的信息。两名罪犯从西弗吉尼亚州的监狱逃走了，在他们经过南宾州后那天早上，抢劫了四家便利店，两家餐饮店，一家 7-11 便利店和一家土耳其山便利店。同时打死了两名员工，致一人重伤，一名轻伤，还导致一人因尾椎骨内的弹片而瘫痪。

"我们需要你帮忙阻止他们，伊莱。"

"我无能为力。"

"你需要试一试。所有人都认为他们是阿米什人。"

我翻过身，想从简易床上弹起来，又感到脸上的伤一阵疼痛。

"为什么？你是说他们来自西弗吉尼亚？"

"是的，但是他们穿的却是你们的衣服。"

在听见这句话时，我的身体垮进简易床里睡着了，我梦见了冒充的阿米什人的犯罪生涯。我不知道我在那儿躺了多久，但我记得是被富勒队长在自动贩卖机买来的火腿三明治的味道弄醒的。他揭开玻璃纸，轻涂薄薄的白色面包皮下面的芥末。

"你应该找回你的钱，伊莱。"

我摇头："我只想回家。"

约翰尼大咬一口三明治。在他说话的时候仔细观察着我，满是食物的嘴大口地嚼着。

"自从你上一次上报纸已经很长一段时间了。"

"我可不想让这成为一种习惯。"

"据说如此。"他说，并打开一叠塞满了关于那场事故的黄色报纸剪报的文件。他取出一张照片，上面是母亲和我跪在马路和马车旁边，身后满是扭曲的金属和折断的树木。

"没有人发现那个浑蛋。"

"谁?"

"那个撞你们的司机。"

"没有。"我说。

"是还没有。"他边说边挠挠胡须，接着又低头看着他的文件，"我不知道为什么很久都没有人碰过这件案子，但是有你的合作，我会自己调查。"

我在简易床里绷紧了身子。

"合作?"

"没错。或许他最终会站出来。"

"他为什么会那么做?"

"因为他可能会感到罪孽深重，想要被惩罚。当我们有一些嫌疑人的时候，我们会找你来辨认他们的相貌。你不必在法庭上做证。"

我注视着他，电话铃的响声和打字机的咔哒声似乎让这个房间显得很吵闹。我不喜欢这个警察对我姐姐死亡事件的干涉。这已经太迟了，我最不想让父母再次体验那场车祸。然而，如果我跟这名警察合作，我的家人们有可能最终会见到那名司机。我倚在简易床的床沿上呕吐了。

"洗手间在你左手边。"

我坐起来，把脚伸下简易床，触到冰凉的水泥地面，避开我吐出的东西。我站起来时感到晕眩，我对着前面紧紧抓牢，试着找到平衡。我慢慢地挪动，感觉到正在看报纸的保安正瞥着我。在我经过的时候他皱着嘴唇，面部抽搐。"哦……喂。克里普的麦琪。他们让你好点了。如果我是你我就不会照镜子。"

"我不会的，"我说，"我不太喜欢镜子。"

我抬起手，用手捂着自己的脸。门卫发现了我指尖的"蹼"又迅速地抽回目光到报纸上。"阿米什人。"他嘟囔着，好像是我的手，而不是我的帽子刚刚证实了他的猜测，"讨厌，你们什么时候才会引进外人？去大西洋城过个周末吧。坐火车去，坐巴士去。就帮帮我们的忙，去中基因库的大奖。"

我拖着脚穿过地板走进洗手间，锁上了门。我打开水龙头，把双手握成杯状，从水龙头喝水，没有看镜子一眼。

那天下午当我回到家时，我发现父亲正坐在他的滚轮椅上，一张《新纪元》晚报摊在桌子上。他透过眼镜瞥见我时睁大了眼睛，我穿着牛仔裤和T恤让他不知所措。他最大的噩梦，就是我看起来像是"英国人"。

通常不会轻易说出主的名字的父亲说，"基督耶稣"听起来像是卡夫奶酪。他用手指慢慢地轻拍着嘴唇，好像这种节奏能帮助他稳定自己不稳定的心跳。我转过身想看看母亲是否在附近，但是厨房里一个人也没有。

"你有一些事情要做解释。"

我告诉了他除了枪和司机的一切事情。我还告诉他伤口的缝线会自己跑出来，我需要冰块和阿司匹林就好了。我告诉他我丢了钱但是没有提到相机。我希望他会认为报纸上提到的"个人财物"指的是我的衣服。他似乎不太关心我的伤势。是什么让他感到烦扰，使他把手肘扎进桌面并用拳头盖住嘴巴。

"你和埃希兄弟干了什么？"

"载了他们一程。他们的卡车过热了。"

"他们可以走路。"

"到他们的农场有很长一段路，父亲。"

"只有三英里！"他脱口而出，手里摇晃着他们给世界竖中指的照片。自从很多年前李维不再为我父亲开车后，父亲就认为他游手好闲，这也意味着他被魔鬼的工厂雇用。李维在"英国人"间做的橱柜生意兴隆也不重要。

"知道了吗？他们绝不是任其自然[1]！"他说。这让我想起了阿米什人在这个世界的行为准则，更具体地说，就是不赞成的行为。我好像我忘记了自大的情绪是多么的无礼，更别说喧闹的笑声、迅速的反驳、咄咄逼人的握手、草率的问候、鲁莽、造反甚至更糟的个性。不出一年时间，这八个我都犯了。

"他们需要帮助，父亲。"

父亲叹息一声，喃喃地说，他的话语显得冰冷。

"他们总是需要帮助。但是你怎么办？"

我注视着他。他把目光投到那张照片上。

"你打算怎么办？"

我耸耸肩，没有什么可做的。我不知道父亲意思是指现在还是通常。这个问题是像月亮一样宽阔的问题中的一个，取决于你看着它时正站在哪儿。

"我想要改变。"我说，看见他怒视着 Kiss 的 T 恤。我的父亲容易急躁，他把熔化掉的蜡烛从桌面上刮下来。

"我的意思是说工作。"

"拍卖？"

"是的，伊莱。所有人都会看见你像这样。"

我垂下了头，感到一阵血液涌上脸颊。

"这只是一张照片，父亲。"

"只是一张照片？它是你的灵魂，伊莱。你的灵魂！"

父亲紧闭双唇，但是这跟我之前在艾玛脸上看到的不安不同。我父亲是不苟言笑的人，看见自己的儿子在本地的报纸上（天知道还有什么地方）完全裸身，让他觉得丢脸。他看见的完全没有幽默，只有耻辱。

"休息一星期吧。"他说。

"一星期？"

---

[1] 阿米什人信奉的一种生活方式。

"不，你是对的。那就休息一个月。"

我盯着父亲，他棕色的眼睛睁得很大，在从窗户透进来的余晖中闪烁着。我父亲从未休过假，甚至得了轻度肺炎也是如此，不顾从市医院出院后两名医生的要求。当我母亲问他起床去挤牛奶的时候他以为他在这个世界上做什么，他说："我只是得了轻度肺炎，女人。如果我得了重度肺炎，我就会躺在床上！"我父亲跟大多数阿米什男人一样，工作就是生活，生活就是工作。假期甚至不是我们所考虑的事情，除了在鳟鱼赛季，我父亲会是第一个把鱼线抛进比弗河的人。那时"红甜菜"鲁宾·约德会给我准一周的假，这是他原则的一个例外。他鼓励我休息一个月真是危险的"不任其自然"。

"一个月！为什么？我要做什么？"

"恢复。"他边说边示意我的脸，我的伤口要比他内心的伤口更显而易见。

我母亲从未提到过那张照片。她绕开"羞辱"，就好像它是一棵杂草，她并没有除去它而烦恼，因为它自己就会枯萎。她一心一意工作，为我缝制了一些有口袋的新裤子，还有一件跟我丢了的那件一模一样的衬衫。是亮蓝色的，跟我眼睛的颜色很配。

在我洗完澡换了衣服后，我发现她一个人在她称之为"安乐窝"的房间里。那是一间我们农舍的凹室，因其受到日晒而很温暖，她曾和姐姐们在冬日里在那儿花了几个小时缝被子。我姐姐们留下的唯一东西就是她们所做的最后一床被子，它还留在木架上，现在已经褪色了。她平常把门关着，只是在事故纪念日的当天才把门打开，就好像这床被子能够自己用魔法召唤出我姐姐的脸，微笑，创造的渴望。我发现她很多次都从那床没有完工的被子上伸着脖子从睡梦中醒来。她不打算把它拿走，怕它会带走她最爱的回忆。

屋里的尘土让她咳嗽，我给她倒了杯甘菊茶。她没有看见我之前穿着"英国人"的衣服。我穿着我的睡袍和白色棉质长裤站在门口，吃惊地发现她把木架推开，给自己的脚踏缝纫机腾出位置，她踩着踏板，准确地用手操纵着针下蓝色的布。

　　我母亲反对某些阿米什人习俗，但她也同样地对家人的衣物表现得十分固执，坚持要自己做衣服。母亲为衣服染色用的是自家农场上生长的树木。尽管在 1983 年大多数阿米什女人都接受了购买织物的惯例，但我母亲还是会花上很多时间来准备纺织品。在她身后是装着未用过的染料的桶，她从糖枫树、山核桃树、黑胡桃树、灰胡桃树、桤木、铁杉、白胡桃树、白蜡木、黄樟树和做红色染料的茜草，还有我姐姐们采集的干美洲商陆果，尽管他们生产的紫红色有些淡。我说这个是因为这在一定程度上让我感到骄傲，我的母亲给我们展示了这个世界，即使这与"任其自然"的精神相违背。

　　通过为我做新衣服，她一年打开一次这个屋子，我想母亲是为了让我们相信没有什么照片能够偷走使得我们优秀的本质。这或许是一种傲慢又或者不是。她把脚从踏板上移开并停下了，透过小小的金边眼镜看着我。

　　"你的冰块呢？"

　　"我已经敷过了。"

　　"我叫了医生。"

　　"我不需要医生。"

　　"你需要更多的冰块才能消肿。疼吗？"

　　我点点头。她哽了一下，眯着眼睛，好像疼痛已经自己转移到了她身上。在她接着说话时朝下看着我的衬衫，看到它比看到我的脸还要觉得更安全。

　　"你知道，"她开始说，"我已经原谅了那些人。"

　　我母亲从来不对我撒谎，但是在她灰蓝色眼里的一些东西告诉我她很难平息她身体内迸发的愤怒，就好像每一个细胞都被再度唤醒。她的眼神首次显得呆滞，在我看来她成了一个凡人。我不把她看成是母亲，而是看成一个错误多次的女人。正义，她曾教过我，是在没有声音和景象的情况下最有力的判决。就她来说，她会把她剩下的和我剩下的信念和尊严全部缝合、修补在一起。

　　"你从银行里取出了多少钱？"

我吞了口唾沫，感到因供认而生的刺痛，就像喉咙里有荨麻一样。"很多。"我低声说，不想告诉她我取了九一六一六七，这不是保险箱的号码而是我生日的合计，96196.70 美元。

"我注意到你还带了旅行箱。"

她抬头。我点着头，身子倚在门上。

"你带着箱子打算去哪儿？"

"佛罗里达。"

"佛罗里达？"

"在那儿只有我的表兄妹认识我。"

"我知道了，"她一边说一边用牙扯下线筒上的黑线，"这又有什么关系？"

"在那儿我遇到的人都会不知道区别。"我说。

"什么？"

"我的手，在手术过后。"

母亲放下茶杯，把目光从蓝色布料上移开凝视着我。她的眼睛眯成小缝，我不确定她是否在挤眼睛好让眼泪流不出来。尽管如此她还是流泪了，泪滴溅到了布料上。她的手指颤抖着，扯着缝纫机的活压脚下面的布匹，她的鼻子擦到了张力轮，我不是故意让她不安的。我不该在这个时候提醒她这件事，不过手术最初是她的主意。她以我的名字开设银行账户正是为这个目的。但是现在看见她在月光下情绪低落的脸，我并不确信她的主意是正确的，或者这是上帝的旨意。

七

我会去佛罗里达，我会做手术，并且不需要任何人的允许。在我离开之前还有几件事情要办好，包括给艾玛·贝勒道歉。倒不是因为我眼睛的肿痛或者伤口缝针发痒而让我不能够尽快去见她，因为如何选择合适的时间对她说合适的话让我感到烦恼。我越是想到我要说的话，就越是意识到她会很难过，并且就越难以离开我家农场去见她并跟她说话。相反，我给自己定了一个较长的计划，并且专心工作——把我家房屋外的涂料刮掉。

我错误地先选择了南面墙，认为那儿会更暖和一点，而现在早晨是霜冻天气。朝南面的每一扇窗户都反射出了那棵胡桃树，我之前没有意识到我们在一起吃饭和想要睡觉的时候都会面朝着它。这也难怪这么多年来我父亲总是被消化不良所困扰，而母亲也总是焦躁不安且难以入睡。我常常奇怪为什么我们不砍掉这棵树，现在我认为真正的原因是为了提醒那名司机他夺走了我们什么，如果他再次经过我家农场的话。

我脑中想着这些事情，刮着我家房子的涂料。在第三天我意识到我要告诉艾玛·贝勒的不仅仅是我要离开这件事。我担心警察会进一步调查我姐姐们的死亡事件，这意味着我不只要见到那名司机，还不得不原谅他。我还没有准备好，我也没有准备好告诉艾玛，我做不到。

在我卧室的窗户上拿着冰冷的刮刀，玻璃中映着我和树的影像，我认识到了那名司机再次改变了我的生活。他多年以来一直慢慢地、微妙地改变着我，我已经变成了一个胆小鬼，就跟他一样。

在我和姐姐们因为吃太多糖果而不舒服的时候，爷爷总是会告诉我们一个真实的故事。我们不知道如何停下来，这也是为什么我从未真正地喜欢过糖果，尽管我时常渴望它。爷爷建议我们多听我们胃的话而不是我们的眼睛，他认为糖果是学会纪律的第一堂课。第二点是要学会如何问问题，这需要谦逊，要承认我们不知道的事情。他会说："不要落得跟摩西王一样。"据口传，他新买了一台拖拉机，并开始耙地。他从没有问过那个卖给他拖拉机的"英国人"如何才能停下它，所以摩西王一直开着它转圈，直到燃料用尽。

人们听到这个故事总会发笑，而除此之外爷爷认为对人的愚蠢不应怜悯。这就是他教导我们要信任我们直觉的方式，如果有任何迹象表明我的直觉想要告诉我该何时动身去与艾玛·贝勒交谈，我就会继续留在农场，刮掉我家谷仓的涂料，然后是我家围栏和任何其他的建筑。我需要保持忙碌。当时我没有勇气去听取我的直觉要告诉我的事情，这也是为什么我认为贝勒主教会主动弄清楚。

他说的话正如摩西拖拉机的钢牙一样尖利，但是贝勒主教并不是要打破土块。我们坐在他家外面黑暗的门廊处，风吹过柳树让我们入迷，我们都是胳膊肘倚着膝盖，双手合在一起，下巴抵着手指，摆出这个姿势是因为我们都想从对方身上知道一些事情，我要做的是对他的女儿道歉，而幸运的是她正在帮她表姐接生。

贝勒主教对我到来的时机表现得十分高兴。显然他有一些事情想要告诉我，他不会相信我在"徘徊期"的第一个月已经屈服于外面世界的恶势力。他的胡须带着烟味，在他说话的时候会时不时地打嗝，接着划划空气来恢复礼仪，然后又吃上一口葡萄面包片做的苹果酱三明治。他递给我一点，我拒绝了，我紧张得已不能再消化。

他重申作为阿米什人的意义，以及彻底遵守基督教教义的重要性。他强调拒绝人类生活范围内包括言语上和身体上的暴力的爱的伦理。他谈到了物欲和傲慢的毒虫，以及这一概念即教堂作为对彼此负责任的信仰者的志愿团体，其是与外界分离的。他提醒我如果选择受洗，那么服从教会和上帝就会是我的义务。

"你明白吗？这都与屈服有关。"

我点点头。这些对我来说都不是第一次听说。

对我来说的新故事是约书亚的军队。

"你没有听说过吗？"

"没有。"我回答。

"埃希兄弟也没有听过。"他愤怒地说。

接着他继续对我讲约书亚的军队在攻打亚玛力人之前对隐藏战利品的事情做出忏悔。

"你要知道正是他们的供认而不是因为武器，军队才取得了胜利。"

他一边说话一边舞动着双臂。

"记住。隐藏有关骄傲和违抗的罪，如果不忏悔，有可能会导致教会被击败。"

当他说"忏悔"的时候转眼看着我，接着把目光移到了田野和围绕着我们的黑暗中。他把小刀插进装苹果酱的罐子里没有再说话，而是等着我，我想，是等着我屈服。

他的沉默把我钉在了一个我不想待的地方，接近一位神职人员和他的力量使我的"丑陋"变得更加明显，也只会使得贝勒主教比他的话语更加危险。他说他对因我的离开而让他女儿哭泣的事情并不生气也不恼火；他更关心的是我在生命中所要选择的方向。他说阿米什人需要像我一样的善良的灵魂。而我想告诉他，他错了。

"你是我们的未来，伊莱。每次你们中的任何人选择受洗，都是阿米什人的一次胜利。让你们所有人都经历一次'徘徊期'是一次值得的冒险，即使我们知道我们可能失去你们。"

我想告诉他并没有失去我。我"徘徊期"的计划只是去佛罗里达待上几个月，而不是在兰开斯特花上几年来播种野生燕麦。我希望我已经宣誓加入一个受尊敬的帮派，比如金丝雀帮。我希望我定下了计划，在余下的"徘徊期"的三年或者四年里（当她选择会再跟我说话时），或者更多年直到我决定娶她的时候，并在我完成了夏季课程并记住了《信仰集》的十八个章节之后，在这期间的每个周六都载着艾玛去歌咏队。

"伊莱，你还有什么其他事情想对我说的吗？"

"除了道歉之外？"

在月光下，贝勒主教抬起眼睛看着我，就好像在这个时刻，在他的引导下，在他的地方，我会明确我会成为什么样的人。这是一个澄清自己的机会，我偷走了姐姐们的东西，而那名司机又偷走我的东西，我要获取我的荣耀，这是我挥别过去并成为一个男人的机会。

我闭上眼睛，听从我的胃，希望每个人的声音都存放在那儿并且会说出话语。有人说这是圣灵，但如果我说我听见了唧唧声那就是在撒谎。我希望听见我的内脏在说话，试着领悟它想让我选择的方向，但是我只听见了穿过柳树的风声和当贝勒主教打嗝时从我们头上飞过的猫头鹰的叫声。

我并不是什么也没听到。我听见的声音是对那名司机的仇恨，听见的是决定永远不原谅他，这跟曾经怂恿我偷走相机并用它获取姐姐们的灵魂的是同一个声音。我想要埋葬这些秘密超过了我想要成为阿米什人。我知道这是不对的，这也并不圣洁。这使我不能成为上帝的孩子。

我认为我在阿米什人的生活圈子中待得越久，就越会让我们都处于危险之中。这一次并不是我的双手把我和我最深爱的人们分开，而是我编织的为了保护他们免受我的伤害的由谎言构成的网。

那晚我很晚才回家，让我惊讶的是父母还在等着我。油灯的昏暗光线从厨房里透出，我看见母亲正擦着灶台，每来回擦几次就会擦擦眼睛。父亲则裹着一件深黑色的披肩坐在他的滚轮椅上。悬在桌上的灯照着他的银发，那顶被损坏的黑色帽子则放在桌子中央。

我的膝盖感到无力，好像地面变成了泥浆。母亲打开纱门看着我，仿佛在等着我进屋，好帮我刮去脚上的泥土。

"情况怎么样？"她问道。

"我猜挺好的。"

"那么你会留下来了？"

我摇摇头："不。"

我低头看见她黯淡的眼神中透露着悲伤和失望。我想告诉她不要浪费她的眼泪。她拭去脸上的泪水，脸颊泛着红光，用手摆弄着祈祷帽的流苏。"你父亲想见你。"她说，接着在烤箱计时器停止的时候走进了厨房。我跟在她后面，她拿出一盘普拉克蛋糕，一些甜卷饼，让空气中充满了肉桂和发酵粉的味道。"在去佛罗里达之前把这些吃了吧。再带点儿给你的表兄们。"

母亲只会在特殊的场合做普拉克蛋糕，通常是在到访者待的最后一晚上。作为孩子们，我们很高兴能吃到它们。这种味道常常能让我感到安慰，还会让我想家，即使我就在我自己的卧室里，问到香味从地板上飘上来。普拉克蛋糕是庆祝和忧伤的味道，是到达和离开的味道。母亲最后一次做它是在埋葬我姐姐们那天。站在热炉旁边，再次闻到甜卷饼的味道，让我觉得难受又遗憾。

我开始走进厨房，但是父亲举起手示意，让我停在了门槛。这时候已经是凌晨三点了。他提着一个旅行箱朝我走来，并按摩着他的左后腰，他显然是因为提箱子扭到了腰。他把它放在我脚下，递给我一张长长的白色信封。

我打开信封，从里面抽出一张从兰开斯特火车站到塔拉哈西的单程票。我从未乘坐过火车，我的父亲也没有。

他从未看到运行得那样快的交通工具的价值，直到现在。

"你母亲已经把你需要的所有东西都打包好了。"

"我把防晒乳放在了一个塑料袋子里，"她说，"你必须每天用它。佛罗里达的阳光比这边强烈得多，不要晒伤了。"

我注视着父亲，他冲着我点了点头。

"是真的。"他说，仿佛他有理由相信我会问他或者母亲为我买火车票的原因。

母亲打开水槽上的橱柜，从里面拿出一个黑色的午餐桶，通常是为我父亲因为拍卖去长距离估价所准备的。她把普拉克蛋糕和一叠叠成三角形的纸巾装在里面，然后关上桶盖，插好桶栓，但是她这一次没有退缩。她把午餐桶递给我，而手却舍不得放开把手。她和父亲站在那儿，等着我行动。我希望他们会问我更多的问题或者给我更多留下来的理由，而不是如此安静的场面。

他们说的话都只是道别。一句来自母亲，一句来自父亲。

"我会很快回来的。"我脱口而出，因为我忍不住想说出这话。我用母亲剪掉我姐姐们辫子的那种强力撬开她的手。我用手臂卷起午餐桶，提起箱子，走了出去，避免看见我母亲的眼泪。

我所记得的最后一件事就是当我转身朝门口走去的时候，父亲把手搭在了我的肩膀上。他捏着我，之前他抑制着对自己和我的爱，而此刻我能感觉到他奋力地反抗着这种麻痹。他看着我，他的棕色眼睛在昏暗的微光中显得如此忧伤，像是在问我为什么。这时我耳边响起了汉娜很久以前在池塘边反复告诉我的话：

有时候你不得不离开，并且你不知道为什么。

但是我知道，我不配做阿米什人。我走出去后父亲关上了门。母亲从窗户里看出来，表情僵硬且苍白，像个玩偶。她空洞的眼神和勉强的微笑使我不安。她看穿了我，眼神超越了我，好像这同样的微笑也透露出了在我从"徘徊期"回来之后，她想要我成为谁。

第三部分

一

我在黑暗中沿着马路行走，这是我一生中第一次不是在我家农场上，而是在我所知道的两个世界的交叉点看见日出，中央大道和斯特拉斯堡市中区的迪凯特，勒罗伊的理发店就在这角落处。那是一个我希望避开的镜子世界。比奇阿米什人 [1] 请求给他们剪莫霍克发型 [2]，而勒罗伊应允了他们的请求，而旧秩序阿曼派就禁止我们接受他的服务，说如果我们请求他服务的话，那么就是选择了沉溺在"一整季的罪恶的快乐中"。但是我需要剪头发。如果我要在佛罗里达隐姓埋名的话就需要摆脱掉我的西瓜头。我可不想给无聊的"英国青少年们"造成冲击。他们能够在本地的商场中认出穿着牛仔裤和 T 恤衫的处在"徘徊期"的阿米什人帮派。如果我能恢复我的荣耀，那么失去头发对我来说就不是个问题。但是我从没有说过我愿意失去多少头发，而勒罗伊也从没有问过。

---

[1] 门诺派的分支，从比较保守的阿米什人中分离出来，此派因其领导人为比奇而得名，因比奇宣告用汽车代步而发生分裂。该派在定居地自建教堂，自己管理，实施成人洗礼。
[2] 莫霍克发型起源于美洲的一个印第安部族，莫霍克族。

　　我站在理发店对面的人行道上犹豫着。看见勒罗伊正看着我，他在这个晴朗的清晨放下手中的剪刀，走到外面，手臂交叉放在他的白色罩衫上，嘴上叼着雪茄看着我，等着我向前行。我已经两年没有见过他了。他的头发稀疏了，两鬓斑白，看起来就像是两条只有脂肪的培根，而他人看起来很消瘦，他看起来比我记得的要更矮了，弯腰站在旋转着的理发店灯柱下。

　　"基督，约瑟夫和玛丽亚。"

　　"不，"我说，"是伊莱。"

　　我绷紧了身子，再次感到突然间被暴露。店里的人们把耳朵贴在玻璃窗上，想要偷听我们的谈话，但是我们并没有多说什么。

　　我最后一次见他是在戈登维尔的一次拍卖上，那是在我十四岁生日的两周后。他在消防站竟买了一台旧的宝丽来相机，认为它会是一件很好的礼物，但当他把礼物给我时，我转身离开了，我认为这是一个玩笑。我不能感谢他，因为我认为他是用它来跟我作对。

　　勒罗伊用衣袖擦擦眼睛，站直了身子。他盯着我就好像不知道我是谁一样，所以我举起手。"是伊莱。"我说。在玻璃窗中看见了自己，足足比朝我走过来的人高了一个头。

　　我们久久地凝视着彼此，这种凝视让生命的时间停滞。

　　"伊莱·约德。"我说，对他还没有认出我而感到沮丧。我觉得我应当使用另外一个名字来唤起他的记忆，那个名字我很少大声地说出来，而是每天都默不作声的一个名字。

　　"手又大又丑的人。"我说，难以相信他竟然忘了。

　　"噢，又大又丑。"他点着头说。

　　"是的，又大又丑。我现在十六岁了。"

　　"嗯，我六十三了。"

　　"你看起来老了。"

　　勒罗伊裂开嘴微笑着，露出了他的金牙。

　　"你看起来像被人殴打了。丑丑。"

"看起来比实际上要严重些。"

勒罗伊靠近我的脸，用他黑色的眼睛仔细看着我的伤口。他用手指摸着我伤口的痂，就跟他曾对年轻的拳师所做的一样。

"你想要干什么呢？"

"我想剪头发。"我说。

"你父亲知道你在这儿吗？"

我拿出火车票给勒罗伊看。

"是他为我买的。"

"你要离开我们去佛罗里达？"

我盯着人行道，地上有一块儿粉红色的泡泡糖楔入了地面裂缝和用蓝色粉笔画的小心形图案之间，我不喜欢勒罗伊看着我的感觉，让我感到沉重而又疼痛。

"我十六岁了。"我说，想要在我周围画上某种界限。"我会好好的。"我不再是他在集市上所认识的那个牙缝很大的男孩儿。

勒罗伊用手指轻拍着自己的嘴唇更加仔细地观察着我。他一阵哮喘，咳出一口痰，刚好落在泡泡糖上。一切都很安静，还有人关掉了电视机。勒罗伊的猎犬凯撒站在我们面前，黑色的鼻子抵着玻璃窗。

"我今天没有空闲。"勒罗伊说。

"可我明天来不了了。"我说。即使我能坐下一趟火车，而明天感觉就像是一段漫长的旅行，充满了扭曲和变化，在这条路上不知道还有没有其他的树没有被烦恼击倒。我现在不相信任何"英国人"的帮助，唯有勒罗伊。他拿出一支雪茄，眯着他那大大的棕色眼睛重新考虑着。

"我今天已经被预约满了。"

我把午餐桶递给他："这个拿去。"

他倚过身子看着："普莱克蛋糕！啊？为了理发这真是很大的牺牲啊。"

"还有这个。"我边说边拿出一包古董鲁克牌，是我父亲装在箱子里的。

　　勒罗伊微笑了，被我的惊人且不顾一切的出价逗乐了。阿米什人不会给小费，给小费是我在集市上跟勒罗伊学的。我知道小费会让一个人开心，而当你决定把你的生命交到他的手里时，一个开心的人则是一件好事。我把鲁克牌递给了他。

　　"这一套很好，古董级的。"他说，"你觉得它值理发的价吗?"

　　"不知道。要看理得怎么样。"

　　"那么跟我来吧。"他说。

　　我跟着他走进了理发店，他用嘘声把所有人都赶走了，他们有的人脸上还有剃须泡沫，有的人头发才剪了一半。这是二十七年以来，勒罗伊第一次在826号大街上，在周六早晨七点半挂上了"停业"的牌子。接着他递给我一把直边剃刀，我曾想过这种刀片能分开我的手指。

　　"快来吧，大丑丑。别拘束。"

　　勒罗伊抖出一张黑色的披风，几缕红色的卷发从上面滑落，掉在了白色的地砖上。他示意让我坐到他面前的座位上，拿出一把梳子，然后给一副剪刀上点儿油。

　　"有孩子跑到我这儿来，认为他能把头发的红色洗掉。我告诉他洗不掉，这是与生俱来的。他觉得我是一个老土的业余理发师。他太年轻了理解不了。"

　　"也许吧。"我说，我注视着理发店的细节而没有跟上他说的话。一叠汽车杂志和一些封面是祖胸露乳的女郎照片的杂志，一套保龄球瓶，公鸡挂钟，一张上面还摆着牌的牌桌。一个烟灰缸，勒罗伊的雪茄还在上面燃着。还有我以为是镜子的地方却是人的照片。不止一两张，而是数以百计的照片。大的、小的、彩色的和黑白的，还有拍立得的照片，我不知道哪种更糟糕。从镜子里看着自己还是陌生人看着我。他们看起来不悲伤也不愚蠢。那些脸庞挂在那里看起来很无助，被大头针钉在墙上，眼睛通红，嘴巴张开。我从未见过这么多的照片，在旅游站也没有见过。由于某种原因，明信片不能产生跟照片一样的影响。但是这些挂在墙上的脸有一种直接性、亲密性，让我感到不舒服，好像他们都在密谋着要开一个很大的玩笑。除了顶风扇的嗒嗒声以外，我发誓他们在里面笑了出来。

"你听见了吗？"我问。

"什么？来坐下吧，丑丑。我们要理发了。"

他轻摇着梳子，用水溅湿了那面唯一没有被照片盖住的镜子。我沿着水滴看着镜子的右下角，然后调整我的头部以更好地看见自己。在理发店的后面，在一个看起来像是小舞台的上面，有一把老旧的理发椅，其后面的墙上挂着一张宽大的红色幕布。我在现实生活中从没有看见过王座，我从不知道有谁拥有王座，更不用说坐在上面了，但是有关这把巨大的椅子的一切都让我想起了以前小时候看见过的一本英文书上的图片，大腿上坐着孩子们和小羊羔的基督。

"那是什么？"我指着那把空椅子问道。

勒罗伊清清嗓子。

"什么？那个？就是个舞台。"他说。

"理发店里舞台做什么？"

"跟一个刚开始'徘徊期'的男孩儿是一样的。"

"什么意思？"

"你们都在等待着被占有。"

我转过身看见勒罗伊咬着嘴唇。他似乎紧张又激动，好像他想告诉我更多。

"人们会在那上面剪头发吗？"我问。

"不会在那把椅子上。"

"那有什么意义呢？"

"意义？"勒罗伊问道并搔着下巴，"意义就是忏悔。"

我感到身体僵硬。

"忏悔什么？"

"他们希望他们能在生命中改变的一切。人需要在那上面坐会儿。"

"你老了不会犯什么错误了。"我说，盯着地面，"而我已经犯了一大堆错误。"

"好吧，继续，孩子。爬上那把椅子，在你动身去佛罗里达之前把这一切都告诉老勒罗伊吧。"

"我只想把我的头发剪掉。"我说，感到凯撒冰冷的鼻子正推着我的手背。

"他想要你坐下，来吧。"

我慢慢地向椅子走去，从我的肩膀上看见理发店后面的那把更大的椅子，它的影子似乎在地面上找着我的影子，让我觉得害怕。勒罗伊抬起手，把剃刀拿了过去。

"这儿，"他说，"我需要用这个了。"

在我问他为什么之前，他就把我推进了椅子，给我搭上了黑色的披风，系在了我的脖子上，把梳子卡在我的头发里，开始剪头发。凯撒坐在我的膝盖上抬头看着我，喘着气，似乎是在为我即将变成的样子而微笑着。

"它在笑什么？"我说。

"它？噢，没什么。"

勒罗伊在理发的时候吹着口哨。除了叫我抬高下巴以外没有说其他的话。我不知道为什么这会这么要紧，直到他告诉我不要动。这时我瞥见他手里拿着一把电动剃刀，我曾经在拍卖的时候看见过很多次，但是阿米什人很少出价，因为他们觉得没有必要剃掉自己的胡须或者其他任何东西。

勒罗伊把剃刀放在柜面上继续剪头发。一大簇我的西瓜头的头发掉在了地上，落在了盖着我大腿的披风上。

"哇，"我说，"这看起来有点儿短了。"

"还不哪，丑丑。这才叫短。"

这时勒罗伊放下剪刀，拿起电动剃刀。他弹开开关，小马达在里面旋转。凯撒狂吠着，勒罗伊拍了拍手掌，而剩下的一切我宁可忘记。

勒罗伊尽可能地剪短我的头发，并用电动剃刀剃掉剩下的头发，让我的头顶看起来就像是小狗肚皮那样的绒毛状。当弄完以后，他拿起剃刀，给我的头上抹上剃须泡沫，并刮去剩下的发茬。接着他用软刷扫去后颈上的落发并指着镜子："看看全新的你吧。"

我的心怦怦跳着，我能听见店里每一个人粗重的呼吸，当他们听见勒罗伊拍掌的时候都从门外闯了进来。凯撒舔着我的紧紧抓着理发椅扶手的手背。屋子里似乎变热了并突然间显得拥挤。更多的人聚集在了外面的人行道上，显然都是被我入会的传闻所吸引。他们假装是进来抹发蜡、生发油，或者买雪茄，但是我怀疑他们是想看见我剪掉头发，就像看见一场橄榄球赛一样喝彩。

"你不想看看吗？"

我睁开眼睛而首先看的是地面。很多簇头发散落在地上，黑黑地闪着光亮，掺杂着红铜色的条纹。跟地板砖一样有六英寸长。棕色撒在白色和黑色上，到处都是头发，细小的、一缕缕的"我"落在地上。然后就是剩下的"我"坐在椅子上，害怕看见剩下的部分。

"看见了没？没那么糟吧。"

勒罗伊把须后水喷在手上，轻轻拍在我的头顶。我抬起手，手指在光滑的皮肤上摩挲。他是对的，没有那么糟糕，而是更糟糕。我完全秃了，除了我的衣服，没有任何证据表明我来自阿米什社区。

我嘴巴张开，但说不出话，呼吸短促。在勒罗伊的理发店发生的所有传奇里，从来没有自愿光头的事件。当然，我曾见过短发，用电动剃刀剃的短发。这种短发让男儿们在"徘徊期"时看起来像参加了军队，而这是我们所禁止的事情。这种短发的确剪短了他们在外面世界飘荡的渴望，那里有征兵人员围着他们并许诺给他们充满荣誉的生活。但是我们知道另外一种荣誉，那就是"任其自然"和团结一致的荣誉，并且这种荣誉的一部分要求我们看起来跟彼此一样，所以我们数年时间做出的选择，即保持与外面世界的隔离才会依然独特和顽强。

我仿佛尝到了某些苦的东西，我开始相信这种苦味意味着一个人的灵魂变坏了。我突然闭上嘴巴接着又张开。

"你把头发全剪掉了。"

勒罗伊笑了。

"几个月后就会长回来的。"

我发出抱怨，双手在我光溜溜的头上摸着。

"几个月？几个月！要几个月？"

"五个或者六个月。"

我瘫坐在椅子上。我的心脏都滑到胃里去了。

勒罗伊用软刷再次刷了一遍我的后颈。它让我发痒，但我没有笑出来。他指了指镜子："你再等什么呢？看看吧！"

我不看。六个月，我思忖着。接着继续抱怨。

"你看起来不错，丑丑。"他说，但是我听见的是"你看起来丑得好看"。

没有人会丑得好看。

"不，我不是。"

"真的不错。你的发型很好。"

我转过身朝着身后人群中的一个人，他穿着细条纹商务西装站着吃特大号三明治，并用牙签把肉丝从牙缝里剔出来。其他人聚集在他身后，还有一位本地的摄影师给我拍了张照片，让我感到脸红。

"嘿，嘿。你在干什么？他仍然是阿米什人。"勒罗伊低声说，用手指戳着一位发际线很高的中年男人，他拿着一台长镜头相机站在门边。甚至当勒罗伊还在集市上工作的时候，都没有人在他给我们理发的时候敢给我们拍照片。自从马库斯·保尼给我拍了照片以后，勒罗伊就在他的理发椅后面张贴了一张告示，在一张无比巨大的相机图画里写着文字：

想都不要想拍照。要不然每张照片一百美元。

拍理发的照片双倍价钱。要现金。

不收支票。汇票也行。

愿意付钱再拍吧。阿门。

当勒罗伊在便携式磨刀皮带上磨剃刀的时候，人们从他旁边走过时会提心吊胆地咯咯笑。但是带着相机的人则笑不出来。事实上，这时除了勒罗伊没有人说话："对不起，是你？我说过如果你给这些孩子们拍照我就敲碎你的膝盖。那张告示可能不在这儿了，但是你还是欠我一百美元。实际上你应该把钱给丑丑？现在他可以用一些额外的钱了。"

人们转身看着杰克·麦克塞尔，他有五尺五寸高，他的面颊松弛，看起来就像是有胡子的斗牛犬。他是高中的田径队教练，但是他从没有跑过一英里。人们叫他巴顿[1]，因为他每周五晚都会看一部名字相同的军人的电影。麦克赛尔先生的座右铭现在成了所有田径队孩子们制服上的标志：没有什么可以取代胜利。显然巴顿不敢对警察说这句话，警察因为他第五次醉酒驾驶而让他把车停靠在路边。勒罗伊告诉我他找了一个为报纸拍照的工作，好挣钱付所有的罚款。

"这可真是一张便宜的照片，"其中一个人说道，这时那位商人把他的三明治扔过房间，把巴顿的假发从头上打掉，然后落在了相机上。

"无耻的家伙！把相机拿开从这里滚出去，你这个浑蛋。"

这个人开始发出一连串的咒骂，这让我感到慌乱。屋里接二连三地闹起来，而我还是一动不动。想要搞明白我掉了多少头发，或者更遭的是我失去了多少在阿米什人中受到的尊敬。

勒罗伊爬上那张椅子，挥舞着披风，想要让所有人注意，避免大家打起来。

"先生们，先生们！我们不要跟他一般见识。巴顿，把钱拿过来要不然我们会杀了你。"

屋子里再次安静了，但所有人都盯着那个拍照的人，他朝我走过来，摸索着自己的钱包，掏出又软又皱的钞票。

"这里有 63 美元。"他说，"我欠你 27 美元。"

"你欠他的不只这点儿。"

勒罗伊从椅子上下来并朝我们走过来。

巴顿把钱放在我腿上，伸出他的手。他的手很好看，手很强壮并有

---

[1] 乔治·巴顿（George Smith Patton），美国陆军四星上将，第二次世界大战中著名的美国军事统帅。

着细长的手指，而手腕却很小，显得与其他的部分不协调。他捧着镜头的样子就像我在集市上看到"英国人"拿新出炉的肉桂面包一样。

"对不起，"他恳求道，"我只是想——"

勒罗伊清了清嗓子："什么？你是想干吗？"

"他看起来似乎是……解脱了。"

"解脱？"勒罗伊怀疑地问道。

我紧紧地抓着理发椅的扶手。

"对，你知道的，成为了我们中的一员。"

二

我想要发笑但却发出了尖叫。在我一生中的大部分时间都觉得自己是小偷，但现在多亏勒罗伊我终于看起来像一个被判刑的人了。当我从理发店后门走出瞥见自己的样子时我都不确定是谁在看着我，他看起来一点都不熟悉。他不仅仅是让我害怕，他的秃头吓到了我，我不能想象他会让阿米什人感到多迷惑。

人们会料到处在"徘徊期"的人会穿上"英国人"的衣服，但是我却不能在佛罗里达（或者其他任何地方）我的堂表亲们面前以没有头发的形象出现，害怕我的亲戚们会以为我加入了天主教。在很久以前的宗教改革时期，教皇为了表示对再洗礼派的反对而把他的头发剪短，还剪掉了自己的胡须。《圣歌书》中的第102首歌就叙述了我们对他的批评。所以这一定会让他们非常反感的。加入天主教会是比简单地居住在外面的世界要更加尖刻的背叛。任何人都不会相信这一切都是一次意外，或者是上帝的意旨。

我的大秃头看起来像是草地上的足球。

我怀疑我的故事会颠覆摩西王的故事。每一个认识我的人都会把这个故事传给他们的孩子、孙子，用我的糊涂事来警告他们。我站在那儿，感到周围众人的目光，我想或许是上帝让我丑陋，也是上帝让我愚蠢，不知道避开勒罗伊。

我不知道在所有人都离开理发店的之后我还在店里待了多久，但是我记得是炖肉的味道把我从暂时的"休克"中唤醒。勒罗伊敲响后门，让我跟他和露丝安妮一起就餐。我深吸口气，走了出去，穿过院子走到理发店后面的旧马车房，他们就住在那里等我就餐，虽然我并没有饿。

"我们的避难者在哪儿呢？"露丝安妮问道，拄着手杖在门口跟我打招呼。她是一个矮小的胖女人，她的手臂和小腿跟火腿一样细，但像纯种马一样载着自己。任何知道她舌头的条件反射的人都会说她是一个说话很厉害的女人。在六十九岁，她眼睛彻底瞎了，是因为在黑暗中看电视时间太长。她无论走在哪儿总会在身后留下一串糖果纸，她的衣袋里总会装上满满的糖果。她拉出了一卷"救命牌"糖果。

"你喜欢朗姆酒太妃糖吗？"她问道并用拇指指甲尖剥去银箔，就像在使用一把小刀一样，一些像薄荷味牙线的绿线掉在了地上。她没有捡起来，勒罗伊看着我并耸耸肩。

"可别让他也吃糖上瘾，露丝。"

"吃点儿糖果又怎么样？阿米什人又不是不吃糖。宝贝，想吃多少就拿多少，"她边说边等着我从那卷糖上拿一块，"可别拘束。"

"好的，"我说。但是我没有吃，只是把"救命"糖塞进了口袋里。

"你可以把帽子放在这里。"她打开走廊里的衣橱门说道。里面有很多帽子，大部分是黑色的油毡帽，一个个叠在一起，就好像是在主日崇拜那天全部被扔在了篱笆桩上。在它们下面的木衣架上是一排黑色的大摆裤，黑色的吊带裤和蓝色、紫色的钩眼扣衬衫。这一切让我吃惊。我还从来没有在一个衣橱里见过这么多的衣服，我用手抚摸着一件件的衬衫，惊讶地发现在腋窝处还有汗渍，好像它们是昨天才被丢弃，我猜测它们可能是这样的。三十年来，这家理发店和它后面的这间马车房是给像我一样任性的灵魂的在两个世界之间的小站。对我们来说，这就是通向自由的第一站，我们足够天真地相信我们能够在外面的世界找到它。

"我没有带帽子来。"我说。

露丝安妮伸直了身子。

"你急冲冲地想要成为'英国人'？"

我竖起脑袋，看着这个戴着像煎锅一样的耳环的脸色苍白的胖女人嗅着空气，土豆泥和炖肉的香味让她舒心，勒罗伊优雅地把它们舀在我的盘子上。他拿着重重的勺子，前额的血管都鼓起了。

"不是的，"我说，"是勒罗伊让它加速了。"

露丝安妮伸出手来摸我的头发，当她的手指碰到我的皮肤时整个人都僵住了。她喘着气大声地叫："勒罗伊！"

勒罗伊看着我，有些生气。他把一根手指搭在他的嘴上，然后做出划过他喉咙的动作。

"他请我帮他理发，露丝。"

"那没错，不过你竟然给这个孩子剪这种发型！"

勒罗伊在桌子边缩着身子。土豆泥的热气从他面前升起，使他的眼镜起雾了。

"现在他要怎么办，勒罗伊？他这样可不能回去！他可怜的头就跟婴儿的屁股一样裸露。"

勒罗伊把餐桌上的餐巾纸撕成了碎片。

"我想他可以在这儿工作。"他说。

"或许他并不想在这儿工作。"

"他肯定会的。谁不想在这儿工作呢？"

"为什么你总是帮每个人回答？"

我看他们就像在看一场排球，一来一去，而勒罗伊越来越弱，露丝安妮则越来越强。

我认识勒罗伊很多年，还从来没有见过他在公共场合和他的妻子一起出现。露丝安妮曾在朝鲜照料战场上的勒罗伊，并让他得以活命，之后他就在轮船上向她求婚了，他把水槽上的垫圈当作戒指，她的小指刚好能戴上。如果我未曾见过她，我会认为是他们的肤色差异让他们不公开露面，然而却是最让我惊讶的露丝安妮的"统治地位"。她是一位眼盲的妇人，而她说她能看见影子，我相信她。

"你最好这次有个计划，勒罗伊。"

"我有。相信我，露丝，"勒罗伊辩护道，好像我还没有听见一样地低声说，"我有个计划。"

"对埃希兄弟你也是这么说的。但是看看现在是什么结果。他们都开始玩乐队了。

勒罗伊坐回了椅子上。发出的嘎吱响声把蜷在他脚下的猫咪都吓到了。

"现在听我说，勒罗伊，听清楚了。我们会尽可能地帮助这个孩子，但是我们不会干扰他。我希望你有帮他找回损失的方法。"

"露丝，看在上帝的份儿上。他可是'红甜菜'鲁宾的伊莱。"

露丝安妮往后一退，她的声音也减弱了，好像知道是我的话就不一样。"大丑丑？"

"更大，"我说，"没有头发还更丑了。"

我把她的手从我的头上拉开，她冰冷僵硬的手指颤抖着。

勒罗伊从桌子边站起来。

"大家快坐下吧，吃的都快凉了。"

他让我在面向窗户的座位坐下。凯撒躺在桌子下面，抬头看着我们，看着我的眼睛，好像它也在痛苦地想是欢迎还是不欢迎我，而我不确定是哪一种。

我们没有祈祷，也没有饭前祷告。只是静静地坐在那儿吃饭。尽管没有感谢上帝赐予我们食物而让我觉得尴尬，但是更尴尬的是和两年未见而几乎陌生的人面前说话。我不想他们问我还不能回答的问题。如果我嘴里塞满食物，我就完全不用说话了。食物很好吃，勒罗伊在我打饱嗝之后又给我舀了片炖肉，打饱嗝是阿米什人赞美食物的一种习惯。露丝安妮抬起头笑了，虽然我看得见她的手指在颤动。她只是小口地吃着食物。

"帮你母亲个忙，可别习惯这个样子。"

"没关系，"我诚恳地说，"你的厨艺很棒，但是瑞秋做得更好。"

勒罗伊笑了。

露丝安妮清了清嗓咙说道："是吗？她是怎么做的？"

"她不会放太多的盐。"

"我是说她一直在忙什么？"

"哦，她又开始做缝纫了。"

露丝安妮在高高的额头上翘起了眉毛。我母亲织的被子能卖出相当好的价钱，虽然我父亲因为利益冲突不会在拍卖场卖她的被子，母亲还是会把被子卖给纽约的艺术品商人。那时候我家就靠卖一床母亲和姐姐们织的被子就能买得起最好的马车。平均的价格是五千美元，但是她们做的最后一床被子卖了七千美元。露丝安妮看不到它们也没关系，她知道它们的价值，也知道母亲重新回到织布机上的价值。

"我不敢相信都这么长时间了？有多久了——"

"七年了，"在勒罗伊嘴巴开始动的时候我说。

"你还在卖小狗吗？"

我摇摇头，并感到脸颊一阵泛红。

"上周把这个生意转给别人了。"

"继续前进？"露丝安妮问。

"他长大了。"勒罗伊帮我回答。

"是的。"我说，第一次感到害怕。

勒罗伊看着我的眼睛，彼此心照不宣。他知道我在撒谎，只是想保持礼貌。我还远没有成熟。我的一切都很糟糕，但也没有理由跟很久没见的人谈这个。至少露丝安妮没在报纸上看到我最近的照片，但是她现在又刚用手指摸了我的秃头，我不知道哪样更糟糕。

"你比你父亲长得还高了。"她说。

我点点头，然后说："高一点。"

"老鲁宾现在怎么样了？"

"他现在是跛脚，"我说，"但他还是四处游走。"

露丝安妮缩紧了嘴唇，不舒服地动了动。轻敲着饭桌上的叉子。她似乎在余下的用餐时间显得心不在焉，除了问勒罗伊要盐之外没有再说话。

当我们用餐完毕的时候，我吃惊地看见露丝安妮站起来走到唱片机旁，听一个名叫艾拉的女士唱一首关于搭梯子到星星上去的歌曲。她坐在一把面向窗户的旧椅子上，太阳滑落到了窗框下方的第三格，好像她能看见它。勒罗伊示意我起来帮忙洗盘子，我之前从未见过有男人为妻子这样做过。

"怎么了？"他说，随即套上一双黄色的橡胶手套。

"没什么。"

"不要这样看着我。"

"怎样？"

"好像我不像个男人。"

"不是这样的。"我说并起身帮他。

露丝安妮坐在床边咯咯笑着，但是我不知道她笑什么，我可是认真的。我并不介意洗盘子，因为这能让我从需要站得老高修建畜棚的日子里解脱出来。我们一起洗着盘子，安静地听露丝安妮唱歌，这让我想起了艾玛。

盘子干了的时候，我看见露丝安妮和勒罗伊在厨房中间的地板上跳舞，他们手扣着手，脸靠在彼此的脖子上，这让我更思念艾玛了。我站在水槽边，显得有些尴尬。阿米什人受到的教育就是不能显露自己的情感。我们也很少谈到身体接触。除了母亲的关爱，而她也很少跟我们有身体接触，并且我们从没有见过她和父亲的身体接触。我和我的姐姐们也难以想象爱情是什么样子。

看着勒罗伊和露丝安妮在厨房的地板上滑动，像用同一块布料织成的两床被子纠缠在一起，让我感到惊奇的是当人们在跳舞的时候他们的心仿佛贴合在了一起。我很久以前曾在练舞室里看见汉娜跳舞的时候也感受到这种情感表达的力量。我一直都想知道还有没有阿米什人会这样做，一起跳或者分开跳，或者说他们跳过舞，但为什么从没有人谈到过。或者他们认为美丽是羞耻的另一面。

炫耀是可耻的，但却隐藏了美丽，而我要学的则是最可悲的羞耻。

起初看见勒罗伊和露丝安妮跳舞的时候我觉得不合适。我告诉自己看别处，看窗外的新月和蓝黑色的天幕，但是有些东西让我目不转睛地看着他们，好像我得以幸存的秘诀就隐藏在他们的拥抱之中。

凯撒也看着他们，但很快地又把头放在爪间打瞌睡，好像这就是需要好好睡一觉的惯例。我很羡慕它。我也很累了，我关上壁橱门，插上门闩，便走了出去，穿过院子，走过蹦床和一个小小的青铜狗雕像，我记得勒罗伊在集市上把它当作吉祥物。很久以来他一直告诉我这只狗长出了翅膀，在晚上还会飞翔，我还有一点相信。

我弯下腰，轻拍它光滑的金属制的头，然后抬起手摸摸自己的头，想知道我是不是在外面的世界也变成了一个吉祥物。我需要一个相信狗会飞和其他一切可能性的理由。

三

勒罗伊在理发店上面的办公室里给我准备了一张简易床，我在上面试着睡着。这个房间又小又冷，每当有车经过的时候窗户都会咔咔响，还会摇晃窗台上的盆栽紫罗兰。我躺在那儿，听着挂钟的嘀嗒声，感到不安且担心。我第一次感到思乡的阵痛，一种被我们称为 Zeitlang（德语，时间的意思）的渴望。或者对我而言，是一种缓和的挤在两个世界之间的疼痛。我控制不住要摸我的头，用我的双手在光秃秃的头上摩擦。那时没有什么毛毯或者寝具能够提供我所需要的安慰，因为在我下面的店里，有一把椅子，人们总是在那儿坦白自己的秘密。得知这件事真是让人难以入睡。

我清楚地知道坦白在两个世界里都是让人害怕的事情。如果阿米什人在选择受洗之后违反教会——离婚、提起诉讼、参军、与公权力有关联、在屋里铺满地毯、使用橡胶轮胎、驾驶汽车或者拖拉机，如所列举的这几种冒犯情形——那么我们就会蒙羞。教会也不能完全确保我们遵守这样的秩序。而通过忏悔，不管是自愿的还是被要求的，都似乎能让我们不走偏。目的在于提醒我们做出神圣服从的誓言。我曾听说过天主教徒，他们会爬进一个小的木头密室内，告诉神父自己做了什么错事，而这不会像在整个圣会面前那么令人感到羞耻。

我想知道是否那把旧的理发椅就是勒罗伊与上帝联系的方式，即便我不能想象像他那样的男人会在一生中犯什么错。他在朝鲜时在脸上留下了一道疤痕，看起来就像是有人穿过他的下巴缝了一道紫色的拉链，每当我问起他时，他都说是被鲨鱼咬了的。然后他会笑着并耸耸肩说："可不得不小心大白鲨啊。"

或许这是勒罗伊在公共场合，在令他感到遗憾的临时摊点儿，对我们开的玩笑。他为什么会把那么多的空间都留给台上的那个又大又旧的用来忏悔的理发椅。我走下旋转楼梯想要看看它，但却在门边停下了。我听见一阵低语，它越来越大声，接着又逐渐低下去变成嘶嘶声，然后又再次变得大声。

我打开一条门缝，以为会看见凯撒，但是它并没有在它收音机下面的床里。而是歇在舞台上守着理发椅，舞台上面还散落着皱纸团。勒罗伊坐在椅子上，手里拿着一支笔，膝盖上放着一个笔记本，另一个膝盖上放着花生酱三明治的盘子。他点燃了一支雪茄，边写字边吐着烟雾。我还从没有见过有人写这么多字。我不知道一个人能有这么多话想要说。我惊奇地看着钢笔在纸上流动，就像跳舞一样。

勒罗伊每隔一分钟就会翻一页纸。他从未让笔尖离开过纸张，就好像任何突然的动作都会阻止这种流畅。而我不得不承认的是，看着某人写字这并不是有趣的事。让我更加好奇的是那晚我目睹的现象——勒罗伊写得越多，他就消失得越多。先是双手，再是双脚、手臂、躯干、脖子和脸。我看到的都是钢笔在笔记本的纸页上舞动。

我敬畏地站在那儿。我所知道的唯一一个能够消失并且能在水上轻盈行走的人就是耶稣，但在那晚勒罗伊并不像是要表演任何的魔法或者给上帝留下印象。

注视着勒罗伊让我意识到主教是对的。上帝没有脸，唯独这能解释我所看到的事情。勒罗伊在写字的时候他的一部分变成了上帝，而我想知道那是一种什么感觉。如果快速地写很多字能够就是一种逃避的方式，那么我想要躲在那儿直到我的头发长回来。在某处，以某种方式，远离我父亲的简单王国，超越我暂留在佛罗里达的任何信仰。我决定消失，就跟我姐姐们一样。但是不会是以那种黑暗得如同死亡一样悲伤的形式，它会是充满了光亮的，就在这里，我就会快乐。

最终勒罗伊在椅子上睡着了，而我爬上梯子，回到简易床，只注意到马路上钢轮熟悉的刮擦声和马蹄声。这是在十月一个极好的周日早晨。青蓝色的天空，清新的空气，有些耀眼的光线。有那么一会儿儿，我以为我在家里。但是从勒罗伊办公室的窗框里看见我家农场的田地并没有激励我起身开始在斯特拉斯堡的新生活。我不想去考虑艾玛，也不想去考虑我失去了阿米什人的什么。我只想要忙起来，便告诉露丝安妮给我安排事情做。她递给我一盘湿的华夫饼，是她刚从冰箱的一个盒子里拿出来的，然后她指着理发店的方向。

"看看老板在那儿。"

我发现勒罗伊穿着他的白罩衫。那天是星期天，但是主日不仅仅是给天主教徒和阿米什人的。我知道无神论者那天也会休息，还有不可知论者也是这样，但我不知道勒罗伊信奉的是哪一种，如果他哪一种也不信奉我也不会感到惊讶。他在理发店里四处走动，搅拌剃须膏，吹着红气球。我认为他是在准备一个生日派对，或者是用盘子里发着光的几把冰冷的钢剃刀做的一场"手术"。舞台上的旧椅子上覆盖了一张白色床单，好像无论勒罗伊用它在晚上做了什么都成了一场消遣。虽然他扫清了地上的皱纸团，我被剪掉的头发还是留在那儿，我走上前去，克制自己不要因为勒罗伊从我身上夺走了很多而生气。

　　勒罗伊似乎没留心也没在意。他忙着在磨刀皮带上打磨剃刀，多年前我就在集市上看见过他把剃刀挂在他的皮带扣上。磨刀发出的声音总是让我心烦，当我再次听到的时候我觉得后颈上的汗毛都竖起来了，咻……咻……他瞥见我笑了。

　　"早上好，丑丑。昨晚睡得好吗？"

　　"还行，"我说，"我睡眠一直都不太好。"

　　咻……咻……

　　他停了下来，示意我吃华夫饼。

　　咻……咻……

　　"我也是。一直睡不好。我是城里睡眠最不好的人了。当我早晨起来的时候，露丝安妮问我：'你昨晚睡好了吗？'我说：'没，我以为我睡着了一会儿'。"

　　勒罗伊注视着我，我想他是在等我吃完东西，我奋力咀嚼着华夫饼。中间还是冰冻着的，虽然边缘有些烤焦了。

　　"就这个？"他问，"你就吃这些？"

　　"什么？"我问，嘴里满满的。我通常不是站着吃东西，但是我意识到"英国人"都这样做，因此我需要习惯。我把另一半华夫饼递给勒罗伊，虽然他不想吃华夫饼，但就作为他玩笑话的回答。

　　咻……咻……咻……

　　"我猜在椅子上很难睡着吧？"我说。

　　"嗯。啊哈。"勒罗伊咕哝着，眯着眼，把托盘上的刀弄得很锋利。我把盘子放在我们旁边的椅子上，在他的注视下感到一阵尴尬。

　　"它们很锋利，"我说，把目光移向这些剃刀。

　　勒罗伊从托盘上拿起一把。

　　"德国产的。来自索林根的几家大制造商。你父亲可能对他们很了解，"然后说出了一串名字如"格拉夫和施密特"，"双胞胎"制造厂。他还说有一把剃刀是南北战争时期的，一个南方邦联的逃兵曾用它刮胡子。

　　"你用过剃刀吗？"

　　"用我的手吗？"我笑着问道。

"不。用你的牙。有什么好笑的?"

"我可不用剃刀,勒罗伊。"

他再次咕哝着,从他的白色罩衣口袋里摸出用来看书的眼镜,弯下腰仔细观察我的双手。他用手指沿着我的蹼滑动,但小心地不触碰到我,好像我们之间有一道隐形的墙。已经有很长一段时间没有人如此接近过我的手了,此时我僵直了身子。

"为什么不行呢?"他问。

"你知道为什么的。"

自从那天在集市上勒罗伊想要把我和马库斯隔开后,他就再也没有提到过我的手,但是我认为我会先说几句话来提醒他他所忘记的事情。

"我的手没有改变。"我说,并且我的话又冷又犀利,就跟他喜爱的钢剃刀的刀片一样。

勒罗伊抬头看着我并点点头。

"你的手长得更大了。"他边说边把我的右手拳头伸直。我一阵颤抖,他便松开了手。他站起来,轻快地走到墙边的衣帽架边,取了一件白色的罩衫扔给了我。

"只有专业人士才这样穿。"

"专业人士?"

"你被雇用了。"

我把罩衫放在椅子上。我从未被除了家人和亲属之外的任何人雇用来做任何事情。我之前一直认为我是不能被雇用的。

"让我干吗呢?"

勒罗伊斜着脑袋笑了。

"把一个人的命交在你手里。来吧,试试看。"

我眯起眼睛显得有些怀疑。别人最不能把生命交与的人就是我了。连我自己的命也一样。我承认我有一点失望,因为,有那么一刻,在勒罗伊观察我指尖的"蹼"时,我以为他在思考要把它割开,好让我不用蒙羞去佛罗里达待六个月,即便我的表亲们都以为我会去那里。但这却不是他的计划。我感到心都沉了下去,伸手去拿罩衫,但勒罗伊却递给我一把直边剃刀。

"我是说试试这个。像这样拿稳了。"

勒罗伊从托盘里拿起一把剃刀并演示给我看。

我把剃刀的骨质刀柄滑到我手指间没有"蹼"的地方，就在第一个指关节下面的一部分，在我左手的中指和无名指之间，令我惊讶的是剃刀能被稳稳地拿住。连勒罗伊也很吃惊。"你是说这样拿吗。"

他拿起一杯剃须膏。"你知道埃及人在街边理发师给他们理发的时候会跪在路边吗？"他问，并搅拌出泡沫。

他把杯子放在椅子上，从他的衣服口袋里拿出一支马克笔，在气球上画了一张人脸。眼睛、耳朵、嘴巴、颈部。他把整张脸划分成十四个部分并分别标上数字。沿着颈部有六部分，包括下巴下方的三个部分，沿着下巴的五个部分，一直掠过耳垂到另一边耳垂成为一个弧形。他在下唇下方留下了一小部分，上唇上方有两个部分，在每个部分都添加了箭头，帮助我辨别剃刀上下的方向。

"这就是你的地图，"他说，"只要你按照这些线条，你就不会失手。"

我迟疑地点点头，不知道用魔法马克笔画在气球上的地图有什么价值。如果就以这种方式来引导我在"英国人"中的生活，那么我就一定会迷路，就跟那些游客一样。

我仔细观察这个图表。就是一团混杂的箭头和数字，带着正手反手的文字和各种上上下下的组合不断地重复。看起来令人迷惑。我转过去看勒罗伊，他给另一个气球涂上了厚厚的剃须膏，手臂长长地挥动着，好像这个气球就是一张能画出绝妙艺术品的油画布。

"沿着这张地图，"他说，并用手指着，"第一部分。右脸颊。耳垂下。"

一正手向下，二反手向下。上嘴唇。三正手向下。再移到下巴下边。四是正手向下。再到喉部。五正手向上。到右边。再重复。六反手向下，七是正手。上唇右边。八是反手向下。下巴下面。九是反手向下。再到喉咙。接着十是正手向上。

勒罗伊边比画边说话。他说"理发师"一词来自拉丁语的 barba，意思是胡须，在很久以前，部落的人们认为理发师是他们中最重要的人物。他们会治愈并祝福别人。他还说理发师会安排婚礼和洗礼。并且在驱魔的时候，理发师还会通过把头发松散地披在肩上而把恶灵从人的身体里驱赶出来。

"等等，"我说，"我的头发昨天还松散地披在肩上，为什么你把它们全剃掉了？"

勒罗伊拿着剃刀戳向空气："在驱魔舞之后，理发师会把那人的长头发剪掉，并且用梳子让头发紧紧地贴在头上，这样恶灵就会留在外面，而善灵就会留在里面。"

"但是现在我没有头发。这算什么保护？"

"不是保护。而是荣誉。"

他说修面可以追溯到亚历山大大帝时期，他命令马其顿士兵在打仗前刮掉胡子，防止敌人拉住胡子而被拉倒在地上，然后被杀戮，就跟波斯人之前做的那样。很多人都这样做了，就出现了理发师的工作。

"知道了吧？剃须上还体现出了经济学。"

我没有思考经济学。而是关心我新工作的职责以及要如何才能成功地用剃刀刮红气球。

"仔细看好了，"他说，拿着剃刀刮过十号区域即下巴中间。十一号区域。正手刮过。喉结下的喉咙根部。然后是颈静脉上方，他称之为 BB，大流血处。十二是正手向下。十三是正手向上。"这里就是你的'电源插座'。不要被它吓到了。理发师总是要为出血而做好准备。"

据勒罗伊所说，牧师和僧侣是黑暗时代[1]的医生。他们雇用理发师作为助手，并且这种合作关系一直持续了1700年。理发师拥有最锋利的工具，知晓人类解剖学。放血成为了一种排毒的特有服务，他们还会在店

[1] 18世纪左右开始使用的一个名词，指中世纪早期的西欧历史；随着罗马帝国的衰落，西欧进入一个所谓的黑暗时代。

铺窗前放上一槽鲜血来作为广告。（显然地，乔治·华盛顿就死于这种本是善意的服务。）理发店的旋转招牌上的红色条纹就意指所取的血，而白色条纹就意指相应的绷带。勒罗伊顿了顿看着我。

"如果你现在还没有发现动脉，你可以继续往前看最后一部分，就在下唇下方。"

"小胡子那儿？"我问。看着图上的第十四部分。"或上或下。这儿没有箭头。"

勒罗伊微笑了。"无论你想要什么。在那一点你就是胜利在望了。人是活着的。准备好要试一试了吗？"

四

那天我拼命地想要记住勒罗伊指派给我双手的价值。不是因为我想要在外面的世界有个工作，而是我想要一个归入外面世界的理由。勒罗伊提醒我学习使用直刃剃刀会让我精疲力尽，我会抱怨他和他的一袋气球，但是真正的工作可以让我不去想与艾玛·贝勒的事情。我不停地割破一袋子 300 个气球，奋力地想要忘记她。凯撒都已经习惯了气球的爆炸声而不再吼叫，但在气球爆炸时还是会发出呜呜声，感觉到了我的沮丧。

当勒罗伊和我厌倦吹气球时，我们就使用了露丝安妮的用发泡胶做的假人头，勒罗伊会检查上面的刮痕。如果发现得多，他就会说再试试，并答应我说我就快成功了。一旦我为他剃须而没有留下划痕，那么我就准备好为他的顾客服务了。他还不想让我在客人面前练习。"在他们信任你之前不要把他们吓到了。"他说。

同时，我还会打扫清洁，应答来电，为顾客预约，把垃圾带出去。在夜晚，我就会练习剃须技巧，这就能让我脑中不再想着艾玛。不是凝思着我拒绝她是多么的愚蠢，而是把注意力集中在泡沫做的假人上。我发现它还是一种奇怪的安慰。它没有脸，拿着它，用我的手包裹着另一个白色的光秃秃的脑袋，使我感到不那么孤单。勒罗伊经常会在早晨起来时发现我用手臂抱着它暖暖地在被子下安睡。在那颗假人头变得比刚从盒子里拿出来时更光滑的那天，我正式成为了勒罗伊的学徒。

在十一月的一个周二，勒罗伊当着一屋子人的面把我作为他的新搭档介绍给了他们，他们都对这个他们会用生命来信赖的新"人"好奇了好几个月。露丝安妮还为这个场合订购了甜甜圈，糖粉撒在了他们的西装和外套上，他们全部都为这个通过仪式而着装得体，勒罗伊把他的艺术让位给了一个手指长"蹼"的孩子。似乎没有人对我的任命而感到信服或者兴奋，在勒罗伊做交接的时候只是迷惑，他递给我那把内战时期的剃刀，并问他的顾客们："谁是那个勇敢的人？"

他们呆呆地站着，甜甜圈悬在咖啡杯上边，或者正嚼到一半。似乎他们都同一时刻立即挠挠自己的脖子或者鼻子。没有人说话。

"不要告诉我你们连一点点血都害怕。"勒罗伊说，眼睛盯着一名剥制师[1]，就在两天前，他还在店里花上了数小时给大家叙述他是如何猎杀并且填充一头雄鹿的。阿米什人甚至也会打猎，这个眼睛不停抽动的小个子男人的志向让我印象深刻。他的名字叫威廉·内菲，但是他更喜欢别人叫他威利，虽然勒罗伊会称呼他为牙齿，因为他有一天喝醉了，就在理发店外面的人行道上摔掉了一颗大牙。显然牙齿说话总是口齿不清，但是现在他在说话的时候会通过那个缺口吹口哨，流着唾沫抗议勒罗伊让他自愿"送死"。

勒罗伊把一个新鲜的甜甜圈塞进嘴里并坐进椅子。另外一些人，他们上班已经迟到了，但觉得看见我给牙齿剃胡须是一件不能错过的事情，所以他们争抢着跑到电话边，拨给他们的秘书和老板，告诉他们他们会"目睹一场事故"并且会迟到。

勒罗伊给牙齿的肩膀上盖上一块银色的披风，转向越来越多的人群，现在已经延伸到了门口一直到街上，吸引了越来越多的行人来到窗前。甚至连上学的孩子也停下来想搞清楚惊奇和恐惧的来源。勒罗伊滚

---

[1] 制作动物标本的人。

动眼珠告诉我不要担心，集中于那张图表，他叫我把它贴在我工作台的镜子上，就在他的象征好运的如愿骨旁边。他说其实我并不需要它，其不过是一个简单的营销策略，让他的顾客感到自在。

我觉得牙齿完全不自在。当勒罗伊在磨刀皮带上磨剃刀的时候他在披风下面发抖，并用拇指指甲试试它有多锋利。勒罗伊确定剃刀足够锋利，能够刮掉缠结成一团的胡须。父亲和其他任何阿米什男人在结婚后都会留这样的胡须。又浓密又坚韧，就像陈旧面包的坚硬外皮，然而我相信两条热毛巾就足够让它软化。勒罗伊觉察到了我的不安，多递给我了两条毛巾，然后指指他的后颈，提醒我用一条毛巾来软化这个紧张男人的神经。我把其他的毛巾搭在他的脸上，尽管埋在两条热毛巾下面，牙齿还是设法说出话。

"你给多少人剃过胡子？"

我指指勒罗伊："除了他之外？"

牙齿咕哝着，勒罗伊拍拍他的肩膀。

"深呼吸，牙齿。很快就会完的。伊莱速度很快。"

但我不是。那时候还不是。对泡沫假人我已经熟悉，而人的温暖的肉体却使我的手变慢并发抖。比血流不畅更加反抗我的是这样一个想法，即我为牙齿剃须就是以某种方式出卖了他。我不知道他的信仰并在第七部分的中间停下了，问他是否受过再洗礼。

"这是哪门子问题？你要让我去见上帝吗？"

我告诉他不是这样，要见上帝得穿上更好的衣服。牙齿在毛巾下面怒骂着，但勒罗伊却发出吼声，人们看着我叫喊着并为我加油。在我靠近大放血处的时候大家安静了，然后每个人都跟着勒罗伊拍掌的节奏重复说着这个区域的数字。迅速又明确，每当我向上看的时候，勒罗伊都用嘴巴不出声地说这句话，我拿着剃刀犹豫着要不要碰牙齿的喉咙。

"我们不是非得要这样做。"我说。

牙齿说，"要做就做别站着茅坑不拉屎。"

我抬头看看勒罗伊，他无奈地耸耸肩。我们感觉到所有人都在看着我，等待着，急切地想要我结束。有那么一瞬间，我觉得自己仿佛是在排球赛场上。我已经有很长一段时间没有自愿地把自己置身于一个别人都会把注意力集中在我身上的情境中。我想象着牙齿的脖子是球网而这把剃刀则是球。我低下头想象着这个男人的脖子，然后闭上了双眼。我用手抹着牙齿的脖子，他紧张着喘着气，我快速地刮了三刀，清理干净了这个人的大放血处。就在这时人们一起叹了口气又接着爆发出一阵掌声。

勒罗伊给牙齿的脸上拍上须后水，告诉他照照镜子，但是这位剥制师仍然坐在椅子上，盯着天花板，脸上的微笑比月亮还要灿烂。他用手感受自己的脸，擦擦两边的脸颊，像婴儿一样发出咕咕的声音。他用闪烁的蓝眼睛看着我，并用双臂给了我一个拥抱。我想要挣脱，但是他却抱得更紧，他说自从结婚那天后他就没有刮过这么干净的胡子，而是我让她的妻子成为了这个星球上最幸福的女人。他亲亲我的额头又再次抱了抱我，让我一阵发蒙，身体僵直。每个人都说牙齿看上去年轻了二十岁，并且都很喜欢。

在他付款之后，我发誓他高兴地跳下了人行道，但是我也不能确定，因为当他一走出门，人们都挤了过来，每个人都要求要剃须。勒罗伊记下了名字，分配了时间，答应了十分钟的预约。在他们等待的时候他给大家拿了甜甜圈和咖啡，并叫露丝安妮拿更多来。没有一个"英国人"因为等候而抱怨，在接下来的三个小时里，他们静静地站着，决心要体验我的服务，在第一天上午的这个传言让勒罗伊的生意好了三倍。

三个小时之后我的手都有点抽筋了，勒罗伊把我带到储藏室，教我如何按摩手，并把手放进一个装有 Ben Gay Gel（德语，局部镇痛药）的盆子里。"你做得很棒。"他鼓励我说。

"这是初学者的运气。"

"你不是初学者，丑丑。你是个天才。"

他用医用胶带把我的手腕缠起来，让我出去给两名律师、一名医生、三名教授剃须，他们看起来像是阿米什人，穿着羊毛衫，打着蝶形领结。还有一名长着红胡子的爱尔兰水管工，一名只有须茬的意大利电工，一些比我多不了多少胡须的年轻男子，还有一些上了年纪的眼睛不好使而看不见他们有多少胡须的人。他们似乎都对我的工作感到满意。他们想知道我是谁、我从哪里来、勒罗伊是怎么发现我的以及我会在这儿呆多久，因为大家都知道勒罗伊·费舍尔的雇工有着如梨子一般的"货架期"，它们也很容易受伤，被像剃刀一样的话语和残酷的工时所弄伤。

"丑丑可是'好货'。"勒罗伊说，对大家许诺说我会在那天创造一个世界纪录，这只会鼓励大家逗留并分享这个历史性的时刻。那天夜晚我忙完时，疲惫地坐下，把我的手泡在有泻盐的热水盆里，这时我突然想起来，在今天这些"英国人"当中没有人问过我一个关于我双手的问题。勒罗伊则并不担忧。

"谁会在意呢？"

我看着他，试着回想我的手在什么时候没有引起陌生人的好奇。

"丑丑，看吧。那些人甚至没有看见你的手。"

"这不可能。那他们看到的是什么？"

"看到是的一个专业人士。"

五

我想要相信勒罗伊。我想要相信只要我在理发店工作，就不会有人能看见我的不同。我做得越久，人们就越喜欢我。我的速度很快。我一天会"转动"椅子十二次，在周六还会翻倍。有时候"英国人"会找借口在店里闲逛只为看我工作。我好奇他们手头上有那么多的时间。我想象着爷爷在看见他们站在那儿什么也不干而给魔鬼的车间提供了闲散人员，他脸上一定会带着愤怒的表情。但是这些人什么也不干却会感到快乐，虽然我的工作不是为阿米什人服务，我也乐意什么也不做。我越是融入到了外面的世界，就越没有去思考要如何重新回归阿米什人的生活，尽管过去的生活总是在提醒着我我是谁。这是有生以来的第一次，我没有强迫自己躲避"英国人"，而是寻找他们的陪伴。

他们邀请我去他们家，给我介绍他们最喜欢的电视节目，并交给我最基本的橄榄球知识并让我参加他们周一晚上的猜球。他们带给我棒球卡片，教会我如何阅读《华尔街日报》，给我股票市场的秘诀，投资的金额和时间。他们带给我女孩和汽车的杂志，尽管都对我没什么用。我不能理解他们的慷慨。我没有给他们什么礼物。勒罗伊说这没有关系。

"有时候一个人对另一个人决定去表示喜欢不需要了解得太多。他们会感觉到你的目的，丑丑。"

这是真的，在他们给我钱或者礼物之后我仍然不知道。我想要在"英国人"中做些好事，因为，因为就目前来看，他们是很好的人，并且被他们喜欢和需要让我感觉很好。

我能帮他们维修屋顶和漏水的水龙头，帮助他们在院子里增加堆肥块以肥沃土壤。我之前还没有意识到我在自家的农场上学到了这么多东西，但是我从土地上获得的教育似乎通常要比我遇到的"英国人"所受到的高等教育要实用些。他们通常还不会做我们在孩提时期就会做的一些工作，如基本的室内清洁和维修洗衣机和烘干机（我们的是用空气压缩机和煤气驱动的），稍后就是割草机和挂钟及任何弹簧负载的设备。我也帮助他们做一些无须技能的工作，如把垃圾从他们的地下室和车库里运出去。我甚至还教一些主妇如何贮藏水果和蔬菜。这是我在阿米什男人们修建畜棚时跟女人们待的时候学会的。

他们想要报答我，给我提供驾驶课程，但是我婉拒了，而是接受了高尔夫的课程。在高尔夫球场冻住了后，他们还领我去他们的私人健身房。我第一次去了"健身中心"，是这座城市的YMCA（基督教青年会），我呆呆地站着，张开着嘴巴，透过大窗户看到房间里的男女，他们一起在满是汗水的垫子上面，还有不能动的自行车上。让我更惊讶的是我可以看见很多的腿、肩膀和手臂。除了我想要和艾玛·贝勒在一起的那晚，我还从未见过这么多赤裸的皮肤。我一定是惊吓到了这些训练者们，一个叫"野蛮人"玛丽安的看起来像是伊诺斯叔叔和克莱兹代尔马相结合的红发女人。她从满是汗水的房间里走了出来，一边猛嚼口香糖一边说话。"不要呆呆地看了，孩子。对你来说我太老了。"

桌子前的女孩儿们转过头咯咯地笑着，接着用胳膊挤着彼此说："我们不老。"我有些饿，向他们询问吃的，他们就给我一根燕麦棒，我站着就吃了。吃完后，我把包装纸还给他们，他们眨着眼说："你真可爱，丑丑。"

在那之后我没有再去过"健身中心"，并告诉了带我去那儿的那位保险代理人我在理发店的事情就够做了。他似乎关心我在哪儿"得到足够的锻炼"。我不明白为什么"英国人"为何对保持身体强健如此痴迷，我在集市上总是看到他们吃得太多。我猜我是因为之前住在农场上而从未注意过，但是我不知道他们花了多少时间来慢跑。店里有一队人邀请我加入到他们当中，但是在我第一次就超过他们六英里之后他们就再也没有邀请过我。连露丝安妮也用从公共图书馆借来的磁带而"跟着老歌出汗"。一个名叫理查德·西蒙斯的人教她舞步，而我就扮演纠正她错误的角色。每周一次，他会叫我坐在客厅的沙发上看她——一个眼盲的女人跟一个胖男人做有氧健身操。一旦她做完以后，就会奖励自己一品脱冰淇淋，是她让我从隔壁的斯特拉斯堡乳制品商店拿过来的，而勒罗伊从来不知道。

奇怪的是这些邀请都是发生在周二晚上。勒罗伊给我一本我自己的预约本，用来标记日期、时刻及我和顾客们约好见面的地方，他还宣布我当天可以不在理发店上班。我拒绝了。阿米什人不像"英国人"那样习惯空闲时间，空闲时间会让我们焦虑。会让我们觉得出了什么问题——比如忽视了农场上的一只动物或者匆匆做完了杂务，而因为匆忙而造成浪费。我每天早晨起来做的第一件事就是查看预约本，看一天的安排是否有空闲，如有的话我就会帮露丝安妮做杂务而把空闲填满。她说她在车房里住了三十年，而1983年是最干净的。她还说母亲把我培养得很好。

勒罗伊每周工作六天而只给我安排四天的工作，我告诉他这不公平。我们应该是搭档，而我也应该完成我的一半工作；他理一次发我就要刮两次胡子，这样我们赚的钱才一样，这也意味着我周二不能休假。当我建议把这些邀请的时间错开，而不是塞在同一天，人们转过头看着勒罗伊如何回答，但他没有理他们。稍晚些在晚餐时间，他提醒我下个周二我有什么安排，跟哪些人一起，时间有多长。他特别关心的是我什么时会回去。

"如果你打算晚上两点还在外面，就给我们打个电话。让它响几次好让我们醒着。"

"好的。"我说，努力地思考着我想要在外面待到两点以后的原因。我最后一次待到那么晚是在我生日那天帮伊萨克叔叔的母牛产仔。

我想知道勒罗伊是不是认为我回去参加聚会，就跟经过理发店的其他阿米什孩子一样。但我问起他时，他说："我不在乎你是否要去参加聚会。或者是去看电影。或者是去百货商店。你需要的只是些空闲时间。"

起初，我认为他是在保护我。他强调说如果他不给我足够的休息时间，他就可能触犯未成年人劳动法。我看着他，竖起脑袋说："勒罗伊。我来自阿米什家庭。未成年人劳动就是法律。"他咕哝着告诉我在这里的规矩不一样，青少年应该至少有一次午夜过后还在外面。

我从未听说过这种习惯，并且提醒他在"徘徊期"期间没有宵禁。他有些发怒地说："那么为什么不让你的夜晚更丰富些呢？"好像周二是我被允许出去探索外面世界的唯一一晚。

在福音教堂和宾果大厅的百乐餐充满了来自退伍军人管理局和同济会的带有木质义肢的人，这不是我想要的冒险。露丝安妮坚持认为有意思并叫我用小轮车送她去，而且要留在那儿帮她看牌是不是标记正确了。我告诉她我不会赌博，她摸摸我头上的发茬。"你允许勒罗伊剃掉你的头发，对你来说这就是你最大的赌博。"

也许她是对的，但是即使我跟很多的阿米什孩子一样沉迷于"一整季的罪恶"，我也不会选择赌博。我决定只参与那些在我想象中主教在"徘徊期"的时候会参与的那些活动。

我去看了电影。经常去。而我之前从未去过电影院，当店里的人们发现时，他们安静下来并且嘴巴张得老大。

"丑丑，你可以去当流行文化的异教徒。他们会在农场上对你做什么？"

我耸耸肩。

我期待有专家会教给我关于银幕的事情，但那人却是录制师，相对而言，牙齿，他知道得最多。当他唾沫横飞地谈起特吕弗、弗里尼、伯格曼、怀尔德的名字时，他会带着无比尊敬的神情从椅子上站起来。他喜欢争论一位名叫乔治·卢卡斯的年轻电影制作人的功绩，并需要我来解决他的争议。这让我一整个星期都在思考那些我看见的如宇宙飞船，还有口音古怪的机器人，以及说话只发出咕噜声的既高大又多毛的生物。

我在电影院里总是四下张望。牙齿问我在找什么，我告诉了他，他发出大笑："要见乔治·卢卡斯你必须要去好莱坞。"

我问："那是哪儿？"

在那以后，店里的其他人都争着带我去看电影给我"上文化课"。他们都是勒罗伊的老顾客，"双 O"，他叫他们：活泼的八九十岁人，是一群鳏夫，他们的孩子们很早就离开了斯特拉斯堡。他们带我去看无声电影和关于真实事件的电影，但是我更喜欢故事。他们问我是否喜欢跳舞。我说我对跳舞不太在行，但我说我喜欢看别人跳舞，然后他们说："那好。"我不知道他们为什么那么热衷于那部《闪电舞》，故事似乎是关于一个舞蹈家每跳一次就会换她的暖腿套，这让我情绪低落，当然这不是因为她太奢侈（他们说好莱坞的所有东西都是放纵的，需要找到接受它的方法），而是因为她跳舞的那间旧仓库让我想起了汉娜和姐姐们。

我坐在大厅里直到电影结束。

在那之后，我决定要对他们推荐的电影做更多的了解。我不想看那种女孩儿当主角的或者女孩儿跳舞的电影。他们选了《八爪女》，但勒罗伊认为它对我来说有太多刺激画面，《星球大战 3：武士归来》都已经让我受到了惊吓，因此造成我睡眠不好，拿不住剃刀而使他们遭罪。在那之后他们就坚持让我看喜剧。他们让我在《颠倒乾坤》和《乖仔也疯狂》里边选。

在十二月下旬的一个周二的晚上，我问哪一家影院在上映这些电影，因为地点通常决定了我的选择，勒罗伊从报纸上抬头看着我说："只有一家，荷兰仙境。"这不是个好主意。任何知道"徘徊期"文化的人都知道阿米什孩子会在晚上把他们的小货车停在游乐园或者剧院，比起停在他们的农场上，挨着轻型马车和四轮马车，在那里能更好地和旅游巴士以及轿车混在一起。在一年中的这个又黑又冷的周二晚上有这么多车停在停车场，意味着两件事情：一场暴风雨让沿着 30 号公路行进的人们滞留了，或者是阿米什孩子计划要会面。

那天晚上天上挂着一轮满月，在这样的夜晚不管他们驾驶的是什么，大部分阿米什人都不会担心在黑暗里行进，我站在门外，身上发抖，犹豫不前。牙齿，是我那晚的监护人（青年社交聚会时在场的），把他外套的兔毛领翻起来："怎么了，丑丑？"

"没什么。"我说，第一次担心我看"英国人"没有看够。我穿着一条二手的细纹灯芯绒裤，一件 T 恤和一件法兰绒的系扣领衫，但是衣袖太短而裤腿又太长。这样的穿着在理发店里没什么，勒罗伊的顾客不会在意我穿什么。但是站在这个停车场上，看着影院大厅里面的我认识多年的阿米什人面孔，让我感觉自己像个骗子。

我没有意识到勒罗伊打开了门。温暖的空气从里面袭来。

"快进来，"他催促道，"来取暖。"

在一个局外人看来，没有什么异常。影院的工作人员撕扯电影票并返还存根，脸上长着青春痘的青少年们蜂拥而至，在小卖部旁边挤来挤去，拿走一桶又一桶的爆米花，糖果和跟小水井一般大的碳酸饮料。但如果你仔细观察，就会发觉这些青少年没有一个是独自站着的，这跟"英国人"不一样，而那晚"英国人"很少。在大部分人中，也没有特别的人群，只是按照性别一群群地分开，这只是表明这些人是处于徘徊期的阿米什人的提示之一。"英国人"穿的是褪色的牛仔裤和 T 恤；而阿米什孩子则看起来都是穿着非常呆板的深蓝色牛仔裤。他们的鞋子也出卖了他们——工作鞋，后跟处插着鸡毛，他们的外套上带着汗水的气味，因为他们在天黑前才干完活。如果我闭上眼睛，那么我就像是在我家的畜棚里。

我低着头走在牙齿后面，感谢他的身高和他每周在理发店里吃掉的一打甜甜圈。当他转过身问我要不要来点儿爆米花时，我低声说现在不要。然后他说现在就是买爆米花的时机啊。牙齿如果看一场电影迟到了就不会再看了，并且他还自夸说他能憋尿一直到电影的尾字幕出现。他跟店里的人吹嘘自己曾在喝完一瓶 64 盎司的澎泉饮料后看了一场上下集连播的电影。

我觉得现在是时间去上厕所了，我告诉勒罗伊在影院门外会合，但我还没有走出男厕所的门就被一个刚从女厕所走出来的年轻女人的身影吸引住了。她穿着深蓝色牛仔裤和粉红色的紧贴着臀部和胸部的毛线衫。她长长的深色头发松散地搭在肩膀上，耳旁的头发用闪烁着粉红色的发夹别住，替换了她的扁平发夹和祈祷帽。

"伊莱？"

"艾玛？"

"我以为你在佛罗里达。"

"我还以为你已经受洗了。"

除了这些我们没说别的话。我不知道谁的脸更红。艾玛转过身跑过门去看《乖仔也疯狂》了，在出口标志下迅速低下头然后消失在了外面。我跟着她跑出去，在停车场寻找着，希望发现她在某一辆卡车上，但我什么也没找到。只有一对不看电影而决定用亲热来温暖彼此的夫妇。他们没有注意到我打开了门。他们甚至懒得脱去他们的阿米什人衣服，或者说是提醒他们是谁的东西。黑色的吊裤带悬挂在座位上。我关上皮拉链上的门，恼火地站着。我不知道艾玛去哪儿了，而我违背意志返回影院去看《颠倒乾坤》了。我不需要好莱坞来告诉我关于尝试做一个人的事情，因为我已经知道了。

六

GREISLICH 这个词出现在了我的脑海中。可怕的。我母亲在那场事故后经常说这个词，在荷兰仙境后的几天里我脑中不断地响起它。尽管我没有对勒罗伊提起过这件事情，但是他还是觉察到了我突发的忧郁，并且觉得需要用一个礼物来让我高兴起来。

"你的女朋友早晨来过了。"他说并递给我一个用棕色包装纸包的一个小包裹。

我正在给一位邮差剃须，我把剃刀放在水槽边转向勒罗伊。他露出闪着光的金牙，我还能感觉到所有的眼睛都在看着我。他们甚至把收音机的声音调低并且关掉了电视。

"丑丑有女朋友了？"

他们似乎很困惑，呆坐在椅子上，这些人之前要么在等候，喝咖啡，要么在玩早晨的字谜游戏，这时也叠起了报纸。甚至先前睡在门边有阳光照射处的凯撒也站起来摇尾巴，闻着悬挂在盒子上的带子并试图用牙齿拉它。

"别管我，狗狗。我自己能打开它。"

"你当然能。"

其中一个人站起来跑到门口，把脑袋伸到外面并呼叫任何能听见的人。

"大丑丑有女朋友啦。她给了他一个礼物，他正要打开哪。"

勒罗伊走过去关上了门。

"看在耶稣的份上。他可不是个马戏团演员，"他说，这个人就缩了回去，回到自己的座位上。"但他是个魔术师。你怎么能不告诉我们你有女朋友了？

我眯起眼睛，第一次感觉到怒气在膨胀。

"因为，这是五个被禁止的话题之一。"

勒罗伊点点头，向上指了指那个褪色了的标语，为了防止冒犯，勒罗伊禁止任何人在他的理发店里谈论这些事情。政治。宗教。某人的声名。某人的薪水。以及他的情感关系。

"你恋爱了吗?"

"没有,"我说,"我甚至都不知道这是谁送的。"

"你当然知道。她很漂亮。对女孩来说长得很高。身材苗条。大大的绿色眼睛和能把钢铁都熔化的笑容。"

我噘着嘴,双臂交叉在胸前。

"我不知道有人喜欢那样。"

勒罗伊沉默了,拱起眉毛。

"对我来说似乎她美丽得让人难以忘记。"

我的双手开始发抖,我用剃刀轻敲着水槽。这位邮差站了起来,显得惊慌。

"她伤了你的心吗,丑丑?"

"没有,"我迟疑了一下,希望我有勇气告诉他们是我伤了她的心。"你告诉她我住在这里了吗?"

勒罗伊抓着自己的手掌。

"她没有问。她自己会知道的。"

"你为什么不打开礼物?"邮差问。

"我待会儿会打开的。"

"我们想看看。"其他的人说。并且重复地喊话催促我,并用他们咖啡杯敲击书本和杂志。"丑丑。丑丑。丑丑。"

我试着打开,感觉里面东西是软软的,我揭开包装纸,发现了一个手工编织的黑色羊毛帽子。人们发出一阵叫喊。

"有人看上你了,丑丑。快戴上试试!"

我身体变得僵硬,但还是把帽子拉到头上戴着。他们鼓掌并欢呼着。我畏缩着,觉得很傻。我不喜欢"英国人"那么热衷于令他们好奇的场景。他们寻找着"奇景",如果没有他们就创造出来,甚至不惜以别人的谦卑为代价。

"看上去不错,"邮差说,"很合适。"

"你应当去见这个女孩儿。"勒罗伊大声说。

"她可爱吗？"一个人问道。

我不喜欢他们把艾玛带到店里来。让我感觉不舒服的是他们在谈论艾玛的时候所表现出来的兴奋和我听见他们谈论杂志上的泳装女孩儿一样。

"她是主教的女儿。"

"哇哦。你的目标很高嘛，丑丑。跟圣人的女儿交往！这可是值得告诉人们的大事儿。"

"我没有与她交往。"我说，觉得很热很挤，并感觉自己很渺小。

"现在你说的可是实话。你知道的，如果你自己不是阿米什人，那么你就不能和一个阿米什姑娘结婚，"邮差宣称道。

"结婚？"我问，"谁在说结婚了？我才刚刚学会怎么把剃刀拿端正。"

人们发出笑声，但勒罗伊走过来低声对我说话。

"她说你错过了。"

我看着水槽里，灰白色的须茬和着泡沫漂在奶白色的水上，无法看到我的倒影让我感到放心。"我知道，"我说，我的思绪飘到了理发店的远方，飘浮到了天堂镇和普罗维登斯。

我对艾玛知道我现在在哪儿住感到很心烦，我想知道她还把这事告诉了多少人。我希望她留了一封信在帽子上，哪怕是一张纸条也行。我想知道她对这一切的看法，或许还能知道她认为我会怎样继续前行。那晚我很早就上床睡觉，但勒罗伊却在那时敲开了我的门。

"我在睡觉。"我说，闻到了花生酱的味道。

"听起来你可不像在睡觉。"

他打开门，手里端着一盘三明治，走到窗前，给他早上刚栽的一排紫罗兰浇水。自从我搬来以后，他已经用板材做了两个小架子，上面堆满了各种各样的紫罗兰。

"你知不知道如果你把一盆紫罗兰照料得好，它几乎会不停地开花？"

我摇摇头，把床单拉高遮住我的脸，哼哼地说。

"不。我不知道。"

我受够了这些又丰茂又满是毛茸茸的绿叶的小植物，但是勒罗伊则正在收集这种植物，甚至想把每一种都收集齐全。他从 Z 字头的品种开始，现在已经到了 B 字头了。我觉得他告诉我那些他最喜欢的植物名字是在开玩笑，每一种在颜色上都是白色、紫色或者粉色的细微差别，而花瓣的大小和形状则有明显的区别：贝尔宝贝，面包师的性感嘴唇，班比诺，芭比娃娃之梦，然后就是芭芭拉系列，芭芭拉·安，芭芭拉·简，芭芭拉·希斯克，然后是宾·杰斯特，贝琪，巴永宝贝，响铃傻瓜。

"响铃傻瓜？"我问。

"能跟你说话，是不是？"他问，然后把这盆紫罗兰从架子上取下来，又递给我一块三明治，"痛苦需要陪伴。"

"我不痛苦。"我说，把这盆紫罗兰放在简易床旁边的小桌上，上面还放着一本翻到启示录的圣经。当然，勒罗伊也注意到了。

"嗯。学到什么新东西了吗？"

"要爱我的敌人。"

"进行得如何了？"

我注视着勒罗伊，感到自己的下巴僵住了。看见他被我的反应逗乐会让我发疯的。他笑了起来。

"又怎样呢？"

我合上圣经："你怎么这么喜欢紫罗兰？"

"为什么不该喜欢呢？"

"你爱花胜过了爱妻子。"

"她不会孤单的，丑丑。有很多人都喜欢紫罗兰花。全社会都爱。我们爱兰花是因为它的品格，它们很坚强。尤其是对我这种非专业的养花人来说，紫罗兰甚至会无条件地适应。它们是十分能原谅别人的植物。即便我忘记了给它们浇水，它们还是会开花。"

　　我困惑地看着他，这个白头发、黑皮肤的男人，穿着格子花睡衣，穿着从一位切罗基族的萨满[1]那儿买来的鹿皮鞋在木地板上来回走动，勒罗伊把萨满发音为谢满，让我误听作了德语 shenka，意思是赠予礼物或者原谅。

　　勒罗伊在我旁边坐下，打开一本汽车交易杂志放在大腿上。他伸过手从桌上拿了一支笔。

　　"你知不知道你的问题所在？"

　　"我不喜欢紫罗兰。"

　　勒罗伊扬起了眉毛，笑了起来。

　　"也许吧。看起来'大眼睛'有如同紫罗兰一样的品质。"

　　"我不想谈她。而且她的名字叫艾玛。艾玛·梅·比勒。不叫'大眼睛'。而且我并不爱她。"

　　"好吧。说得对。让我们来说说你的名字，丑丑。"

　　我抬起眼睛看着他的眼睛，后悔刚才没有关上办公室的门并且假装在睡觉。他在汽车杂志上潦草地写着字，并指了指写在一辆卡车的挡风玻璃上的几个字母，就像是被雨刷夹住的虫子，每个字母都像是易受伤的翅膀。它读作"LIE"（谎言）。

　　"你知道不知道你的名字伊（Eli）里面有个谎言（lie）？"

　　"我想象不到。"我低声说，希望勒罗伊会关掉灯并让我一个人待着。相反，他撕下一块面包皮，嚼了两口就吞了下去，眼睛不眨也没有移开。只是从窗户吹过的一阵凉爽的微风让勒罗伊的照片飞了起来，打破了我们的平静。勒罗伊站了起来，吃完三明治后就离开了。没有再提到谎言一词。

　　那晚我唯一的移动方向就是走下楼梯，走上舞台，坐在勒罗伊的旧理发椅上。我打开聚光灯。从他的桌子拿了一个笔记本和一支铅笔，在

---

[1] 萨满一词也可音译为"珊蛮""嚓玛"等。该词源自通古斯语 saman 与北美印第安语 shamman，原词含有：智者、晓彻、探究等意，后逐渐演变为萨满教巫师的通称。

我给艾玛写信的时候希望能像勒罗伊之前一样消失，我从未成功地写过比我的名字、地址、日期、兽医的电话号码、拍卖的电话号码这些更长的字。用我手指和"蹼"之间半英寸的空隙拿着铅笔不是一件容易的事情。这种想法一出现，这支铅笔似乎就开始滑动，被这种不稳定的思绪所推动。而我写的字不能跟上我的思维，也不能沿着我的思路走，更不用说让我写的字清晰可辨了。无论我多么的努力，这种球状的字母看起来都像是一个小孩子写出来的。

独自坐在勒罗伊的理发椅上我才突然意识到我在一生中有多少话还没有说，意识到了我是多么需要把它们说出来。我不知道这是否就是勒罗伊看出的我的谎言。而让我更沮丧的是我意识到只要我不能写出来，我就永远不会"消失"。我感到双手的血液在翻涌，我把笔记本猛掷到了舞台地板上，把铅笔折断成了两半。然后我听见啪的一声，看见勒罗伊拿着自己的笔记本，耳朵上夹着一支钢笔，还拿着一排"雪茄"，用白奶酪卷的腊肠薄片——勒罗伊的标志。

"在告白吗？"他强忍着笑，只是哼了一声。我捂着我的耳朵，我不喜欢他偷笑。

"我没有什么要告诉你的。"

"你确定？我会告诉别人吗？"

"告诉全世界。你的嘴比约拿还要大。"

"我不认识全世界的人，只认识一半。你有什么不能告诉给半个世界呢？"

我低头看见破碎的铅笔。笔芯和木头落在我的膝盖上，好像它们就是我灵魂的部分，而不得不被劈开好让我的心灵书写。在它们刺痛我的时候我低声说："我不知道如何原谅。"

勒罗伊走了过来，递给我一条腊肠"雪茄"，好像这场交谈会让我们俩都觉得饿。在聚光灯的漏斗形光线下，勒罗伊看着我，说了几个听起来依稀熟悉的词。"一笑了之。"

七

在接下来的几周里，我奋力想看见笑和原谅之间的联系。而感觉到的只是这种矛盾。有一天一群高中女生来到了理发店，她们大部分是啦啦队长，她们把嘴唇贴到玻璃上，想引起我的注意她们让我紧张。我不想她们像那样舔玻璃，我花了很多时间才把它擦干净。我走到窗前，在玻璃上喷上清洁剂，希望我在擦玻璃的时候，女孩儿们也会消失。但是无论我是多么想避开她们，她们还是会出现，并且想要跟我说话。她们说我的口音很性感。最终，我在门上挂了一个牌子：顾客请入，闲人免进。

我受够了在理发店就像在动物园里一样。不过至少没有一位客人会费心谈论我的双手。毕竟，他们是用自己的生命来信任我的，不管他们是多么想开我双手的玩笑。高中女孩儿们却不一样。而事实是，我喜欢这些女孩注意我，但是我不喜欢的是她们会让我那么强烈地想起艾玛。

"你对那个可怜的女孩儿做了什么？"

"哪个女孩？"

勒罗伊站在椅子旁边，给剪刀抹润滑油："对你来说唯一重要的那个。"

"你不会明白的。"

"说来试试看。"

"这太复杂了。"

"不会比你和我之间的安排还要复杂吧。"

我叹口气，把一揉成一团的纸巾扔进了垃圾桶。

"相信我。它会让这个看起来简单。"

勒罗伊咕哝道并放下一把把剪刀："你们的这个秘密。你是不是伤害了另一个人？"

我注视着他："也不完全是。确切来说不是。不是。"

"你杀人了吗？"

"没有，勒罗伊！当然没有。你怎么这样说？我没有杀死任何东西。"

"有时候你的行为表现得就像是杀了人一样。好像你连呼吸空气都会后悔，孩子。但我要告诉你的是，如果你没有杀人，那么你就是'形象良好'。"

我盯着他，但勒罗伊看着镜子里，跟镜子里面的我说话，好像在他传递的信息中有着某种拯救。"你需要做的唯一告白就是对你自己，丑丑，你把自己的事情看得太严重，生活不是一场测试，不是一场关于你是否能够让自己享受它的测试。一旦你能对自己发笑，那一刻你就能原谅自己，这很简单。"

我想要相信他所说的每一个字都是真的，但是我从来没有人教我把注意力集中到享受上，我跟勒罗伊不同，不是一个把幽默当成自己生命所需的人。部分的我很嫉妒他所拥有的轻松，他把笑声称作真正的弥赛亚[1]。据我的理解，生活就是一场测试，而且是一场我年年都不及格的测试。对阿米什人来说，生命是一件很严肃的事情，但是比生命更严肃的是死亡，这让我们在准备面向死亡时甚至更加严肃。当你知道每一个思想，语言或者可能在某天会对你不利的事件时，你很难笑出来。我相信很多年前我拍了照片，就已经对自己做出了判决，而对这点没有什么可笑的。

阿米什人想要为别人服务，这本身就是一种为上帝服务的方式，但直到那时之前，我从未辨别出我们的目的，我们做了什么，又是怎样做的。我突然想起几乎我们所做的每一件事里都有一种欢乐的元素，单独做的或者一起做的，包括洗盘子或者挖排水渠。我所回忆起的每一件工作嬉戏没有一件不是欢乐事件：在大家活动过后充满我们家的嗡嗡的笑声，在我们把食品储藏室装满了罐装水果和蔬菜时的充裕感——这种小快乐维持我们经过漫长的冬日，延缓我们在土地上劳作的抱怨。甚至在那时，丰收也是一年中最令人兴奋的时刻，这让我们再次聚到一起，并养育了我们视为神圣的社区。

如果勒罗伊是对的，那么关于我的目的我这一生都错了。也许上帝

---

[1] 弥赛亚，是个圣经词语，与希腊语词基督是一个意思，在希伯来语中最初的意思是受益者，指的是上帝所选中的人，具有特殊的权力，是一个头衔或者称号，并不是名字。

的测试是想看我是否能享受我的生活，从让我皱眉的事情中找到幽默。我想知道耶稣是否也笑过。因为勒罗伊，我想相信他也会笑。我想起那天晚上，我打开了装着漫画书的那个盒子，发现了那张纸条，上面的神秘信息，即"勇气是帮助男孩笑出来的英雄"。第二天我问他这是不是他给我勇敢的船长的原因，他说："只是原因之一。还有更多。"即使关于这些漫画从来没有任何可笑的。

　　那天晚上，我跟着勒罗伊走上旋转楼梯，到了我睡了十二周的办公室里。他把我带到了一个有天花板那么高的书架，而我对其没有兴趣。他站在书架面前，显得很愉快，双手放在臀部，带着某种崇敬的目光来回扫视着书架，就像是在看强壮的马匹或者丰收来的烟草的那种眼神。除了圣经之外，唯一博得阿米什人尊敬的书本就是《赞美诗集》《圣歌书》，和我们的被记录下来的历史，我们将其称作血色剧院，或者《殉道者之境》，他们都并不有趣，而勒罗伊则保证他的书是有趣的。笑，他说，是人对这个世界所能给予的最好的东西，这就是为什么他把书架称作是他的"圣坛"。"我打赌你从未看过这些书。"他说。

　　我摇摇头："他们不过是些书罢了。"

　　"不过是些书？你在这里待了这么久竟然都没有好奇想要看一眼？那这些唱片呢？"

　　我耸耸肩，感到脸颊泛红。

　　勒罗伊拉出一把小椅子，然后踩上梯子。他向上爬了两梯回头看着我。

　　"这是我一生的收藏。会让我变得富裕。"

　　我挠挠我的头，感到疑惑。凯撒也跟着我们走了进来，跳上了我的床，用鼻子嗅着我的床单，在勒罗伊的"圣坛"旁边看上去像是被遗弃、被忘记了。勒罗伊拉出几本书和几张唱片，给我介绍这些男男女女，他们的脸在封面上看上去光彩照人，勒罗伊认为这些人是活着的圣人，如理查德·普莱尔，比尔·高斯比，卡罗尔·博内特，乔治·伯恩斯，乔治•卡琳，罗比•威廉姆斯 [1]。

我才意识到办公室和店里墙上的所有照片都是跟这些同样的人，他们微笑的眼睛唤起了他们想从观众里听到的笑声。他说他听过并记下了 Lenny Bruce，Carl Reiner，Mel Brooks and Brother Dave Gardner 的歌词，是从本地的宅前旧货出售处买的二手唱片，他说一个人的垃圾可能就是另一个人的财宝。

他爬到了梯子的最高处。

"这里。是对你圣经学习的补充读物。"

他递给我一堆书，是卷边的显著的人物传记，他们的名字听起来很难听并且很"英国化"，如 W.C. 菲尔兹，马克思兄弟，查理•卓别林，席德•凯撒，他们的故事在我看来就是了解勒罗伊的心灵和灵魂的手册。最后，他用两只手把一本名为《幽默的命运》的书放在了最上面，是詹姆斯•M. 考克斯所著的。然后他就走下了楼梯。

"听说过马克•吐温没有？"

我摇头。在阿米什人经营的戈登维尔的书店里除了偶然的《野性的呼唤》[2] 的复印本之外，我们没有读过很多思想高尚的文学作品。我们只读过圣经。读过《圣歌书》。读过土地。

"你从没听说过哈克贝利•费恩 [3]。"

勒罗伊深吸了一口气。他把双手放在心脏处，对这位他认为是有史以来最伟大的幽默大师表示忠诚，他说马克•吐温是美国人完全是运气，他认为俄国人才是幽默的高峰，因为他们创造了辛辣的智慧。我从没听说过这些概念，阿米什人会把这些解释为具有高度思想性的东西，并且对我专注于上帝造成了威胁。就勒罗伊而言，幽默就是上帝，而他的工作就是让我把注意力集中到幽默上来。

我把这堆书放在简易床上，保留着这些勒罗伊希望会成为我的新的圣经的书，《幽默的命运》。书封面的颜色是深褐色的，放在一个塑料封

---

[1] 都是著名歌星。
[2] 美国著名作家杰克•伦敦的名作。
[3] 美国小说家马克•吐温小说中的人物。

套里。书页带着油炸玉米饼的金黄色，闻起来有烟斗的味道。我翻阅着书，读着上面的副标题：爱情故事，田园生活，美国佬的俚语，讽刺的外地人。

"什么是讽刺的外地人？"

勒罗伊指着我说道，"就是你，大丑丑。"

听见勒罗伊像那样笑感觉很有趣，他弯下腰，抓着自己的两边，好像是这笑声保护自己不会从世界的边缘跌落。他站在那儿，用理发罩衫的衣袖擦擦自己的眼睛。然后看着我的眼睛，不是带着一种胁迫而是一种帮助我的许诺，"去找'大眼睛'让自己高兴起来吧。"

"我还没准备好。"我说，并放下了书本。

"你的头发都差不多长回来了。"

"还没完全长回来。"

"回家的话这样的头发足够了。"

"你想我离开？"

"你想离开吗？"

"我应该去哪儿呢？你的生意怎么办？"

"丑丑，你就是我的生意。让我担心的是你总是想这想那，我知道这样不好，但你还太年轻而不应该有这么多烦恼。"

我点点头，他说得对，我的确烦恼过多了。

"我有太多要担心的事情。"我说。

勒罗伊叹了口气，伸出手搭在我的肩膀上。

"无论你做了什么，记住都不会是那么糟糕的，特别是如果你能从中找出有趣的事情。让一个人发笑，他就会喜欢你。让一个人发笑，他就会忘记他对你的讨厌。让你自己发笑，你就会忘记你对自己的厌恶。"

站在那儿，注视着勒罗伊大大的深色眼睛，使我意识到在他的生存宝箱里最锋利的工具就是幽默。他已经教会了我使用剃刀。我在集市上已经见过了他的力量，他是如何释放出我们眼中的火花和我们微笑时牙齿的闪光。我从未问过任何阿米什人，但是我觉得我们都一致认为在勒罗伊那儿因为这些我们会寻找到安全感。他的幽默感切开了我们不停在告诉自己的谎言，即只有一条路可走。

八

在黎明时分我就醒了，就在勒罗伊的"圣坛"阅读那些书籍，然后一直到很晚才入睡。我花了很多个晚上来聆听勒罗伊收集的唱片，在勒罗伊喃喃说出台词的时候学着连尼·布鲁斯和梅尔·布鲁克斯的表演。他从图书馆借来了格鲁乔·马克思和比尔·科斯比的旧唱片，在理发店里播放，并声称这就是的科斯比的一种鼓舞。显然，他和"科斯"在费城的理查德·艾伦房屋的同一栋楼里长大，是这座城市的第一个针对穷人的住房实验。通过"有效的设计"而在一个房间里容纳尽可能多的人。勒罗伊说他曾爬到了这栋楼的 919A 教区住所附近，并把标牌改了，把第一个"a"涂改成了"e"。（parish 变成了 perish，意思是毁灭、死亡等）

尽管勒罗伊喜欢科斯比，他爱的是一个名叫理查德·普莱尔的人，仅仅因为他能比其他大部分喜剧演员忍耐更多的诘问，而这也让他收到了鼓舞。勒罗伊收到了普莱尔在 1975 年主持的周六晚间现场秀的激光视盘，我们就坐在沙发上，边看电视边吃着热热的冒着泡的馅饼和刮烧巧克力糕饼，这是一种我越来越喜爱的新奇的事物。他已经谈论这张视盘好几周了，当收到它的时候，就停下一切事情来观看，甚至连跟店里人约好的玩扑克牌也不去了。他说跟教皇或者耶稣基督自身降临相比，理查德·普莱尔的日常工作才是真正的宗教体验，我想这会冒犯爱尔兰和意大利的天主教徒。他还给我讲了一些理查德·普莱尔 1976 年在一个名为楚博得的著名时刻，而那是我们都希望忘记的一年。

"理查德在一个关于黑人和宗教的固定节目中，他说：'黑人没有上帝，我们只崇拜自然。'然后白人说，'为什么不崇拜我？'然后理查德转过去对着他大部分是白人的观众们，板着面孔说：'现在当我说起白人，我不是指所有人。'他停顿了一下，并在继续说之前笑了起来：'但你们知道你们是谁！'这时问者们站了起来。并且呼叫起哄。一位质问者喊叫道：'对我有幽默感你最好感到高兴。'然后理查德怎么做的？哦，他只是在舞台上停了下来，看上去在认真思考并很快地说出，'是的，我的确会对你有一种幽默感而高兴，因为我知道你们白人对我们做了什么。'接着善良的人们发出了各种各样的掌声，因为他应对得非常好。不知道我能不能做到。"

我告诉勒罗伊我曾经以为上帝是一个黑人，直到主教告诉我上帝没有面孔。勒罗伊说他也这样认为，然后在那个冬天就让我和他一起看周六晚间现场秀，还有另外一位名叫艾迪·墨菲的喜剧演员的片子。我们和露丝安妮一起在勒罗伊的沙发上度过了很多个寒冷的夜晚，露丝安妮还会评价艾迪·墨菲的演讲才能，因为她不能看见他的表演。

"艾迪还不错，不过理查德更加有天赋，"她说，并哀悼一个事实，即在多年以前他已经在自己身上放把火，然后告诫道，"亲爱的，你离了婚，可不要把自己烧死，而留我一个人在这儿应付媒体。一直要拿两根火柴。咱们一人一根，好不？"

据勒罗伊所说："真相是有趣的，不管它是多么糟糕，即使它让人们吓破了胆，或者让他们像婴儿那样哭泣。"如果这是真的，那就意味着我的整个一生都是有趣的，尽管我不能从中看出任何的幽默。勒罗伊说我还没有发展出一个"幽默的思维方式"，即使在过于集中于自己所看的书本时，他似乎也不完全是幽默的。回头看看，他总是书不离身。我接收了他的这个习惯并且在我工作的时候也会阅读，在我进行扫除的时候也会在手中拿着一本《幽默的命运》。

"你怎么才能知道你是否有趣？"

勒罗伊从收银台上抬起头。

"你不能。对此你需要观众来决定。"

因此在圣诞周的每一天我都在等待艾玛，希望她能够再次到来，给我一个机会让我对她解释我为什么要离开阿米什社区。我想逗她笑，让她知道我在"英国人"间适应得很好，而且我也许在他们中能做得更好。但是圣诞节来了又走了，艾玛到来的希望比理查德·普莱尔给勒罗伊回信更加渺小。勒罗伊不高兴。我也不高兴。脾气暴躁，闷闷不乐。我们默默工作，用剃刀和剪刀排遣我们的失望。

一方面我想告诉艾玛真相，为她揭示我离开的真正原因——我的双手，那些照片，我不想原谅那个司机，另一方面对我又变成现在的样子我也难以承受她的失望。无论我多么努力，都不能从这些事情中找到幽默。不管勒罗伊如何相信，我都是一个小偷，而不是喜剧演员。

母亲在我收到漫画书的那晚曾经告诉我，笑声是当上帝原谅我们的错误时发出的声音。我想从这些折磨我的可怕真相中听见这声音，但有的只是一阵安静。我不断地告诉那把大椅子我小时候曾做过什么，但只说到了照相机。我未能对任何东西哪怕是一块石头说过我还没有原谅那名司机。回想起来，我不知道我允许了自己多少次去憎恨那名司机夺走了我的至亲。不管别人相信我的姐姐们去了哪儿，但他们终究不跟我们在一起，这给了我无数次去憎恨的理由。

1984 年的新年前夜，我和勒罗伊的朋友们一起在他的电视中看见时代广场的水晶球降落下来，他的朋友们是来参加年度 PDDLC：百乐餐晚宴及下流五行打油诗比赛。勒罗伊订立的 PDDLC 的唯一规则就是不要用从楠塔基特岛来的人作为打油诗的开始。我不知道楠塔基特是什么，也从未听说过五行打油诗。我坐在沙发上听一个退休的数学教授朗诵。

有一只聪明的狗名叫霍雷肖，
它设计了一个数学比率：
总数空间
从它的胯部到他的脸
跟单独口交是相等的。

所有人都笑起来了，但我还在把这几句英语翻译成德语，根本没有听过什么是口交。我强装出微笑，然后其中一个人走过来拍拍我的肩膀说："丑丑，轮到你了。"

我坐在沙发上，感受到人们期待的目光，甚至露丝安妮都感觉到了我的恐惧。"去吧，丑丑，"她温柔地说。"一切都是公平的游戏。"

我放下从咖啡桌上的盘子里拿的纸杯蛋糕，擦干净嘴巴。我对作诗一直都很在行，特别是在跟我姐姐们学习的那些摇滚歌曲的歌词。在那天晚上我至少听了十二首五行打油诗，某些比其他的更下流，我知道韵律是什么，也作出了我这自己的打油诗，即使我不确定翻译成英语是不是正确的。但是大家都在等着。

你听说过迪赛试衣工吗

他们从来没有时间上厕所

他们不是无偿工作

他们为女人们做长筒袜

因为这，他们经常十分痛苦。

起初没有人说一句话。露丝安妮给了我另一个纸杯蛋糕，不能看见我还没有说完第一首；然后勒罗伊鼓掌并鼓励我再给他们多讲点儿。

"什么是迪赛试衣工？"他问。

我告诉他们我听说过的李维和阿莫斯埃希兄弟俩的事情，他们在一个秋天暂停了在烟草仓库的工作而在女用内衣裤厂找到了工作，做女人的"连裤袜"，他们这样称呼。"但他们还是丢掉了那份工作，然后到这座城市的一家职业银行找到另外的工作，"

在那儿工作的一个女人们问他们之前是做什么的，他们说他们之前是迪赛试衣工。她睁大眼睛看着他们并说之前从未听说过这种工作。阿莫斯指着李维说："我检查连裤袜的质量，李维检测长短并说出了'迪赛试衣工'，从此以后这个词组就被创造出来了。"

观众们和露丝安妮发出叫喊，想要我讲更多。我告诉他们我并不是想讲笑话。这是个真实的故事。所有人都知道艾希兄弟不是锯木厂里最锋利的刀片。但是我越是想着他们的故事有多么荒唐，这让我看起来是多么的傻，是如何把我们所有人弄来做比较，我也就越是笑得厉害。我们的笑声充满了勒罗伊的客厅，就像是气球里充满了热气，这让我渐渐明白——无论何时当人们一起发笑，他们就创造出了一种共同性。

我相信这只会是一件好事情，人们也相信我已准备好融入这个共同群体。他们面朝勒罗伊宣称道："丑丑已经准备好要看见椅子后面的你了。"

我注视着他们，认为这是他们的笑话。

"我每天都看见勒罗伊在椅子后面。"我说。

"不，《与凯撒一起在椅子后面：一个理发师的忏悔》。"他们边说变笑得东倒西歪，"你在周二晚上还没有见过他。"

这年的第一个周二，勒罗伊似乎有点紧张。这是自从我到这儿以来的第一个他没有问我夜间安排的周二。他甚至没有跟我纠缠艾玛的事。更大的威胁让他心烦意乱。回想起来，我确定勒罗伊更想去看电影，但他这一次迫使自己对着我而不是它们坦白。这就是他们乐趣的一半，看见我对真实的勒罗伊的反应，但是在 1984 年 1 月 3 日那天，我还完全没有准备好遇见他。

难怪勒罗伊需要抗酸剂。在那之前，我一直认为他每月初的焦虑与租金和公共事业支出有关，而不是害怕会在表演《与凯撒一起在椅子后面：一个理发师的忏悔》的时候身体不适，这是一出喜剧脱口秀的固定节目，是他在聆听了只想对勒罗伊告白的顾客多年之后创造出来的。"我从椅子上听到了比大多数精神病学家一生中所听到的真实故事都多。"他说，尽管我那是还不知道什么是"精神病学家"。我猜他认为病人听陌生人的话最终会受益。他梦想这个节目会让他去纽约或者好莱坞，并最终风靡全世界。

"肚子又疼了？"在我放好草坪躺椅的时候问他，我们尽可能舒适地躺在了椅子上面。

"不。"

"你今天已经吃了一半的抗酸剂了。"

勒罗伊咒骂着我们的工作。显然地，耶和华见证人 [1] 拒绝跟他续签折

---

[1] 耶和华见证人（英语：Jehovah'sWitnesses）是于 19 世纪末，由查尔斯·泰兹·罗素（Charles Taze Russell）在美国发起的基督教非传统教派。现已发展遍布全球。

叠椅租赁合同，因为勒罗伊没有参加他们的集会，而他之前曾许诺要参加。当他们在那天上午出现在店里的时候，他说："引用一句亲爱的已故的桃丽丝·帕克女士的话，我太他妈忙了，反之亦然。试试忍受对这个的见证吧！"

我睁大眼睛瞪着他。他只是说了句："抱歉。"

他为他邀请的这群吵闹的大学生和年轻的主顾而感到担心（他在很晚的时候才开始表演，在晚上十点，以阻止年老的人来观看，声称接近死亡的人会因太痛苦而笑不出来）。让人更担心的是，我不确定他写的这些东西适不适合我，或者对那些会挤满店里并期望大笑的人们有效。

他们大部分人都是白人并且较年轻，除了他认识的有时帮他给理发店刷涂料的拉美裔男孩儿。一群大学男生从派对到这儿来，喝醉了酒并且浑身散发着烟酒味。我站在门边，帮他们取外套，并收钱，勒罗伊要把它们捐给北费城的一家收容所。在我身边坐在高脚凳上的是露丝安妮，她从宾果游戏厅回来待在家里，想给勒罗伊精神支持。

我得知勒罗伊的自白会没有打广告就吸引了来自本县各地的人们。他靠的是口头宣传，并认为如果他所做的材料有希望，他就会通过出席者而知晓。45 个人在周内的一个夜晚，在 10 点过后把理发店塞得满满的，已经说明了他们信任勒罗伊所要讲的就是他们生活中所极度需要的。

他爬上了那把老旧的理发椅，十分安静地坐下了，把手放在膝盖上，并调节一下麦克风，然后擦擦眼镜，由于聚光灯的热气和屋里人很多都起雾了。

"孩子们准备好听精彩的故事了吗？"

准备好啦！

"下定决心了吗？"

是的！

"好，现在该轮到我出汗啦。"

发出一阵笑声。

"这个忏悔故事是新的。你们可能想知道接下来我会选谁的故事来讲，对不对？在新年的开始之时哪一个秘密会倾倒出来？好吧，大家坐下来，放轻松。这个忏悔故事不是你们的，而是我自己的。所以现在你们可以放松了，停止猜想谁会是今晚的话题。老勒罗伊有圣诞礼物要给你们。你们要知道的是这次演讲语法上不会完全正确。甚至或者在政治上也不完全正确。希望你们不要介意。"

欢呼声接着是咯咯的笑声，从那些紧张地等待别人把自己的故事公诸于众的人们发出。勒罗伊的眼睛从孩子们的头上扫视，在黑暗中寻找着我的目光，他找到后深呼吸了一下便开始了。

"我是一个浑蛋。"

他不需要再继续往下说，人们就已经哄堂大笑，并弯下腰来缓解其带来的疼痛。我在"英国人"之中生活的时间已经足够长，知道没人会称他们自己浑蛋。他们只这样称呼别人。

"现在你们在笑，但我要告诉你们的是真实的事情。我一直不知道我的父亲是谁。我的母亲是餐馆的服务员，有一天她和一位在贮木场开叉车的人发生了关系，那个人就是我父亲。我的母亲不想我也一辈子开叉车，她想要我接受到良好的教育。在我还是小孩儿的时候她就开始教我读书，在图书巡回车错过我们街坊的时候还会跑上数英里去追它。而那名司机被吓到了，并不敢把车开进丛林，其被我们称为北费城的防护罩。

我的阅读能力非常好，是因为我母亲的鼓励。她留下客人们没有吃完的馅饼和蛋糕给我吃，切下客人们的嘴巴没有沾到的部分，然后对着我说：'勒罗伊，你如果读书就可以吃到蛋糕'，所以我读了书。经过一段时间以后，我就不需要蛋糕了。我仿佛只想读更多的书而不是蛋糕。因此我的母亲就开始乘车带我去公立图书馆，在她每周休假的那天我们就会在图书馆待上半天，我们会坐在儿童区看书。她知道我喜欢《一个下雪天》，每次我们去图书馆我都会让她来读这本书，许多次以后她会说：'勒罗伊，这里有这么多书，你要让我听起来像一个出问题的录音机吗？'我会说：'再读一次，求求母亲了。我爱那本书，爱其中的韵律。'

但有一天,她逼着我去书架上探索更多的书,然后我找到了另一本书——《青蛙和蟾蜍》,书上面有一张大大的发着光的银色标签。上面写着'赢得某种奖品'。母亲就和我拿了这本书去借书柜台,那位女士看着我和母亲说,'对不起。这本书暂停出借。母亲看看我又看看她说:'是谁不让借的?我来这儿还从没见过不能暂停出借的书。为我儿子我花了四个月时间才找到另一本他喜爱的书,而你却告诉他暂停出借?我们再也不想读《下雪天》了。不行。他就想要《青蛙和蟾蜍》。'

这位图书馆管理员虽然年迈,眼睛却十分锐利,她透过用链子拴在脖子上的眼镜抬头看着我们说:'对不起,但是这本书已经被一位非常重要的小学老师预订了,是一家私立学校。

母亲捏着我的手,我能感到她皮肤发热。她很容易生气,我用手掌压着耳朵,心想她可能会爆发。'她为什么不从她自己的图书馆拿书。这可是公共图书馆!'然后这位图书馆管理员咽了口唾沫,抬头看了看,眼睛睁得老大,向我们的背后指了指。

'也许你可以自己问问她,女士。'

母亲低下头看我,但我已经转过头去看是谁在我们后面。一位高个子身材苗条的女人,她的皮肤白皙,大大的绿色眼睛像青草一样明亮,长长的深色头发卷在肩膀周围。我的母亲很漂亮,但不要误会我的意思,这位女士,她就像是一个天使。她还带着一个男孩儿。他看起来年龄跟我一样大,皮肤跟她母亲一样白皙,脸上的雀斑让银河都显得空洞。他也是一头红色卷发,眼睛就像是绿宝石。他看起来就像一个洋娃娃,我都想用手去戳戳看他是不是真人。而这位天使,她就在那儿给我们做出介绍,好像我们事先安排好见面一样。

'《青蛙和蟾蜍》也是利亚姆最喜爱的一本书,但是他都读了很多次了,我觉得他知道有人跟他一样喜欢这本书一定很高兴。'

红头发利亚姆,他微笑地看着我说:'这是最好看的一本书。'我接着说:'你喜欢《下雪天》吗?他回答说:'太冷了。我更喜欢下雨天。'我的母亲和那位天使,他们都笑起来了,那位图书馆管理员也笑出了眼泪,并把《青蛙和蟾蜍》递给了我。我和母亲就和他们母子俩一块回家，母亲夸耀说我有多么爱看书，还说我很爱阅读圣经的诗篇，读字的发音比牧师还要好。这位天使，她听着母亲说话，然后告诉我们她的名字是麦琪·奥布莱恩。在我们走过我们的学校时，麦琪停下来显得很关心，然后告诉我母亲说她想让我去她的学校上学，我想是作为她的客人去上一天学，但结果却是把我加入到了利亚姆二年级的班上！尽管母亲不是那么热衷于天主教，忏悔和圣母玛利亚，但他还是觉得这是一个很好的选择。或许修女们知道一些教育她的孩子的方法。她决定加班挣钱来还给麦琪·奥布莱恩给我买校服的钱，即使麦琪坚持说这是送给我的礼物。并且尽管麦琪为我安排了助学金，但母亲还是坚持要还这笔钱。当麦琪问母亲她在餐厅工作要如何才能凑到这笔钱时，母亲脸上微笑着说'叉车'意思是我的父亲，他欠我母亲养育孩子的钱，但是他却把它们花在了豪饮和赌博上。跟母亲想要给我良好的教育一样，她也想要教育'叉车'，让他知道不负责任的后果。送我去天主教学校是她对一个不知道教育的价值，而只相信人们从拳头里学得最好的人做出的最有力的报复。

我喜欢麦琪·奥布莱恩的学校。她是读书的专家，在十二月六号那天，她来给我们读《红蕨生长在哪里》，我们都坐在地毯上，被这个关于狗狗们的故事吸引住了，这时外面响起了争吵声。麦琪放下书本，走到窗子边，她停住了，看上去显得很担心，她站在那儿一动不动，而外面的争吵声也变成了号啕大哭。我听出了这叫喊的声音：'你这个狗娘养的。你得给我儿子付学费！'哦，母亲。我想她快要爆发了。我从地毯上站起来，麦琪让我坐下，但就在我打开窗户的时候，我看见了圣诞老人！而母亲正抱着他的后背，猛地扯下他的白胡子，用手抓他的脸，直到流血。圣诞老人吼道：'放开我，泼妇！并把她推到地上，还拿出一把枪指着她的头。我不知道那是我的父亲。我认不出穿着圣诞服的他，那是他从救世军那里偷来的衣服，想用它来筹钱，而不是用来发放礼物。那就是我记得关于他的一切。还有他开枪的声音。就一枪，让我母亲倒在了地上。就死在了我们早上用粉笔画的玩跳房子游戏的格子里。想象一下一个死去的女人和圣诞老人站在人行道上。警察们来的时候想要知道是谁的错，因为圣诞老人说他开枪打她是自我防卫。

多年以后当我在一家杂货店找到第一份工作，他们要求我写下联系人，以防紧急事件，我写的是圣诞老人。然后他们看了又看还给我打了电话问我：年轻人，这是不是个玩笑。我说这根本不是玩笑。他杀了我的母亲。

他周五出狱了。很长时间没有见过'叉车'，我不知道他是不是还适合穿圣诞服。从四十五年前以来我们每周都会写信。'叉车'在从牢房里出来以后总是问一个问题，因为他想去'朋友家'餐厅吃奶酪三明治。

我回信说：'亲爱的父亲，我能带你到你想去的任何地方。但为什么是朋友家？'他回信说：'因为在那儿他们会让我跟其他人一起使用厕所。'"

除了勒罗伊没有人动。他啜了一口水，注视着我们，他在椅子上看起来更高大了，并显得满怀期待。没有咧开嘴微笑，但尽管看上去像是在笑。我从未见过他如此的疲倦和脆弱，看上去他投入到他的忏悔故事中的能量比为准备它或者说为准备说给我听而失去个小时的睡眠还要累。

我之前不知道勒罗伊的母亲是被他的父亲杀死的。在我的内心里我觉得用"叉车"来代替父亲这个词更好，但是并没有缓解我看见他在舞台上的图景仿佛呈现出的是锯齿状的边缘。我知道勒罗伊来自北费城一个条件不太好的地方，他小时候住在贫民区。我知道在他生下来的第一个六年里他们家没有浴缸。谁知道还有多少勒罗伊从未拥有过的东西呢：校园里的安全，农场上的平静，开阔的公路，还有人们联系在一起的社区。勒罗伊从未知道我对天堂镇的美好展望。他的童年生活让我难以想象。我以前从未听说过任何人会故意地杀死别人，我不知道这个"叉车"会不会对自己做的事情感到悔恨。勒罗伊讲出他过去的故事让我感到害怕，因为并不是幽默让他强大起来的，而是他在原谅"叉车"里找到的勇气。

因为这个原因，我第一个鼓掌。我为他的勇气和对我们讲述的令人悲痛的真实故事而鼓掌，这个故事又"大"又"丑"，又因他而美丽。慢慢地，其他人都从草坪椅上站了起来，我们为勒罗伊·费舍尔和他心里所承载的秘密而受到了激励并欢呼雀跃。我们为自己心里的痛苦而感到振奋，想要像勒罗伊做的那样，找到一个方法来修补破碎的东西。

露丝安妮伸出手拍拍我的肩膀，要我牵她穿过混乱的椅子，来到舞台前，走上去用双臂拥抱勒罗伊，这使屋里发出阵阵口哨声。我站在他们后面，就跟我到这儿来的第一晚一样，但这次我明白了他们拥抱背后的秘密。我和勒罗伊的不同跟我们的肤色一样清楚。但不是肤色让我们区别开来，或者是我们的年纪，我们的教育，我们的生活经历。甚至不是因为勒罗伊是私生子，也不是因为我曾是个小偷。我们之间最大的区别就是我爱得不够，而他爱得很深。

九

在接下来的两天里，我因疯狂的行动而感到激动并且觉得神经紧张。我很难理解勒罗伊对与父亲见面有着如此荒唐而真诚的兴趣。他提到了很多想要跟父亲谈的事情：高尔夫球课，棒球运动，门廊上过期很久的话题。

勒罗伊好像是在等一位老朋友的到来。"叉车"还没有到来就已经成为了一位珍贵的朋友。我不能理解这个，它让我感到烦心，不是因为他们的关系威胁到了我和勒罗伊的关系，而是因为如果我知道我将要见到他，我就一直在想该如何准备面对这位司机。这让我很恼火，但更多的是忧伤，因为我从未想过要欢迎他。我从未想象过要像勒罗伊爱他的父亲一样爱他。

在"叉车"到来的前一天，勒罗伊把一张床架搬到了店里。他说他在街边的车库旧货拍卖会淘到了"金子"。起初我以为他是要把我的简易床换成大床，我还很感动。在组装床到一半的时候，勒罗伊提到让我把我的简易床挪挪，给床头柜腾出位置。

"我们为什么需要一个床头柜？"我说，用旧可乐箱装我的书我已经十分满意了。

"'叉车'喜欢看书。我想一些唤起他回忆的好的旧东西能让他惊喜。"

"那是什么?"我问,想知道"叉车"喜欢看的书是不是那些女孩儿杂志。

"漫画书。我想我会让他翻阅我收藏的《勇敢的船长》。你还有它们吧?"

我点点头:"你想要回去吗?"

"就一段时间。直到'叉车'把它们看完。那些书是麦琪给我的。"

"是那位天使给你的《勇敢的船长》?"

勒罗伊从床边抬起头:"圣诞节前一天给我的。在我母亲的葬礼上。它们本来是送给利亚姆的,而她对他解释了为什么要把他的礼物送给我。她说找到再次笑起来的方法很重要。'勇气就是帮助男孩儿笑起来的英雄。'她告诉我。这就是为什么我把它们给了你。我希望我的父亲会理解。你从里面得到什么了吗?"

我点头,"是的。"我说,要把我的伙伴书给别人让我感到一阵刺痛。

"很好。我希望这会让他感觉像是在家一样。"

"家?我以为他只是来拜访一下?"

我手中握着螺丝刀,这句话语让我感到难受。勒罗伊从口袋里拿出一块有些脏的手帕擦了擦他的两鬓。

"我以为你明白,丑丑。'叉车'要和我们住在一起。"

"住在一起?"我问,并感到喘不过气。

"你会跟我住一个房间。"

我抬头看着他,感到一阵令人恶心的愤怒、悲伤、绝望和背叛交织在一起的感觉。就像是一场龙卷风,洪水、飓风或者地震立刻发生,而我匆忙地想要找到地面但却不能。我还记得挂钟的滴答声和一月的寒冷聚在我心口的感觉。好像我在外面世界的旅行到现在已经走到了尽头。我拒绝跟'叉车'分享我的房间,或者我的生活。我站起来拿走外套想要离开。

"你要去哪儿？差不多午夜了。"

"出去，"我边说边拿皮带，"我需要走走。"

"好主意。我也是。"

"我不想要你的陪伴，"我说，"或者是你父亲的。"

勒罗伊顿住了，看到我冰冷的注视，显得难以置信，他的身体突然无力了，好像我对他开了一枪。

我想要在外面走得尽可能远，而不是回家。从斯特拉斯堡只有两个方向走。往北走差不多一英里，就能走过一座微型的红色桥，"阿米什桥"是"英国人"对我们真实生活场景的令人厌恶的复制品，并把它高价卖给了游客。勒罗伊称它为波将金桥。每次我们开车经过它的时候他都会说"伪造的"这个词，我们朝西走就到了兰开斯特的中心城区，带露丝安妮去医院注射，并拿关于她血糖的检验报告。朝东走就会带我到一些熟悉的地方，如因特科斯，但我不想冒险跑进那些帮派人群里，他们把他们的卡车存放在停车场上，希望他们的父母会以为他们只是在那儿买果酱和果冻的游客。对我来说，适合我前行的唯一方向就是南方。

我在人行道的尽头停下了，放开凯撒的皮带。大街缩小成了两车道的乡村公路，直通向邦克山，在那里有铸铁做的栅栏围绕着我姐姐们的坟墓。

我为凯撒打开门，踩着积雪走向我姐姐们朴素的墓碑。那晚我不是来陪伴她们的，而是来寻找她们的陪伴。在这个世上没有人有能力安慰我或者让我从勒罗伊告诉我的新消息里缓和下来。我想用拳头打他同时想又拥抱他，而这让我更加激怒，因为这种愤怒不好，对我也没有帮助。这种愤怒真实又尖利，就像是我身体在痉挛，折磨着我。没有任何感觉或许还更好。"叉车"的到来，让我焦躁不安，就像是用皮鞭打了一匹野马一样。要原谅就要我接受过去和现在的一切，跟勒罗伊不一样，我不愿意，并且拼命地想要改变。但我无论如何都不想看镜子，我会看见勒罗伊在镜子里看着我，等着我，但是我还没有原谅那个司机，或者原谅我自己。

那天是1月6日，是主显节，在那天我的家人们跟朋友们会一起庆祝耶稣诞生。那是意味着平和的一天。但如果平和需要我付钱，那么我想我在接下来的一生中就会是个穷人。想到这让我大笑起来，头都笑疼了。控制不住的笑声带着控制不住的泪水，在我的脸颊和下巴上冻结了。我倒在雪堆里，感觉到湿冷的雪水浸入了我牛仔裤的膝盖处，我的肩膀像是弹簧一样上下摆动。我用拳头敲打着积雪，很大声地笑了很长时间，过了一会儿我才意识到我可能会把山谷里的所有人都吵醒，包括我的父母。听见笑声在邦克山上的墓地隆隆作响，会让他们相信他们祈祷的力量，即请求上帝把我带回家。

我终于明白了勒罗伊所说的笑声就是对荒唐做出的批评。我坐在墓碑对面，抬头看着漆黑的天空，心里想上帝是不是和勒罗伊有过共谋，要教我原谅的意思是什么。我感觉自己的心就像是衰竭了，我把被雪水浸湿的膝盖拉到胸前，透过眼泪我看见了一个年轻男孩儿的幻象坐在我面前的雪地里。我看不见他的脸，他穿着一件黑色的有兜帽的斗篷，浑身发抖。我放下膝盖站了起来，慢慢地朝幻象走了过去，接着蹲伏在他面前，用我的双臂围绕着他瘦弱的肩膀，抱着他，直到我自己的身体因为寒冷发抖，他就消失掉了。我不知道那晚在雪地里待了多久，但那是我一生中睡得最熟的一觉。

是姐姐们的声音把我叫醒了。

我从邦克山上吹来的风里听到了她们对自由的请求，"放我们走。"她们一遍又一遍地低声说出，好像她们也是在推着我往前走。在那之前，我从未思考过要让我的姐姐们离开，因为抓住她们是我所知道的让我们幸存下来得以安心的方式。让我更害怕的不是失去这部分的自己，而是若她们离去又要用什么来填补，这让我浑身发抖。我需要时间学会对自己不要那么认真，我需要时间再次笑起来，我需要时间在人们之间活下去，而不是死亡。

在从墓地回来的时候我没有想到理发店会锁着门，勒罗伊也不期望再次看到我。他把我的行李装进了箱子里，里面装着我的衣服，一半是阿米什人的服装，一半是"英国人"的服装，和一个装着花生酱三明治的棕色袋子一起放在了后门的门廊外面。在它旁边是一小盆紫罗兰，一盆"响铃傻瓜"，用一张白色的丝绸包裹着以防止冻伤。在叶子中插着一张纸条：

在你学会原谅之后再敲门吧。

第四部分

一

没有人告诉我回家是"徘徊期"最难的事。如果在我离开之前曾对适应阿米什人的世界有所怀疑，那么现在我对自己就更加怀疑，因为我不确定会不会找到那台相机，并且完成姐姐们的心愿。我只有信心完成自己的任务，关于释放我姐姐们的灵魂让我感觉自己像勇敢的船长，但是我并不打算当一名英雄。对阿米什人而言没有英雄可言，有的只是殉道者侍奉上帝的人。但是我必须承认，当我知道有机会去为他人服务的时候，那种感觉很好，这也是我一生中唯一做对了的事情。

我带上手提箱到迪凯特的边境，搭了一辆运奶车到斯特拉斯堡铁路站，在那里我可以住在由守车[1]改造成的汽车旅馆里。旅馆的老板曾经是勒罗伊的顾客，我还给他刮过几次胡子。我问他我能否每周给他刮一次胡子来作为我的房费。他觉得我可怜，认为是"叉车"把我赶了出去。我没有纠正他，现在同情心也起到了作用。他把世纪之交时期的亮红色守车的门钥匙给了我，并且重新翻修了大肚火炉，添置了一台小电视。然后他伸进衣服口袋，递给了我一包零食和一罐百威啤酒。

我谢过他，并且对他承诺我在这个月底就会搬走。我计算着应该花不了多少时间就能找到照相机。毕竟，我的父亲是一名拍卖师，而且我也去过很多当铺，所以我知道在这里应该先去哪一家。但在我开始行动

---

[1] 守车，又称望车，是挂在货物列车尾部运转车长乘座的工作车

之前，我坐在双层床的床沿上，点燃了我人生中的第一支烟，喝了我人生中第一口啤酒，直到我开始头晕、打嗝，然后像"英国人"那样睡去。

　　曾经我在勒罗伊那里学会了典当，我深深地明白当你典当时，你抵押的不仅仅是物品，还包括了你的荣誉甚至是生命之类的东西，这也是我打算用相机所做的。我乘坐公共汽车到了城里，穿过两个灰色水泥做成的街区，来到了皇帝东街的当铺。当铺的老板认出了我，并向我招手。他站在储藏室的门口，背对着我，我能够听得出来他是面对着顾客，但是我却看不到。

　　"你的父亲还好吗？"

　　"很好。"我说，听见熟悉而古怪的声音从另一个门传出来。

　　"最近都没怎么看见他。"

　　"他不喜欢在下雪天开车。"我说着并躲到一排古老的灯具后面，然后在走道的尽头转向装着相机的架子，看见的大部分都是美能达相机和更旧的柯达相机，但是没有跟我丢失的莱卡相机相像的。我从未见过单反机，于是我从中拿起了一个，对于通过镜头看到东西变形我毫无准备。储存室外，柜台里站着的是艾玛·贝勒，在她旁边的是阿莫斯和李维·埃希，如果不是李维·埃希的笑声，我几乎快认不出他。我的头发现在比他的短。长长的金发遮住了他的双眼，看起来就像在脸颊和下巴上的窗帘。如果他穿上除了牛仔裤和印有滚石乐队的连帽运动衫之外的衣服，我根本认不出他。阿莫斯将自己隐藏得更好，他身上的标志是受人尊敬、负责任、受过洗礼的阿米什男性：他身穿黑色羊毛外套、黑色背心、黑色的裤子、清爽的白色 T 恤，戴着黑色的毡帽。但是即使他戴着宽帽檐的帽子，也不能隐藏他眼睛里的诡计多端，也不能隐藏他失去的纯真以及他和他哥哥在过去十年的徘徊期里所制造的麻烦。

　　对我而言，低下头通过相机看他们是一件好事，因为我确实不想抬头和他们打招呼。低下头看你面前的事物是观察世界的一种奇怪的方式。这让我感觉好像我侵犯了他们的隐私，因为他们都不知道我正在注视着他们。这也同样让我感觉像上帝一样，即使我没有能力改变我所看到的事物。

他们在整理收银台前面地板上的架子鼓。最令人吃惊的是上面描绘的艺术品。从马车里探出了一个阿米什姑娘的影子，斜照在最大的桶的底部。她摆出一种诱惑的姿势。她的软帽滑了下来，背弯曲着，雪白的颈部又细又长，她伸出手臂想要把帽子扶正。

"我们现在开始吧，我们要把它当掉，这是摆脱掉它的方法。"阿莫斯说，指着架子鼓。这一切看起来都井然有序，就像他们站在市场里放置水果一样。

我一直认为阿莫斯没什么领导能力，尽管他常常在很多事上占上风，即使他的哥哥在身高和样貌上都比他有优势。但是在那年我慢慢开始学会的是，事情往往不是我们表面所看到的这样。任何诚实的阿米什人都会告诉你很多关于我们的故事。

阿莫斯想要这套鼓的心情比鼓的主人想要把鼓给他的心情更热切。他坚持着，强调着艺术工作的创意性。当铺的老板不同意，他告诉阿莫斯能够得到架子鼓原来一半的价格就已经很幸运了，要么成交，要么离开。

当我看见艾玛看阿莫斯的眼神时，我停止了听他们之间的争辩。艾玛看着他，不是大多数人看阿莫斯时那种惊恐的表情，而是温柔和充满同情的表情，这种表情令我不安。她凝视他的眼神，显露出的不仅仅是兴趣，而是钦佩，好像是收到了一份珍贵的礼物——他的出现和他为了她放弃架子鼓而做出的牺牲。阿莫斯擦过她的手臂，艾玛并没有移动，而是凝视着他微笑。

我站在那，咬着嘴唇，试着回想着让艾玛·贝勒进入埃希兄弟生活的一连串事件。这跟大多数的阿米什姑娘不同，他们通常只会跟家里的朋友或者家人特别是她的兄弟一块闲逛，这对周围的人来说也更容易接受。埃希兄弟是我们县里艾玛的哥哥们会永远赞成陪伴在艾玛身边的最后的男孩。并不是因为他们有好的职业或前途，而是因为他们在乐队里。

但是当现金出纳机一打开，当铺老板将一小叠钱放到阿莫斯手中的时候，他们的乐队就解散了，好像地板都已经断裂，一些无形的线将他们分得更开。阿莫斯拿着计算器，背对着利瓦伊。艾玛看起来安心了，在她的围裙上拭擦着手，好像触摸那些鼓是她有生之年做的最肮脏的事情，并且希望在受洗之前不要再碰到这样的东西。

然后艾玛转向阿莫斯，拥抱着他。

阿莫斯笑着，呼气声像是一只从谷仓大火里营救出来的受伤的动物。对于他的好运我应该感到高兴。我本应该为看见他盛装打扮并很好地代表了我们而高兴，但是我却感觉很糟糕。嫉妒，姐姐们曾经告诉过我，是魔鬼的把戏，会使你的注意力从上帝已经赐予你的东西上移开。如果这是正确的，那么毫无疑问，那天我将注意力集中到了错误的事情上。

我紧紧抓住架子，不让自己跪倒，祈祷着他们不要看见我。但是往往事与愿违，不仅我掉到地板上，整个装相机的架子也被我弄倒，和我一起倒在了地板上，每个相机的镜头都被震碎。我躺在地板上，被相机包围着，有些相机在我的上面，有些在我的下面，我弯着手臂围着一个长镜头。

"伊莱？是你吗？"

我睁开眼睛，看见艾玛、阿莫斯和利瓦伊都向下盯着我。我感觉有人用膝盖顶着我的背，将我支撑起来。我感到头隐隐作痛，用手摸着后脑勺，发现有一个小的肿块。当铺老板仔细检查着被损坏的物品，哭喊着："你必须负责！你必须照价赔偿！"

"对不起，"我说，"这是个意外。"

"是他的手造成了他的麻烦。"利瓦伊说着，猛扑到我的手臂下面，在艾玛面前把我举了起来。艾玛用她祖母绿般的眼睛看着我。"让我们帮你。"她说，伸手扯掉粘在我手掌和手指间的玻璃碎片。我整个人僵硬了。经过这几个月后，如此近距离地站在她面前，闻着她的香气，让我里外都颤抖不已。跟我想停止颤抖一样，我也找不到任何方法停止我内心现在的激动。我想知道这种感觉是不是触电，并且这也是阿米什人禁止它的真正原因。

长时间没人说话，直到艾玛打破沉默，她表情严肃地说道："你从佛罗里达回来了？"

我点头，感到 Esh 兄弟的眼神在我的头部和我并不想剪掉的头发上移动。

"在佛罗里达的人喜欢剪平头？"

"有时候是的，如果你问的话。"我说，回避着艾玛的注视。

"那边的天气还好吧？听说那边很热。"

我点头。

利瓦伊，一个看起来无论在生活中遇到什么事都不会苦恼的人，目瞪口呆地看着我。

"这比我剪得最差的头发都还要难看。"他说，引起了所有人大笑，我们笑得太厉害了，以至于我没有感觉到众多玻璃碎片刺在我的手里。当铺老板不知道我们在笑什么，但因为他认识我父亲并且需要回去照顾生意，就离开了，迅速回到了柜台。我向他要了一把扫帚，打扫着地上的碎片，艾玛蹲下身子，将玻璃碎片捡到一个铜制的簸箕里面。利瓦伊和阿莫斯清理着架子，帮忙把照相机排列整齐，但是当铺老板让他们停下来；因为对照相机而言，没有了镜头就毫无意义。

"你想拿相机干吗？"当铺老板问。我咽了咽口水，感觉每个人都带着有刺的感叹号般的眼神看着我，而艾玛最甚，这让我考虑着我应该说什么。阿莫斯为我做了回答。

"你不知道吗？"他问。

艾玛摇头。

"伊莱在偷灵魂。"他开玩笑似的说着。

他的眼神让我感觉像铅一样沉重。然后利瓦伊跟我对望了一眼，并且尽量轻地将阿莫斯推出门外。

"我们去把卡车预热。"

艾玛在门边停了下来，她的好奇心战胜了她。她看着我，戴好她的祈祷帽。

"伊莱。"她说。

"嗯?"

"我们会等你的。"她说,然后推开门穿过停车场,爬进了在明媚的冬日里喷着烟的黑色的道奇卡车里面。

当铺老板盯着我,仍然很生气,他叹息着说道:"伊莱,你想要哪种相机?"

"莱卡 M3。"

"你父亲难道都没碰到过这款相机?这让我很吃惊。"

"还没有。"我说,眼睛一直盯着艾玛的方向。

当铺老板眼光下移。

"你父亲有没有告诉你它们的价值?"

"没有。"我说,希望艾玛别坐在卡车前面,埃希兄弟的中间。

"这可能会让你震惊,但是那些相机要值 1000 美元。谢天谢地它们不在架子上,没有被你损坏。"

我的视线从停车场转移到了当铺老板身上,怀疑地看着他。"1000 美金?"

"那是收藏品,准备送往三月的费城相机展。"他说着,递给我一张卡片,上面印着地址:特沃斯,旧林肯高速公路,雷迪森酒店。"花两块钱就能进去。如果日本人没有全部买下,你就有机会用你的手拿到一些。"然后他向下看着我的手,说道,"只是也许。"

在我离开当铺之后,并没有打算去李维·埃希的卡车那儿,但是他在驾驶座这边按着喇叭,并朝车窗外叫喊着。

"让我们送你回家。"

我抱怨着。那就是问题所在,我想。

"怎么了?"

利瓦伊把车开到我身边等着,车的引擎发出噼噼啪啪的声音,他踩着油门,试图保持生锈的发动机正常运转。我看着车身上印着的金属字——"道奇"，想知道这是不是上帝的指引。但是因为我从未为上帝的指引激动过，并且在那天确实我没听到任何谁说的话，我唯一收到的是无法拒绝利瓦伊的帮助。艾玛在卡车里叫喊着。

"伊莱，快上来吧。外面很冷，你会被冻死的。"

挡风玻璃上的霜让艾玛的脸显得很扭曲，这看起来很奇怪。我站在覆盖着雪的车前面，车上的金属铬闪闪发光，有些变脏的棕色冰挂嵌在空气格栅里。当我还是孩子的时候，我曾经坐过一次黑色的道奇卡车，但现在看起来还是像个怪物，虽然我现在更了解这种车了，不过我还是不愿意乘坐。

"我坐公共汽车就好了。"我说。

李维点燃一支烟，清了清嗓子。

"那不安全。"

"那和你们一起呢？"

"你这是什么意思？"他问道，显得有些受伤。

"什么意思？"阿莫斯嚷道，"他会开得很慢的。"

"他会开得很慢的。"艾玛恳求道，"他也向我保证过。"

让我担心的并不是开得快或开得慢的问题，而是我们的目的地的问题。李维想要带我回家，但是对我而言，我不知道哪里才是我的家。

二

我们四个坐在卡车的前座，没有说一句话。积雪很厚，城市的街灯在我们身后发着光，就像是暮色里散落的光晕一样。我们穿过一个停车标志和一个闪烁着红灯的十字路口。我们的车滑过了一块黑冰，李维不停地按着喇叭。

"你难到不停车吗？"我问，感觉我的心脏剧烈地跳动着。艾玛也很害怕，她的手放在大腿上，将她黑色的裙子握在拳头里。

"通常情况下，会的。但是灯闪烁着的话就可以有其他的选择。"

李维说。

　　我发现艾玛眉毛上扬，我们都不知道李维说的关于闯红灯的事是不是实话。即使我们都从十二岁起就开始驾驭马车，但相对而言，他是我们里面比较有经验的司机。英国司机和阿米什司机的差别是阿米什司机是防御型司机，马车不得不让着汽车，也就是说在你能看见汽车驶来的时候。

　　"李维，这可没得选择。红灯意味着停下来。"阿莫斯小声说道。

　　"我以为那是黄色。"

　　"黄色在中间，红色在上面，绿色在最下面，难怪你还没拿到驾驶证。"阿莫斯说，好像他对这种场景已经司空见惯。

　　"什么？"我问道。

　　"李维是色盲，他未通过考试。"

　　李维叹息着，太阳镜遮住了他此时的神情："那跟色盲一点关系也没有，是我不能平行停车。"

　　"讨厌融入。"阿莫斯说，好像在解释他哥哥和整个世界本身的关系一样。

　　雪下得越来越急，能见度不足一英尺。李维喜欢在开车的时候抽烟。他说这能缓解他的紧张，使他平静下来，但是那天下午他绝不平静。他紧握着方向盘，脚踩着油门，车左摇右摆，差一点就撞到了电线杆上。他似乎很高兴看到他弟弟畏惧的表情，但是他听见艾玛说的话，看见她颤抖的双手在膝盖上摆出了祈祷的姿势。

　　"我只要求安全地将我们送回家，"她说，"求你了！"

　　我们从林肯高速路东边转下，经过一家五金店和一家向冬日的天空排着烟的工业厂房。交通慢了下来，像在爬行一样，我们把车开到路边，让一辆救护车经过，有几辆其他的车滑离了公路，开到了浅堤上。

　　"也许我们应该等等。"我说。

　　"等什么？在这里困上一夜？"

　　"扫雪机应该会来的。"

　　"不要紧，如果我们等太久，汽油会用完的。"李维用高地德语说道。

阿莫斯倾身看着计量器。

"汽油是满的。"他说。

"指针永远都在那一边，"李维说，"它已经坏了一阵了。"

"那还有多少油呢？"我问，感到寒风从客座窗户这边的缝隙里钻进来，这边窗户的玻璃是用胶带补上的。

"现在够用了。"李维说。

"当用完的时候他总说足够。"

"用完了吗？"我问。

"还能跑几英里。"

"艾玛明确说过斯特拉斯堡的另一边全是山路。"

"幸运的是，"李维说，"从那开始全是下坡路。"听起来他很乐观，但阿莫斯看见他哥哥得意的笑却在冷笑。

"你认为这很有趣吗？"

"不，弟弟。我并没这样认为。"

"你知不知道今天晚上到达主教的家里对我们而言有多么重要。"

"别紧张。贝勒主教还没有将他的栅栏漆成蓝色。"

阿莫斯倒吸了一口气，眼睛睁得老大，跟我见过的公牛眼睛一样。将栅栏漆蓝的含义源于阿米什的民间习俗，当家里的女儿到了出嫁的年龄，就会给求婚者暗示，邀请他们来敲门。这一切都开始说得通了，但是这却让我颤抖。

"去告诉她吧，阿莫斯。我们有的是时间。"

"告诉我什么？"艾玛问。

"我加入了教会。"阿莫斯声明道。

"真的吗？"

阿莫斯点点头。艾玛笑了。

"我父亲听到这个消息一定会很高兴的。"

"但这并不是他加入教会的全部目的。"李维说道，"艾玛，他想和你结婚。这是不是你和你父亲听到的最好的消息呢？"

艾玛猛的一下闭上了嘴，就跟相机快门的速度一样快。李维咆哮道，阿莫斯缩着身子，我清了清嗓子，想要找到我的嗓音，但是我的心跳太剧烈，就像是一个拳头穿进了我的胸膛。

"你不能娶她。"我说。

"为什么不能?"他问。

"因为……因为她还没有接受洗礼。"我努力地想着应该怎么说，即使我想说的是因为等某天我学到更多关于爱的东西的时候，我要跟她结婚。

当李维将卡车开回公路上时，我感觉到我们之间的紧张气氛，卡车座椅因我们动来动去而被弄得吱吱响。好像自从李维提到蓝色栅栏后就再也没有说过话，并且很恐慌，我推测，她的恐惧更多的不是因为在暴风雨中行驶，而是因为我还没有说出口的一切。

李维在汽油表这件事上没有撒谎，在经过啤酒售卖店的时候，汽油用光了。卡车划过被冰封的桥梁，最终停在了雪堆里，在这之前我们设法滑行了 0.8 英里。卡车的发动机罩被掩埋，车轮被淹没在老工厂下面小溪里冰冷的水下面。

李维的那边撞到了桥上用石板做的墙，我们不得不爬着穿过靠乘客座位的窗户。我最先出去，陷入了雪地里，我脚跟的骨头和脚踝处最先感受到寒冷。我还没来得及思考将陷进去的脚移出来，艾玛已经开始准备从窗户里冲出来，她伸开双手，希望我能拉她一把。我站在那，就像被雪冻住了一样，寒风吹过我的鼻子和脸颊。

"伊莱，给她搭把手。"阿莫斯从卡车里大声叫喊道。

"伊莱?"艾玛向我挥着手，"快过来帮帮我!"

我看着他穿过窗户的角度，思考着应该给她我的哪一只手。我的双手因为在当铺发生意外依然疼痛，我不确定是不是每一个玻璃碎片都已经被取出。我决定应该在她的腋窝下抓住她，就像抓住一只小牛一样，然后把她从窗户里拉出来。但是最后，由于我拉她拉得太快，她跌倒在了我的身上，我们俩同时掉到了雪堆上。我们砰的一声柔和地着地，她的身子压在我的身上，我们脸贴着脸，她温暖的脸颊就像是我在有生之年都不能见到一百万次日落那样不可思议的美景。我紧张地吞咽了一下，我感觉我的喉结压到了她光滑的脖子，轻轻地，但已足够长地让我们两个都去感受。接着我又再次吞咽了一下，我们再也不会忘记这种感觉了。

尽管世界在旋转，但我依然像我以往一样撒了谎。也许是雪本身的缘故，我从未经历像此时这样安静的时刻，即使在祈祷的时候。我又有一种触电的感觉，我很想问问艾玛是否也有这种感觉，但是我没有问，只是听着她心跳的声音。听着她心跳的声音让我开心地笑了，感到比夏天的任何一天都要温暖。

我相信，如果我们再像这样相互压着，艾玛和我将会把这个雪堆融化掉。阿莫斯将艾玛从我身上拉了下来，又用雪球打我的头，他知道我脸发红与这恶劣的天气无关。他抱怨道："也许你脱掉衣服会很酷。"

李维向我扔了另一个雪球，说道："干得好。"

艾玛的脖子和脸颊像春天里开放的红色郁金香，她拾起落在雪地里的祈祷帽，将它系在她的下巴下，确保把流苏打成蝴蝶结。她解开黑色的围裙，弹去像皂片一样暗淡的雪。她的手指摇晃着，嘴巴喋喋不休。但是她仍努力地蹲下去，并且在我们分辨出她的手里拿的是什么东西之前，三个完美的雪球已经朝着我们砸了过来。

"哎哟，艾玛！"

"咳！"

"你就这些能耐吗？"

我们都怀疑地看着李维。艾玛在她的臀部后握紧了拳头，带着一种我还没有见过的她所模仿的狂暴，她在三十秒中所做的雪球比她之前在同样时间里所做的面团还要多。毕竟她是一个面包师，虽然雪球很小，但她知道如何恰到好处地压紧雪球。

她用这些雪球开火，一些打到了我和阿莫斯，然后我们就一起轰击李维·埃希，他把我们带到了这个糟糕的处境，这是他应得的。

当我们结束的时候，李维仍然保持着跪着的姿势，我们也不知道到底有没有伤着他。这一切要么是打得鼻子流血，要么就是迸发大笑。这两种都有可能。我开始笑。艾玛和阿莫斯陷入雪地里，没过一会儿，我们全都哈哈大笑，笑得后来嘴都僵硬不能说话了。

"让我们把你扶进去吧。"我说，我的话在寒风中显得含糊不清，虽然我不知道我们应该怎样进入那栋旧工厂。

我向上看着工厂的窗户，上面覆盖着夹板，看起来已经被风化。在前门的木楼梯处歪挂着一个红色标牌，上面写着：别转身。我们全都看到了这个标志，但没有人去留心它真正的含义。天气很冷，我们的汽油又用完了。我们不可能在暴风雪的天气里行走几英里。那样的话在到达艾玛家之前，我们都会被冻死。"别转身"，我们就没有转身离开。

我们用黑色的电影院窗帘布包裹着自己，在舞池中间努力地想要舒服一点，但是当你根本不累的时候，睡在硬硬的木板上根本毫无舒服可言。窗户已经破裂，就像鸟的嘴，风呼呼地往我们的脖子里灌。在六点半时，天还没亮，也没有月亮。我又饿又累，但是和艾玛触电的感觉仍然在我心里盘旋，使我很清醒。在暴风雪中睡着比醒着思考我们之间发生的事情要更加容易。

阿莫斯从我们到达工厂后就一直喋喋不休，艾玛在工厂里找着自己的位置。她对我们都很生气，尤其是我，我是通过她在我身边来回走动并避开我的目光推测出来的。她看起来也很恼怒，并且很厌倦阿莫斯设计证明他对阿米什和对她的承诺这样的把戏。那并不是有趣的游戏，就像康乐球或者排球一样。那是对阿米什记忆力的考验，同样也是对我们耐心的考验。他从外衣口袋拿出一本门诺派教徒的信仰声明，并且将那本油灰色的小册子递给我。

我将它举到窗户边有光的地方，街灯柔和的粉色映照出封面上的烟沫色污迹。起初，我以为他想提醒我最基本的忏悔，但是他实际上是想我考考他。他眼里的光表明他等这一刻已经很久了。

"开始考我吧。"

"歇歇吧，阿莫斯。"李维说着，点燃了一根烟。

阿莫斯又试了一次："随便选一页吧，艾玛。"

"你们自己玩吧。我累了。"

艾玛一个人走到角落处，坐在那，用幕布包裹住自己，她望着窗外飘落的雪花，并没有转向我们。

"伊莱，选一章吧。"阿莫斯说，即使我也不想和他玩这个游戏。

"第六章。"我不情愿地说道。

"好，你看着原文。"

我拿到的是斯莱泰姆的自白组合，它是我们的先辈门诺派教徒们所创造的首个关于信仰的告解，是瑞士弟兄会在1527年2月24号所采用的。而多泰希特的自白是在一个多世纪以后才被写出并采用的，是在1632年4月21号的和平会议上。它是一个宣言，被我们共同称之为普遍基督信仰的主要篇章，是我们不成文的教规，即Ordnung（意为条令，读音为奥特·宁）。阿米什男女一生都要记得它，并且会在他们的成人洗礼时背诵。通常人们是在洗礼前八个星期而不是八个月的时候来记忆这个信仰的章节。

阿莫斯清了清他的嗓子，扭动着他的手指，好像是他将要演奏钢琴一样。"第六章题目，"他开始道，并且当他说的时候将眼睛转向了李维，"生命的忏悔和改正。"

"是这样吗?"我问，印象中只有一行。也许记忆这十八章并没有想象中那么难。

"那是题目，"他说，"我们相信并承认一个人的想象力是他年少时的魔鬼，会导致邪恶、罪恶以及堕落；因此，新约里珍贵的第一要义就是生命的忏悔和改正。"

"我们已经听够了。"李维说，用鞋将他的烟头踩灭。

艾玛打了一个哈欠："做得很好。我的父亲会很高兴的。"

"让我把它背完吧。"

"Shvetzah。"李维叫喊道，称阿莫斯为话唠。

阿莫斯把小册子递给了我:"你来读。"

我看着 41 页的最上面。上面的文字触动了我的内心,让我感到绝望,因为他们告诉我的是不要找相机。更准确地讲,就是用行为改头换面,重新做人。

我抬起头,将小册子递了回去。

"太黑了,没法读完剩下的。"

阿莫斯将它放回了口袋里,什么也没说。我已经读得够多了,也感受到了这些言语给我带来的压力。我没必要记住任何需要被理解的信息。

在工厂里又冷又硬的地板上,我们都假装睡着了,但我们的思想仍停留在信念的第六章。我感觉到我们当中的每一个人都想改变我们生活中的一些东西,或许是希望一个愿望出错,又或许是某种行为与平时不同。我想问问李维,我的大姐姐是否看过第六章,是否放弃过。我知道我姐姐没有对她的生活做出任何改变,至少在这个承载着我们的地板上没有,在这上面她曾经穿着红色的缎面鞋跳舞。

我推了推李维的肩膀。他嚷嚷抱怨着,好像我将他从沉睡的中弄醒一样。我低声耳语:"汉娜想改变什么呢?"

他翻滚着,借着肘部坐了起来,在黑夜中用悲伤的眼神看着我,那种眼神是我在他眼里从未见过的,我更愿误认为那是一种愤怒。

"她唯一不能改变的事。"

我盯着他:"是什么?"

"她所喜爱的。"他沮丧地说道。他翻滚过去,远离我,拉扯着沉重的黑色幕布来盖住自己的肩膀。他坐在那,背朝着我们,面对着墙上的镜子,魔鬼在后面盯着他。

"她曾经在这里很快乐。"他说。

我不知道他说的那里是不是指的舞蹈室,又或者是跟还活着的我们在一起,因为我现在已经长大了,能够理解这之间的不同。我也已经长大到能够理解汉娜当初在池塘边告诉我的话,"有时你不得不去,而且你也不知道为什么。"我认为她自始至终都清楚明白。

我又推了推李维的肩膀。

"干吗，伊莱？你至少假装睡一会儿。"

"我不能，"我说，"我的思绪很混乱。"

"关于什么？"

"你爱她吗？"我问。

李维转向我，笑了。

"我曾向她求婚。"

我迟疑了一会儿，屏住呼吸问道："她是怎么回答你的？"

"你姐姐是一个很聪明的女孩。她拒绝了我。"

李维没有指责他的弟弟，他那晚又累又冷，没有精力为了这痛苦的事实和他唯一的弟弟打架。

我们躺在那里，沉默了数小时，像长长的黑色蚕茧一样挤在一起，我们翻来覆去，希望能够找到让我们心里更安静的姿势，就好像在地板的某处能够使我们得到前所未有的安慰。

当雪停下来的时候，李维和阿莫斯出去铲卡车周围的雪，即使那看起来需要一队马车才能将卡车从溪水里拉出来。我和艾玛在窗边看着他们。他们好像又在为了什么争吵着，拿起雪球无礼地相互攻击。

艾玛拉了拉幕帘，将它们更紧地裹在她的肩部和臀部，此时的她就像窗台下一颗青涩的乌梅，等待成熟。

"你知道吗？我以前害怕雪。"她说，当我问她为什么的时候，她回避着我的注视。

"我以前认为雪永远都不会融化，这样我将永远看不到我母亲的花园，或是我们的田地。当雪下到这样多的时候，我想也许上帝会劳累过度，我担心他忘了融化它们。"

"不要害怕，"我说，"我们会送你回家的。"

"也许吧。"她说，但是她的声音并不肯定，"一切都被冻住了。"

她是对的。在某种意义上，她所熟知的那个世界在那场暴风雪中冻住了。她的自由因为一个比他大八岁的男人的计划所威胁，而这个人正在通过卖掉他的鼓来取悦她的父亲，却完全没有让她得到安慰。看着她眉心深锁，我确定和雪相比，她更担心这个。

"雪是会融化的。"我说，试着让她和我自己都安心。

她看着我，点点头，下巴靠在手腕的背面，她把我拉进了她眼睛的深绿色的池塘中，这是清晨的冷光中的一个湿滑的警告。

"你为什么连再见都不说呢？"

我感觉我的脖子和脸颊都在充血。她转向了窗户，又一次仅仅给我她的侧面——她高高的鼻子几乎挡住了眼泪从脸颊上滑落的视线。在一段长时间的沉默之后，她抑制住哭泣，低声说道："我去了火车站等你。我也想和你一起去佛罗里达，我也想离开。"

我的手压在胃上，因为那是我感到她话语的第一个地方："什么？为什么？"

艾玛什么也没说，盯着窗外，越过如花边纺成的冰霜，看见埃希兄弟从卡车撞出的洞里钻出来。阿莫斯小心地清理着后窗玻璃，尤其是在后窗上贴了很多年的标签：就算别人都认为你是个浑蛋，但耶稣还是爱你。他把上面的积雪扫去，只露出几个字：你是个浑蛋。

艾玛指向那些标签，然后把手指指向了我。

三

在旧工厂外没有任何标志警示我朝反方向前行。我不能回到和艾玛接触之前的自己，我很害怕地离开了旧工厂。我不会再回去找勒罗伊，也不会回到我们的农场。

跟随正确的道路。不管你是谁、是什么、命运怎样、住在哪儿，你都不能去做错误的事情。我的母亲常常说起这句话，自从我知道她有时会对阿米什的习俗感到厌恶时，我就坚信我可以选择不同的道路，只要最后是同样的目的地。

　　与其决定我最终会去哪，还不如决定那天早上我去哪。我不想艾玛的父亲为她担心。当李维和阿莫斯还在旧工厂里继续他们的战争的时候，我自愿去为卡车找汽油。艾玛想要跟我一起去，虽然这让阿莫斯很不高兴。

　　"留在这里，外面很冷。"他不满地说道。

　　艾玛转向我："如果你陷进雪地里怎么办？"

　　我举起我的手："我有这个啊。他们跟铁铲一样好用。"

　　艾玛笑了："很好。也许这次你不会离我而去。"

　　我们朝东南方向慢慢地走了两英里的上坡路，穿过积雪朝着 30 号公路和 896 号公路的拐角处的 BP 加油站驶去。那里灯火通明，灯光从雪地里反射过来，都快灼烧了我们的眼睛，但是离开旧工厂和它不停流动的忏悔之后感觉很好。我呼吸着兰开斯特县雪地里甜甜的空气，对两英里居然存在这样大的不同而感到惊讶。

　　艾玛和我没怎么交谈，并且我们谁也没有抱怨雪钻进了我们的鞋子里。我们的脚又冻又湿，然而我们还是设法在这个不幸的遭遇中找到一点儿满足。艾玛哼着圣歌，沉重缓慢地穿过和她大腿一样高的雪堆。我感到很高兴，并且出于某些原因，我也感到奇特的舒适。在那之前，我更喜欢狗狗们的陪伴，但狗狗们不会唱歌；并且尽管狗狗们不介意寒冷，艾玛似乎也不在乎寒冷。当她察觉到她的祈祷帽丢了的时候她才恐慌。

　　"我们回去的路上能找到的。"我说，但是艾玛的眼睛里充满了恐惧，这种恐惧是很多阿米什女孩都会有的，包括我的姐姐们，她们曾被告知如果不遮住头部就出去冒险的后果。民间传说中，恶灵会渗入未被保护的头部。我想象过艾玛在荷兰仙境，没有戴帽子，头上别着发夹的样子。

　　"似乎上次这种情况没有让你感到烦恼。"我说。

艾玛用手遮住眼睛，挡住了太阳光，也挡住了我责问的表情。

"我从未丢过帽子，"她厉声说道，"我知道它当时在哪儿。"

"你当时在荷兰仙境约会。"

艾玛发怒了："那不是约会。"

"你穿的是粉色的毛衣。"

"我喜欢打扮得和英国人一样。难道你不是吗？"

她用力地吞了一口唾沫，我想伸出手搂着她，用嘴轻吻她的脖子，来软化她这块石头。

"艾玛。"我说，我的声音听起来细弱无力，"你为什么想要离开呢？"

"为什么不呢？"她生气地问，"我只有十八岁。"

"是的，但是大多数女孩——"

"伊莱，我不是大多数。我跟她们不同。"

"因为你是主教的女儿？"

"是的。为什么我不能跟你们一样，有足够的时候来决定何时加入教会？"

一只乌鸦从我们头上飞过，大声地叫着拍打着翅膀。"有什么需要决定的呢？"我问，就在这个问题从我口中说出的时候就觉得自己很愚蠢。我抬头看看乌鸦，阳光刺眼。我从未真正想过这个阿米什的标准，我认为让女孩先加入教会是对的。在我们加入教会之前不能结婚，而我们跟着女孩的脚步走总是对的。和艾玛站在旷野中，我想知道是什么让她迟迟不能决定。

"你有你的原因，我也有我的。"她说，"快来帮我找我的帽子。"

"现在？雪化的时候我们再回去吧，它肯定在那儿。要保持信念。"

我们四目相对。艾玛微笑了。

"你这样说真好笑。"

"为什么？"

"我以为你已经忘了信念。"

"差不多是快忘了。"我说，并把她给我做的那顶帽子递给了她，"直到我得到这个。"

艾玛拿过它，戴上后把耳朵都遮住了，有那么一刻，她棕色的头发散落在肩膀上，在风中飞扬，看起来又像个"英国人"了。她的头发比我在电影院遇见的那次更浓密，更有光泽，也更长了。我想要抚摸它。

"看上去不错。"我说。

"别习惯我现在的头发哦。"她说，"我随时都有可能接受洗礼。"

我们走下公路，让一辆扫雪车经过，飘散的雪花在灯光下看着如同蓝色，像是在给汽车司机发出发动汽车的信号。司机们聚集在加油泵前，喝着塑料杯里热可可，看起来震惊又绝望，很显然，他们的震惊和暴风雪无关。

警察的黄色警戒线围住了停车场。几个警察在警车里进进出出，用无线电话讲着话。便利商店的门开着，一个穿着风衣，带着白色橡胶手套的男人拿出一个小的透明的塑胶袋，里面装着一个长长的带血的东西。这时，艾玛紧张地喘着气，侦探从我们身边走过，拿着装有手指的袋子。

"发生什么了？"她问，但实际上她已经知道答案，即使她见过的唯一的尸体是在葬礼上她穿戴完整的亲戚。她握住我的手臂，感到所有人的眼光都注视着我们。我们已经习惯于被别人注视，但是并不是在都是本地人的地方。在兰开斯特县，1 月并不是旅游的季节。

"伊莱，为什么他们盯着我们看呢？"她低声说道。

"也许他们看到我们在加油站感到很惊讶。"

她又冷又害怕，伸手握住了我的手，但她在重新考虑之后，她又用双臂环抱着自己颤抖的身体。她的发梢已经结冰，看起来就像一只旧的易碎的画笔。一个戴着猎帽的人从旅行车后面扔给她一床羊毛毯，给了我他的围巾，并递给我们一人一杯热巧克力。我立刻认出了他——牙齿。他看起来很担心。"丑丑，你确定你想在这儿？我很惊讶警察居然还没找你问话？"

我转向艾玛，她被我们之间的熟知所吸引了。

"问什么?"我问。

牙齿转过头,向商店瞟了一眼。

"那三个强盗又穿得跟阿米什人一样到这儿来了。他们昨天晚上开枪杀死了收银员。"

"什么?"

"是的。那个女孩是一名高中生,和你差不多年龄,在她们班里是最高的。"他对艾玛说,"他们让她拿牛奶,然后开枪打了她的头部。收银机里的钱不足五百美元。你们主教知道了一定会很不高兴的。"

牙齿向我们示意警察从商店走了出来。他们停了下来,看着我。艾玛拉着我的手臂,低声说道:"我们快走吧。"

"我可以载你们一程。"牙齿建议道。

"我们走路。"我说。

"你确定?我是赶着去看勒罗伊的节目,但是没赶上。我听说他的节目是最好的。人们说你在讲笑话方面也很有天赋。迪赛试衣工?"他咯咯地笑着说道。

我挠挠耳朵,感到在羊毛毯和牛仔裤下面,身体里的每一个细胞都开始发痒。"我想也许是吧。"我说,极度想要转移话题,"你能借给我们一个汽油罐吗?"

"没问题。"牙齿说着,走到他车的后面,取出了行李箱,"你和勒罗伊可以在公路上进行你们的表演。一张理发椅对你们而言就足够了。"

"我不打算在公路上进行表演。"

他在后面翻找着东西,推开一袋高尔夫球杆,然后拉出一个生锈的汽油容器:"这个是扫雪机用的,但是你现在可以拿去。"

"我会还给你的。"

"拿着吧。但是如果你能去周六现场秀,你一定要给我票哦。这是你欠我的。"

我从他那拿过汽油罐,他伸出他的手。

"成交?"他说。

"什么是周六现场秀?"艾玛问。

"一个电视节目。"我说，甚至我对于知道这个也感到很羞愧。

"你在勒罗伊那里看电视了？"

我耸耸肩，扬起眉毛看着她手中杯子里升腾起的水蒸气："有时候看。"

"你喜欢吗？"

"我不知道，还行吧。"我说，试着读透她的表情。但是我不知道她的表情是好奇还是想与我争论。

"还行？"牙齿说，深受打击，"跟理发店里的节目比起来就显得苍白了。丑丑，你应该带上你女朋友一起去看你们的节目哦，那很重要。"

"女朋友？"艾玛重复道，她眼睛里的恐惧转变为了怨恨，"你现在是演员了，是吗？"

牙齿憋着嘴笑着，然后扑哧一声大笑了起来："现在还不是，不过我们都这样希望着。丑丑有机会进军娱乐行业。纽约、洛杉矶，也许是拉斯维加斯！"

"他的名字是伊莱。"艾玛气愤地说道，"不是丑丑！"

"那只是一个绰号。"我说。

艾玛扔掉那杯可可，棕色的液体像溪水一样流到了她脚边的雪地里："这是不是就是'英国人'所说的侮辱？"

"亲爱的，这是一种爱称。"牙齿说。

艾玛发出嘘声，然后用高地德语的口音说道："是这样吗？那浑蛋呢？"

周围的人都听到了，包括警察，他们停下来，力图想要抑制住他们的笑声。

艾玛用脚踩着杯子："让别人叫你丑丑，你还理所应当地答应，真为你感到耻辱。"

停车场的其他人拖着脚步穿过积雪，回到了他们的车里，努力地试着打燃车的发动机。我转向艾玛，对她低语着。

"你没必要对每件事都这样较真。"

"讨厌你自己是一件很严肃的事情！"

"我认为你并不了解我。"

"不，伊莱，你错了。"艾玛说，她的语气又冷又重，"我认为你不了解你自己。"

艾玛没有给我解释的机会。她愤怒地穿过停车场，经过警察，然后朝着和旧工厂相反的方向走去，走过了一片田地，穿过了一片结冰的玉米秆。

我带着汽油，无力地往旧工厂走，对我而言，那是我人生中最长的两英里。我最后想见到的两个人是埃希兄弟，并向他们解释为什么艾玛要离开。

"艾玛呢？"阿莫斯问。我用黑袖套擦了擦我的鼻子，编造了一个谎话。我试着尽可能说得随意一点。现在我比阿莫斯高。

"她搭一个'英国人'的顺风车走了。"

阿莫斯抬头看着我，将他的脚伸入雪融化后的水坑，压碎他脚后跟下面的冰块。他看起来焦躁而独断，不像他想成为的阿米什人。

"她回家了？"

"我不知道。也许吧。她还有别的地方去吗？"

"伊莱，她会去什么别的地方呢？不是我们所有人在"徘徊期"都离开家的。她的父亲可能都等了一晚上了。我们是计划回去吃晚饭的。"

我看着李维，他从卡车的保险杠下面爬了出来。他们两个试着将卡车从溪水里拉出来，全身又湿又脏。李维拿过汽油罐，将汽油倒满了油罐。

"你让她单独待一会儿儿。"他说，在卡车后面停下来，看着他弟弟和我之间的距离。他笑着点点头，好像他看见了一些我们不能看见的东西。他将一根手指举到嘴边，弹了一下嘴唇。"她吓坏了。"他说。

"真的吗？"我问，感觉在艾玛·贝勒的精神层面上我比其他人更有权威，"她在生气？"

"当然。她觉得被你这个呆子出卖了。"

阿莫斯竖起他的脑袋。

"我们没有做什么让她不信任我们的事。"

"嗯，再想想看，阿莫斯。你卖掉鼓是为了加入教会，而不是为了加入她的家庭。"

"我想那会是一个大惊喜。"

"基于她的反应，你想想，她高兴吗？"

阿莫斯点点头，双臂在胸前交叉着。

我摇了摇头："她更愿意看着油画干掉。"

"听伊莱的，他了解女孩。他从小和一群姐姐们在一起长大。当着一个女孩所有的家人向她求婚，而不事先问问那个女孩，这是不切实际的做法。"

"这点很重要，是吗？"阿莫斯问。

李维拿出烟，递给了我一支。我欣然地接受，然后靠向李维的打火机，点燃了烟。阿莫斯目瞪口呆地看着我。

"你现在也抽烟了？"

我咳嗽着，李维替我说话。

"有什么问题吗，阿莫斯？你现在太圣洁了，所以不抽烟？"他问道，将烟在他的面前挥舞着。那是阿米什人公开抵制的恶习，阿莫斯在这种嘲弄中脸变红了："男人不能永远生活在向日葵种子上。"

"甚至也不需要'嗯，我已经戒烟了'。"

"还有鼓。"李维说，用手肘撞了撞我。

"也不需要戒酒。"

李维咆哮着。

"哦，这真不错。艾玛迟早会了解你的。她会看到你所做的一切都是为了她，而不是教会。获得一个女孩的心的唯一方法就是做你自己。"

"汉娜也没有承诺会和你在一起。"阿莫斯厉声说道。

李维一口一口地抽着烟，看起来完全没受影响，然后向双手吹着气，使他们暖和起来："那你看见艾玛为你等候了吗？"

阿莫斯踢着卡车的车轮，然后用他又黑又小的眼睛盯着我："你让她搭了一个陌生人的车？"

"不是我让她上去的。"

李维笑了，点上了一支烟。

"艾玛比她的父亲头脑要冷静两倍。她很倔强，但是阿莫斯认为他能制服她。"

"我从未想过艾玛需要被制服。"我说。

"她不需要。我一直试着告诉阿莫斯每个女孩都有自己成长的方向，你把她抓得越紧，她就会越想挣脱。"

"至少我努力了。"阿莫斯发怒道，"总比你为爱什么都不做好，总比你放弃爱好。"

李维用螺丝拧紧油箱开关。我感觉自己就像是在一场球赛的中间。埃希兄弟愤慨说出的每一句话让我也很受伤。我知道他们常常争吵，但是之前我从未见过他们这样蔑视对方。这让我很伤心，我想在我选择站在哪一边之前让他们停止争吵。

"你不知道艾玛需要什么。"阿莫斯说。

"她需要她的紫罗兰，你有吗？"我问。

阿莫斯从他口袋里拿出来并递给了我。

"我敢说，她需要的不仅仅是花。"

我拿过紫罗兰，看着上面仅有又厚又浓密的叶子。

"艾玛不需要被你们控制。"李维说，用袖子擦着他那湿湿的、被池塘里污垢弄脏的眼睛。他看起来很厌烦，引用了一句我不太懂的古老的话："你认为爱是权力，这也是你为什么会失去她的原因，如果起初你拥有她。"

一只乌鸦发出叫声，好像是在表示赞同。阿莫斯清了清他的嗓子，向我走近。"他只是很痛苦，因为他不能和汉娜在一起，难怪他会在这里将汽油耗尽。"他说着，在旧工厂里挥舞着双手，"这就是汉娜常来的地方。"

我退了一步。我不喜欢阿莫斯离我太近，也不喜欢他说的话。

"李维害怕，是因为他没时间了。"他说，每一个字都清晰而有力，足以让李维清楚地听见。我看着李维，第一次在他脸上看到了恐惧的表情，即使我不知道他弟弟为什么会威胁到他。李维伸出手，手心向上，好像是在等着接受刑杖。他深深地吸了一口气，但是他的声音听起来在颤抖。

"继续啊，阿莫斯。你为什么不告诉他。"

"哦，不。那是你的工作，哥哥。"

"告诉我什么？"我问。

阿莫斯转过身子，用脚尖踢着另一个融化了的水坑，压碎在他脚后跟下方的冰块。他看着李维，用一种很权威的语气慢慢地说道："他仍在和一个死去的人谈恋爱，我为什么要相信他说的关于女人的事情？"

李维长长地叹了口气，然后低下头走向了卡车。他爬上卡车，打燃了发动机，然后倾身越过座位敲着车窗，打着手势让我们上去。我坐在中间，感觉很尴尬，就像被鬼魂钳住一样。我们离开了工厂，轮胎压碎了地上的积雪，我们一言不发，但是我们在沉默中却是焦躁不安。

四

李维流着汗。我想他是在努力当一名好的司机，并补偿昨天的那些危险的转弯，但是他的思维并不在我们下面的公路上，而是集中在前方一条白色的、蜿蜒的小巷上。他曾一度把车靠到路边，走下卡车到雪地里呕吐。当我问他哪里不舒服，阿莫斯替他回答道"哀痛的呕吐"，我以为是"孕妇晨吐"。我怀疑地看着他，建议他吃一些雪，他这样做了。他背对着我们，取下太阳镜，用前臂擦过他的眼睛，然后迅速地戴上眼镜，朝卡车走回来。

我注意到一件事，李维在开车的时候从来不看后视镜。事实上，挡风玻璃上没有后视镜，只有像蜘蛛网一样的辐射状线条，那是一块石头撞击玻璃后留下的。他只能看他前面的事物，这看起来也没什么不妥。如果他真的仍在和我姐姐谈恋爱，也许这是他继续前行的方式。

如果李维和汉娜结婚了，他将变成我的姐夫，并且这种关系是死亡也不能改变的。坐在那里，透过挡风玻璃看着积雪覆盖的地方，一直连接到我们的社区，这让我想起李维可能和我一样，独自悲伤，并且也有可能对肇事司机很生气。除了泛滥的谣言外，我对埃希兄弟了解甚少，但是和李维的这种联系给了我一个理由去探索一些什么。

我想知道他怎么看待肇事司机，他是否找到一种方法去原谅他。如果他做到了，我想知道是怎样做到的。这件事跟我向他要一片面包，或搭他的车不同，我需要让他把我当作朋友，而对于这一点，我知道，是需要花一些时间的，这也是我接下来所要做的事。

那个下午我坐在埃希兄弟中间一直琢磨着，我必须赶快想出答案，以防李维问我去哪的时候好回答。我想，如果李维还爱着我的姐姐的话，那么他一定对帮我姐姐有兴趣。

"我能和你们待在一起吗？"

李维快速地转过头来，我以为他会丢掉方向盘："今天吗？"

"是的，还有今晚、明天。也许接下来的几天都会。"

"你不想回家吗？"阿莫斯问，他也为我说出的问题感到惊讶。他们惊讶的并不是我要求寄宿，这在阿米什人之间很正常。让他们困惑不解的是我要求和他们待在一起。

"你不想见你的父母吗？"

我摇了摇头，感到脸因羞耻而变红："并不是这样的。"

"那是怎样？"

"我想穿得像李维一样，像一个'英国人'。"

"难道这不是你去佛罗里达的原因吗？"

"不是。"

李维转向我，眉毛在他的太阳镜上弯成弓形，好像是在确定一个挥之不去的疑问："那你在佛罗里达都做了些什么？"

"什么也没做。"我说。

我举起手臂，撩起衣服外套的袖套，露出我白白的手腕。除了我的发型和牛仔裤之外，没有其他的证据可以向埃希兄弟证明我的旅行。我告诉他们事实也不会让我失去什么。

"在勒罗伊·费舍尔那里可没什么阳光。"

"天哪!"李维说,然后把他的手放到了我的头上,"我们应该警告你远离那个地方。"

"我所想要的就是一个发型。"

阿莫斯和李维笑了,有那么一刻,这两兄弟之间的氛围稍微平和了一点,即使他们的言语仍随时会爆发争论。

"很遗憾你的'徘徊期'和你计划的不一样。"阿莫斯说。

李维同情地说:"但是你不能和我们待在一起。"

"为什么不能?"阿莫斯问他,"你又不是马上要受洗了,我们可以一起。"

"母亲现在生病了,他住在哪呢?"

"住在马棚里啊。"

李维拍打着方向盘,转向我。我感觉他的眼睛在黑色的镜片后面注视着我:"不行。"

"你要把一个兄弟丢在寒风中吗?"

"他有父母,他有家,我们不是一家人。"

阿莫斯转向我:"伊莱,为什么不回家呢?"

"因为,"我说,"我还没准备好。"

"准备?"他问,感觉到了我的尴尬,"你的意思是接受洗礼?"

我点着头,一半的事实是这样。

李维叹息道:"相信我,你不需要准备好受洗才回家。你不会想像我们这样。"

"是像你这样。"阿莫斯说,"我已经在秋天接受了洗礼。伊莱,你应该仔细考虑考虑。你等得越久,就越难决定。"

我紧贴着座位,感觉很年轻。我最不希望的就是从埃希兄弟那里听到徘徊期的事情。我就像一只迷路的小牛,徘徊在电网外,让电流击中了自己。

"如果你帮我,我答应你们我会离开的。"

李维回答道。

"帮你?我们只会毁了你的声名,那将远远超出你的想象。"

"我现在也没什么声名。我偷了我姐姐们的灵魂。"

说出来的感觉真好。我已经保守这个秘密差不多快 2555 天，或者说快 84 个月了，但是现在一口气全说了出来。这几个字是我的忏悔，每一个字都是为我姐姐们说的。我的言语传到了挡风玻璃上，然后又反弹回来，像子弹一样穿过我们。

我偷了我姐姐们的灵魂。

李维把车开到路边，这次没有呕吐，而是想在阿米什单室学校空旷的停车场上听我述说，我出的气在卡车玻璃上形成了雾。阿莫斯坐在我的旁边，安静而又震惊。他拿出"信仰宣言"的小册子，翻到 Dortrecht 信仰第二章，用手指着一个人的堕落——他似乎是想要给我宽恕。

他们听着我说的每一个字，我忏悔的每一个细节，对我的诚实，他们表现得目瞪口呆，并且充满了敬畏。我体验到了勒罗伊在他的理发椅上所体验的同样的感受。我不在乎是否只有两个人在听我述说，哪怕只有一个也够了。

当我讲完的时候，李维朝下靠在方向盘上。"信仰宣言"从阿莫斯的手上滑落了下去，落在了一个空的可乐罐上。我看不懂他们的表情，他们的表情如天空一般苍白。阿莫斯把他的右手贴到了他的脸上，从他伸开的指尖里看着我，就好像是他想把突然间吹到他脸上的耙子的碎屑移开。

"完了吗？"阿莫斯问，但是他的声音听起来并不想再继续听下去。

"是的。"我说，我没有告诉他们我母亲剪掉我姐姐们辫子的事，因为我知道阿莫斯会指出在书的某个章节，里面记载着我的罪行远没有我母亲的严重。我没告诉他们我无法原谅肇事司机。我所说的这些在那天已经足够多了。照我这样速度，我觉得我在春天就可以受洗，尽管受洗并不是我现在所考虑的事情。

我手臂交叉放在胸前，感觉非常寒冷，并且在他们面前一览无余。我知道我所做的这些可能比埃希兄弟所做的更糟糕，但是我并不希望他们面对我哑口无言，我需要他们的帮助。

"我想要找到相机。我想要毁掉胶卷，放我的姐姐们走。"

"放她们走?"

"是的。你知道的，让她们回到上帝身边。"

李维离开方向盘，他的头发又纠缠在他的前额。他看起来很兴奋:"你真的相信伪神?"

我转向他，然后又转向阿莫斯。

"什么是不能相信的?"

李维嘴唇紧闭，当阿莫斯移动的时候，我感觉椅子在反弹。他移动着去打开窗户，想要呼吸一些新鲜空气。尽管外面天气很寒冷，但是卡车里的气氛却是又热又闷，长时间的沉默。一个警察开着警车经过了校舍好几次，最后开进了停车场，开着闪光灯，没有开警报器。他走下警车，朝卡车走来，新的积雪在他的靴子下面发出吱吱的声音。

李维朝侧视镜瞄了一眼，碎裂的玻璃中，警察像是被撕裂了般。"该死的。"他说。

阿莫斯四处张望，打开了手套箱，突然发疯一样在香烟盒和皮制嚼用烟草里面翻找着东西。里面有一个制冰机、一个手电筒、《三个火枪手》和一把牙刷。我不确定他到底要找什么，但是我知道当阿莫斯砰地一声关上手套箱的时候，他没有找到他们想要的东西。他转向李维:"我知道这迟早会发生的。"

"怎么了?"我疑惑地问道。我想要他们帮忙找相机，但是现在看来当他们努力自救的时候，拯救迷失的灵魂是他们想做的最后一件事。他们从当铺开始发生的争吵和隔阂越来越深，这时，警察走了过来。他们安静地坐在卡车里，李维靠在座位上，用手和一支烟敲打着方向盘。他敲打的节奏很不稳定，我想知道这是否和他心跳的节奏一致。警察敲了敲窗户，李维摇下窗户，警察用灯照着我们，即使是在白天。

"下午好，孩子们。"

"一切都正常吧?"李维问。

警察耸耸肩，将他的头探到了卡车里。他有一些稀疏的银色的胡子，看起来就像是过度使用的钢丝绒。"当然，如果你们认为擅自闯入和非法侵入是完全合法的话。"他说，"又或者认为无证驾驶和从 1976 年开始就没给这辆卡车登记是合法的，那么，是的，一切正常。"

我从未认为我们在旧工厂里做了什么错事。我们是弄坏了一个门锁，但是没有什么危害。我们没有偷任何东西。甚至在我们离开的时候，我们还把幕布给折叠整齐。我在勒罗伊那看了很多 "CHiPs" 的戏剧，我知道什么是共犯。除了卡车，我们全都犯了擅自闯入和非法侵入的罪，包括艾玛在内。

"不要把我们带到监狱去，求你了。"我说，"我们是阿米什人。"

警察轻声笑着。

"你认为阿米什人就可以免受拘留吗？"

"我们并不想造成任何伤害。"

"但是你们已经造成了伤害，难道不是吗？"

警察没有给我机会回答。到他打开车门的时候，另一辆警车像鱼摆尾一样，快速地进入单室校舍的停车场。车窗摇了下来，侦探猎犬在后面座位狂吠着。当车停下来的时候，侦探猎犬从车里跳了下来，朝卡车跑了过来，张开嘴，露出牙齿咆哮着。这个时候警察喊道："这就是我们要找的人。"

五

在警察局我没有地方隐藏我的双手，在这里待的这半个小时里我所感到的羞辱比我生活的十六年还要多。在屋子前面列队行进的全是真正的罪犯，他们触犯了我留在外面世界的核心信仰，而害死我姐姐们的凶手快十年了还是没有人知道是谁。

李维和阿莫斯想要让警察相信他们弄错了，我不是阿米什人打扮的杀死了便利店员的三个年轻人中的一个。但是从停车场来的那个警察把我推进了一队浑身脏兮兮的、深色眼睛的人中。显然，侦探猎犬已经闻过了我的尿和血的味道，还和一年前抢劫了我们并偷了我们衣服的劫匪做了比对。

这些人身上散发着烟酒味，他们对我来说似乎一点都不年轻，但是看上去却饱经风霜、轮廓分明，脸上有着麻子和疤痕。他们看上去似乎不害怕，一个人大声地打着哈欠，另一个人说："闭嘴，卡马克。"即使他们的手上带着冰冷的钢手铐，其中一些人还是能够把他们的指关节和脖子弄得咔咔响。而我却完全不行，甚至完全不知道我们在这个荧光灯照耀下的叽叽喳喳的白色屋子里会是什么下场。

我们绕成一个小的椭圆形，就像马一样，被驿站马车的界限所束缚。一个人通过单面透视窗看着里面，想要我往前走一步，我照做了。又听见一位警察通过墙上的扩音器叫我。他叫我向左转，接着向右转。我照做了。这个声音要我转向侧面，以便他们能看见我的侧面像。我从扩音器里面听到了更多混乱的声音，接着是一阵隆隆声"伊莱·约德，从台上下来。"这个声音听起来不像是那个带我们来警局的警官。当他闯入这个房间的时候，我认出了他的脸，他几乎笑弯了腰，像老母鸡那样发出咯咯的笑声。

"你们这些孩子如果没有地图，连从你们的胳膊肘到屁眼的路线都找不到。放这个男孩儿走。"他对天堂镇警察局的六名警员说。他们走到我身旁的那个年轻的光头拉美裔男人旁，这时那名警官站在门口吼道："高个子那个，手上有蹼的那个！"

警官取下了我的手铐，轻轻拍了拍我的后背，想要安慰我："去吧，离开这里。"

这是我一生中首次对有人通过我的手辨别出我是伊莱·约德而感到高兴，而没有误认为我是从去年 9 月就冒充我和埃希兄弟的从西弗吉尼亚州立监狱逃跑的囚犯之一。他们穿着我们的衬衣和吊带裤进行杀戮，愿上帝让死去的灵魂安息。富勒警官把我和埃希兄弟带到他的办公室里，叫我们坐下，他说我们还没有完全脱身，因为我们要为非法侵入即闯入霍特斯丁工厂而受惩罚。

李维清了清嗓子，他的脸看上去苍白又发绿。自从我们被推进警车之后就没有说过话。"要罚我们多少钱?"

　　"是为非法侵入或者破坏并进入?"

　　"两者一起。"

　　富勒警官靠在椅子上。他用钢笔敲着桌面,然后弹开一个像小丑脑袋的糖果盒子,给我们每人一块粉色的水果蛋糕糖。他边说话边吮吸着并咂咂嘴。

　　"你们进入工厂的时候大门是不是锁着的?"

　　李维点点头:"是的,但是——"

　　"你们弄坏了门锁然后进去了。"

　　"是的。因为暴风雪。"他说,"我们没有地方可去。"

　　"但是你们去那儿没有经过允许。"

　　李维摇摇头,我们也跟着摇头。我的脑袋感到又沉重又疑惑。我的胃也咕咕叫着,富勒警官把糖果盒子递给我。这是一个奇怪的手势,但我还是把它拿了过来,强装出微笑。

　　"你们意没意识到你们触犯的是二级犯罪的非法侵入。"

　　我觉得我的胃沉了下去。听见二级什么的这个短语很糟糕,特别是大多数阿米什人把它与烧伤相联系。我们知道火,我们也知道非法侵入,但是我从没有听说过花时间在邻居的山上待一会儿或者在他们的池塘里捉鸭子会被罚款。

　　"要罚你们每人一千美元还要处半年监禁。"

　　我的脚后跟深深地踩进了地板,身体靠着面前的椅子背。我深吸口气,剧烈地意识到了因为这个愚蠢的错误而进监狱的危险。我听说过有关现在监狱里的人的故事,听起来跟我们祖先在歌谣里唱的有关从折磨他们的人的手中幸存下来没有什么区别。而不管事情发生的时间是 1584 年、1684 年、1784 年、1884 年还是 1984 年。人们对阿米什人的残酷行为是我们生活中的一个宏大的主题,我们想寻找到爱那些让我们受到苦难的人们的方式。但是这次却不同。埃希兄弟和我不能说我们是殉道者,愿意为我们的信仰而冒生命危险。我们是二级罪犯。我们进监狱带给阿米什人的不是荣耀,而只是耻辱。

我想要相信这 1000 美元和半年监禁的处罚是对我真正犯的罪所付出的一个小小的代价，这个罪我觉得我会用余下的一生来补偿。我从理发店里的人那里听说过"扣发工资"，我不知道这是否是上帝收集我欠的钱的方式。跟埃希兄弟在一起感觉这一切像是一个完整的句子，但无论我们在那天遭遇了多少麻烦，我们都不应该为了在暴风雪里幸存下来而被送进监狱。这个想法让我有些激动，我仿佛听到了艾玛的声音，我大声地说："你知道，如果是你送我们进了监狱，你就是个浑蛋。"

李维和阿莫斯转过头来看着我，吓呆了。我想富勒警官也快要从椅子上摔倒。他紧紧抓住桌子的边缘，皱起嘴巴，奋力忍住笑，但我突然间大起胆子也让他印象深刻。"感谢上帝，"他说，"因为我不会把你们送进监狱。"

"你不会？为什么？"我问。

"我有一个更好的主意。"

他站起来打开门，让我们在警车里等他。他要带我们去特利托，他说，并希望我们有一个好胃口。

我发出抱怨声，感到恶心，我避免去特利托已经很多年了，每次都选择其他回家的路，即便这使距离变得更远。我觉得在那儿吃东西会让我的胃再次翻搅，而这次，这个疙瘩还串到了我的喉咙处。

"怎么了，伊莱？"富勒警官说，"你不喜欢冰淇淋吗？"

我感谢阿莫斯开口说话。

"不是的，今天星期天，我们要去主教家吃晚餐，他会担心我们的。"

"他是有理由担心。"富勒警官说，并打开了收音机。在他唱歌的时候我们向窗外望去，看着一团糟的天空。跟我们不同，富勒警官自从我们离开警局之后心情一直很愉快。单独跟我们在一起他似乎很高兴，我们是被他俘虏的听众。

"你们熟悉鼹鼠 [1] 吗?"

我转向他,感到我的嘴唇噘着,快要咆哮出来,就像我的狗狗们在我问它们一些愚蠢的问题时所做的那样。

"我们在八年级之前都上过学。"

富勒警官点点头。

"这个我知道。"

"那么你应该也知道我们会读会写。"

"我们知道鼹鼠是什么,"阿莫斯补充道,"还知道如何抓到并杀死它们。"

李维笑了。富勒警官用指关节敲打着方向盘,又轻拂一下他中指上粘着的绷带。

"这些鼹鼠是受保护的。没有人能伤害它们。"

听见这句话让我坐直了身子:"拯救一只鼹鼠有什么好的?"

富勒警官指着我皱着眉说:"它们帮助抓坏人。"

"我以为警察是用狗来抓坏人的。"

李维和阿莫斯不吱声,跟我一样迷惑。

富勒警官清了清嗓子。他对着一个从旁边经过的 UPS 快递司机鸣喇叭,还对着一个车轮上的大棕色箱子挥手,从特利托的停车场里驶出来,积雪和碎石在轮胎下发出噼啪声。积雪在门外堆成了一堆,两名女服务员把走道上的雪堆铲开。我想出去帮助她们,我想待在除了汽车里的任何地方。

"做鼹鼠是公民义务。"富勒警官说。

我转过头看看阿莫斯和李维,他们耸耸肩,这时我们在停车场里停下了。

"公民义务?"

富勒警官点点头,又从仪表盘上抓了一包骆驼牌香烟。

"看到正义得到伸张是真正的荣誉。"

---

[1] 鼹鼠是指警察的线人。

"正义？"我问，很多词在我们阿米什人听起来都不懂其含义。我们不会参与陪审团也不会作为证人出庭。大部分情况下，我们都避开法庭。我们不需要它。原谅才是我们的公民义务。

"难道你们不想看到那些人进监狱吗？"

"如果为了帮助他们必须要这样做的话。"我说。

"你们是例外，你们都是例外。其他所有人都想看到他们被绞死，如果能的话。"

我想象着这个场景，头脑中看见三个人，脸上套着紧紧的尼龙袜，贴着他们的鼻子，袜子的卷边贴在脸上，身体无力地悬挂着，就像是一块拴着绳子的肉，在屠夫的砧板上摇晃地悬挂着。想象着这个画面，我再次感到恶心。

富勒警官现在放低声音快速地说着话。

"就把它当作是一次冒险。"他边说边重重地踩刹车。警车溜过一块冰滑进了一堆跟保险杠一样高的雪堆里。他猛地一拉把钥匙从点火器里拉出来，引擎砰的一声停止了，"你们不想帮忙抓那些坏人吗？"

"那么我们就是鼹鼠咯？"我问，终于听懂了。富勒警官点点头："你们可能全都会成为殉道者。"他说，他的声音振颤着，好像一只小鸟从他的喉咙里飞了出来，"怎么样？"

我们坐在靠窗的小隔间，靠近自动唱机，富勒警官持续地往里边儿塞硬币，以确保没有人能听见我们的谈话内容，即使我们是这家餐厅里唯一的客人。我们很热，浑身冒汗且感到心烦，而富勒警官却似乎很高兴能这样控制我们。

"为什么你们的人不参与卧底？"我建议道，记起了我在勒罗伊和露丝安妮家看到的警察电视剧。那些不得不隐藏起来的可怜人总是以悲剧收场。另外，我已经隐藏起来了。

富勒警官用茶匙敲打着咖啡杯笑了起来。

"那是内部工作。"他说。

尽管我一直认为阿莫斯是个呆子，但现在我已经和埃希兄弟联合在了一起，而现在我想为阿莫斯打抱不平，因为"英国人"中最大的呆子正在出现。

"你想让我们就以我们自己而去卧底？"我问。

"没错。就在聚会期间。"他补充道。

"聚会？"

"'徘徊期'聚会。这些地方是那些人最可能去的地方。"

"为什么？"我问，"他们在那儿会被明显地暴露出来的。"

"正是这样，这也是为什么你们要记笔记，要学会在你们的朋友喝醉酒而跌跌撞撞时该怎么做。"

"他们会杀了我们！"我冲口而出。

"这也是为什么你们需要这个。"他说，拍拍他的枪套。

我扔下手中薯条，阿莫斯放下了沙士，李维则咽下了一大块汉堡。我跟富勒警官一样放低声音说："你想让我们在阿米什人中间戴枪？"

富勒警官点点头。我仔细看着他的眼睛，跟我父亲教我的一样，想看穿他是不是在愚弄我们。除了诚挚的兴味的闪光之外什么也没有。

"不要告诉我你们从来没有打破规则得到你们想要的东西。即使是阿米什人也不可能这么好。"

这些就是他所需要说的一切。

我点头，阿莫斯和李维也点头。比你们所知道的要更好，我想，比我要告诉警察的要更好。

富勒警官为我们付了饭钱，并开车载我们去了那间单室学校。在路上，李维问他未登记能否驾驶卡车，富勒从后视镜里看着他说："现在已经登记了。"

"怎么会哪？"李维问，"我不用付罚款吗？"

"你会付的，相信我。"他说。他等着我们爬进"怪兽"卡车，当李维在如此寒冷的天气中发动起汽车时，他说："看见了吗？这真是你们幸运的一天，孩子们。"

　　然后他提醒了我们最后期限，我们有一周的时间来决定。在那之前，非法侵入犯罪的罚款仍然没有免除。六个月的监禁或者是用六个月来看见正义得到伸张，由我们自己选择，他说。

　　我们到达埃希家在里柯克的乳牛场的时候已经很晚了，那里有一个白色的筒仓立在闪着银色和紫色光带的黑暗的冬日天空下，好像它已经吸收我们的挫伤。除了我还是个孩子时李维在某天下午带我去他家的马棚外，我还从没有在他家的土地上或者在他家房子里待过。房子是以宾州德国人的传统用土地里的石头建造的，有一扇偏移的门，并只有三个房间：一间是埃希兄弟出生的地方，另一间是他父亲去世的地方，还有一间是他们的母亲因结肠癌而濒死躺着的地方。这辆卡车在这个破败而不安的场景中显得格格不入。房子现在已经有裂缝并且倾斜了，坐落在长满了榆树的缓坡上，榆树的根颈带着环状的白色杀菌剂，看上去奇怪得像是黑暗中空洞的光晕。一盏油灯在房子右边的低窗上闪烁，但很快又被埃希夫人拉下来的窗帘阴影遮住了，她看见了车前灯照在了她屋里的墙上。跟我母亲一样，她相信若不是自然的光进入了她的房间就会带来厄运，这也是在她儿子之间的另一个争论的来源。

　　"你怎么总是要这样把她弄醒？"

　　李维在马棚门前停下车，对着阿莫斯说。

　　"从什么时候起她睡着过？"

　　"你们的母亲还没有睡觉？"我问。

　　"自从李维买了这辆卡车后一直没睡。"阿莫斯厉声说。

　　我打量着他们，猜测着。七年如果不睡觉似乎是一个又漫长又痛苦的时间。那时我已经很难睁开眼睛，而这不过是从艾玛和我离开去取汽油的九小时之后，我打着哈欠。

　　"她没有梦想吗？"

　　"是的，有一个。"阿莫斯说。

　　"是什么？"

"她想要我们俩都加入阿米什教会，但是只要李维还在开那辆卡车，她就知道他不会。"

李维关掉车灯，伸手去拿插在挡风玻璃和仪表盘之间的香烟。

"我们要不要?"

"加入阿米什教会?"我问。

"去做卧底。"他说，手中握着打火机，"你们准备好了吗?"

阿莫斯从卡车上下来。

"那又会怎么样?"李维问，转过来对我说，"你知道的，如果我们等一周来决定这件事情，我们会睡不着的。"

"我们应该睡着思考这个问题。"我建议道，这是勒罗伊给他的那些难以做出决定的顾客的一个建议。

"你真的认为你现在能睡着?"

我点点头。一切都像是在我头脑中嗡嗡叫，但这不是那种哼唱赞美诗或者诵读圣经的声音。我三天没有睡觉了，除非你认为我们在一路的颠簸中以及在旧工厂里的那几小时能休息。除了拼出我的名字，回答任何问题似乎都让我很难受。

我走下卡车，李维把它推进马棚里，马棚的墙上布满了数以百计的各式各样的吉他——电吉他、贝斯、木吉他，很多都是李维自己做的。这不是一个普通的马棚，而是个巨大的车间，里面有着做了一半的橱柜，在地面上排成一排，就像是做过头了的棺材。让人难以忍受的不是强烈的干草气味，而是木材着色剂以及各种清漆的刺鼻气味。木头碎屑和砂纸连同一串雪茄烟头和啤酒瓶盖被乱丢在地上。一把皮躺椅抵着支撑梁。在这张椅子前面的是一个巨大的电视机，放在一个翻转的苹果箱子上，一台磁带录像机不牢靠地搁在电视机顶，它的延长电线穿过马棚接到外面的发电机上。

如果说我曾怀疑过关于李维和阿莫斯看过范·海伦乐队的录音带的谣言，那这些就是证据。墙上挂吉他的下面贴着摇滚明星的海报。李维的脸与山米·海加 [1] 相重叠了，我大笑，因为他们看起来没什么区别。

阿莫斯点燃了油灯，从卡车里拿出一条毛毯，显然因为害怕而不敢面对母亲，并告诉她这些新发生的事情，虽然李维之前请求他不要这样做。李维走过马棚，回来的时候手里拿着三瓶绿色瓶子的啤酒，并把它们砰的一声扔在干草堆上，而我们也坐在上面，沉思着要怎么办。李维用牙齿撬开了瓶盖儿。

"拿去，"他说着递给我一瓶啤酒，"可不要自己这样开瓶盖儿。弄得不好会让你很疼。"

他露出口中破裂的臼齿，微笑着说："我猜你的手已经足够强壮能够打开啤酒盖儿了。"

我接过啤酒抬头看着他，感到厌烦。

"你这么觉得？不会受伤？"

李维笑了。

"受伤？一个瓶盖儿？不会。还没有爱情让人受伤。"

"李维，别烦他。"阿莫斯说。

"为什么？那是我最不想做的事情。因为你将要离开，现在是找另一个兄弟最好的时机。你自己这样说过。我们有这样的空间。"

阿莫斯把膝盖抵着胸口。我想为他感到难过，但我更想打动李维。他递给我另一瓶啤酒，我接过来放在我长"蹼"的手的掌心，握着它，扭开了瓶盖儿，也让皮肤流血了。我神经质地笑了起来说："我猜现在这让我们成为结拜兄弟了？"

"你说现在是什么意思？"阿莫斯问道。

李维从我这儿拿过啤酒一口喝完，然后躺在干草堆上，抬头透过屋顶的洞看着星空，就好像每个星星都是一个希望，他需要用他们来保护脆弱的世界不坍塌。我们谁也没有多说话，被我们不得不做出的决定所烦扰。我们听见了猫头鹰的叫声，我们的眼睛也跟随着一只在马棚屋檐上疾跑的老鼠。在那家当铺发生的似乎像是百万年前发生的事了，而艾

---

[1] 范·海伦乐队主唱。

玛的触碰则一直让我留恋。我想知道如果我跟警察合作了，她会怎么想，并且我要怎样才会重获她的芳心。但我们是为生存才达成协议的那种人。因此我做了祈祷。亲爱的上帝，我会去做卧底，如果这意味着我能把姐姐们的灵魂还给你。就在我脑中说"阿门"的时候，阿莫斯站了起来。"没有什么好决定的，"他说，"我宁愿进监狱。"

那晚促使阿莫斯·埃希做出决定的不是他是否会进监狱，而是这样做了值不值得失去他唯一的兄弟。郁积多年的手足之争在之前燃烧成为了战争。当李维提出开车送他去警局自首时，阿莫斯告诉他不会再乘坐这辆"怪兽"了。"结束了，哥哥。"他说。然后上坡朝他们的房子走去，告诉了他母亲发生了什么事情，将其编造为一个真实的殉道者使命，但省去了李维将要成为一个"鼹鼠"的部分，这也让她多年以来睡了第一个好觉。

我问李维是否因为阿莫斯离开他而感到心烦，他看着我说："我没有弟弟。"这让我产生了想代替他失去的那个弟弟的想法。我急切地想帮助他做橱柜（我能用砂纸打磨）或者帮他做吉他（我会上漆），但他让我去把马棚上的漆刮下来，以便我能在地上工作。李维使用梯子爬上了屋顶周围，让他的母亲受到了惊吓，而她在房子的窗边喋喋不休，看着我们，担忧跟她儿子在一起的"英国人"。

我不责怪她害怕我是谁，以及我在她的住所上做什么。我提出跟她说话，但李维说这只会让她更焦虑。她担心李维超过了担心癌症。她最近还把他叫作吉迪恩，把他和已故的丈夫搞混了。有时候在我们工作时，她会大喊："吉迪！"李维就会过去看她需要什么，而这通常只是她把枕头掉在了地上。尽管没有什么是真正的紧急情况，我在之前从未见过李维移动得这样迅速过。她为我俩做饭，但把我的食物送到马棚，我在那里的干草做的床上睡觉，在一张闻起来有啤酒和香烟味的旧羊毛毯下。

六

富勒警官对我们的决定感到迷惑，也感到高兴。这个决定是我们在一个周五下午宣布的，即使李维和我在周一就已经做了这个决定。

"你改变你的主意了？"他问。

我们又站在他的办公室里，但是这次，他让我们坐，让我们感觉像是在家里一样。他递给了我们一盒甜甜圈，甜甜圈里沾满了糖霜，他叫我们随便吃。然后他听了我们的提议。我们告诉他如果我们没带枪的话应该秘密地离开。

他看着我们，陷入了困境。

"你们打算怎么保护自己呢？"

"祷告。"我们异口同声说道，然后惊讶地相互对望了一眼，我不知道李维仍在祷告。

"那不够。那些人十分危险。他们是逃跑的罪犯，并且携带有武器，看在上帝的份上，别这样！"

"我们也是一样。"李维说，然后转过身看着我，困惑不解。

我们没有想过要退缩，自从阿莫斯自首后我们就没说什么话。

"祷告吗？比子弹还厉害？"

李维和我点点头。

富勒警官观察着我们，心里盘算着跟我们合作需要给多少报酬。他转过身去，打开一个黑色的档案橱柜，拿出一个外面缠有塑胶的线圈和一个口袋大小的电池包，给了我们一人一个。他给我们展示如何把这些线圈放到我们的衣服下，并给我们演示了无论在哪种情况下线圈跑出来后如何将其藏好。他告诉我们即使在最热的天气里也要确保穿着长袖的T恤和外套。然后他又打开一个小盒子，从里面拿出两支黑色的枪，它们躺在他身后的桌子上，在从玻璃里穿透进来的晨光中闪着光。

我看着桌上的枪，然后抬头看着富勒警官。

"我们告诉过你，我们不用枪。"

"我知道。这不是真枪，是电击枪。"

我转向李维。他伸手拿了一把枪，用手抚摸着闪闪发光的黑色的枪管。"看起来和真枪一模一样。"

富勒警官拿过李维手中的枪，将它对着李维的心脏，他开枪了，李维整个人像对折了一般，然后跪在了地板上，捂着胸口。

"嘿，你在干吗！"我说，转过身去帮李维，这时，富勒警官将枪指向了我，开枪擦伤了我的右臀。我感到自己站不稳，也跌倒在了地板上。李维和我脱了衣服，他举起他的裤腿，我朝我的裤子里看了看，希望能够看到血。但是除了一个烧伤的痕迹外，别无其他。

"你为什么这样做？"我咆哮着。

富勒警官突然笑了。

"孩子们，电击枪是不能杀死人的，但是它能使人失去意识。"

李维抱怨着低声道："浑蛋。"

富勒警官说："是的，你说的非常对。那些人就是浑蛋，所以我们必须要抓住他们，结束他们愚蠢的杀害。"

我转向李维，寻找着他的眼睛。他的眼睛睁得和我一样大。我不知道谁更愚蠢，是冒充阿米什的那些人，还是负责要去抓捕他们的人。富勒警官从他的桌子上抽出一张纸巾，轻拭着他的眼睛，然后伸出他的大手把我们从地板上拉了起来。

"我吓着你们了吧？"

我点点头，李维咬紧牙关。

"要记住谁才是老板。"富勒警官说。

我想说是主教，但是却保持了缄默。富勒警官递给我们一人一把枪："别弄丢了。"

我拿着我的枪，就像拿着一只死了的老鼠。

"怎么了？这不会杀死任何人。它只是帮忙稳住那些人，直到我们来了为止。"

我摇着头，咽了咽口水，我预料到如果有人看到我拿着一把枪，不仅会让我蒙羞，还会让整个阿米什人社区蒙羞，而且也预料到我将失去挽回艾玛对我信任的希望。一边是拯救正义，另一边是违背了阿米什人非暴力的信仰。电击枪，又或是其他的一些东西，将痛苦强加到人们身上。富勒警官说简单的部分是我们只需要使用一次，难的部分是要知道什么时候使用。

　　我现在不仅仅是一个小偷，而且还是魔鬼的新成员。带着电击枪和愚蠢的笑容，李维和我那个冬天搜索着徘徊期的聚会，试图发现冒充阿米什人的人。我们并没有因电击枪放在夹克里而感到安全，并且线圈也从我们的衣服里滑了出来。但是我们没那么幸运，找不到任何形式的"徘徊期"聚会。想要立功比用小指挤牛奶难多了。虽然在 Die Botschaf 有阿米什农场设备和服务的广告，但是却没有徘徊期聚会的公告。这就是问题的关键所在，他们隐藏在外衣下。甚至那些举行聚会的孩子们的父母都不知道在他们田地中的某个远处的角落正在发生着什么事情。

　　当富勒警官问我们"地域里面有什么"的时候，我们没有对他撒谎。在那几个冒充阿米什人的罪犯再次袭击时我们都一直在进行着这些活动。他告诉我们，我们浪费的每一秒都是拿着无辜公民的生命在冒险。他希望我们能有一个大概的方向，但是我们有的只是票的存根。当大多数孩子都待在家里的时候，2 月是没有什么活动的。我们拿着富勒警官给我们加油的钱去看了电影。我们只能在加油站等着，问一些人要他们的收据，然后，将其装进富勒警官给我们存放我们消费凭据的信封里。李维用自己的钱买了爆米花和饮料，这是他能做的最起码的事情。

　　"如果不是我的话，你也不用搅进来。"他说。

　　我不想争论，当他们认为我们在为破案努力、"维护正义"的时候，我们却用警察的钱来支付我们的旅行，我为此仍感到羞愧。但是去看电影能够帮助我们打发时间。我们知道当雪融化的时候，就会举行聚会。不是因为在恶劣的天气里阿米什人就不驾着他们的四轮马车外出，而是因为随着积雪融化，没有太多野外工作，他们就有较多的闲暇时间。我们知道在那个时候能在雪化了的有些脏的地上找到他们用粉笔画的网球场。

　　游戏的意义远不只输或赢，它的意义在于交谈，并且交谈也是参加游戏的人想要做的事情。李维指出，他们谈论的越多，我们就能得到更多关于假冒阿米什人的信息。一天，他扔给我一个球说道："开始发球吧。"除了替别人剃胡须外，那是我最擅长的事了，并且我的球技并没有因为我几个月没练而退步。李维知道人们都想我加入他们那一边的球队，他说这将确保我们能找出什么时候在哪儿有聚会。

我们还没有讨论过通过参与运动来看见正义得到伸张是否可行，但这是我们能想到的最好的方法。我们跟很多年轻的阿米什人攀谈，问他们最近有谁拜访了他们的农场、和他们一起工作，甚至问他们有谁跟他们住在一起，我们的一些朋友以为我们成为了真正的地产开发商。

"我们为什么要这样做？"李维生气地问道，"瓜分这片土地，并大获一笔。"

"那正是我们要阻止的。"我说。

但是即使一百多种排球游戏，我们也没打听到任何关于那三个穿成跟我们一样，但是杀害了"英国人"的消息。同时，我们的询问有时候会招来别人强烈的憎恶，因为我们把他们的某个亲戚误认为是从弗吉尼亚来的杀手。跟我们交谈的阿米什人中，没有人愿意相信会有人用那样冷血的方式杀人，即使我们用新闻报道来证明，那三个人确实是这样做的，而且不止一次。最令人不敢想象的是很多阿米什人所看到的这几个徘徊在一条非常歪曲的路上的人的未来是什么样子。

"或许在我们中间他们以后会改邪归正。"他为那三个人辩护着。我们本应争论，但是在我们调查询问的三个星期后，对便利商店的抢劫停止了。罪犯好像跑到了俄亥俄州，在霍尔姆斯县那里有更多的阿米什人，他们能更好地隐藏。

"他们不会在那逮捕他们的。"富勒警官说，炫耀着他的糖果盒子，"他们没有基本的设施，也没有像我们这样的特别小组。"

当我问他六个警官如何组成特别小组的时候，他嚷道："六个？我们有八个人。是时候让你们知道，你们也是特别小组的一员。"为了确保我们履行我们维护正义的协议，富勒警官给我们分配了各种各样的文书工作，这些跟我们抓捕罪犯毫无关系。我们不是车站里的鼹鼠，我们更像老鼠，急急忙忙地跑来跑去，为那些太忙或太懒的军官加满咖啡杯、复印资料。这让我们很烦，直到一群主教决定阿米什人能够用空气压缩机挤牛奶之后，李维的头脑中就闪现出了一个绝好的主意。

李维提议我们用车站的影印机制作关于相机的传单，然后将传单张贴到这个县的每个公共停车场的每一个挡风玻璃上。这需要一些时间，但至少我们不必再使用我们的电击枪，或是线圈。当富勒警官不在四周的时候，靠近影印机还是很容易。我们没有被他的副手或是法警所怀疑，当我们经过他们办公桌的时候，他们不再从报纸上抬起头。每个人都认为我们是在追捕我们要找的罪犯。当我们进入车站的时候，他们问我们是否需要帮助。还不需要，我们说道。

我们充分利用了影印机，制作了上百张传单。李维还帮我画了一张相机的图片，并且建议我在传单上写上用 $10,000 作为报酬。当我质疑这种做法的时候，他嚷道："你姐姐们的灵魂是无价的。"

"如果当我们找到它的时候里面没有胶卷怎么办？"我问。

"如果你坚信的话，就会实现你的信念。"

他告诉我不要屈服于我的恐惧，并且说我现在需要有信念，就像上帝的旨意一样。这让我很吃惊，因为我从未期望过埃希·李维会相信上帝的旨意。"你信吗？"我问。李维摇着头："我更相信交通事故。"

七

我记得那天是 2 月末，我们整晚都靠在影印机旁，看着它印出照相机的影像。我们对此还没有太多线索，我们给本县的所有当铺都打了电话。相机被送往费城的相机展是越来越有可能，但是我没有胆量要求李维现在带我去，因为我们都没有钱和时间，这让我情绪很忧伤。也不是全因为这个，一部分是因为我想念勒罗伊和理发店的人们，以及露丝安妮的厨房给我带来的安全感。我怀恋给人们刮胡子，并且那油漆剥落的马棚并没有让我感到有多满足。马棚里的木头不会和你交谈，也不会说：

"嘿，丑丑，你今天怎么样呢？"马棚也不会关心我的感受，不会因我的工作表扬我或批评我，而这比什么也不说要好得多。我怀念理发店里店员的喋喋不休。我甚至怀念往下垂的小床和年轻无经验的凯撒每天早上推我起床。

最让我困惑的是最近我梦到马库斯·保尼。他一直给我展示那台相机，但却拒绝给我。我本想要为一切而责备他（这些事情不都是他引起的吗），但是我的坏心情与他并没有关系。

2月是一年中最艰难的时候，因为母亲的生日在14号，双胞胎的生日在3号，萨拉的生日在27号，这都会让我想起他们。我不能再等到3月了。也许是天气的原因，自从阿莫斯走后，除了苍白的天空外什么也没有。我知道阿莫斯也有过来过几次信，但是李维拒绝跟我分享他的消息。他拿着烟和一瓶酒，把信拿到马棚后面阅读。他不再对啤酒感兴趣，他将剩下的摇滚录音带都留给了我。我不知道他读那些信读了多少遍，但是他常常看着信入睡。通常在早上的时候，剩下的不是信而是一小堆灰和一个空瓶子，瓶子的口子被他抽的万宝路烟头堵着。我给他盖上毛毯，然后站在那看着他，感觉自己已经进入他的生活，并且在保护他。在那一刻，黎明破晓，我想知道这是否是上帝的旨意。

我所知道的是，我和埃希·李维相处得越久，我越想了解这个爱着我姐姐并认为她还活着的男人。我从未提到过我姐姐的名字，因为害怕李维会因此不和我说话。我们也没有因为我姐姐而谈论很多，尤其是在他开始喝酒之后，这让我很担心。他说酒会让他感觉舒服一点，我知道那只会让他更难受。

大多数早晨，他不能忍受任何声响，因此我不得不在马棚四周等着，读着杂志，直到他酒醒，穿好衣服后，我们才能又开始工作。当他给他母亲喂完饭，打扫完厨房，通常都是中午之后了。这些事情他一直坚持自己做，即使我告诉他我很擅长做饭，并且也可以在他母亲看不到我的地方洗碗。我想帮助他，让他把精力集中到工作上。他不仅放慢了修补马棚的速度，对自己的顾客也不那么上心了。

他的其中一个顾客，来自佛蒙特州的一个白发的"英国人"，已经驾车来了农场几次了，他威胁李维说如果他不尽快完成在他1781农舍里的厨房，将其变成有床和能够做早餐的地方，那么他就会把他告上小额索偿法院。他想要李维在戈登维尔拍卖会之前完成，也就是说在两周之内。李维告诉他现在是狩猎的季节，即使李维并不打猎。当我问为什么他要忽视他的顾客，他告诉我说他们会等的。"我告诉你我现在最紧要的事是什么，是找到你的相机。"他说。

当影像从影印机出来的时候，我情不自禁地想到了交通事故，并且我想知道这是否也是他的优先权。

"你认为那是上帝的旨意吗？"

李维摇着头："她们都太年轻、太漂亮，不应该像那样死去。那是一次愚蠢的交通事故。"

"那也让有些事变得很容易。"我说，感觉到一阵心寒，尽管机器在我的腿后面散发着热气。

"使什么事情更容易？"

"保持愤怒。"

李维转向我。影印机停止出传单了，他把它们聚拢，把边缘对齐，敲击着机器的背面。我感到内心的刺痛，将眼光注视到地上的咖啡渍。办公室另一边墙上的电话响了，但是没有人接听。

"我想我们并不愿意相信交通事故。"我说。

"伊莱，有很多事情我们应该相信。这也是我与众不同的地方。不管我多么努力，我都不能相信我应该相信的事情。"

"我从不知道你这样努力。"

"你真搞笑。"

"我很认真的。这也是你至今没洗礼的原因？"

"该死的，当然不是。"他说着，递给我一堆传单。

"走吧，我们还有很多事要做。"他说，经过我走向门边，"我给四家以上的当铺打过电话，我们在早上的时候已经驾驶了很久。你打猎赚的那些钱足够我们从艾弗罗塔到布朗兹镇，再到哈里斯堡。当我们驾驶到首都的时候，我希望我是醒着的。"

我没有移动。

"照相机的事可以等等。我想知道为什么?"

"什么为什么?天哪,伊莱,咱们走吧。"

"你不相信什么?"

"原谅司机,行了吧?你现在能停止问我问题吗?"

我咽了咽口水:"我也无法原谅他。"

"答应我你永远都不会原谅他。"他说,那是第一次,在我生命中李维第一次面对着我,摘下了他的眼镜,露出了一个本该是左眼的空穴;空洞的红色,毛细血管看上去像是大理石花纹。他的右眼看起来像我们在糖果铺售卖的硬薄荷糖,是那种撒在马路上的盐(用来融化积雪)发出来的清澈的蓝色。它很漂亮,和珠宝差不多,我无法想象,如果只有一个的话会是什么样。我无法掩饰我脸上的恐惧。我能想象我当时的表情就像大多数人第一次看到我的手时的表情。我很抱歉,但是我无法改变我对李维的表情,至少那时不能。

"再把你的嘴巴张大一点、张久一点,苍蝇就会停在你的舌头上。"

我闭上了嘴:"我很抱歉,我不知道。"

"阿莫斯两岁多的时候用树枝戳伤的。"

"那就是你们总是争吵的原因?"

"不,那是一个意外。我举起他去摘苹果,结果他却扯下了树枝,他太兴奋了。他不是故意要伤害我。我们没为那争吵过,是因为那个造成血案的司机。"

我盯着他:"你们为司机争吵过?"

"阿莫斯不在身边真好,他总是告诉我应该原谅他。但他所犯下的明明是不可原谅的罪,他应该用他的一生来偿还。"

我点点头,关上门。让我烦恼的是似乎有一些警官凑过来在听我们谈话。

"那就是我在这的原因。"我小声说道,"在'徘徊期',我无法原谅那个司机,我需要见他。"

"为什么?"

"我想知道他长什么样子。"我说，感觉说出这个很尴尬，即使我又忍不住说了出来，"我要看看他的脸。他像是一团乌云，而不是一个真正的人。我总在想，如果我能见到他，或许我会更容易原谅他对我们做的事情。"

我很吃惊李维的反应，如此的快，如此的不屑。当他说话的时候，他拍着他的手腕："万一他不想被原谅呢?"

我恼怒地看着他。

"那样的话，对我们而言想要继续走下去就更难！我知道我母亲想要原谅他。她说已经原谅了他，但是我知道她还是想知道那个人到底是谁。如果他有自己的麻烦。她总是给我们说我们遇到的每个人都在自己的战役里战斗。但是我们从未看见那个人的战斗。"

"也许你不应该这样想。你瞧，我就不在乎主教说什么。答应我，你不会放弃。你有听我说吗? 不管其他人给你讲什么，永远不要放弃。他永远不会得到我们的同情和原谅。让那个司机在他的战役里自己战斗吧。"

我慢慢地点着头，感觉他的话刺痛了我的心。虽然我不能原谅那个司机，但是我从未想过原谅是一种获得的东西而不是给出的东西。李维像大多数"英国人"一样说着，他说的话让我想起了我读过的一些信，但是这次，我并未从中找到安慰。

"好，"我低声说道，"好。"

李维咽了一下，抓着他金色头发的后部，他的头发长得都快到他的下巴了。讽刺的是，李维从小到大看起来都不太像阿米什人。他9月就满三十岁了，他站在一坨笨重的用来复制东西的金属旁边，看起来跟有电灯和墙壁插座的警察局极不相称。

"你答应我?"

"好。"我小声说道，感到喉咙沙哑。

"把你的手给我，我们握手为约。"

"什么? 为什么? 我不想……像那样握手。"

"我知道，相信我，没事的。"

李维举起影印机的盖子，把他的手放在影印机的玻璃上。

"照着这样做，把手放到我的旁边。"

我感到我手下的玻璃很温暖。李维按了一下按钮，手臂下面的玻璃就开始从左到右开始扫描。机器里闪着一阵绿光，然后一张印有黑白手印的纸就出来了。我的手看起来没有什么不同。扫描仪没有扫出我手中的蹼，我的手看起来就和其他人的手一样。

"这是你的承诺。"李维说着，递给了我一张复印件。

事情从那时起就变得越来越糟糕。不管我和李维做了什么样的约定，我都没感到任何的安慰。如同勒罗伊所言，我陷入了河里的旋涡，没有桨。不管我多么想相信我是忠诚于李维，忠诚于我给他的承诺——永远不原谅那个司机，但是我的感觉却越来越糟。如果这是爱，是通往上帝的方向，那么我真的陷入了困境。

有时，当我们在马棚工作的时候，李维常常发现我在走神，我拿着漆刷常常静止在那里，就像爱尔兰长毛猎犬的前爪伸在空中一样。这种时候，我是在担心着不能到达天堂。这种可能性对我很不利，"万一我不能上天堂怎么办？"

李维从屋顶向下看着我。那是一个温暖得有些不合时宜的 3 月初的一天。空气中有青草和泥土的味道，微风中有鸟的叫声。我们脱掉了衬衫工作着，皮肤享受着一年里第一次温暖的阳光。李维一直在用电池供电的磁带播放器播放谁人乐队的磁带，跟着唱"真实的我"，"你能看见真的我吗，牧师？牧师？你能看见真的我吗？"

他调低了音量。

"你说什么？"

"我认为我们这样的话到不了天堂。"

李维从屋顶下来，站在了地上。

"什么？为什么？"

"如果我们不能原谅那个司机的话。"

李维摸着他下巴的胡须。

"你真的想去天堂吗？"

"难道你不想吗？"

李维实际上停下来想了一下。百分之九十的阿米什年轻人在"徘徊期"后又回到社区，这是有很多原因的，但没有一个原因比担心孤独地死去并且不能去天堂更重要。只要李维拒绝原谅那个司机，他就不会受到上帝的青睐。他知道他这样做是在很苛刻地对待自己吗？我想提醒他，他没有做错什么，但是对于这件事却错了。他不是小偷，他没有捕捉灵魂。

"天堂不适合我这样的人。"

"为什么不适合？难道你不想再次见到你父亲吗？"

"我不相信我会见到他。我几乎不记得他长什么样子了，他去世的时候我们还那么小。"

"你什么都不记得了吗？"

"记不住他的脸了。至少，细节记不住了，再也记不住了。你知道最糟糕的是什么吗？我忘了他眼睛的样子。我不知道这是从什么时候开始的。我只知道有一天他已经不在我的脑海里了，就像黑板上的粉笔画一样，还没有人问我，就被人擦掉了。"

"万一你有照片呢？"

"有的话就太好了。"

"'英国人'很幸运。他们保存着所有的相集。"

"也许吧。"李维说，"也不一定。我猜想，如果我们看见去世的人的照片，我们甚至会更想念他们，也许这就是上帝不想让我们拍照的原因。"

李维拿过一杯冰柠檬水，杯子四周在阳光下已经开始渗出小水滴。我试着继续工作，但是我没办法集中精力。

"那汉娜呢？"

"汉娜？"他问着，一把把我牛仔裤上绑着的抹布扯过去擦他脸上的汗珠。

"你想见她吗？"

"在照片里？那不行，伊莱。她讨厌照相机。"

"在天堂。"我说。

"怎么见？再说，我不认为她还记得我。"

"为什么不能见？"

"我不认为她想见我。"他说。

"很多事你都不相信，不是吗？"

"只相信两件事，"他说，"你的承诺和——"

"我告诉你了，我不知道我能不能做到。"

"那么，你还不够努力，伊莱。"

我点点头，甚至想到我在李维帮助我过后对他食言就很羞愧。他递给我那块脏脏的抹布。

"你会去天堂的，伊莱。"

"这个不一定。而且你也不了解我。"

"我了解你的心，上帝也是。"

我想要相信他但却板着脸。我盯着他在屋顶的影子，感到无助和害怕，就像一只小兔子太早离开它的洞穴，只能凝视着步枪的枪管。

"相信我，伊莱。"他说，他的头脑中有着自己的信仰和观念，"不止一种方法可以去天堂。"他低声说道。

埃希·李维在信任方面给我上了一课。他让我从自身弄清一些事情，在我看来，这也让他成为了一个模范兄长和一个好朋友。也许是我有过的最好的朋友。问题是他所做的一部分是正确的，一部分是错误的，我不知道我应该相信哪一部分。

"我很担心。"我说，"我从未食言过。"

"我也是。"李维说，"这次我们一定会找到你的相机。"

"怎么找？这个州没有多少当铺。"

"也许是这样。但是我有一个计划。"

我不确定我是否想知道他的计划，但是他告诉了我，并且咧开嘴笑着。

"如果这不能让你去天堂，至少去地狱了有个朋友陪你。"

八

我在睡梦中咬紧牙齿用两个词说出了李维的计划——马库斯·保尼。这已足以让李维好奇了。并问我什么意思，我没有撒谎，我告诉他我偷了马库斯相机的事情和那么做的原因。

"又大又丑?"李维问，强忍住笑。

"又大又丑。"我说，"我是认真的。"

"你确定他们不是在说你的小鸡鸡?"

我瞪着他："不，那样的话就应该是又大又好看。"

李维只是微笑了一下。

我想告诉李维我的梦越来越好，实际上是越来越糟糕。自从我们开始发传单之后我几乎每晚都会看见马库斯·保尼，这也暗示着我拥有那台相机。在我们发完一批传单后的一个平淡无奇的晚上，我们开车到了"你的地方"，是 340 号公路岔口的一个小型的酒吧和台球厅，在里柯克和天堂镇之间，处在"徘徊期"的阿米什人会在晚上到这里闲逛。我们点了意大利香肠、比萨和啤酒，但是李维那天晚上没有喝酒。他告诉我无论如何，他不会再喝酒也不会再开车。他给我倒了第二杯啤酒。我喝完啤酒之后牙齿总会有点儿麻木，但我没有告诉李维。我把另一杯也喝干了。我的肩膀开始下垂，眼神开始变得呆滞，这就是我最初的酒醉迹象。李维问了我一个问题，这让我暂时清醒。

"你有没有考虑过告诉马库斯真相?"

"我为什么要那样做?"

"如果他还有相机的保修卡，那么他就还有可能有相机的编号，这就能够从数百台相机里识别出你的相机。一旦我们找到，我们就能打电话通知从这里到朱诺的一切卖家。"

我还没有对费城的表演发表过评论，然而我现在认为它可能是一场精彩的表演，因为李维提到了一个直到阿拉斯加那么远的地方。我想象着我们的冒险，驾驶着这辆怪兽，穿过整个国家，为完成找到并释放姐姐们的灵魂的使命。但是一想到要坐在卡车后面无数个小时，一天又一天，我又感到畏缩。一定还有其他的办法能够找到相机，并且我由衷地希望李维的计划就是那个。

"那么你还要不得不告诉他的爷爷。"

"他的爷爷已经过世了。"我说，回忆起了 1976 年的夏天马库斯在集市上张贴的传单。

"看见了没？事情已经变得越来越简单了。"

"现在我们要怎么找马库斯？"

李维微笑着说："表决记录。"

"你知道他住在哪儿？"我盯着李维，眼睛里满是疑惑。眼泪都呛出来了，"你做了这么多事情想要帮我。为什么你这么在意？"

李维笑了笑，伸出手臂搭在我的肩膀上："我想帮你找到你的平静。"

李维找到了马库斯·保尼的地址。他住在本县的西边，赫浦菲尔德镇的一个地方。显然，李维在那个地区有客户，为他们的厨房做过橱柜。他知道马库斯是邮差，他还知道马库斯何时在家。他说马库斯没有恶意，他相信他是坐在马桶上撒尿的那种人。但我不在乎这个，我还有一个更大的水坑要跨越。我一会儿儿觉得准备好了要跟他谈谈，一会儿又忧心忡忡，我的犹豫不决让我俩都受到折磨。李维说我让他想起了他认识的那些人，那些人在受洗礼之前的周六时知道那就是他们回头的最后机会。他说如果我一直不停地来回踱步，他说就会把我绑在拴马桩上，自己去告诉马库斯·保尼。

"你不能告诉他！"

"你到底想不想要相机？"

我没吱声。我们整个上午都在外面修补溪边的栅栏桩，它们被上一场雪压弯了。李维每半小时都会停下来吃片阿司匹林，又从保温杯中倒一杯咖啡喝。我确定我的担心是他脑中的另一把铁锤。他散发出酒气，过多的汗水浸湿了衬衫。他的头发就像是濡湿的金线一样挂在额头，从他太阳镜的镜片中反射出从旁边的公路经过的车辆。

"这是我的战争。"我说，"让我自己战斗。"

"这正是你的问题，伊莱。你不会想赢这场战争。你是在忙着另一场错误的战争。"

"那是什么？"

"你的姐姐们。"

我困惑地望着他，劳作让我口渴得要命。

"我不是在跟我姐姐们打仗。"

"哦，是吗？那你为什么不放她们走？我给了你这么多机会跟马库斯见面。只有他能给你相机编码。如果你有可能再次找到那台相机的话。但是我不觉得你是真的想要找到它。"

李维错了，我是真的想要找到它。我甚至愿意把它交换给它合法的主人。折磨我的是不知道谁会保留底片。

"如果他问我为什么想要它怎么办？"

"你就告诉他真相。"

"告诉他我是个捕捉灵魂的人？"

"是的。如果你相信的话。你知道过去我和汉娜因为她花太多时间在舞蹈室而争吵的时候她经常说什么？她说我们不会为做过的事情后悔，只会为没做的事情后悔。"

我注视着他，看见邮政卡车在我们上方的山脊上上下下。他指责我不是一个战士。我觉着胸中一阵怒火，脸上也表现出不高兴。

"你认为这样会给我带来平静？"

李维敲击着最后一根木桩。

"是的。"他说，又转身对着自己的影子，"也为艾玛。"

一只乌鸦从我们上面飞扑下来，被金属保温杯闪烁的光吸引了。它静静地立在那里，泥土被融雪浸湿。小溪安静地涨水，在冬日的阳光下发出嘎吱嘎吱的声音，好像是随时都在威胁着要打碎我们的秘密。

　　我想着这些事情没怎么睡着。我躺在马棚里的干草堆上，穿过屋顶的漏洞看着天上的繁星，为我姐姐们的灵魂祈祷，希望无论她们在哪儿都平平安安。我不相信上帝会恩赐让我们在一起，也不相信遇见马库斯·保尼是上帝的祝福。在早晨，我望着天空，寻找着我们的计划不值得继续进行的迹象。而我看见的只是晴朗的湛蓝。为这个场合我们洗了澡，剃了须。李维还坚持要我们穿阿米什人的服装去见马库斯，但我不知道这为什么重要。

　　"你是不是觉得如果我们穿阿米什的衣服看上去会让人更容易原谅？"

　　李维刷掉我紫色衣领上的棉绒。

　　"原谅不是你现在最迫切需要的，你需要的是相机的编码，先做重要的事。我们现在谈的是生存，不是满足感。"

　　李维示意我看卡车侧面反射出来的影像。我们在马棚里穿戴整齐。我穿的是李维的衣服：亮蓝色的长袖衬衣，黑色短裤和黑色的背带裤。李维和我穿得一样，但衣服是紫色的。我们看起来像两块大瘀青。李维转过身对着我："你准备好去面对造成这一切的人了吗，大丑丑？"

　　我挺直了腰杆儿，假装勇敢。

　　在一路上我大部分时间都把头伸出窗外，望着晴朗的天空，想知道李维的计划是否是个错误。如果有任何东西奇怪地消失了，我就会告诉李维，并叫他立即掉头送我回马棚。如果这进行得不顺利，我不确定我是否有足够的善良来友好地对待生活在"地狱"里的朋友。

　　我们站在马库斯·保尼家的门廊处，他家的房子在桦树透过的阳光下显得树影斑驳。在前面的草坪上有一个被推翻了的婴儿游泳池，而草坪看上去很久没人整理了。我还没有准备好按门铃。李维转过身来把我的头发弄平，我的头发长得已经足够长了，风都能把它吹起来。

　　"感觉怎么样？"

　　"痛苦。"

"可以立久点。这可不是一个聚会，伊莱。"

我盯着门上的铜把手。

"李维，"我转向他说，我的心脏剧烈地跳动，"无论发生什么，不管事情怎么样，你都是我的朋友，对不对？"

"伊莱，当然了。这问都不用问。"

"即使我在这儿出了洋相也一样？"

"你很努力想把事情处理好。只有傻瓜才不会努力。"

我在门把手中看见了我们的影像，听见屋里传来声音。一个小孩子，一条狗，还有其他的听起来像是男人的声音。

我快速地从我口袋里拉出我们几周前复印的手纹复印件，我把折皱的纸展开，严肃地把我的手放在复印纸上："朋友？"

"即使在地狱里也是。"李维边说边把他的手放在他的手纹上。

"你是个好人，不会下地狱的。"我说。

李维猛拍我的肩膀。"说出真相，祝你好运。"他说。这一次我点了点头，明白他说的是什么意思了。我只能希望我在这条荆棘丛生的道路上留下的遗产能有一些价值。

我按响了门铃，一个红色头发、扎着小辫儿的胖胖的小姑娘打开了门。她手里拿着一个芭比娃娃，注视着我们，眼睛睁得很大，像是把我们装了进去。她转过头看过去，穿过短短的门厅进入到厨房，一个跟阿莫斯差不多年纪的男人坐在那儿读着报纸。

"马库斯，摩门教徒来了。"

我看着李维，他耸耸肩，强忍住笑。我想要重击他的肩膀上他停下。

马库斯抬头看看，折起了报纸。

"我们不是摩门教徒。"我说，"我们不是来劝你改变信仰的，我们是阿米什人。"

马库斯起身朝我们走来。他穿着邮差制服，穿着短裤，厚棉袜，还有一双皮靴，看上去能在石膏上踩下很深的脚印，或者在骨头上。我僵住了，看着他朝我们走来，记起了那个脸颊红红、肚皮红红的小恶霸。他的妹妹还站在门厅里，直到他的哥哥轻轻拍了她的后背让她到外面去："告诉母亲你准备好去上学了。"但这个小女孩儿跑到窗子边指着卡车。

"你们是阿米什强盗！你们在开车！"

我无助地看看李维，而马库斯看着我。

"你们想干吗？"

我清清嗓子，感觉到了我抖动的身体里每一根筋骨和神经。甚至我的舌头也在发抖，当我说的话听起来急促又拥挤，就像是筒仓里的粮食。我从来没有这样想要快点说出真相。

"在我们小时候，你把你的相机留在了我的糖果摊上，我偷了它。我非常抱歉。"我边说边挠着脖子。一切都变得热起来，"你张贴了告示，我把它们撕了下来，而我一直都没有打算要找到你。这台相机去年被别人从我这儿偷了，我现在就想把它找回来，我需要你帮忙找到它，我的命都靠它了。实际上，是我姐姐们的灵魂就靠它了。她们的灵魂在相机里。"

我说完的时候转身看看李维："说得怎么样？"

李维什么也没说，完全盯着马库斯，他看起来就像是得了炮弹休克症[1]。

"你是谁？"

"我是伊莱。"我说，"大……大……又大又丑，记得吗？"

我伸出手给他看。

马库斯点点头，说话的时候嘴唇颤抖着。

"我怎么能忘呢？"他的声音很尖厉，而我很难想象他这样个子的男人会发出这样的声音。我以为他会揪住我，但他却拥抱住了我。

"都是我的错，伊莱。"

我扭动着想挣脱他的拥抱。

"但我之前应该把它还给你。"我说。感到很尴尬，身体僵直，马库斯离我这么近让我很不舒服。

"我曾试着找你。"他说，"在特利托的某天晚上，在我的棒球比赛

---

[1] 炮弹休克症就是战斗时被炮弹炸到，医好之后出现的后遗症，跟正常的休克差不多。

结束后，我看到你和你的父亲。我想去道歉，但是你跑出去了。"

"那你为什么不？"

"我觉得太尴尬了，没法在你姐姐们面前说话。"他说。他扭头看看，好像是确保没有人偷听他说话。他的声音颤抖着："高个子那个看上去像是想要杀了我。"

然后马库斯在我肩膀上呜咽。李维走开了。

"你一点也不丑！"他哀号着说，"我怎么会那样说！你是个很帅气的男孩！我再也不想见到那台相机。"

"你不想？"我吃惊地问。

在门厅里，马库斯看着我的眼睛："我只想要你原谅我。"

九

如果上帝曾告诉我马库斯·保尼某天会让我原谅他，我会认为是魔鬼在我耳边说话。我不记得是怎么坐车回家的了。我极度震惊，不仅是因为马库斯原谅了我，而是因为把渐渐消失的 1976 年 8 月 14 日那天的记忆碎片修补到了一起，我意识到如果我们那时面对了马库斯，本可以避免那场意外。

"是我把事情搞糟了。"我说这话的时候并不是想对特定的人说，尽管只有李维听得见。

"有什么问题吗？你做得很好。"

我摇摇头。世界再次变得模糊不清，周围的一切，特别是在高速公路上从我们旁边飕飕驶过的车辆，看上去模糊一片。

"如果我们那晚留下，司机就不会撞到我们，但是我太害怕，害怕因偷了马库斯的相机而被抓住，而想要回家。"

李维伸手去仪表盘处找香烟。

"你不能这样虐待自己。"

"但是知道得更清楚。"

"你那时还只是个孩子，伊莱。你是因为害怕。"

我摇头，用双手捂着脸，在我的手指上闻到了李维抽烟的味道。

"要往好的方面看，他原谅你了。"

我点点头，拿了一根香烟抽，因为我没有什么可说的了。马库斯的原谅对帮助我的姐姐们没有什么用。我仍然需要那台相机，马库斯没有帮上忙。那台相机是他爷爷收到的礼物。他打电话问了他父母，但是没有找到保修卡。他们建议，唯一辨认出那台相机的办法，就是把里面的胶卷冲洗出来。

这也不是什么新办法。经过这一场痛苦的经历，我十分沮丧，昏睡了三天三夜，只被李维炖的玉米鸡汤唤醒。我在马棚里的干草堆上，裹着温暖的羊毛毯，忧愁让我昏昏欲睡，雨落在屋顶上的滴答声让我平静地沉沉睡去，李维把我推醒了。白天变得温暖起来，持续时间也更长了，但是关于这个春天似乎没有什么是有希望的。我想永远睡下去并叫李维走开。他不理我而是用膝盖碰我的背，然后把一碗汤放进他从干草上挖出的草皮上。

"醒醒，大帅哥。你得吃东西。"

"留给你母亲吃吧。她都快死了。"

"破碎的灵魂会先杀死你的。"他说。

"那就让我死吧。"

"我会让你尝尝死亡的滋味，但不是像这样。"

"但是我的生命已经结束了。"我咕哝道。

"你可以难过，但不必悲哀。起来吧，我们要去'徘徊期'聚会了。"

那是3月的一个刺鼻的夜晚之一，闻起来有木材燃烧和灰烬的味道，开头和结尾像是伪造的麝香味道。我们没有穿上电线，把电击枪也留在了李维的马棚里。每当我们走过一个电话棚屋，我都会想起我们应该停下来给富勒警官打个电话，告诉他我们的进展如何，但我一张开嘴，就又很快地闭上了。我甚至都没问李维他是如何找到那些聚会的。他在开车的时候没有心情听我说话，而是听着收音机里的歌声。邮差那天投递了另一封来自阿莫斯的信，这让李维情绪低落。我们两个头脑里都想着很多事情，我们的烦恼被压过地面潮湿的樱花所打断，它们在公路上腐烂直通向盖普。

"今晚你要喝啤酒吗？"

"是的，要喝很多。他们让阿莫斯出狱了。"

李维白天说了很多，而我相信的是他声音里的确信，尽管我们都不知道要对他们的重聚如何准备。从李维脸上的表情看，我相信因为他弟弟的自由，他感到的更多是恐惧而不是快乐。我不知道为什么警察只让阿莫斯蹲了一个月监狱就放他出来了。当我问李维，他只是转过头来说："表现良好。"

"可能是吐出了信仰的忏悔。"我说，在卡车颠簸的时候伸手去拉车窗上的把手，"另外，他还没有完全自由，他还有罚款。"

李维转过来说："他已经付了。"

"怎么会呢？"

"主教。"

"艾玛的父亲把他保释出来了？"

"阿莫斯每天都给他写信，一定是留下了某种好印象吧，因为主教寄出了现金。"

在接下来的路上我们没再多说什么，我的脑中一直在想贝勒主教已经找到方法原谅了阿莫斯，而阿莫斯也有问他的勇气。坐在"怪兽"里，我一直在想我曾有多少次机会，又浪费了多少次机会，当我面对主教时告诉他我小时候做了什么事。如果也能像每天给他写信一样简单，那么我也同样会生气上帝为什么让我如此难以写下自己的心绪。我想是不是在墨水和纸张的平静中，我的秘密会不会更加安全，我的忏悔也会不会更加诚挚。

我合起双臂，用力地抵在我的胸前，隔着外套都感觉到了我的心跳。李维抓弄着他的指甲。我们两个都很忧郁，然而尽管那晚我们不打算交朋友，但我们也不想失去朋友。

我们沿着远处延烧的篝火的火光行进，再往下拐进一条两旁开满花的李子树的狭窄小巷，星光点缀着一个质朴无华的烟草仓库，上面的油漆都剥落了。在碎石铺成的停车场上有一些和"怪兽"一样的黑色卡车和一些马车，马咬着拴它们的篱笆桩。一群阿米什人在外面乱转，把马靴扔进一个环形圈，一些人围着篝火，还有一些人在仓库里进进出出，站着或者坐在窗子边，往下看着阿米什小伙子们玩角球。我看见其中一个人，一个矮小瘦弱的孩子，打球被擦伤了，就躺在了干草堆上。他用手遮着胯部，脸上肌肉抽搐着。

"他们打球很卖力。"我说，从卡车窗户向外看。

"他们只是在表演。"

"但我觉得那真的很疼。看看他的样子。"

"确实，他演得挺像。"他边说边指着围成一圈的旁观者，有一个摄影师拿着相机蹲着，镜头对着那名运动员。他的闪光灯照亮了中间两名队员的身体，一个在跳跃，另一个在团着身子滚到了球场边缘，那名摄影师扔给他了一卷钞票。我不知道哪个让我更惊奇，是看见这种报酬的形式，还是那个接受钞票的人是比奇阿米什人，他也剃了跟我之前一样的光头。

"里科克人在这儿。"我说。

李维笑了起来。

"其他人也一样，这是个聚会，不是个歌唱队。"

"他们不在聚会上唱歌？"

"只有在喝完啤酒之后，来吧。"

我从卡车上下来，跟着李维，从里科克人旁边走过的时候低着脑袋。他们是由更加信奉自由主义的比奇阿米什人组成的一个粗暴的帮派，比奇阿米什人是旧秩序派在1910年分支出来的一个小派别，那时候电话开始在宾夕法尼亚农民的家里出现。为了在教堂里举行私人的圣经阅读和会面之外，比奇人还会使用电力和电话，会开汽车，身着朴素而现代的服装。每个人对为什么旧秩序派禁止在家里使用电力和电话都有自己的看法，但是有人提出这更多的是与比奇阿米什人挽回颜面有关，而不是让我们与外面的世界脱离联系有关，一场战争已经持续了七十年。我们都知道比奇人在享受着挑战旧秩序派，然而这种嘲笑很敏感。那晚看到里科克人穿着传统的阿米什服装还是让我感到惊讶。他们穿着黑色的裤子，黑色的背心，白色的领尖钉有纽扣的衬衫。他们看起来像是快要接受洗礼了，尽管可能并不是他们自己接受洗礼。

"你想喝啤酒吗？"当我在一个空的谷物饲料槽边从他们身旁走过的时候，一个人这样问我，那是他们撒尿的地方。

"嗯，当然。"我说，一边寻找着李维，他在一圈角球队员中间消失了，站在一队人中，准备保卫他的冠军头衔。

"桶在里边，别拘束。"

我停下来，听着这个人的口音。起初，我以为是啤酒让他说话含糊不清。

"那是什么？"

"去吧，那是啤酒桶，孩子。"

我注视着他，我们四目相对了片刻，接着他灌满了自己的杯子走开了，留下我一个人。我走进大门，越过酒桶和板条箱看着这个仓库里的闲荡者世界，婉谢了进去探索的邀请。这个仓库里的一切，包括聚集在这儿的一百多个年轻人，都突然地呈现出一种粒状纹理。在"徘徊期"里的一切都是不清晰或者轮廓未明的，这让我心神不安。我清楚地知道界限是什么并且现在就需要它们。

就在那时，我注意到了，在门上的生锈的挂钩上挂着一个上下颠倒的马蹄铁。它跟其他马蹄铁不一样。它蘸了银色的油漆并且有手绘的花朵。经过多年，上面的绘画已经出现了瑕疵，但是还是能认出这件艺术品是我姐姐的作品。看着它倒着挂在那儿让我很心烦。我伸出手把它扳正，但是它又顺时针滑下来再次像皱眉一样挂着。我都不记得我扳了多少次，我用大拇指把松动的螺丝挤进了腐烂的木头，直到它掉了出来，然后整个东西掉在了我脚上。"耶稣，约瑟夫和玛利亚！"我叫喊道，听起来像是勒罗伊。

一个从我身边走过的比奇人笑了起来，"不错，你听起来跟我们一样。"他边说边弯下腰去捡那个马蹄铁。我转身盯着他。他抬起帽子，抓着他头上的发茬，"痒痒的，是不是?"我问，好奇地想再听他说话，想知道他指的"我们"是什么意思。

"比你胯部贴着水蛭还痒。"

我翘起脑袋，在我们那儿的水里没有水蛭，在池塘里，河里或者胯部都没有。

"你们在哪儿钓鱼?"我问他。

"我不钓鱼。"他说，把马蹄铁递给我，"这次可要挂直了，不要让它弯了。"

我拿过来，勉强一笑。在我们去见马库斯·保尼的那天，在我一路上想见到的迹象中，我只需要这个就能知道事情不对。

先是这个上下颠倒的马蹄铁，现在又是这个人古怪的口音。我不知道没有一个阿米什人不能说出他是在哪儿钓鱼的。我应该走出去把这事儿告诉李维，但更想看看那个摄影师。我靠在仓库门框上，看着在火光中的他，仔细看着他的容貌，在自己的头脑中回忆着，而得出的结果让我嫌恶，是巴顿。毫无疑问。他近距离地拍着他们，把钞票发给每一个进入我们文化阴暗面的人。我没有移动，而是等着，一直看着他，直到他转身察觉到我的眼神。

"但愿你有足够的钞票能给够发给他们每一个人!"我大喊道。

有些人拿着钱跑下马车，把钱放进车后面的锁箱里。巴顿站起身朝我走来。

"我没做错什么，丑丑。是他们邀请我来的。"巴顿说，然后笑了，眼睛透过镜头看着我。

我从他的视线中移开，但是他一直跟着我进入了仓库。我听见第一声快门响的时候跳了起来。

"请不要给我拍照。"我说，咬着牙说出这句话，绝望地寻找着李维。

"没关系，丑丑。我现在有足够的钱能付给你了。"

接着他拍了另一张照片。我停下来了，听见了纸被扔出的声音，然后感觉脚旁有一团东西。我看见地上有一卷钞票，但是我没有把它们捡起来，并希望旁边的一个兄弟的脚后跟会在木板上把它们磨成碎片。"把你的钱拿回去。"我说。

"怎么回事？钱不够吗？"

"钱是很多。"我说着，并从他身边跑开。想要穿过人群到啤酒桶去。我在一生中没有什么时候像那一刻那样想喝啤酒。我灌满一个红色塑料杯，这时一个比奇人看见我身上满是汗水。

"是谁邀请的他？"我咆哮着。

"他从戈登维尔一路跟踪我们来的。"

我摇摇头，看见衬衣的口袋里塞着钞票。

"他不该来这儿。"我说。

"也许是你不该来。"他低声说道，注视着我手中的啤酒杯。

我很快地一饮而尽，啤酒泡沫粘在了我的下巴上。巴顿又拍了一张照片。"这很适合你，"他说，"店里的人一定会喜爱这些照片的。丑丑有胡须啦！"

那个比奇人忍住笑。

"回家吧，主教。"他说，但我不知道他是在对我说还是在跟另一个阿米什孩子说，是一个金丝雀帮的，刚好从他身边经过的人，手里还拿着《圣歌书》的复印本，而这个比奇人用手把它弹开了。

这个阿米什孩子待在那儿，看着书本掉在地上。落在我的脚趾和比奇人的脚踵之间，但是这个比奇人没有弯下腰去捡它。他举起酒杯喝酒。他喝醉了，但是就算是一个年轻的阿米什人醉酒、眼瞎，也不能这样让《圣歌书》掉在地上。

"你有什么毛病，主教？"他问，这次他把眼睛转到了我身上，看上去黑暗、空洞又冷漠。

我摇摇头，仔细看着他。他是第三个一看就是平头长回来的蓬乱头发的比奇人。如果不是我自己的头发也是这个样子，他从我身边走过我也不会注意到他。他不过是另一个在加入教会前在"徘徊期"里撒播野燕麦的漂流者。

"我认识你。"我说，看着他的衣服。他跟李维一样高，但不像他那么瘦，他穿的牛仔裤上面没扣纽扣，一点儿肚子还垂在牛仔布上。他打着嗝摇摆着他的手指。

"不，我不觉得我们曾经见过。"

"善良的基督徒？"我问他，我记得他声音的节奏和声调，还有他枪管的冰冷金属抵着我的脸颊骨。我的眼睛跳动着，想知道如何才能快速地溜出仓库跑到街头的电话棚屋去给富勒警官打电话。我甚至不知道电话是否能用，但我不能让他逃跑。

他向我靠过来，仔细看着我的脸，然后是我的手，他的嘴唇咧开一抹微笑。他伸出手臂围着我，呼唤巴顿来给我们拍张照片，但我从他下面溜出来，找借口离开了，接着穿过仓库，推开了后门。我感到自己的心跳加速。我在角球场上寻找李维，但是他太沉浸于比赛中了。我向他挥手，但是他似乎不理睬我，即便我跳起来几次，不停地向后面指着仓库。我们找到了要找的人，并且由我来决定怎么做。我不想跑，也不想引起周围人的注意。我沿着马路在黑暗中跑了半英里，在电话棚屋给富勒警官打了电话。

"你是不是完全确定那些就是我们要找的人？"他问。

我点头，手里拿着冰冷的塑料听筒，感觉有金属弦在敲击我的后脑勺。我整个身子都在发抖。富勒警官叫我说慢点。"就是他们，"我喘息道，"绝对……是……他们。"

富勒警官夸奖了我并告诉我他会立刻派几个人来，让他们驾驶黑色的车并且不开车灯。我告诉他们不需要车灯，只需跟着篝火走。他让我保证不要告诉别人，即使是李维，并且尽量表现得平静。然后我们挂了电话，我在黑暗中又走回了山上，我的脚步又沉重又害怕。

我强迫自己回到仓库里，拿了杯啤酒，然后挤进一堆我认识的帮派人员中，在金丝雀帮和松果帮，甚至是漂流者帮的人群中我感到更安全，希望自己参与到安全的交谈中。他们的欢迎让我感到窒息。

伊莱·约德？你去哪儿了？你为什么把自己的狗生意卖了？你为什么

不来歌唱队？很高兴见到你，兄弟。我们都在等你。

我再不能忍受而厉声说道："看看我，你们认不出来吗？我不是你们的兄弟。还不是。"

我向后退，看着他们的脸，显得冷酷而惊愕。我走出去找李维。在警察来的时候我不想在那里。但我刚走到门口，捡起掉在门槛上的马蹄铁，就听到地面开始晃动。有人追着李维从角球场向山上跑来了。李维向我跑来，衬衣破了，鼻子流血了，他的脸和追逐者的背被篝火照亮了。

"快进卡车，伊莱！"

"为什么？你看见他们了？"

李维停下来喘气，指着"怪兽"："我待会儿解释，但我们必须要回家。就现在！"

后面的人追逐着挥舞着手臂："你告诉他真相之前不能走！"

我听出了这声音。看见阿莫斯我的胃都抽搐了，他向李维举着拳头："你欠伊莱那么多！"

突然间，人们从钉马掌的场地和角球场开始跑向他们。我从未在李维的声音中听到那么多的恐慌。

阿莫斯拦截李维，两个人滚到了山下。翻滚着，扭打着，像两个在战场上的兄弟一样摔跤。我跟在他们后面跑，捡起李维掉在草里的太阳镜。

"不在这儿。"李维恳求道。

"是的。就在这儿。就在所有人面前。"

阿莫斯把李维压在地上，用膝盖顶着他的背。他把李维沾满血的脸按进角球场的干草里，另一只手抓着他的头发："你就告诉我们所有人！"

"不！"李维尖叫着，他的眼睛又红又肿。至少有两百个人站在那儿，被这场比在角球场更激烈的打斗吸引了。看见巴顿拿着相机挤到中间来我一点也不惊讶。

"伊莱，过来！"阿莫斯说，招手让我往前走。而我只能看见数以百计的黑色大摆裤。我不想向上看。我不确定他们在仓库时知道我些什么，但是我的心脏剧烈地跳动，我的头发也已经被汗水打湿了。

李维猛地弓背跃起，想从阿莫斯手里挣脱，但阿莫斯把他控制得很紧，手指甲都掐进了他哥哥的前额。

"你今晚就要告诉他，你这个胆小鬼。"

接着阿莫斯一拳打在了李维的下巴上。

我喉咙发干，无助地站在那儿，想伸过手把李维从地上拉起来。起来！我觉得你很强大，不应该流眼泪。你比我更清楚！起来战斗。但是李维躺在地上哭了。

然后巴顿拍了更多的照片。啪——啪——啪。

李维呜咽着，倒在地上。他眼睛肿得都看不见我了。"伊莱，对不起。"

"为什么？怎么回事？"

"是我。"他呻吟着，声音嘶哑。

"谁？"我问，看见了阿莫斯的眼睛，湿润且无神。

"那个司机。"李维低声说。

巴顿又拍了一张照片，我对着他说："别拍这些该死的照片了！"

李维深吸口气，然后用尽那晚最后的一点力气，挣脱了他的弟弟，坐了起来，在火光中寻找着我的眼睛。我抱着双膝抵着胸口，整个身子都在发抖，好像他整晚都迷失在了暴风雨中。他在那儿看上去更渺小且受到惊吓。我之前所认为的我们之间的一切事实都要改变了。他说话的时候一滴泪水从他的脸颊滑落。

"是我，不是'英国人'，是我害死了你的姐姐们。"

我只是瞪着他，说不出话。

"在卡车里，在雨中我看不见你们的马车。"

我跪倒在地上，只看见火光闪烁。其他的一切事物都是一团模糊。那个时候真相对我来说没有意义，李维本应告诉我他自己就是耶稣基督。我的脸也没有变，我记得的只是自己的五脏六腑都停止了运作，我只能辨认出形状，看不清脸，但我最终明白这一切的仪式：黑色的帽子，黑色的裤子，黑色的背心就好像是数百只乌鸦的翅膀，在我跪着的时候飞在我周围。巴顿的相机，他盘旋着，蜷着身子靠过来，给我拍照，给我的悲痛拍照，给李维的羞愧拍照。利用我们的私人感情，拿去给外面的世界曝光。我们这样保持不动的时间越长，他手指按快门的速度就越快。拍了一张又一张。

经过了多年的抑制之后，我在这些人面前爆发了，而我从来都不想他们目睹我的这一面。就好像是有些事或者有些人把我撕开了。可他不像我自己的另一半，带着他所有的阴影和秘密，挣扎着想要生存，好像知道这是他最后的生存机会了。

我再也控制不住了，尽管李维和阿莫斯一起想要控制住我。我之前不知道自己有多么强壮。我从来不知道锁在自己深处的力量驱使我进行如此的暴力行为。这种感觉似对非对，没有什么，就连上帝也不能，让我放过巴顿。那几个阿米什冒充者怎么样呢？在警察到来之前他们一直没动。警察过后会告诉我这是一个完美的分散他们注意力的方法，尽管没人会赦免我的行为。

我知道发生事情的细节，仅仅是因为埃希兄弟在那儿目睹了一切，还有两百多个其他的阿米什人。我还会在报纸上读到它。根据所有的罪项，我首先袭击了巴顿的眼睛，他的相机掉在了地上。然后我袭击了他的鼻子和下巴，踢了他的肚子，直到他再也不能叫我停下。接着我从口袋里拿出马蹄铁击打了他的右手，直到我听见骨头咔咔的响声，并确定他的手腕已经断了才停止。然后，当我意识到他在那晚之后或许永远都不能再拍更多的照片了，我粉碎了他相机的镜头，把其他的部分投进了火里。当我累极了，跪在地上的那个时候，我遇见了上帝。

第五部分

一

　　当来自县和州的记者在外面喧闹时，我已经在兰卡斯特县监狱里冰冷的地板上跪了三天了。这不是阿米什人第一次进监狱，也不会是最后一次。每个记者都想要把我和我的爷爷拉普进行比较，我的祖父 1950 年为了他的孩子抗议高等教育，因此而入狱。那是我答应和他们谈话的唯一原因。我需要告诉他们，没有什么好比较的，我入狱和和平抵抗毫无关系。我告诉他们我现在已经不是阿米什人了。在仓库的灾难之后，我坚信我永远不会再成为阿米什人。

　　"你有没有想过自己是一个例外？"

　　我看着地板，逃避着他们的麦克风和他们的小型录音机里磁带发出的尖锐声音。

　　"我们都犯了错误，如果那是你所说的意思。但是我们不会为我们的行为找借口。"

　　他们不停地用事实和数字来逼问我。关于人身攻击的四项罪状。有一项罪状是违抗法律，而我都不记得这样做过了，但在我的手臂和腿上有瘀伤，是第一个发现我的一名警官的警棍留下的。我不知道那天晚上我打了多少架，又或者为什么我要努力反抗。我不清楚我是否知道我到底伤害巴顿有多深，也不清楚这四个罪行我要承受什么样的罪行。但是我知道，我的生活就此结束了。

"你们现在能离开了吗？"我问那些记者。

"你靠真相来理解你的生活吗？"

我点点头，感觉很虚弱。真相结束了我的生活。

"那么你需要告诉我们你所知道的一切。"

我知道的是每当我试图张嘴回答他们的时候，我的下巴都在疼痛。我知道我的心也碎了，因为我不动它就会痛。

"你有后悔吗，伊莱？"

我很后悔我在各方面都违背了"任其自然"的真髓。我抵抗了。我对他人动了武，而不是以平静之心去对待。我朝下看着我赤裸裸的脚。我也很后悔让守卫拿走了我的鞋。我的脚现在又痛又冷。但是巴顿呢？

我对他一点都没有内疚。用我的双手让他受苦这让我很高兴。我唯一遗憾的是警察把我带走之前，没有给我机会和埃希·李维交谈。我想要知道为什么他不早一点告诉我；为什么他对我的帮助仅仅是对我的又一次伤害。

"他回家了吗？"

"他在医院，准备做外科手术。"

我盯着他们，感觉我的胃在下沉。

"我也打了李维吗？"

"没有，只有巴顿。他现在在兰开斯特医院。"

我低声叹息道，我没有伤害李维，这使我松了一口气，即使其他所有人都认为我有理由那样做。他们对于巴顿事件的详情并不感兴趣，反而对李维肇事逃逸的事情更感兴趣。

"那是一次意外。"我说，想要确定他们是否知道事情的真相，"李维说那是一次意外，他在雨中没有看见我们的马车。"

"你确定？"

我咽了一下，看着他们的眼睛。他们看起来好像知道一些什么，但是又隐瞒着不说。

"是的。他是这样说的。"

"这是整件事的真相吗，伊莱？"

"我想要见他。"我说，感到很恐慌，"你能告诉监狱长我需要见李维吗？"

"你要说些什么？"

"我需要问他一些问题。"

"没问题。只要你在我们跟他谈之前再回答一些问题。"

那时，我的心感到软弱无力。我恨他吗？我爱他吗？我有想过我能永远原谅他吗？我没有告诉他们我们曾经是朋友，他是我从未有过的哥哥。我想爱他，但是我不知道应该如何做到，我也不知道需要等多久我才能再次和他做朋友。我想知道他告诉我的是否是事实。他是否告诉我了事故的一切，又或者他还告诉了谁。

"伊莱？这里，坐吧。"

我睁开眼睛，意识到我得把眼泪给挤回去。其中一个记者递给我一张纸巾。她的手伸进牢房的铁栏，把它跟一颗薄荷糖一起扔在了地上，但是我没有将它们其中任何一个捡起来。

"伊莱，请回答我。你认为如果不强迫李维的话，他会告诉你真相吗？"

"我不知道。"我说，声音颤抖着。我想相信李维总有一天会告诉我的，但是什么时候呢？我想知道他是否打算要告诉我的父母，又或者仅仅是告诉我就足够了。现在这些都不重要了。我的父母，和全州人一样，也许是全县的人，都将会在报纸上读到这则新闻。杀害他们女儿的凶手已经认罪了，但不是向他们。我不能在他们的身边安慰他们。意识到这一点，我将头埋到了手里，祈祷着我的父母和我都能得到安宁。

"你了解他吗？"

我摇摇头。我没有撒谎。以前我以为我了解他。我拿起纸巾，擤了擤鼻子。"当我们还是小孩子的时候见过一次。"

"他爱着你的姐姐是真的吗？"

我吃惊地朝记者看去。

"谁告诉你的？"

"对不起，伊莱，我们不能泄露我们信息的来源。"

没什么，我已经知道是谁。

"你还有什么想要说的吗？"

"是的，"我说，抑制着泪水，"对不起。"

其中一个记者按了一下磁带录音机。

"你能再说一次吗？"

"对不起。"我重复着，我的言语听起来很冷。

"为打断了马克塞尔先生的手？"

我眨眨眼，试着透过泪光去看他们。

"为没能早点毁坏他的相机。"

其中一个磁带录音机咔嚓一声记录下了我的话。

"谢谢你，约德先生。这就是我们今晚所需要的东西。"

我吃惊地抬起头。从来没有人叫过我先生，这听起来很奇怪。这让我听起来像长大了一样，我想知道是否让敌人流血而失去了自己的清白就意味着我成为了"英国人"中的一个。我发现记者们闷闷不乐的脸注视着我，他们的眼睛跟我的一样，浮肿、充满血丝。他们不知道应该说些什么，只是站在那盯着，就像他们想多说一点，但是太晚了。我们都太累了，但是他们需要把他们的镜头和注意力转移到下一个目标也就是李维的身上。我想象着，他们像是把我们俩如同蚂蚁一样放在放大镜下烤。

在凌晨两点多时，他们离开去跟李维交谈，在这之后他们又离开了去整理他们记下的故事。我担心监狱长不会来，结果他来了；我担心阿莫斯会说得太多，结果他确实如此。六点钟的时候，一个守卫拿来一份早报到我的栏栅前。李维和被捕的阿米什假冒者成了上半版版面的头条：

阿米什人聚会之残酷惊变：
肇事逃逸司机的忏悔

我在标题下面读到：

阿米什年轻人隐藏的愤怒？
幸存者的痛击

我只读了标题就把报纸撕成了碎片。这不能给我们带来任何好处，没有什么道歉能够抹去因我带给阿米什人，带给我自己，带给李维的公众的关注。我试着想象他会是什么感受，他会怎么做，他会做什么，如果换成了是我认罪，而不是他的话，我会怎么做。我想陪在他身边，鼓励他站起来，告诉他一切都会过去的，不管事情多糟糕，他依然是我的朋友。我想给他讲笑话，我想给他做汤，我想带他去聚会，在那里，他可以整晚玩角球，并且成为胜利者。我生命中第一次想要食言。不管我会变成什么样，我想要确定李维知道我已经原谅了他。

我不记得什么时候入睡的，但是总感觉在意识里进进出出。我梦见我站在一片森林外面，被铁丝网包围着。李维在杉树的大树枝下等着我。在草地上，在他的旁边，是他的腿，带着血并且和身体分开。一团铁丝网刺破了他的小腿肌肉。我想要帮他，但是只能无助地站在那里，因为铁丝网束缚着我的手腕，牵制着我胸前的手，使我手心向外。我无法移动，很愤怒。当他死去的时候，我只能站在那里看着。我看着他死去的感觉就和我看着医护人员拉上装有我姐姐们的黑色袋子时的感觉一样。当我相信李维死了的那一瞬间，我醒了，手心感觉到了光的温热。我闻到了咖啡和快餐的香味。

"伊莱，醒醒。"

我翻到另一边，感到光是通过栏栅透进来的，温暖了我的脖子和脸。我睁开眼睛看着富勒警官，他伸直手臂，穿过栏栅，递给我一袋特利托的汉堡。

"你是不是想把被关起来成为一个习惯？"

"不。"我抱怨道，从地板上站了起来。

富勒警官拉过一把椅子，并且催促着让我快吃。

"趁热快吃吧。"

"谢谢。"我说，用鼻子闻了闻食物。

"我听说记者昨天晚上来过。"

我点点头，手伸进口袋里，拿出一团薯条，塞进嘴里。我从未意识到当一个人哭到睡着的时候他将会有多饿。

"你有说其他他们没写出来的东西吗？"

我看着富勒警官，吞下了一块汉堡和薯条。

"不是太多。"我说，"怎么了？"

"我也不知道。只是有点担心。"

"担心？李维要被抓进监狱吗？"

富勒警官摇摇头。

"在 1976 年的时候，诉讼时效只有两年。"

我竖着脑袋："那代表什么意思？"

"自由。"他笑着说道，"诉讼时效意味着多长时间内你能对李维提出赔偿，但是因为阿米什人避免法律上的对抗，那么很可能在这个案子当中这就不是什么问题。他现在不会进监狱。五年前就已经超过诉讼时效了。"

我咽了咽唾沫："你确定他不会被抓进监狱？"

"除非他再做一些愚蠢的事情。"

我看着他，摇着头，好像我是李维一样。

"不会的，我保证。"

"生命真是不可预知，伊莱。你永远无法预测。"

"那你还担心什么？"

"你。"

我停了下来，放慢了咀嚼的速度，被他的关心所触动。富勒警官是一个真正善良的人，他从未打击过我。他总是有任务在身，因此无论他对我和李维表现得多么友善，看起来都只是像想得到他需要的东西。

"我没事。"我说,"他们没有伤害我。"

"那就好。"他说。他的视线从我的脸上转移到地板上,回避着他想说的话。他轻轻地弹开他的糖盒的盖子,"我担心你可能说了一些不应该被记录下来的东西。"

我刚触摸到了另一个汉堡,准备拿起来,在听到他的话之后,手停止了。"你看了报纸了。"我耸耸肩说道,"没说什么有趣的事情。只是想确定他们能够准确地记录,毕竟我不是我爷爷。"

"我担心你说了你和我一起工作的事情。"他说着,啧啧地喝着咖啡,好像是他要把他说的话也浸泡在那热热的黑色液体里面。

我摇着头:"没有。关于我们做鼹鼠的事,我一个字都没说。"

"很好。对于你们违反的擅自进入罪我一个字也没说。你联系我们这点做得很好。"

我停止了吃东西,把白色的纸口袋对折了过来,听到的,只是我们之间的别扭。我不想听到我自己装腔作势的语言,也不想听到他感谢我。

"他们说我犯了关于人身攻击的四项罪状。"

"是这样的。"

"我会被判入狱多久?"

富勒警官向后靠在椅子上。

"这要看法官有多同情你。"

我哽咽了一下,感觉我胃里的食物就像一个巨大的油腻的球。"我不需要他的同情。告诉他我只想见李维,我需要和他谈谈。"

二

在第四天的早上,一名监狱看守把我的手从铁栏上撬开,把我拉出去,叫我走。他没有给我戴手铐,尽管我顺从地把手伸了出来,我想他是要带我去见李维。

"他等了一晚上。"看守说。

我疑惑地看着他。他递给我的帽子还有一个装满衣服的塑料袋，然后打开了锁，打开了男厕所的门。

"在这儿换。"

这个袋子比我想象的要重，我把它举高避免挨到在破碎瓷砖方块里的小便池。把它挂在了隔间的门上，然后拉开袋子的拉链，看见了一条被压紧了的上浆的大摆裤，一条干净的白色衬衣，一件黑色的背心，一条吊裤带。起初，我以为这是在开玩笑，然后转过头去看看守是否在看着我，但是门是关着的。他轻轻敲着门。

"快点儿，伊莱。不要让大家等。"

我不知道"大家"是谁，以为是记者们挤进了监狱，想在我再次见到李维的时候来另一期封面故事。在我想着这些的时候，一阵微风从窗户里出来，使这些衣服散发出一阵熟悉的香味。我把衬衣的袖子拉到鼻子面前，吸一口气，闻到了普拉克蛋糕的酵母味和肉桂味。但是我不知道这种味道意味着到达还是离开。我开始失去了辨认出其区别的能力。

看守再次敲了敲门。我快速地换上了衣服，在水槽上面的镜子中看着自己。我的脸颊上有伤口，我的眼睛上方和下巴上有青肿。我拧开水龙头，用水冲着手腕，感觉冰冷浸入了我的血管，让我清醒。不是因为失眠而浮肿的双眼或者是油腻的蓬乱的头发而吸引了我的注意力。我注视着自己，意识到了我的大摆裤上已经缝上了口袋。在我生命中的其他任何时候，我都急切地想把我双手揣到里面，但这次我为了李维要把它们放在外面，这样他就能看见它们中的约定。我已经准备好要原谅他，我也愿意为此而握手。

我打开门，然后看守带着我走过一段充满阳光的长廊，一个穿着深棕色西装的高个子男人在那儿等着我们。

"这就是监狱长。"看守说。

"你好，大丑丑。你真应该多出来走走。"

他走到我身边，把我衬衫的衣领捋直，然后把背心后面的几根头发拍掉。

我立刻认出了他。

"我们在理发店里都很想你，你不在的时候很不一样。但我认为你现在应该在一个更好的地方。"

"我该去哪儿？"

"十六岁的你唯一能去的地方。"

"不穿鞋子？"

"你不会需要它们的。"

我注意到更多的人打开了门走进走廊。我没有意识到我请求见李维对大家来说会是一个如此重要的事情。"谢谢你同意让我见他。"我说。

"我什么也没做，都是他们。"监狱长说，示意看守打开前门，在兰开斯特县监狱的巨大的玻璃门外，上百名阿米什人聚集在外面。站在楼梯中间的是我的父亲和母亲，站在下面的是阿莫斯，他生病的母亲，还有李维，双手倚着轮椅站着。他戴着新的太阳镜，但我知道他正注视着我，我发誓我看见了他咧嘴的笑，然后又觉得不该笑，而很快地扁着嘴唇。在他们身后，是上百个阿米什人，老的少的，从停在人行道边上的二十多辆或者更多的公交车里涌出来。孩子们太年幼还不知道他们在哪儿，他们跳过人行道上的裂缝嬉笑着。富勒警官在街道上指挥着交通，街道上被骑摩托车的人阻塞了，而街道两边都是警察巡逻车。除了每年在戈登维尔的拍卖会上，我一辈子还没有见过这么多阿米什人聚集在一个地方，甚至在帮邻居建谷仓的聚会时也没有。这也是为什么，我确信富勒警官不想错过的原因。他向我挥挥手，但我没有向他挥手。我站在那儿看着这一切，努力想要相信这些阿米什人都是来看我的。

我的双眼再次扫视着人群，并把目光落在了我的父母身上。母亲用围裙角擦着她的眼睛，父亲拉着她的手。自从我姐姐死了之后我再也没有看见过他们流露出情感，这微妙的手势让我想知道这是不是昨晚我做的奇怪的梦。我在人群中寻找着，希望能找到李维，但他似乎已经走开了。主教对我挥手，从人群中挤出一条路来。他提着两个大的金属桶站在楼梯上，水在边沿上晃荡，然后他把桶放在我脚边，他的肩膀上还挂着一条毛巾。

我转过身，看见监狱长和监狱看守走出来看着我们。那是一个阴沉而安静的日子，只有一面旗帜碰着旗杆发出的叮当声。挤在人群中的还有一些记者，他们来是想目睹之前没持续几个世纪的再洗礼派的仪式，而这个仪式之前从未在监狱的阶梯上进行过。

这就是我为什么不需要鞋子。

"欢迎回家。"主教说。

作为他这个年纪的人，主教足够低地弯下腰，显得很谦逊，然后把双手放进冰冷的水里，开始为我洗脚。当洗完的时候，他用毛巾把我的双脚擦干，接着慢慢地，双膝分开地站着。他扣着我颤抖的双手，然后向前靠过来给我一个神圣的吻，是爱和友谊的象征。在我所见过的阿米什人的接受仪式中，这是最重大一次，这让我充满了希望。

我抑制住眼泪，感受到了我以为我失去了的联系。尽管我不完全认识为我而来的每一个人或者知道每一个名字，我知道他们心胸的伟大。我觉得哪怕是在天堂也没有一个筒仓能够容纳下那天我所收到的爱。它像微风敲着旗杆一样自由，它让我们在平静中联系在了一起。

在主教擦拭着他的双手时，我看见李维在人行道上，独自站在破碎的混凝土石板旁，他转过身，躲避着靠得太近的记者们。富勒警官走在他们中间并示意记者们走开，主教站在一旁看着，似乎感到满意。他对我微笑，然后弯下腰去提起桶，但是我猛扑一下从他手里拿过桶，在人群中引起了骚动。主教和我交换了知晓的眼神，然后把毛巾搭在我的肩膀上。我提起水桶，走下了楼梯，朝李维走去，然后我放下桶，在他面前跪下，开始解开他的鞋带。

"你在干什么？"他低声说，"快起来，伊莱。"

"我会的。我是在打破我对你的许诺。"我说。

"什么？为什么？"

"因为是时候许下一个新的了。"

我抬头望，看见泪水从他脸颊上滴落。他用手背拂去泪水，好像它是一个迟来的道歉。他脱下鞋子，卷下袜子，把它们放在破碎的混凝土石板上。接着，在所有人的目光下，我把双手放入桶中的水里，开始洗李维的脚。不只一下，而是七十下，跟德克·威廉姆斯在他去世的那天所喊的次数一样，确保攻击他的人和上帝知道他已经原谅了他们。我把双手放进水桶，一次又一次地把水倾在他的脚上，感到惊奇的是原谅李维原来是这么容易。我之前曾希望这水的力量足够强大能够洗去他所忍受的所有苦痛和羞愧，但我后来会知道不是这样。当主教原谅了我时，当我为阿米什社区而原谅了李维时，没有什么可以代替李维和我对我们自己的原谅。

三

我原谅李维的决定让人们对我刮目相看。就好像我突然变成了一个真正的男人。人们抬头望着我，虽然有的时候带着一丝恐惧。他们说我是我们社区的光明和黑暗，"最长的影子和最强壮的力量。"当我在工作和在教堂做礼拜时，孩子们就会在我身边尖叫、嬉戏，他们挂在我的腿上，吊在我的手臂上摆动着，他们的父母曾和我的姐姐们是朋友。他们想要我和他们玩耍。他们想要我看他们，看他们的善良，就好像我突然变成了他们的榜样一样。甚至主教也把我叫到一边，感谢我在监狱里的勇气。他的执事，半开玩笑地说他们可以想象上帝有一天会让我为教会服务。但是我还没有做好为教会服务的准备，如同我还没有做好承认我爱着艾玛·贝勒、或放弃我的姐姐们一样，这些也使得我的归家显得更加的尴尬。

房间里充满了普拉克蛋糕和馅饼的香味，母亲灶台上的汤和冬末炖菜在沸腾着，好像她在准备一场婚宴和一场葬礼，因为我的归家好像两者兼具。如果有什么不同的话，我想她是想让自己保持忙碌，以给我们所有人一个理由，去告诉那些记者让他们离开。我们的路成了大西洋中部地区一些主要电台的通道，直升机日日夜夜都挤满了我们的农场。我不知道他们想从我们这得到什么，再把往事像老树根一样挖出来吗？难道他们跟我交谈还不够吗？为什么他们需要我的父母陈述他们的感受、安心、困惑和背叛。

我的母亲，已经厌烦听到这些喧闹声。她拉开厨房水槽上方的窗户朝草坪上叫喊道："我不知道你们这些人认为什么才是新闻。在我看来，你们这些人都来得太晚了。我们早在十年前就原谅了他。"

但是那些记者不能看见我所看见的厨房的场景，这些新闻破坏了从1976 年起我父母就形成的生活规律。我的父亲从不帮助我母亲煮饭，但是他现在进了厨房，拿着菜单，希望把心思都放在家务事上，以此来忘掉事实：司机是一个阿米什人。

一切都很奇怪，超现实一般。如果勒罗伊在这儿他就会这样说，外面驻扎着媒体，而我们在屋里走来走去，想要表现得好像什么都没改变一样。阿米什人对这个很在行，即绷紧上唇，抬起下巴，眼睛看着未来。周末还会有礼拜，仍然还有衣物要清洗，希望和棉被一样，都等着我们去编织。

那天晚上所有人都没说的是，尽管他们原谅了李维杀害了我的姐姐们，但是他们不能原谅他这么长时间里没有告诉任何人，又或者不能理解为什么他从未停止给予我们帮助。

"你认为他是懦夫吗？"当母亲打着鸡蛋，我摆放着餐具的时候我问道。她用搅拌器重重地在碗里搅拌着。

"他只是不够勇敢，"她说他的命运跟我很相似，"我想他是害怕幸福，就像你一样。"

我看着她，她把脸转过去，继续搅拌着鸡蛋，直到鸡蛋起了泡沫，然后她将鸡蛋倒进一个装有面粉的碗里，来做更多的普拉克蛋糕。

"我不害怕幸福。"我说。

"但你回到家看起来确实是不幸福。"

　　当我和我的父母在餐桌前第一次一起用餐的时候，我不能说我有家的感觉，吃着母亲做的饭，让我感到很安慰。没有人提到迫近的审讯。和李维的案子不同，我的诉讼时效并没有过期。巴顿可以在两年内对我提出赔偿。在流传的谣言中，他很可能会这样做。不到两年我将满十八岁，那时我将作为一个成人而被起诉。父亲告诉我让我不要担心这个，要把精力放在巴顿的康复上。他说我们能够避开法庭对质和更多的关注，我们祈祷我们能够庭外和解。他告诉我需要支付巴顿的医疗护理费，为他换一个相机，并且弥补他因此而误工的损失。

　　那时，父亲的声音盖过了在我们房顶上盘旋的直升机的声音，他谈到了一些更光明的事情：鱼、钓鱼竿、钓具盒以及拍卖会。他从桌子下递给我一支雪茄，说道："为戈登维尔保留着它。"好像他希望我和他一起参加本年度最大型的拍卖会。

　　我在家的时候，很少去思考我现在应该做什么，脑子里总是想着怎样才能赔偿巴顿。我的父母给我列了一个清单帮助我，谈论这些需要在农场上做的事情，而不谈论在我走了之后我所做的错事，或者没有做的事情，这让我觉得很尴尬。他们没有提到我的手，这是最让我吃惊的地方。他们唯一讨论的是我的头发。

　　"很短。"我父亲评价道。

　　"以前更短。"我说。

　　我母亲补充道："至少现在又重新长了出来。"

　　他们没有问我关于佛罗里达，也没有问我伊诺叔叔和莉迪亚堂妹。当我问他们为什么的时候，我的母亲只是指着一堆发黄的《大使馆》，那是她从 9 月份就开始留着的，但是现在让我拿出去扔了。我没有立即扔了它们，看着风哗哗地翻动着书页，露出橙色的专栏。我母亲一直是一位细心的读者，她会用她在购物或者书写德语活体字时的那种敏锐的眼神来仔细查看《大使馆》上"手写的书信"。在每封信的顶部有一个标题，包含着作者的名字和他或她所写的阿米什地区。虽然这些信来自世界各地，但是我母亲只搜集来自佛罗里达的，希望从中能找寻到我的消息。她发现我在马棚旁边的垃圾箱里读着它们。

"我本应在 10 月就停止搜集它们了，但是我意识到你或许会在这些报纸上出现，所以我又继续搜集着。"

我吃惊地转过身，"10 月？"

"你离开到勒罗伊家的那天，艾玛一直跟着你。"

我把它们全扔进了垃圾箱，盖上了盖子，我也希望跟着爬进垃圾箱里。一直以来，不仅艾玛知道我的行踪，我的父母也知道。

"她告诉你的？"

"她需要知道你头的尺寸。"

"为什么？"

"她担心你头光秃着会冷。"

我母亲咬着她的嘴唇，想要抑制住笑声："我听说你对剃刀掌握得很熟练。"

"那也是艾玛告诉你的？"

"不是，是露丝安妮告诉我的。虽然我们那些日子都没有联系，但是我们还是把那些失去的时间补回来了。因为我每周都会去拜访她，打听你的消息。"

"什么时候？"

"星期二。"

"星期二？"

"是的。在我从市场回家的路上。"

"我知道了。"我抱怨道，用脚踢着垃圾箱，只是惊扰到了在垃圾箱下面洞里的一窝老鼠。

"这里有老鼠。"我母亲说，试着抑制着不笑。所有的一切对她来说都很有趣。

"很显然。"我生气地说道。

她将清理老鼠增加到我需要做的事情的清单里面。我很好奇，他们给我列的每项任务所需要的时间不是几天，而是几周或几个月。我的父母将一个承诺固定到了我的安排里面，那就是我要留下来。与此同时，他们忙碌于他们能够想到的每件事，因为他们还没准备好谈论我对巴顿的暴行。那就像是浓厚的雪茄烟雾一样，悬浮在我们之间，但是没有上浮的迹象。母亲烘烤的普拉克蛋糕不是为我，而是打包希望我能够带给巴顿，外加两个馅饼和一份炖肉。

"你想让我去医院？"

我母亲，第一夜就烘烤出很多食物，她扯出两片锡箔纸包裹在馅饼上面："这不是你想不想做的问题，而是你应该做的，因为这是正确的。他需要有人去探望。他在星期一早上做了外科手术。"

"外科手术？"

"是的。医生用一块金属板和两颗螺丝把他的手腕给接了回去。上帝的禁区你需要牢记。"

"不，我不会。"我说，"那只是——"

我母亲在我的脸上读到了恐惧。

"什么？我祈祷你没有忘记耶稣教过我们什么。伊莱，我们必须爱我们的敌人，而不是让他们流血。"

我被迫说道："他根本不算我的敌人。"

"他在流血，"她说，"他处于痛苦之中。"

"不会有我们痛苦。"

就在那时，我的父亲进入了房间，他好像听到了我们之间的整个谈话，或者是在直升机的嗡嗡声中试着听清我们的谈话。

"你怎么会如此恨这个人呢？"他问。

"我不恨他。我恨的是他的不理解。"

"好吧，那我们三个人都是这样。"母亲说，拿过她挂在厨房门上钉子上的羊毛披风。她走向外面的车道，拒绝和藏在那儿的记者说话，她绕开他们，地上的碎石被她踩在脚下。她在黑夜中走向公路边缘的电话棚，打开吱吱作响的弹簧门，然后进去打电话询问他儿子的敌人的状况。

让人着急的他们说了什么。巴顿在短时间内不会离开医院，这个消息让我难以入睡。我坐在马棚里担心着。我担心我伤害巴顿的程度会受到怎样的惩罚，我担心着我需要多长时间才能付完对他的赔偿。完成父母让我做的任务，我并没有收取任何钱。

我需要一份能够快速挣很多钱的工作，但是我没有技术，除了给人剃胡须以外，那不能挣足够的钱来付清我的债务。我也担心寄给我的包裹。我们的英国邻居顺便拜访的时候带来了一盒巧克力蛋糕和一副棒球手套，那副手套是按照我有璞的手来缝制的。我担心我收到的信件。装满我们信箱的是欢迎回家的卡片和少数好动的伙伴的邀请函，他们邀请我参加他们的垂钓航行和高尔夫球户外活动。

我没期望会收到来自勒罗伊的任何东西，但是有一张署着他们店里所有人名字的卡片。上面简单地写着：谁更有胆？你做了我们一直想做的事。而艾玛，我却没有收到来自她的任何东西。

我不是没有把对巴顿表示关心的包裹送出，而是我把它带到了斯特拉斯堡。那是 3 月末一个凛冽的春日，天空下着雪，天气异常寒冷。勒罗伊店外盒子里的水仙花已经结冰，并且在吸了一半的雪茄下也不会融化，我猜想这个雪茄是那个黑暗中坐在折叠椅上精明的男人扔出来的。他盯着我黑色的短裤、黑色的背心、起皱的白色衬衫、毛呢外套和黑色的帽子。我一定是吓到了他，因为当他看到我的时候，他喘着气，抓着扶手。

"地狱使者？朝圣者？"

"是丑丑。"我说，"你一定是'叉车'。"

"大丑丑？"他问着，伸出了他的右手。

我把一篮普拉克蛋糕给他，代替了和他握手。他穿着他那深绿色的费城老鹰运动套装俯身向前。他的鬓角就像针织帽里抖落的灰一样灰白。他看起来脏脏的，他的胡须在有的地方已经长了出来。他就像一个非常年老的勒罗伊，他们有同样的鼻子和深陷的眼睛。他伸手去拿篮子，轻轻揭开上面的餐巾布，想要看清楚一点，然后又将它盖上。

"我更宁愿刮一次胡子。"他抱怨道，挠着他的一小块胡须，"我在监狱里别人给我刮胡子刮得更好。"

"我在这不会给任何人刮胡子。"我说，希望能够保持勒罗伊的注意。我知道他从窗户里面已经看见了我，他拿着电推剪站在椅子的后面，正在为一个顾客理发。在周四上午的早些时候，还不是很忙，立体声播放器播放的摩城音乐中传出来的轰鸣的低音，把窗户的玻璃震得嘎嘎响。

"你知道如何得到我的谅解。"他叫喊道，并且把音量调大。我看见最近的报纸堆在窗户下面的长凳上。从主要的报纸到当地的争论，我的故事都是头条。

我从"叉车"那边转过身，拿着篮子来到门边。我没有打开门，只是站在门外，透过玻璃和他说话。"我来道歉。"我说。

勒罗伊看到了我的嘴型。

什么？他用嘴型回复道。

"对不起。"我说，举起篮子，希望这能够让他继续注意到我，或者能够减轻他的怒气。他关小立体声音量，走到了门边。店里的人们互相望着，用手捂着嘴巴，试着抑制着他们的笑声。勒罗伊打开一个门缝，低声说道："丑丑，我不需要你那该死的道歉。我之前告诉过你如何引起我的注意。"

"我仍在练习。"我说。

"那么当你准备好的时候再回来吧。"

"那就是问题的关键。我需要你的帮助。"

"我帮不了你。"

我咬着嘴唇，感到周围人们对我的冷眼。他们不是用微笑欢迎我，他们将目光集中在他们读的报纸上，或电视上。我感到被他们拒之门外，但是我没有时间去担心他们如何想我，现在我脑海里只有勒罗伊。我把手伸到普拉克蛋糕的后面，把馅饼递给他。"那是什么？"他问，鼻子抽动着，已经被新鲜的阿米什烘烤食物的香味所吸引。

"礼物，自制的。"

"我看见了。"

勒罗伊闻着馅饼的香味。他抬起眼睛看着我，皱着眉。"嗯。糖浆的还是核桃的?"

"我母亲做的……为你做的。还有普拉克蛋糕。"

"该死，还有普拉克蛋糕，我应该注意一下我的胆固醇。"

"也许这次可以例外。"

他盯着我，思考着，他那白色的眉毛比他父亲还皱得紧。他将手指戳在空中。

"这无可替代，你懂吗?"

"为了什么?"

"无论你想从我这得到什么都不及我想从你那得到的重要，明白吗?"

我点点头，感觉突然间充满了希望。

勒罗伊回头看了一下墙上的钟。

"午餐时间再来吧，到时候我们谈谈。"

午餐时候我来了。我们和"叉车"一起坐在他的办公室，交谈着。

勒罗伊拉上了窗帘，锁上了门。

"你的审讯怎么样?"

"还没开始。我需要在审讯开始前去一趟费城。"

我将目光转移到"叉车"身上，他只是坐在那里笑。

"为什么你不坐火车?"

"我需要你的帮助，去寻找那部相机。"

"哪一部?"

"装有我姐姐们灵魂的相机。"

"天哪!"勒罗伊说，震惊地看着我，"那一部?"

我点点头，压低了声音，将整个事都告诉了他们。我告诉他们关于马库斯·保尼的事，奇怪的是我也能很自在地讲述给"叉车"听。他坐在我以前用过的简易床边上，听着我的述说，没做任何评价。

"你怎么知道相机会在费城？"

"我不知道。"我告诉他，"但是我有信念。"

"叉车"用刀打开一罐四季宝花生酱，舔着沾在刀上的花生酱，然后将刀插在罐子里，看着我。他还没戴上假牙，他用他那黑色的长长的如肉桂条似的嘴唇软软地抿着花生酱。

"信念是你所需要的一切。"他说，并且看着勒罗伊，"对吧？它拯救了我，也会拯救你。"

我点点头："让我们从我姐姐们这开始吧。"

然后我乘公共汽车来到城里，把炖肉带给了巴顿。我把它放在医院四楼的护士工作台那儿。他们没有问我的名字，从我的穿着上他们就已经知道我来自哪里。我站在门外，看着他熟睡着，电视里播放着动画片——《飞鼠洛基冒险记》。护士指着我："你是——你就是那个人。"

我点点头，礼貌地笑着，走过他们。

看着巴顿在休息对我而言是一种安慰，他的脸有些浮肿，嘴唇弯曲成新月状。一束颜色鲜艳的气球贴在天花板上，窗户上放满了植物、鲜花和卡片，它们朝下俯瞰着城市的公墓。我很惊讶，居然有这么多人关心巴顿。我一直认为他是一个没有任何朋友的人。我也没有意识到他已经结婚，直到我看到床头柜上的一张照片，上面有一个女人和三个女孩，我猜想那三个女孩是他的女儿。

他的左臂下是一个毛绒绒的大象玩具，大象的脖子上系着红色的丝带。看着他摸着大象，让我意识到当我们给彼此造成伤害的时候是多么幼稚。他的右手打上了石膏绷带，放在了他的胸前，随着他的呼吸缓慢地上下起伏着。床的尽头是一个托盘，上面是一组签名。我不善于将我的名字签在任何地方，更不用说石膏上。但是我慢慢地走近他，拿起黑色的记号笔，将"大丑丑"写在了他打石膏的手上，希望当医生拆除它的时候，他们能够把这些字给剪碎，能给巴顿带来更多的安慰。

四

我没有直接回家，尽管天空看起来没有暗淡无光且令人压抑。空气中的潮湿暗示着还要下更多的雪，春雪。但我决定抓住我的机会，我在霍夫曼的种子店停下来，把他架子上的紫罗兰花种子全买下来了。我问收银员，他是一个比我小几岁的脸上有粉刺的阿米什男孩儿，问什么时候会还会进货，他推了推从鼻子上滑落的眼镜看着我："还要？你要这么多干什么？"

"以防这些花不好。"

"这些种子很好。"

"你怎么知道？"

他透过厚厚的镜片看着我，眼睛滴溜溜地转着，就好像我是他见过的最蠢的蠢货。

"它们是紫罗兰。"他说。

"什么？我知道。"

"如果能的话，它们的种子还会在纸上生根。"

我把这些种子包收拢，他打开了一个小的棕色袋子把它们滑了进去："我们会看到行不行。"

我搭乘了一位拥有马车店的阿米什人的便车到埃希农场去。他似乎很高兴能让我搭便车。他没有问我任何问题，只是问我需要去哪里。在黑夜里，我站在门外，等着有人应答，希望李维在家。我激动地想要在我家农场上建造一座花房，并想李维来帮我。

建造一座花房不在我父母的工作计划当中。我认为这是让我和李维再次花时间在一起的最好办法，并让我的父母有机会了解他。工作会给我们一种目的感和一种与那场意外毫无关联的新话题。我们在花房中只会谈论现在和未来、谈论生活，而不是死亡。这让我有了希望。如果我的主意成功了，我就不止能敲开李维的房门，还能解开他的心结。

我穿过窗户能看见了阿莫斯，他弓着背坐在餐桌旁，一盏煤油灯照亮了他的脸庞。他正在学习一本拥有大智慧的小书——《信仰的忏悔》，然后抬起头看见了我的影子。我惊讶地看见他见到我似乎真诚地高兴，尽管我不能说他看起来很快乐。他看上去有些忧伤，他打开了门，在我要说话的时候他用手指遮住了我的嘴巴。他走了出来并把门关上了，我们在寒风中站在门廊上。

"我们母亲的状况不好。李维在请医生。"

"她的病情恶化了？"我问。

他低声说："她说她看见了我们的父亲。"

"什么？"

"她说他来是为了她，因为时间到了。"

从他的声音中听出了严重的语调，让我喉咙发紧。

"她快死了？"

"她已经病入膏肓很长时间了。"阿莫斯说，"但是这些新闻，最近的一切，对她来说都难以承受。"

"对不起。"我说，"她之前不知道吗？"

"李维给她看了报纸。他想告诉她真相，你知道的……要在她……之前……"

"她会好起来的。"我满怀希望地说。

他摇摇头，我能看见他紧咬着牙齿。他的喉咙抽搐着，擦了擦他的眼眶。我不舒服地动了动，听见了我脚下的木板发出嘎吱嘎吱的声音。阿莫斯在黑暗中寻找着我的眼睛。

"她想让你知道你做了一件好事。"

我注视着他，他继续说话。

"在监狱的时候，她想要感谢你。"

"她知不知道我伤了人？"

"她知道你原谅了伤害你的那个人。"

我眼神低着点了点头，想要相信他也做了一件好事，迫使李维坦白。

"你也一样，"我说，"你想让大家知道真相。"

他摇摇头，长长地呼了口气。

"这需要李维自己说出来，而不是我。你知道，我从这些所有的事情中学到了十分重要的一课。"

"是什么？"

"我们都按照自己的步伐向着上帝走去。"

他是对的。这是我从他口中所听到的最引人注意的话。

"是的，我们中的有些人还会踌躇。"我说。

"还有一些人会绊倒。"他说，我们都笑了。跟阿莫斯一起笑而不是对着他笑感觉很好。开始下雪了，雪片很厚，粘在了地上。阿莫斯伸出舌头接住了一片雪花。

"你在屋里等吗？让自己暖和些，你在外面等他回来的话会冻僵的。"

我弹弹帽子。我宁可冒险冻僵也不想进入这个有着死亡气息的屋子。我转过身子，伸长了脖子，想要越过窗户看见埃希太太躺的那张床。

在我回答之前，一匹拉着马车的马从车道飞奔而来，李维从马车里跳了出来。他带了一位本地的医生，一个有着显眼白胡子的高个子男人，他的眼镜用一根链子连接着挂在他的脖子上。他拄着一个有雕刻的手杖朝着门廊走来。看见我站在门口，李维停下了，他手里提着灯笼和一个医药箱。我站在那儿却不知道说什么，或者从哪开始说，感觉十分尴尬。在油灯下，我看见他刮了胡子，还剪了阿米什人的头发，牛仔裤、T恤衫和棒球帽也不见了。他穿着阿米什人的服装，在他铅灰色的仪态中看上去更成熟了，也更疲倦，甚至更忧伤。

"你来是帮忙的吗？"他问。

"不是。"我说，然后在他脸上看见了失望的表情，这让我感到困惑，因为在我住在这马棚的两个月里，李维从未允许我帮他，"我的意思是是的，当然。你需要帮忙吗？"

李维露出了一丝讽刺的微笑。

"你比这世界上其他任何人都清楚。"

他走上楼梯推开了门。阿莫斯和我跟在后面，但就在我们走进屋子的时候，那名先于我们走进房间的医生，站在埃希太太旁边，合上了她的双眼。

我帮李维和阿莫斯为她制作了一个松木棺材，铰链上有一个开口，这样人们在吊唁的时候就能看见她的脸。一共有三次，一次在出殡之前，一次在葬礼期间，一次在墓地。尽管埃希太太不会化妆（阿米什女人从不化妆），她会被做防腐处理，让我们有一整天来确保她棺材上的清漆完全干了。

尽管会显得傲慢，但是我还是为我制作棺材开口的工作感到骄傲，这是李维之前教我做的。除了帮狗狗们建造狗舍，我还从没有建造过这么多的东西，并且在埃希兄弟最需要的时候能够帮到他们让我感觉很好，特别是在李维因为觉得亏欠、负疚而拒绝了我帮忙这么久之后。

我确保拧紧铰链上的螺丝，并且还想知道在这一切完成之后我是否可能成为李维的学徒。我喜欢做木头的活儿，李维在我们修葺马棚时就已经教过我很多木工手艺，尽管我还不能说他那时想过要雇用我。有我的帮忙他似乎很安心，然而对接受我的帮助还有点儿勉强，我还从他的眼神中看到了绝望，那就是如果没有这孝顺的义务，他感觉无法解决我们之间的尴尬。

我在马棚劳作的时候感到很安心，这时他们陪在母亲的棺材旁边。在殡仪执事们把她带去做防腐处理之前，他们会为她清洗身体，这是兰开斯特县的传统。但她回来的时候，会穿上传统的白色服装。在他们给她穿上"婚纱"的时候，我不想逗留在那儿，尽管我的姐姐们从没有结婚，但我们也按照阿米什人的传统为她们穿上白色服装。我记得我曾经帮母亲把从女帽商那儿买来的假发为姐姐们系上来替代她们剪去的辫子。我的父亲不知道我们在干什么，他忙于清理房屋的家具，腾出空间来为第一次吊唁和葬礼放置长凳。

那晚当我回到家的时候，我注意到客厅里的家具都再次被推到了一边，或者被搬出去放在马棚里，一些长凳排成一排与墙面平行地摆放。我站在门口，母亲在清洗地板，父亲在外面，收集几捆木材放进老旧的石头壁炉里。我不需要问他们在干什么。他们在埃希兄弟没有家人时，已经把自己当成了他们的家人。在阿米什人中话语传播得像闪电一样快。这让我觉得或许埃希太太选择在那个时候死去，这样我们就都可以继续自己的生活。她很体贴地跟我们分享她的命运，帮助我们承认这一点，即尽管我们准备的是一场葬礼，但是死亡远不止这一次。

我们本该知道在暴风雪过后再把棺材抬上邦克山，但是我们真的没有选择。为了这次行进我们穿上了暖和的衣服。路面上还覆盖着刚下的雪，大部分人都驾着马车，还有一些人跟我们一样乘着马拉雪橇车到来。

父亲和我跟李维、阿莫斯一起作为护柩者行进。让我们感到惊讶的是他们叫我们而没有叫他们的家人充当护柩者，尽管我的父亲毫不犹豫地帮忙。跟我母亲一样，有另外的事情让他忙活能够让他安心。他还扔给了他们平底雪橇用的额外的毡带，它会把棺材运到山上带到墓地，这个墓地我们花了差不多整个上午的时间来挖掘。我们每往土地里多挖一尺，就需要铲出填满洞里的雪。在所有人来参加葬礼之前，李维和阿莫斯轮流在我的房间里睡了会儿觉，然后就出去跟那些多年没有说过话的亲戚朋友们交谈。这是一个有些难堪的上午，至少可以这么说。我不认为他们的母亲去世了，他们就再没有父母了。他们精疲力尽，打盹儿也起不了什么作用。

在我父亲的帮助下，我们把棺材从马车上滑下来，放到平底雪橇上，然后把它拖上邦克山。我之前从未搬运过棺材，它如此沉重让我感到吃惊。埃希太太不是一个矮小的女人，但也不是个大个子，但是这种现象被人们称之为死亡的重量，其能压垮一个男人的背。我姐姐们去世的时候我还太小，我没有意识到死亡会这么重。我们在埃希太太的棺材两边拧上了鱼眼钩，从而能够用绳子把她拉上雪橇。是李维这样建议的，我们相信了他。毕竟，他是个木匠，他了解木头的自然属性。

我记得雪在我们脚下发出的轻微的嘎嘎声，还有我们身后铁门关上的咯吱声，那是一位"英国人"的殡仪执事，是按照法律的规定来见证埋葬的。一些人已经聚集在了山顶上，在墓地旁边，站在盖着洞口的塑料布的边上。

风很大，风吹来的东西都有栅栏那么高了。有人把前面的雪地里踩出了一串脚印，好让上坡路更平滑。通常情况下，我们会走路行进，用杆子搬运棺材走到山顶，但是不通过滑动，我们不能保证所有人都能爬上山顶。阿莫斯和父亲走在棺材旁边，用穿过鱼眼钩的绳子确保它不会从后面滑下来；李维和我拉着绑在雪橇前面两边的粗麻绳。我们向后退，迈着小心而确定的脚步，靴子的后跟深深地踩进了雪地里。我们慢慢地移动着，这一切似乎会永远持续。当我们到达山顶时，我们的双手发烫，被绳子打起了水泡。

就在那时，李维走过去扯掉绑在棺材顶上的毡带。阿莫斯和我的父亲，他们的双手也同样酸痛，放下他们手中的绳子，开始把鱼眼钩从棺材上拧下来，确保埃希太太能没有装饰地被埋葬。我是唯一一个拉着绳子的人。李维把棺材开口上的门闩拉回去，没有把它拉起来让人们观看。他给人群里的某个人示意，让他把墓地上的塑料布移开，就在这时，一阵风吹来了熟悉的忍冬香味，而其就像是铁砧的力量击打了我。我知道我不是唯一一个闻到这个气味的人。李维打了个喷嚏。阿莫斯迅速地抬起头想要捕捉到飞逝的香味，帽子都掉在了雪地上。我抬起头，在人群里扫视着，想到找到这香味的源头。就在那儿，站在她哥哥们之间和她父亲后面的是艾玛·贝勒，她正注视着我。尽管我们是在葬礼上，她还是露齿而笑，然后又低下头，看着父亲的脚后跟。就在那时阿莫斯动了动，然后其他所有人也一样，而我，被艾玛的出现击中，放开了手中的绳子，雪橇滑了下去，在撞击篱笆桩之前把行进的人撞到了旁边。

相信我，让我们吃惊的不仅是棺材滑落而是轰隆一声，埃希太太的头在冲击力的作用下把整个棺材盖板的铰链震开了。她的眼睛睁开，她光泽得像甘草糖的头发的造型像头盔一样，她脸上的唯一表情就是张开的嘴巴。在墓地看她最后一眼是合适的，但谁也没有料到她会坐起来"看着我们"。

"把她放回去。"有人喊道，有人试了试，但没成功。我们都太惊愕而不能动弹。我再次看了看艾玛的眼睛，然后又迅速移开了，为我的失误而让埃希太太受到侮辱而感到羞耻。两只乌鸦栖息在篱笆桩上，拍打着翅膀叫喊着，好像是在催促我们中的某人快点帮助埃希太太把她塞回棺材。然而，还是没有人动，只有那位殡仪执事打了一个喷嚏。除了乌鸦之外，一切都很安静——直到李维和阿莫斯开始移动，尽管不是朝向他们的母亲。他们面对着对方开始大笑，发出了我所听到的旧秩序派阿米什人最长的笑声。

在葬礼服务之后的友谊餐会是阿米什人的习俗，是在我们家举办的。尽管人们可以继续正常的交谈，但我们在吃饭的时候都会有人提到这个滑落的棺材。在厨房里帮忙的女孩儿们在听见这个故事后都发出了笑声。在那天很多目击者都在一遍又一遍地谈论这个故事。甚至贝勒主教也不得不用咳嗽来忍住笑，不时打断因发笑而肚皮抽搐的人们和有着长白胡须的笑弯了腰的人们。没有人能对上帝的恩典免疫。在我起身去上厕所的时候母亲叫住了我。她把手指放在嘴上，身子倚在墙上，感觉墙都因人们的笑声而震动了。这是自从我姐姐们的葬礼之后家里人最多的时候，我能从她眼中的光亮看出她是多么地想念这种快乐，不仅仅是朋友们的快乐，还有陌生人的快乐。她双眼睁开伸出手拉着我的手臂："你记得它是什么吗？"

"什么？"

"这种声音。"

我微笑了，记起了她在多年以前告诉我的。

"这是当上帝原谅了我们的错误时所发出的声音。"我用德语说，母亲用她的袖口擦擦她的眼睛，高兴地看着我。我希望勒罗伊能在这儿听见我们。他会很高兴地知道是超越了一切的笑声让我们的悲痛结束。

关于我的审讯，关于巴顿的情况和李维的未来仍有一些问题，但似乎上帝很明确地想让我们把数字调到零，然后重新开始；然而，阿莫斯可不想把他如此努力地建立起来的与艾玛的关系重新设置，并且他也确定她知道这一点。看见阿米什男人哭并不常见，尽管我不会把葬礼后的餐会上窒息的呜咽称之为情感的爆发，我要说的是他没怎么在私下里流露出悲痛的情绪。他似乎很享受那些为他的盘子添满食物，为他的杯子倒满水的年轻阿米什姑娘的关注。

我在从厕所回来的路上听见了阿莫斯和艾玛在另一个房间里悄声说着话。阿莫斯想在接下来的歌唱队里见到她。而我在走廊里停下的地方看不见艾玛，但我能从她的声音里听出犹豫。阿莫斯再次逼迫道："就算不是为我，也为了我的父亲。"他恳求道，艾玛接受了他的邀请。

这时候我的思维开始提速。如果想要艾玛给我另一次机会我必须要快点行动。在李维和阿莫斯回到他们的农场并且其他的客人离开了之后，我请求艾玛留下来帮我们打扫厨房。她的父亲和我的父亲在外面套他们的马车。

"都收拾好了。"她说，看着水槽旁的一叠盘子。

"是的，但是我们需要把它们放回去。"

"我们?"艾玛抬起了头。她已经把羊毛披肩挂在了她的肩膀上，但又把她拉下来挂回了挂钩上："如果你想让我留下来，问我便是。"

我点点头，感到脸颊发烫。我们在用餐的时候没有说一句话。我们只是交换眼神。在母亲让我们两个独处时，我却不知道该说什么。艾玛走到门口叫她的父亲。

"父亲，你回家吧。我要和伊莱走走。"

然后她关上了门，我已经在厨房里拉出一把椅子坐下了。"盘子怎么办?"她问。

"先让它们晾干。"

艾玛看着我的眼睛:"你为什么想让我留下来?"

"因为……我有些事情想问你。"

艾玛走到屋的那头拿过一把椅子,背靠墙坐着。一辆汽车经过,灯光照亮了窗户。有那么一瞬间,看起来好像艾玛戴着皇冠。我挪动着座位,努力想着话语,除了错误的任何话语,来对她倾诉。

"我不知道今天发生了什么。"我说,"我不知道别人是不是会这样。我是说你和我。就是有时候……"

"什么?"

"我感觉像是……像是我们产生了碰撞。"我说,替换了感觉像岩石一样坚硬的话语,它们温柔而伤感,就像是布丁从我的喉咙滑下去。

"我们做得很好。"艾玛说,然后吞咽了一下,拇指按着从桌上的蜡烛滴下来的热蜡。

"我累了。"我说。

"跟我碰撞而觉得累?"

"每次我跟你说话的时候我听起来都像是在啃着玉米秆上的玉米。"我脱口而出,惊讶地发现我在她面前说出了一句完整的话。艾玛站了起来,走到水槽边给杯子装满了水,然后走过来递给我。"我不在乎你听起来怎么样。"她说,"我只想听见一次你认真地说话。"

我注视着她,受到了打击。

"我说的每一句话都是认真的。"

"对我说的话。"她说。

我拿过杯子,一饮而尽。我都没有意识我走进厨房的时候一直屏着呼吸。我讨厌我们之间的尴尬,讨厌我的身体还记得她的触碰并且渴望得到它。不管我在何时何地看到她,她总是会带走我的呼吸;那种我在旧工厂里感觉到的电流再次旋转起来,让我不安。她穿着一件新裙子,明亮的紫色,还有黑色的围裙,让她的绿眼睛闪耀着。她站在我们的厨房里似乎感到很满足,我不知道在我"徘徊期"不在家的时候，她坐在我们的餐桌上有多少次了。她显然对这里很熟悉。她打开我母亲放茶杯的橱柜，从里面拿出两个茶杯，再打开抽屉，配好茶。她这种像在自己家的感觉没有让我不适，只不过是她比我要更放松而已。

"你有没有想起过当我们还是小孩子时在集市的那天？那个男孩儿在集市上给我拍照片的时候？"

艾玛停止搅拌。她把勺子放在台面上，面向我，点点头说："从来没有忘记。"

我擦擦鼻子，努力地让自己的目光聚集在她身上而不让自己忘记想说什么。

"我偷了相机。"

"他不是贴了告示吗？"

我点头："我也拿扯掉了那些。"

艾玛从灶台上取了一壶水，把它和茶杯一起拿到了桌子上。她给我们一人倒了一杯茶，然后坐在我身边，蒸气在我们之间升起，蔷薇果和甘菊的味道灌进了鼻子，那通常是我母亲在我们生病的时候泡的茶。也许艾玛认为我生病了。她向我靠得更近，在她低语时我能感觉到她呼出的热气穿过衣袖到我的肩膀上。

"我永远不会原谅他叫你丑鬼。"她说，然后笑着擦擦她的眼睛，"他让我想伤害他，而我对别人从来没有这样的感觉。"

我点点头，她的表白让我吃惊。

"你还想不想知道其他事情？"我问。

"什么？"

"我最近见到他了。"

她向后仰，注视着我，面露怀疑。

我告诉了她勒罗伊和"叉车"的事情。当我说完后，艾玛和我静静地坐着，呷着茶水。她的眼睛有些浮肿，溢出了泪水。我不知道她是否更关心我的幸福或者我姐姐们的幸福："你要怎样才能找到那台相机，而不用再进入'英国人'的生活当中？"

我注视着她，烛火在她的眼中映出暖光。

"这就是为什么我在星期天需要你的帮助。"

"教会怎么办？你不能错过圣餐仪式。"

"我们会有自己的圣餐仪式。我想带你跟我一起。"

五

作为一名拍卖师的儿子，我知道当两个人想要同一样东西时，常识就会被抛之脑后，我的父亲曾把这种理论解释为一个人可能得到比他想象的更多的唯一办法。我有一天曾祈祷奇迹发生。我不得不最后一次穿过弯曲的道路是为以后永远走上直路，我希望如此。

我需要上帝的合作。我想要艾玛·贝勒的帮助，想要找到释放姐姐们灵魂的权宜之计。我认为上帝也想这样，即使他没有计划帮我获得艾玛·贝勒的芳心。我决定大声地祈祷，以防上帝第一次没有听见。我觉得如果被允许进入天堂就像是一场拍卖，那么希望上帝会平息那些竞拍没有被听见的任何不满的竞拍者们的争吵。我徒步走到邦克山，对着三月清晨凛冽的寒风大声地呼喊着我的请求。

"帮助我，帮助你们！"

稍后，为了防止这些信息在风中消失，我又对着池塘说了一遍。我意识到我还是小孩子的时候就在这里的水中学习捕鱼，如果我有机会让我的讯息进入天堂，那就是在这里。

当我确定上帝知道我需要什么的时候，我做了在正常的环境下绝不会做的事情。我吃了无糖巧克力。不只一块，而是一整盒。全部二十四块，每祈祷一小时吃一块。我吃光了所有巧克力，好像这是我一生中的最后一餐。我坐在池塘边，我不停地嚼啊嚼，直到山梨醇到达我肠胃的最底部。山梨醇是在我们的巧克力中用来替代糖的，是为了让患有糖尿病的人吃的。这本是露丝安妮吃的，但是我知道为什么她没有吃。我的爷爷曾给姐姐们和我很多盒无糖糖果，没有告诉我们它们是无糖的，但教育我们糖果会伤害身体。而我觉得两种糖果都会让我们生病，不能吃得太多，但关于无糖糖果的一些印象却留在了胃里。

我那时想到了爷爷差点要笑出来，但胃里有点疼。我记得勒罗伊告诉过我他第一次吃糖浆馅饼的时候，没人告诉他只能吃一小片，最多咬几口。但他吃了整个馅饼。在我问起他为什么不能停下的时候，他说："该死的。我也不知道为什么，丑丑。就好像是一次我本不应该开始的外遇。"尽管我不知道外遇是什么，但是我知道这不是一件好事情，并且知道我会因此遭罪。

在我回家的路上我的胃很痛，每走一步就要等几分钟让胃里的绞痛消失，遭受着这个好像是我自愿做出的牺牲。立刻结束在两个地方的痛苦的唯一正确方法就是在第三个地方：床上。

我的母亲把我的病痛归咎于普莱克蛋糕，她以为我吃光了葬礼上剩下的，其实是我父亲吃光的。他以为我的病痛是因为神经，但是我告诉他们是因为流感，而且这个理由听起来更让人信服，因为这周很多本地学校的孩子回家的时候都带有胃部病毒。毕竟，我正在学习如何合群。

我的计划，大部分都成功了。我错过了春季圣餐会，这是一年中最重要的两次教会活动之一，它鼓励那些人性的灵魂往前走，承认他们的错误，并请求团体的支持来让他们顺利行进，任何行为有问题的人都有机会再次让他们自己重回秩序。不是因为我不想让自己重新回到团体中，我是想让自己重新找到相机，那台相机会在我回归团体的一天出现。所以现在就是勒罗伊所称的进退两难的情境。

我的母亲对我不能参加圣餐会同样感到失望，也似乎有点高兴。她擦洗了我房间的地板，换了床单。她打开窗户，把我的床推到窗边，让我尽可能多地呼吸新鲜空气。我已经很长一段时候没有病得需要母亲来照顾我了，我觉得这使她得到了抚慰。

我父亲似乎对病毒消失充满了希望。

"代我向主教问好。"我说，紧紧地裹着毛毯，害怕他们看见我穿戴整齐。

　　我承认诱使艾玛参与到我的计划中让我有点内疚。我甚至还没有告诉她计划是什么。我只是告诉她在勒罗伊的理发店跟我会合，并穿她的"英国人"服装，时间是周日上午九点。但是已经晚了半小时了她还是没有出现，我觉得她可能改变了主意。

　　勒罗伊走出来发动奥斯汀·希利汽车的时候看见我在来回踱步。他扯起外套的衣袖看看表。

　　"她迟到了。"

　　"她正在路上。"我说。

　　"她不跟我们一起闲逛会更有意义，丑丑。"

　　我瞪着勒罗伊。

　　"她出现的时候别叫我丑丑。"

　　勒罗伊抬头看着我闭上了他的嘴。他的父亲拿着一杯咖啡在外面蹒跚着。他穿着西装，戴着软呢帽。对于一个在监狱里待了大半辈子的人，他看起来好像是拥有整个世界。他把拐杖指向空中。

　　"你的女朋友还没来吗？"

　　"她不是我女朋友，只是我的朋友。"

　　"叉车"望着勒罗伊，脸上露出了微笑。

　　"哦喂！这孩子坠入爱河了。"

　　"我没有爱上艾玛！"

　　正当我说出来的时候，艾玛骑着小摩托出现在了走道上。

　　"你不爱我吗？"她问，装作很失望的样子。

　　勒罗伊替我回答了："那一定是另外一个跟你长得很像的女孩儿，让他爱得发疯。"

　　艾玛停好摩托车，用拳头遮着嘴巴咧嘴而笑。我看见了她外套下面的粉红毛衣。

　　"你看起来很漂亮。"我说，"作为一个'英国人'。"

　　"你看起来不太好，"她说，"发生什么了？"

　　"我让自己生病了。"

"我看得出来。"她边说边朝我走过来。

"生病了去教堂没有意义,你知道?"

"真可怜,"她说,"我说出了真相。"

我盯着她:"什么?"

"我父亲知道我要跟你去费城。我不得不告诉他整件事情。"

我用手遮住脸,肌肉抽搐着。

"但那就是重点!"我叫喊道。

"是什么?"

"穿成'英国人'的样子。这样就没人认得出你。"

"我以为是因为我们会玩得开心。"

"也许,不过,噢,上帝……你告诉了你父亲?"

"这就是为什么这么久我才到这儿。他想知道一切事情。对不起让你等了这么久。"

叉车装着在勒罗伊的花箱里筛除冻死的水仙花,忍住笑。"很好。"他说,"现在我们有主教的祝福啦。"

艾玛看着我摇摇头。

"我不会把这称作祝福。"

"这就是祝福。"勒罗伊喊道,并示意让我们上车。他扔给我们两张毛毯,"有什么问题?小毛茛?"他问,看着艾玛脸上担心的表情,"我可能老了,但我开车很快。"

艾玛没觉得勒罗伊的话好笑。

"我以为我们是搭火车。"

勒罗伊和"叉车"转过头看着我,引擎已经发动,收音机也关了,叉车吹起了口哨。

"哦,好吧,我们不是直接去费城,不完全是,而是去特沃斯。"

艾玛盯着我,翘起脑袋,眼睛看着这辆四座折篷汽车。

"我们所有人一块儿?"

"你会知道的。"我说。我注视着勒罗伊,他的眼睛睁得大大的,他和他父亲突然发出咯咯的笑声,肩膀也跟着抖动。

"你从没坐过折篷汽车，小毛茛?"

艾玛把目光转到我身上。我不知道她是否讨厌勒罗伊给他所认识的所有人起绰号，或者是否默许了这种理发师之间的传统，知道它或许不是一种比我们自己习惯更具有伤害性的怪癖。

"你觉得在圣餐会这天坐折篷汽车是个好主意?"

我耸耸肩，突然后悔了邀请她的决定："你要不要我们在你问你父亲的时候等你?"

"敢这样吗?"

我们看着从车门上映出的影像。我从未听过艾玛谈论汽车。红色的奥斯汀·希利，它流畅的线条，前面闪亮的镀铬进气格栅，还有白色的皮革座位，都让艾玛看起来更渴望而不是焦虑地想要坐上去。这辆希利车是经典款。据勒罗伊所说，英国人在 1961 年至 1962 年间只在 5095BT7 这款四座车上装了三个气化器。这是一辆比赛用车。艾玛围绕着这台机器，眼睛看着它，好像她知道或者想要知道它的力量。

"它能跑多快?"

"比你的马车快。"勒罗伊说，尽管我从他微笑的方式上，嘴唇噘着，看出来他在怀疑是否这种力量能让一个阿米什女孩做任何事情。

但是艾玛爬上车说："很好。那我希望你能够快速地把我们带到特沃斯又带回来。"

"我会试试看行不行，小毛茛。系好安全带。"

她从后座上看着我："快上来!"

我希望我们能一直坐在勒罗伊的车里，我想永远在脑海中记住艾玛的脸庞。我觉得之前从未看见过她笑那么多次，也许是因为穿着"英国人"的服装让她感觉能自由地笑出来。自从在旧工厂之后我们从未坐得如此的近，我要做的就是控制自己抚摸她的头发，她的头发在她的肩膀上飘动着，她每动一次头发都会擦着我的手。在勒罗伊转弯的时候我还能感觉到她的身体挤着我的身体，因为他转得太快，把我们都吓到了。"叉车"看上去似乎很享受，他把手举到空中，好像是坐着拖拉机从山上跑下来。他经常大喊大叫，还转过头来看看我们。

"这是件很重要的事，对不对？"

"当然是。"艾玛说。

"出来到处转转感觉很好，难道不是吗？"

艾玛点点头。我不知道艾玛以前最多离开兰开斯特县有多远。

在我们去特沃斯一路上的风景没有产生较大的变化，地面不确定地翻动着。

"海洋就是往那个方向。"我说，指着奥斯汀·希利车头的东边。

"我想去海边。"她说。

"你从未看见过海洋？""叉车"问。

艾玛摇摇头看着我："你见过吗？"

"还没有。"我说。

"从没见过海洋那可是犯罪。"勒罗伊说，"每个人都应该去看一次大海。"

艾玛把目光移到我身上，双眼睁得像勒罗伊的眼睛那么大。他从后视镜看见了我们一瞥并狡猾地笑了。

"不要想那个。"我说，"我们可是有任务在身的。"

勒罗伊敬了礼。

"你是老大。"他边说边眨眨眼睛，又看着艾玛。

我们经过了一英里又一英里的田地，艾玛也慢慢地离我越来越远，对我们的冒险有一点点不舒服，也有一点点不那么确定要跟我一起进行这次冒险。但我们最终到达时，她瞪着那座大酒店。标牌应该是拉迪森（Radisson），但是 R 掉了。停车场的车位满了，来自各个国籍的"英国人"从这栋建筑里面进进出出。肮脏的雪覆盖着墙面，和烟头、啤酒瓶盖一起结成了硬壳。艾玛把它们捡起来扔进垃圾桶里。

"我可不在意这个，小毛莨。你可能会花上一辈子的时间来清理'英国人'留下的垃圾。"

艾玛看着他，用外套的衣袖擦了擦手。"叉车"打开酒店的门，一阵热热的不新鲜的空气向我们迎来。他用拐杖指向里面。

"来吧。"他说着，把我们领到了大厅里，那里有指示牌指示我们经过铺着红色地毯的门厅，肥大的椅子和公共电话厅来到了会议室。

我们每个人都像对方一样困惑。甚至"叉车"也取下了他的帽子，这古怪的表示敬意的姿势。我站在门口，看着眼前的一切，想要确定又躲着卖家在那里，还有多少买家挤在他们的桌子旁。在我的一生中从未见过这么多相机，我无法想象有多少灵魂被这些镜头吸走了。

我跟父亲经历了上百次拍卖，但是没有哪一次能跟这个会议室里的热闹程度相比。我们在这种发狂的喧闹中几乎听不见彼此的声音。当铺的老板是对的，的确有很多日本买家在这里，他们中的一个从一叠有拳头那么厚的钞票中抽着崭新的钞票。他们的手指上贴着很多创可贴，我想这是不是他们日本人的习俗。勒罗伊摇摇头。

"被纸划伤了。我打赌这些钞票是今天刚印刷出来的。"

一位卖家端着一盘咖啡和甜甜圈从我们身边走过，他停下了。起初，我觉得我们一定看上去很震惊，因为他给了我们一些，但其实是我们让他感到震惊。我跟勒罗伊在一起太习惯了以至于我甚至没有意识到我们站着就像是一把铲子在沙地里，两个黑人和一个穿着参加教会服装的阿米什男孩，还有一个看起来不属于这里的年轻姑娘。卖家对着我说："我认为你们应该不会拍照片吧。"

"我们不拍。"我说。

"是我们不应该拍。"艾玛纠正我说。

"忍不住想拍一张好的照片，是不是？我告诉你们，你们最好现在进去，要不等日本人吃完午饭过来就没什么剩下的了。"

"那么计划是什么？"勒罗伊问我。

"你们俩看右边的通道。"我说，"你看那边的。"我指着左边对艾玛说，"我来看中间的两个通道。记住，只看 1963 年产的莱卡 M3。里面带着胶卷。"

我们从来自世界各地的买家身边挤过，不止听到了日语，还有德语和法语。我希望我听不懂德语，但我能听懂并且感到挫败。他们来也是想要莱卡 M3。

"所制造出来的最好机械相机。至少价值一千美元，或者更多，我是要买一台或者两台呢？或许再送朋友一台？买两台的话，再买第三台就可以半价。用现金，再买一套镜头。别等了。在还有供应的时候现在就买。"诸如此类的话语。

我疲倦地解释道为什么我需要找到一台里面有胶卷的莱卡相机。每个卖家都给我做出同样的回答。"祝你好运，孩子。如果里面有胶卷，那现在也一定被洗出来了。为什么不另外买一台？"

他们坚持说，想要卖给我一台那些只有一点机械问题的"成色完美的莱卡 M3"，"一部保存完好的"的只不过不是崭新的相机，还有"像新的一样的"，标价两千美元。差不多是在当铺老板那里标价的两倍。我看看时钟，走完一个通道花了九十分钟。我从没摸到过这么多的相机，而我不能说看见这么多的莱卡相机让我充满希望，因为到现在还没看到一台里面有胶卷。

当我走完最后一个通道看完最后一堆相机时，我抬头看见了"叉车"、勒罗伊跟艾玛一起朝我走了过来。他们早上的好心情全没了。他们看起来疲惫不堪，在那儿看起来完全不开心，被那些争抢相机的人推撞。我希望看见一台莱卡相机在某人手里，但是他们只是拿着可乐和热狗。

"运气如何？"我问，尽管我不必这样。

"有很多莱卡相机。"艾玛说。

"没有胶卷。"勒罗伊补充道。

"叉车"看着我，耸耸肩。

"最好是祈祷在天堂有一个失物招领处。"

我们没有往西朝着兰开斯特开车，勒罗伊朝东开了六十分钟到了新泽西，在那里农场变成了沼泽地的绿草，风里带有海洋的咸味。我们穿过一个荒凉的镇子，有着很多盖有灰色护墙板的房子，还有金属和玻璃搭建的公寓。我们沿着道路行进，直到它在一座大沙丘处前终止，勒罗伊叫我们爬上去。艾玛第一个爬到了顶上，她挥着手，急切地想要我们也爬上去。甚至"叉车"也设法爬了上沙丘，我们并排着站在一起，面对着伸展开来的水面躺在我们面前，就像是一个青灰色的盘子。我从没有见过海洋这么大的水体。

"怎么了，丑丑？"

"没事。"我感到震惊，"没事。"

"那么继续吧！"勒罗伊说着脱掉了他的鞋子。

艾玛也不再守规矩。她踢掉了她的鞋子，尖叫着跑下沙丘，伸出双臂就好像她在飞翔。我把帽子和鞋子丢在了沙丘上，被"叉车"的拐杖戳了一下，跟着她跑了下去，我们在水边会合了。风吹拂着水雾湿润了我们的头发。水波涌了过来，艾玛用脚趾踩着泡沫，把水踢到我的脚上，用从我们脚下滚来的波浪溅湿了我。她不停地笑，跑到了前面去。我跟着她跑，直到我们喘不过气，等着勒罗伊和"叉车"赶上来。他们在沙地上漫步，卷起裤腿避免海浪弄湿。勒罗伊伸出手拉着他父亲的手。我想对此刻拍下一张照片，当他们赶上我们的时候我告诉了他们。

"你们会一直想要得到你们还没有的东西。"勒罗伊说，"叉车"深呼吸一下，气喘吁吁地看着海浪卷进沙里。

"或许不该这样。""叉车"说。

"什么？"

"相机。也许你们今天不应该找它，或者永远不找。你有没有想过这点，丑丑？"

我摇了摇头，一路上我都很安静。热狗神奇地停留在了我的胃里，但说不来它驻扎哪儿了。神经还在那儿，但现在它们感觉就像是细细的绳子，是我的思绪拖曳了它们，让我的胃像铜铃一样当当响。我感觉到艾玛的肩膀摩擦着我的肩膀。我望着她，她露出一种抱歉的表情，好像把我那天失败的部分地当成了她的失败，我更爱她了。

"叉车"把拐杖插进沙里，画了一个十字。

"现在我不像我儿子一样那么了解你，但我花了几乎一辈子的时间在监狱里，我能告诉你一件事情，'不是任何我们所认为需要的事情都是我们需要去了解的'。你们现在都因为找不到相机而生气，但是你知不知道老'叉车'怎么看？我认为你们都看的是错误的事情。也许你们完全不需要那台相机。"

"但是我姐姐们的灵魂怎么办？"我说，接着又希望我没说话，因为"叉车"立刻大笑起来。

"父亲。"勒罗伊说，我斜着眼睛看着他，因为我之前从未听见他对任何人说过这个词。"叉车"用拐杖戳戳他的肩膀继续说。

"安静。让我说完，勒罗伊。我现在是在跟丑丑说话，但你们也应该听。你没有明白吗？你不是必须要让你姐姐们的灵魂自由。而是要让你自己的灵魂自由。相信我。你姐姐们的灵魂比你想象的要更聪明，他们是灵魂，不在这。你的脑袋里。"他指着他的太阳穴，"我们很快也会变成灵魂，我们会直接飞上天堂上的门。灵魂可不是傻瓜，不会一直等着某些像我们一样的愚蠢人类来释放他们。他们在死亡的时候就已经离开了。"

我咽了一下，看着飞翔在我们上空的成群的海鸥。

"你怎么知道？"

"我不知道。""叉车"说，"但是我能告诉你我的妻子在我用枪崩了她的头的那一刻，她就离开了。现在她就是那儿最亮的一颗灯泡，或者即使她有些暗淡，我想她也会找到一条通往天堂的路，即便我把她的灵魂钉在了粗麻布袋里。"

艾玛吃惊地看着我，我注视着"叉车"，极度地想要相信这个从上帝那里偷了东西的男人，相信这个在勒罗伊小时候无力阻止他时夺走了勒罗伊母亲生命的人。

"灵魂在需要离开的时候自然会离开。见鬼！给你们的姐姐拍照也不可能偷走她们的灵魂。这是哪门子古怪的想法？"

天色变晚了，我们回头向车走去，一路上很安静，思考着这一切的真实性。如果"叉车"是对的，那么我就是花了一辈子的时间来试着解开我并没有做过的事情，从一个杀了他自己妻子的男人那里得知这一点，这让我难以应对。勒罗伊感觉到了我的不安，把手伸向我，抓着我的胳膊肘，假装是因为在沙地上想让自己走稳。

"有没有那台相机你都会好的，丑丑。"他说，在走回沙丘顶上时喘着气说，"现在这能解决一点你的问题了，对不对？"

他坐下来穿上自己的鞋，但是我停住了。

"你为什么要教我如何使用相机？"

勒罗伊抬起头，在余晖中看着我的眼睛。

"我认为它能教会你一些事情。"

"关于什么的？痛苦？"我怀疑地问道。想知道这是不是一个笑话。

勒罗伊摇摇头，指着艾玛。

"如何看见美。"

六

就好像魔法被打破了一样。即使那时我没有相机，我也能看见那些年我错过的美丽的人和物。艾玛是我的世界中唯一的美人，但是我们的农场上还有很多美丽的场景，即使有些已经年久失修。我从未想起过它们，直到我的世界又充满了美好，即使没有了我的姐姐们。

这是一个令人吃惊的想法，当我到家的时候，它让我在心灵寻找平衡的时候振作了起来。我的父母，一直在等着我，他们从桌子上抬起头。我的母亲先说话，眼睛注视着窗户，看到勒罗伊的车灯把马车给照亮了，随着他开车离开，车尾灯渐渐消失在夜幕中。

"我想你应该做完你想做的事了吧。"她说。

"什么事？"

"跟着'英国人'到处跑。"

"这就是我。"我说，也是这样打算的。我没有告诉他们我是和勒罗伊在一起。

"那么你究竟去了哪?"

"外面。"我说着,茫然地走到桌子边。

"外面?"母亲生气地盯着我,"外面"不是阿米什人之间的用语。除了星期天之外,我们一般不去"外面",也不漫无目的地闲逛。我想告诉母亲我终于有了新方向,但是那时,我不能将我所有的想法都说出来。我坐在那儿,大口地喝着水,就好像刚刚经历了干旱回来一样。

起初,我不确定我的父母会相信我的改变,我渴望着他们能看到我的改变。我在一个月之内完成了清单上的所有事情,然后开始做我自己的事情,包括比修理篱笆桩和地板更有野心的一些事。好几年来,我母亲的夏季厨房都只有一半能够使用,这是因为我姐姐们在制作油炸饼时嬉戏,用润滑油引起的火灾造成的。我们没有花时间去修理它,我准备把它修好,叫了李维来帮忙。

当我告诉我母亲这个想法的时候,她正在花园里工作。她刚用铁铲把泥土下的石头铲开,然后抬起头。那是 4 月末一个温暖的晴天,她流着汗,脸颊被太阳晒得红红的。

"他怎么说?"

"他会免费帮我。"我说,"事实上,只有免费他才会帮我们。"

母亲用她的园艺袖套后部擦着她的前额。

"他会修好整个夏季厨房吗?"

"他打算给你修建一个新的。只要你同意,他马上就会开工。"

"这里? 他打算要来这里?"

我笑着点点头:"你将每天都会看到他。"

我母亲听后几乎不能说话。母亲之前多次邀请李维和我们一起吃晚餐,但是李维都拒绝了,他认为我的母亲和父亲在帮助他和阿莫斯这方面已经做得够好了。葬礼过后的几个星期,母亲每天都为他们做晚餐,并且她在星期天也会继续为他们做饭。她也没想过要停止,他们给母亲留下纸条,说是母亲这样会溺爱他们,并且会被母亲的美食"毁灭"。无论母亲为我们做什么，她都会多做一份让我用马车给他们送去。驾车给阿莫斯和李维送东西给了我拜访他们的机会，并且我也努力着和他们建立新的关系，即使会有些尴尬。我们不再玩鲁克牌。事实上，当阿莫斯在学习"信仰的忏悔"时，我和李维会在一起玩，并且我们也试着寻找聪明的方法来赢得艾玛的注意。他不理解为什么她最近看起这样忙，并且对任何约会都不感兴趣。

他们不知道的是，在每周日我为他们送完食物回家的路上，我都会在艾玛的房前停下和她打招呼。在我们和李维冒险后，一些事情发生了转变，我们之间不再那么紧张。唯一仍然尴尬的事是，无论艾玛何时伸出手来握住我的手，我都会逃开。我还没准备好像那样握着她，还没有，即使我实际上想亲吻她。据我所知，亲吻一个女孩，需要首先握住她的手。

我们经常玩牌。鲁克牌很大，拿牌的时候能够把手遮住。我们仍滔滔不绝地谈话，最后我们发现在我们之间保持沉默也是一件好事。那个春天，我们待在一起的夜晚越多，就越感到舒服，也就在白天越难分开。我越想见到她，就越提醒我要重建夏季厨房。我希望我能说我的动机完全是为了我的母亲，但是艾玛和她的母亲也需要用夏季厨房，自从她们的在春天被水淹没了之后。

我不仅叫李维为我母亲重修夏季厨房，我还想让他建一个温室。我们一直忙于这样的工作，回避着去思考巴顿对我提出赔偿的诉讼时效。5月初，当富勒警官到达我们农场边缘的时候，我们正在挖地基。如果他看见我的母亲在花园时，他不敢冒然把车开入车道，因为他知道我母亲会拿着她的锄头在后面追赶他。在记者们在我们的社区任意妄为之后，我母亲对赶走警察们不会觉得不安。但是在五月这个特殊的热天里，约翰尼·富勒却坚持不走。

他把警车停在路边我们修建的碎石小广场，那里只有一桶梨子孤独地遮在伞的阴影下。我们的狗在他面前大胆地跳跃着，根本不听他让它坐下的要求。它朝他狂吠着，母亲也没有去让它平静下来。

"我需要和你的儿子谈谈，约德夫人。"

"他正忙着挖洞。"

"那么，好吧，你们站在一条战线上真好。"

我母亲用德语对狗狗说了一些话，然后狗狗就跳到富勒警官身上。他拿出他的嘀嗒糖，扔给狗狗，想要分散它的注意力，并且借此走到李维和我身边。他看起来很疯狂，并且上气不接下气。"你们两个越来越难找到了。"

我靠在我的铁铲上。

"我从回来那周就一直没有离开过。"

富勒警官转向李维。

"到目前为止我都以为你已经离开了。"

李维转过背，试着不理他，但是我看得出来，他眼里含着眼泪。我对富勒警官感到非常生气，并且感到我的下巴绷得很紧。

"他能去哪？他一直在家。"我说，"他母亲去世了。"

"他母亲？"

"去世了。"我说，想要他离开我们。虽然天气很热，但我们在早上已经确定了一个很好的计划，并且我们在打地基上也取得了进展。最近我们对挖洞已经很熟悉了。实际上，在经历了监狱外发生的这一切事情后，我们以为富勒警官会让我们休息一下，但是他的眼睛里保持着那种眼神，一种夸张、虚伪的眼神。

"对不起，"富勒警官说，"我不知道。"

李维又开始挖洞，看出了他的伪善。

"不用道歉，这就是生活。我们每个人都需要继续向前。"他说，"我们希望你也能够继续向前，遵守你的承诺。"

富勒警官盯着他，顿住了，被他的语气所震惊。"那么，现在我要重新考虑我的承诺了，霍特斯丁工厂同意放弃你们赔偿非法侵入的费用，如果你们愿意去修理锁和窗户的话。"

李维点点头，又重新开始挖洞。"我们会去的，是吧，伊莱？"

"好。"我说着，不敢相信我们所听到的话。汗水浸湿了我们的衬衫，我们的背上都有风吹干汗水留下的盐晶。"那巴顿呢？"

富勒警官举起他的手。

"你们只需继续做你们的工作，我也会做我的工作。"他说着，转身离开。那可能是我在我们社区最后一次见到富勒警官。当他开车离开，走得很远的时候，我伸出手，拿过李维的铁铲。

"你真的有继续向前吗？"我问。

李维看着我："你想要问什么？"

我挺直了身子，感觉汗水一直顺着我的背往下流。我想看着李维的眼睛，但是他却戴着太阳镜。

"我所说的意思是，现在这里也是你的家。"

"是。"李维说着，看起来在太阳下很疲惫，"你说了算。"

从他的面部表情中，我知道他并不相信我，这让我很生气。

"那么你根本就没有向前，"我说，"你在撒谎！"

我们望向我的母亲，她顿在了花园里，听着我们谈话。李维用脚踢着我们挖的沟的边缘，低声说道："我没有骗你。"

"也许你没有骗我，但是你还是没有原谅你自己，不是吗？"

李维摘掉在太阳下保护他眼睛的太阳镜。

"那晚的事故，"他说，"我在市场看见汉娜，她快速地离开，告诉我说她没有时间和我交谈，但是她却永远地离开了。"

他说这句话的时候看着我。

"她本是要去哪？"

"纽约。去跳舞。她跳舞跳得很好。"

我感到太阳晒到了我的脖子，用手去挠了挠，我意识到纽约离我们很远。

李维踢着泥土，继续讲着。"在回家的路上，我想到她就很不安。然后开始下雨了，我的注意力没有在路上。当我看到那棵树的时候……"他说，指着我们路边的那棵老胡桃树，"我赶紧紧急刹车，转弯，想要避开它，但是却撞上了你们的马车。我甚至根本就没看见马车，我只听到钢铁被压碎的声音。"

他的声音颤抖着，我能听见他强忍住眼泪和抽泣的声音。他吐了一口口水，结结巴巴地说着："该死，该死。"就好像他不知道说什么，因为他已经用尽了他所有的语言。他用拳头打着他用脚堆起来的泥土，他把它们打平，直到他的指关节流血。"伊莱，那就是我为什么永远不能原谅自己像那样开车的原因，无法集中注意力，甚至不能看清马路！你能理解吗？"

我看着他，无法回答他，我转过身，听见厨房的沙门打开了。我母亲听到我们谈话后走进了房间，但当她从厨房的窗户里看到我们外面的场景时，她又走了出来。我们的铁铲丢在一边，这暗示着肯定发生了什么；我们经常会在农场发生事故。她慌忙拿出我们挂在厨房纱橱下钩子上的急救箱。

"发生什么事了？"她问，看着李维流血的指关节。

他站在那儿，在他的裤子上擦着他的血。

"没什么，约德太太。我很好。"

"这里，把这个拿去清洁你的伤口。"

李维看了一眼急救箱，然后发出了一个奇怪的、悲伤的笑声，这个笑声跟很多年前我在主教家看见他时的笑声一样。他摇着手，手心对着我母亲，拒绝她的帮助。"太晚了。"他说，然后最后一次从我们农场离开，留下我在那里，想着他是否已经痊愈。

七

那晚，我一个人在黑夜中步行到艾玛的家里，没用手电筒或提灯。我需要空气、星星和月亮发出的微光来照亮我的路，来证明我能够再次在黑夜中前行。阿米什人被教育只能私下悲痛，因此我在黑夜中把心"掏出来"练习。那条连接我家和主教家的单行道就是一个私人的地方，在那里，我允许自己为李维哭泣，为他深爱的汉娜拒绝他哭泣。汉娜曾在1976年夏天教我观察天空，我也希望她能教李维。我希望汉娜告诉他她所相信的事物，如上帝为每个人都挂了一颗星星，指引人们走出黑暗，我想告诉他在那之前我都不相信天上的星星比人们心中的烦恼更多，而李维不是唯一一个处在绝望中的人。遗憾的是，我花了这么长时间才明白这个道理。

艾玛很期待见到我，不是为我要告诉她的事情。我们坐在她房间里的小沙发上，我努力地给她解释着关于李维的事。和我的未来相比，我更担心他的未来。

"他怎么能够像那样一直生活呢?"

"当他准备好的时候，他就会加入我们。要相信他，就像我相信你一样。"

她递给我一把梳子，我拿过它，默默地为她梳着头发。对于我讲述的事情，艾玛的反应很奇怪，但是艾玛是阿米什人，并且她知道优雅地继续向前的智慧。"你不能改变自己的过去，更不能改变他的过去。"她说，蜡烛的火光让她的眼神看起来很温柔，"你能做的只能顺其自然。"

我感到我的嗓子在颤抖。

"那很难。"我低声道。

"坚持更难。"

"我不想他遭受痛苦。"我说。

"那么你就先别让自己痛苦。"

我不知道她的话语是意味着威胁还是挑战。艾玛看着我，她半信半疑的眼神漫无目的地游荡着，然后突然落在了我的手上。"你仍认为它们很丑，是吗?"

我退缩着，感到一阵刺痛。我把目光移到沙发旁边编织的地毯上，希望我所有的秘密能够编织进里面，一直在里面，直到破损。

"伊莱，它们不丑。那个男孩是错的。"

我绷紧下巴，闭上眼睛，要相信她是对的太难了。她叹息着，拍打着沙发后面。艾玛犀利的眼神让我无法躲藏。我没有转移目光。

"勒罗伊错了。"我说。

艾玛被我的话所震惊。我继续说着。"当我有双眼的时候，我并不需要相机来记录美丽的事物。我看的是你。"

艾玛点点头，咽了一下。我想要伸手去抚摸她那白皙光滑的脖子，然后去抚摸她那柳叶似的眉毛。她看上去很担心，并且完全被我的诚恳说服。我不得不承认，我喜欢告诉她实话的感觉。但是很快她把我膝盖上的桌子移开。

"你是最美的，伊莱。"

"什么？"

"我想要你抱抱我。"

"在哪里？为什么？"我恐慌道。

她看着我，等待着。我挠了挠脖子，转过头，希望这时门会打开，那样我就可以起来走动，伸展我的腿，并且呼吸。艾玛·贝勒希望我能抱她，但是魔鬼的声音却在告诉我拒绝。我内心的声音越来越大，就在那时它吼了出来，我丢下梳子，一把将艾玛拉过来。那年我十六岁，我说不清那是激情还是爱推动着我这样做，我只知道我这样做了。我用我的手搂着艾玛的腰，将她的身子揽入了我的怀中。我从未像这样触碰过任何人，并且我抱着她越久，我就越想把她抱得越近。我把脸埋在她的脖子上，呼吸着她甜甜的香气，抱着她轻轻摇晃，就像是抱着我姐姐和我自己，以及任何拒绝拥抱他们美丽的人一样轻轻摇晃。

我不知道我们相互拥抱了多久。蜡烛已经燃尽，我们在月光下坐在黑夜里，沉默着，听着我们自己的呼吸声。过了一会儿，我看到艾玛将她的手靠近我，但是没有握住它们，她倾身过来，用嘴唇吻着我的手腕。这是我们入睡前我所记得的最后一件事。

第二天我们醒来的时候，她父亲的手在我们中间，把我们从睡梦中拉了出来。我睁开一只眼睛，看见主教拿着一壶咖啡，一盘炒鸡蛋和两把叉子站在我们面前。我转过头，感到脖子僵硬，但是我的没有艾玛的僵硬，她的头靠在我的胃上。

"吃早餐了。"他笑着说道，即使我们都知道早已过了早餐时间。在他的脚下没有影子。我想可能中午都已经过了。我马上站起来，感到很尴尬，赶紧拿个垫子隔在我和艾玛之间。

"慢慢来，还早。"他说，直直地看着我。艾玛在重新弄她的头发，用发夹把它盘在后面。

"我们起来晚了。"我说。

"父亲，我们昨天熬夜聊天到很晚。"

"没事。仪式要到中午才开始。"

我好奇地看着他。今天是星期四。在阿米什人之间，星期四是不举行神圣的宗教仪式。

"我今天要给候选人进行洗礼。"他说，伸出手把着我的肩膀继续说道，"艾玛知道我喜欢惊喜，这是最好的惊喜。"

我不想让贝勒主教或艾玛失望，但是我也不想对他们撒谎。我并没打算在秋天接受洗礼，而是更想回到理发店里去刮胡子。在那个春天，我的生活逼迫我不得不只着眼于现在，在最近一段时间，我唯一的计划就是偿还巴顿的债务。在我等待开庭的时候，不可能同时准备接受洗礼。就好像是想要训练一匹马去赛跑，但在它到达跑道之前，又打算把它送到胶水厂去劳作。

人们期待我接受洗礼已经没有意义，已经太晚了。坐在主教餐桌前的是十二个处在"徘徊期"的孩子，我认出了他们大多数都是金丝雀帮和松果帮的人，他们差不多都是二十多岁的年龄，包括阿莫斯在内。他看见我跟在艾玛的后面走下楼梯，十分震惊。艾玛睡眼惺忪的眼睛和皱皱的祈祷帽更加增加了他的怀疑，其他人也确定了他们的怀疑。艾玛开始"徘徊期"已经有两年了，她的家人和其他人都在猜测，为什么她不接受洗礼。她的父亲和耐心，没有给她增加压力，但是我们都知道那天她为什么会笑。不仅仅是因为我们社区加入了十二个或更多的成员，阿米什团队得到了壮大，而且因为她的女儿也打算加入。这也让其他人终于弄清楚了她究竟在等什么——我。

艾玛坐在阿莫斯对面的长凳上，我坐在唯一的空凳上，阿莫斯的旁边。

没人说话。贝勒主教给自己倒了一杯水，露出了灿烂的笑容。他感谢我们明智地选择加入教会，并且他鼓励我们告诉我们的朋友也这样做。

"我们的团体比以前更加强大，任何任性的'漂流者'都知道，你们都在等待着他们回家，等他做出选择是回头还是跟随你们的脚步。"

主教然后告诉了我们应有的责任，以及那个夏天需要上的课程。他提醒我们，当洗礼被安排之后，最重要的日子不是9月的第三个星期日，而是第二个星期六，那时我们有最后的机会反悔。

"记住。傲慢和违背，这种隐藏的罪，如果不坦白，就会导致教会毁灭。好好想想吧，考虑一下这些负担在你们心里的重量。你想要变得更轻松，那就让光照亮你的心灵。"

每个人都点着头，除了我。

我一直看着艾玛，想要对她说明一切，希望她能够理解。

"我想可能有一些问题。"我说。

"问题？哪里？"贝勒主教透过他的眼镜朝下看着我。

"我还没打算接受洗礼。"我说。

我能感到艾玛的眼神看着我，但是我没有勇气回视。我把目光移到阿莫斯破旧的"宣言书"上，感到身体在发热。然后我将目光转向了主教。

"我需要告诉你一些事情。"我说。

"现在？"

我点点头。贝勒主教看着桌子边的候选人。他喝了一小口水，把手指向了门边，我跟着他走到外面到马棚那，在那里除了小鸡和牛以外，没有人能听到我们的谈话。

"我偷了我姐姐们的灵魂。"我第三次说道，感到很释然，就好像我心里的刺突然间被真相这把镊子给拔了出来。

贝勒主教摘下了眼镜。他是近视眼，当我告诉他我很久前做过的事时，他倾身靠得更近地看着我的眼睛。干草的味道让我流鼻涕，当我讲完的时候，我擦掉了它们。

"真的有伪神吗?"我问。

主教没有直接回答我，他把我带进了马棚。"那是什么?"他问，指向角落处。

"玉米仓。"

"你确定?"

"我看见玉米壳掉出来了。"

我盯着他。他走过来，扯开了干草，举起盖子。

"过来看。"他说。

我在干草中跟着他，站在他后面看着。那看起来像玉米仓。里面有木材、电线，许多晒干的玉米，在角落还有一些蜘蛛网。他拨开一些玉米穗，向下刨得更深。"现在看看，然后告诉我你看到了什么。"

我靠得更近，往下看着，在玉米穗后面，呈现的是一个闪闪发光的皮革制的包，上面印着斯伯丁[1] 几个黑色的字。"你知道那是什么吗?"他问。

我摇摇头。

"那是我的秘密。"他说。

我看着他。

"你是主教。你不能有秘密。"

"但是我有，伊莱。因为我是人。"

"但是为什么我们不知道呢?"

"我的秘密不会伤害我，也不伤害其他人，或者转移我对上帝的注意力。如果有什么的话，当在草地上的时候，让我感觉离上帝更近。"

他刨开更多的玉米穗，拿出了一根九号铁球杆。我看着他，他微笑着。他的眼睛里闪着兴奋的光，这种光和他得知他女儿准备接受洗礼时一样。我不知道贝勒主教是一位高尔夫球手。我知道在最近有几名成员将这项运动作为其嗜好后，我们区域的阿米什人对参加这项运动展开了争

---

[1] 运动器材品牌。

论。现在讲得通为什么我们区域里没有反对的声音，以及当我那个春天收到其他帮派的高尔夫邀请时，为什么没有引起喧闹。

"对你有什么好处？"我问。

贝勒主教看了看他的肩膀。一只燕子降落在木缘上。

"我曾经打出了'老鹰'[1]。"

我点点头，印象深刻。低于标准杆二杆。据我从理发店里的人们那里学来的高尔夫知识，贝勒主教有机会和他们比赛，但这可能永远不会发生。

"你经常玩吗？"

"不是经常。怎么了？你有兴趣和我一起？"

我挠挠头。我不知道这是否是他设置的陷阱。但毕竟他是主教，我应该相信他的动机，但是他的眼神让我惊慌。

"我只想做正确的事。"我说，"这也是我跟着你来的原因。"

主教把玉米扔在了斯伯丁包上，用玉米穗将其遮住。

"相机的事让你晚上难以入眠，是吗？"

"是的。我担心她们的灵魂。"

"也许从现在起你应该担心一下你自己。伊莱，你姐姐们都在上帝的手里。她们在你还很小的时候就已经在上帝的手里了。"

我想相信他。

"让我给你讲一下上帝的手。"他说着，搬动着两个干草堆，把它们拉出来，我们面前一人一个，他比着手势让我坐下，"你知道耶稣也打高尔夫球吗？"

我摇着头。我一直认为这项运动很现代，无法想象耶稣也会担心标准杆的问题。

"还有摩西。"贝勒主教补充道。

我往后靠，急切地想要看看上帝的手是如何进行凡人的运动的。贝勒主教继续给我讲着，他说有一天耶稣和摩西在一起打高尔夫球。耶稣本应该对

---

[1] 高尔夫术语，低于标准杆二杆。

一个麻风病人施展奇迹，但是耶路撒冷的天气很晴朗，摩西迫使他参加一场比赛。耶稣不想冒犯摩西。他已经有一阵子没有见到他了，并且他想向摩西的好客表示感谢。耶稣不是经常玩高尔夫，并且没有特别地为器材包而装备（他的背部受伤了），然而，他同意进行一场十八球的比赛，希望这能为他在当天稍晚些时候施展奇迹热热身。但是耶稣玩得很辛苦。天气很热，他的山羊皮靴破了一个口子，他开始脱水了，视线也开始模糊。耶稣能做的所有事情就是把精力集中在球上，即使摩西在高温下感觉很良好（显然，他已经习惯了炎热的天气）。

更糟的是，那是一个有风的日子，耶稣很难在风里掌控球。当轮到他的时候，耶稣艰难地打着球，认为他是在逆风里打球，但突然风向又变成了顺风，球就偏离了球道，落到了球场外，落进了池塘里，一只青蛙把球含在了嘴里，这时一只老鹰飞扑下来抓住了这只青蛙，这只老鹰又飞回到了球场，而那只青蛙担心自己的生命，害怕地张开了嘴。球又落回到了球道上，恰好落进了耶稣本来想打进的洞里。

"你开玩笑的吧？是真的吗？"

贝勒主教擦着他的眉毛，他在出汗。

"你知道摩西做了什么吗？"我摇着头，无法想象，"他转向耶稣说道，'我讨厌和你的父亲一起玩'"。

我盯着他片刻，知道他再也忍不住了，放声叫喊着。他举起他的帽子，用它击打着我的膝盖。我不知道这跟我的忏悔有何关系。我偷的是灵魂，不是高尔夫球。

"你没看到吗？上帝会用他的手玩一切的东西。"

我点点头，想相信没有事故。一切都是有目的的，甚至包括痛苦。

"那为什么他这么快就带走了我的姐姐们？"

主教看着我，我能看到他眼里含着泪水，但是他深呼吸，将泪水咽了回去。"那个我不知道。我只能相信她们已经去了她们的精神家园。"

"但是他为什么将我留在这儿？"我说，感觉我的下嘴唇在颤抖。这是我一直在思考却没有勇气问任何人的问题。

"还不是你离开的时候。"他说着，"你还没完成你在这的工作。难道你不知道吗？上帝想在高尔夫球场上帮耶稣，是想保住自己的面子，然后好继续帮助麻风病人。"

"我不明白。"我说。

贝勒主教叹息着。他戴上帽子。

"无论你认为你用相机做了什么，都只是一个大的计划里的一部分，这个大计划是你没有能力完全看见的。但是如果你相信你成长道路上遇到的所有困难都是上帝刻意安排的，那么你就会找到平静。"

我看着他。

"但是《申命记》里说照片会偷了我们的灵魂。"

主教举起他的手指："是，也不是。我想他想说的是当大多数人们看照片的时候，他们都是在看着自己，而同时把注意从上帝身上移开了。那也是为什么我们不喜欢被拍照的原因。上帝不想我们忘记，当我们看着我们自己的照片的时候，我们实际上是在看他。"

"所以我没有犯错？"

贝勒主教摇着头，站了起来。

"你犯的唯一错误是没有看见上帝。"

我看着我的手，想知道是否上帝就在那，但是不是被手上的"蹼"束缚了。

八

我要为在那个夏天发生的其他一切事情而感谢贝勒主教。我不跟他一起去打高尔夫的时候，会每周去拜访他，八个星期以来，跟着其他的候选人一起，准备我们的洗礼并背诵《信仰书》的十八个章节的"保持信仰的标准和实践"（第三章）。我们一起准备宣布放弃魔鬼、世界和我们的血液，把自己交托给耶稣和教会，在余下的一生中都服从它。因为我们都是年轻人，主教提醒我们说一旦我们同意接受洗礼，我们就是同意了如果被教会号召就作为领导者为教会服务。话句话说，我们站在高高的木桩上，每个人都看着我们。在艾玛的帮助下，我努力地向主教和教会做出保证，我不会"在世俗的岩石上失事"。

夏天过得很快。李维和我不仅建造起了夏季厨房，还在花房里完成了花草的种植，此外还四处接受了很多奇怪的工作，为巴特重新修了一座棚桥，为一位退休的数学教授制作了橱柜。李维还坚持要跟我平分报酬。到8月末，我欠巴顿的医疗费都还差几千块，更别说买新相机的钱了。让我意外的是，父亲建议进行一次拍卖。这不只是一场普通的拍卖，而是询问了在戈登维尔的消防部门，我们是否能在9月为巴顿再举行一次拍卖。他们不会拒绝，只要我们收集、分配募捐的项目，并确保消防部门的好处。

我向艾玛和李维寻求帮助。他们热情地表示赞同。阿莫斯以一个简单的理由婉拒了，那就是他觉得他需要为洗礼做准备，尽管他已经准备了八个月。我想他是不能忍受看见艾玛和我在一起，或者不愿意向我们承认他开始与一个来自里科克的比奇阿米什女人约会，而且这次他还得为了得到她的认可更换衣服。

艾玛和她的母亲一直都会参加在戈登维尔的拍卖会，跟一些经验丰富厨师站在一起。每年，她们的工作就是带领差不多一百名阿米什妇女帮忙制作三千一百二十个甜甜圈和长琼斯（一种面粉糕饼），三千个特大号三明治，一千五百个汉堡和奶酪三明治，三百个鸡蛋三明治，一千五百个烤肉三明治，三千八百个热狗，五千瓶苏打水和矿泉水，一千三百盒饮料，足够的热巧克力和咖啡来填满我们的"池塘"，还有差不多九百磅的鸡肉。

这些数字听起来或许有些夸张，我愿邀请每个人来参观戈登维尔的拍卖会，请他们自己来看看有多少食物会被大致五千到一万名参加拍卖会的人消耗掉。我提到这个的原因就是艾玛和她的母亲会在做饭上花很多心思，我完全不期待她们会把注意力集中到我父亲的拍卖台上。

事情进行得相对顺利。拍卖会有一个盛大的开场。蜂拥而至的"英国人"和阿米什人挤在一个巨大的黄白色条纹的帐篷里，同时还有一些人争抢着进入车库里去竞买古董家具或者工艺品。一群阿米什男孩儿在玩着角球，还有一些年龄小一点的孩子跑到旁边的被收割了的玉米地里去玩触身式橄榄球。迄今为止，这是我参加的最好的戈登维尔拍卖会之一，主要是因为这天气——在 9 月初的一个周六，清澈、干燥的蓝色天空，树叶散发着金色和红色的光辉。就在一周前我满了十七岁，我的生日也没怎么庆祝，因为我们把注意力都集中在拍卖会上。其需要从 3 月下旬就开始进行一个大规模的搜集，包括了一切东西，如东方的地毯、加热器到床架和斜切锯。我们把埃希家的马棚当作一个搜集点并作为仓库使用，尽管我们需要请搬运公司来帮我们把东西拖到戈登维尔，这笔费用是从我们为巴顿的医疗费所赚的钱里面扣出来的。

到了中午，我们挣到了差不多五千美元，是我需要还的钱的一半多一点。

"再有三千五百块钱你就自由了。"父亲说。

自由是指偿还我的债务。巴顿仍然没有控告我，但也没有放弃权利。他也知道这场拍卖。我们邀请了他和他的家人，我的母亲还为他们安排了前后餐，看他们喜欢哪一种。我们没有收到回信，尽管如此，我还是在人群里搜索着，但整个上午都没有看见巴顿。艾玛提醒了我他的出现并不重要。重要的是我在努力地帮助他挽回损失。

在我们正在拍卖一把桌锯的时候，艾玛给我们带来了烧烤三明治。她没有把它递给我们，甚至没有看我们，只是把盘子放在桌子边上，然后就走到一个捐赠箱前，那是我们在当天下午早些时候收到的，但是没有机会对里面的东西进行分类清理。那是一个不大的开口箱，我的父亲在搜索了之后，觉得里面没有什么真正具有价值的东西。

"没有什么好东西。只是某人车库里的垃圾。"

从艾玛的表情上看来，箱子里面不仅仅是垃圾。她抬起头，看见了我的眼睛，然后示意让我自己看看。桌锯的成色很好，它的竞拍价格不断地升高：一百，一百一十，一百二十五，一百四十五，一百七十五。我觉得至少会涨到三百块。我有几秒钟的空闲然后走到了箱子旁边看看里面有什么。我的父亲是对的。里面大部分东西都是垃圾，在一个生锈的奶酪粉碎机上面，在陶瓷台灯和塑料收音机之间，是一台相机。是莱卡 M3，但是因为我在特沃斯看到了太多的莱卡相机，所以我一点也不激动。我觉得它不过是另一台我不需要的相机，而唯一让我激动的是在如果在当晚我把它卖掉就可以多凑一千二百块钱来还债。艾玛用手推推我，让我检查看看。我把手伸进箱子里，翻动相机，看见在小取景器上有一个数字"1"。这时候我的心跳开始加速了，父亲这时候喊道"成交"，但我还是没动。我抬头看着艾玛，她的眼睛转向了竞拍者们。所有人，包括我的父亲都在等着我。

"伊莱。"他说，但是我只看见他的嘴唇在动。没听见在那之后他说的是什么。我拿着相机，意识到这是我最后的机会。我从来没有从父亲的拍卖台上拿走过任何东西，我知道这样的行为足以让我可能会暂停跟父亲一起拍卖，但那时候我并不担心我的未来，而只关心我的过去。

那晚在我父亲的桌子上有一排没有面孔的阿米什玩偶，我本该看着他们并请求得到他们的允许。但我看着艾玛，希望从她的眼中看见任何指示，指示我应该怎么做才是正确的，但是她跟其他人一样面无表情。我这个夏天都十分努力地想要获得她的尊重，以及别人对阿米什人的尊重，但是我已经对我姐姐们许下了诺言。

我拿走了相机跑到了我父亲后面去，完全没有注意到巴顿已经来到了拍卖会，并且和我的母亲一起站在角落里。他扔出看起来像是两半石膏夹一样的东西，但我没有停下来收拾起它们或者跟他们交谈。我跑出帐篷，爬上路堤跑到老里科克公路上，穿过铁路，朝西南方跑去，穿过落日，走过空旷的玉米地和跟树一样黑的筒仓。我以最快的速度跑到了家里，一把拉开门，从厨房墙上的纱橱里拿出了火柴，然后又跑了出去，跑下走道，到马棚后面，在池塘边上跪下。

我在水面上举着相机，在月光下自己看着它。金属边映着月光，镜头中反射出我自己的怪异影像。尽管现在已经是黄昏时分，但是还是有足够的光能够让胶卷曝光，我咔嗒一声打开了它，拉出片轴。我一下划燃了三根火柴，然后把它们放在胶卷的旁边，静静地坐着，看着它燃烧。我吃惊地发现胶卷是如此的耐久，需要很长时间才会熔化。气温很高，我脱掉了鞋子。我又划着三根火柴才把它烧尽，即使灰烬还是热的，我也把它们舀在自己手里，走到池塘边，把它们扔进了水中。

接着一些难以解释的事情发生了。当灰烬触碰到水面的时候，我看见了连续的白色亮光从池塘边发出来。我站在那儿，僵住了，看着它们慢慢地围着我旋转。我想要摸到它们，我伸出手，手心向上，只看见这些亮光穿过我的皮肤。当我抬头看时，我才意识到每一束亮光都穿过了我的身体，然后慢慢地，一个接一个地，落回到了水里。我不想它们这么快离开，所以把手伸进了水中，想要抓住那亮光，但这明亮的光束沉得更深了，沉到了我的脚趾和它们下面的石头之间。我不知道我在水里站了多久，我的手插在水里，当光亮消失后，我又再次孤单了，我发现我是在给自己洗脚。

我不知道我在水里站了多久。我只记得感觉昏昏沉沉，好像刚从一个漫长的梦里醒过来。让我惊奇的是，在这个模糊的清醒过程中看见了一道亮光打在我手心里，照亮了我的手指。我从未这样看见过骨头的结构，突出又明显。我站在那儿笑了出来，但这笑声不是我发出的，不完全是，而是我心里的隆隆声，这声音使我告诉自己的谎言沉默了，是我的双手成就了这个世界上的我。我不知道我笑了多久，但是我想长时间地待在那儿，好让我母亲听见上帝原谅我的错误时发出的声音。

我需要去敲勒罗伊的门。第二天我需要去敲很多人的门，包括我的伊萨克叔叔，问他是否能为我安排一次热气球飞行，因为我在十六岁的时候失去了我的那次机会。他正在土豆地里锄地，他看着我说，"我想你不恐高吧？"

我笑着摇了摇头。

"那是去年，"我说，"现在情况变了。"

伊萨克叔叔在晨光中打量着我。他指了指我们去年接生的那头小牛。它穿过他身后的篱笆用粉色的鼻子戳着他。

"不只你一个长大了哦。"他说。

伊萨克叔叔同意带我上去，但只要我能再找四个旅客。他不想在一个人身上浪费燃料。他说那应该像一个聚会一样。我没有疑虑，我很清楚自己应该找谁。

那天在我敲门的时候，勒罗伊正要给他的一位顾客起绰号。门是开着的，他把剪刀放下走了出来，双眼瞪着我，好像不相信自己的眼睛和耳朵，所以我再次敲了敲门，声音大得把"叉车"都吵醒了，他之前在理发店后面的一个烘干机下面睡着了。我把消息告诉了他、李维、主教还有艾玛。让他们在黎明时分在我叔叔马棚后面的大豆地里会合。我的亲属们对气球旅行不太感兴趣，他们坚持要待在地面，跟露丝安妮一起驾驶卡车。我很惊讶父亲在我引发拍卖会的骚乱后还会同意我的想法。在他回到我们农场的时候，从他的表情上我看出了艾玛一定跟他解释了很多。他看见了我拿着相机从池塘走回来，他问："终于消失了吗？"我不知道他是指胶卷还是谎言或者是我过去的烦恼，但我说是的，然后告诉他我会把这台相机给巴顿。他似乎很满意，没有再说什么。

我们继续，向上升起了，从地面抬升，升得更高，进入到了黎明的旋涡中。我从未到达过比邦克山还要高的高度，但在那之前我并不是唯一一个未离开过地面的人。李维、艾玛和主教，他们紧紧地抓着筐子边缘，眼睛睁得跟气球一样大。我催促勒罗伊带来了双筒望远镜，当我们飘过我家农场时，我向下指着花房，我在里面种了两千多株紫罗兰。他不需要望眼镜也知道那是什么。那看起来就像是一个巨大的紫色布块躺在大地这张棉被上，是为了他而种的。他转过头看着我，我看见他喉咙发紧。他只是点了点头然后放低了望远镜再次向下看去。大地在我们下面慢慢地旋转，在我们飞过我们干草地和家园的时候，空气也变得越来越安静。我站在艾玛旁边，看见了我从监狱回来之后便未曾见过的灰暗的三月天空。不管我们面对的是哪个方向，地面总是沿着一条连续的路径滚动，在上面所有的东西都彼此连接着。从这样的高度看见这个世界，我才意识到没有分离也没有真正的界限。我们都彼此联系着，无论我们之间有多么的不同。我在艾玛的眼中看见了闪光，这时，伊萨克叔叔放出了一些气，热气球开始下降了，擦到了树尖。艾玛显得很激动，露出了微笑。勒罗伊、李维和主教也很享受这次飞行，但是太专注于这个位于天堂和尘世之间的广袤世界，所以没有注意到我向艾玛伸出的手，最终，把她的手放在了我的手心。

九

我感觉艾玛的手正放在我的肩膀上，把我推醒，从我工作的桌子上把我扶起来。"到床上去，伊莱。明天可是一个重要的日子。"我想要跟她一起爬到我们温暖的床上去，但是我在吃饭时写的那一叠纸页让我现在还不能去睡觉。我的故事还有些东西没有完成，它正在"撕咬"着我，让我在本该睡觉的时候毫无睡意。

尽管多年前我们的热气球旅行的回忆让我昏昏欲睡，但我仍觉察到艾玛在仔细查看。她捡起我扔到地上的几页纸，把它们弄平整，四处"打捞"着可能对我的首次布道有用的东西。没有人给过我如此多的指导。就在一年前，我根本不会相信他人口中所说的，为准备布道，可能会写出一本书来。

另一个牧师跟我说什么都不用准备，只需相信上帝想通过我说出的话语。但是我抓不到这个机会。我知道明天的布道对我比对其他的大部分人都更具有重要性。我的大女儿，我给她取的名字是汉娜，已经作为成人加入了教会。她的哥哥，我的大儿子，吉迪恩，也在去年接受了洗礼，就在我为抽签而惊慌的一个月前。糟糕的时间。我宁愿他会在"徘徊期"里多待几年，这样在兰开斯特县阿米什人的神职授任的候选人中就会把我排除掉。当然，我永远也不会告诉艾玛这些。在某种程度上，我取代了她父亲的位置。她一直都爱有信仰的男人，有时候我也想知道她是不是真的知道她嫁给了谁。或者也许她了解我的命运历程，等待着我赶上它。

一阵凉风从窗户吹过来，吹散了我手臂旁的纸堆上的几页。艾玛关上了窗户，落下了百叶窗，挡住了我看那棵老胡桃树的视线，好像她知道唯一让我去休息的办法就是让我和过去断开。

我知道她今晚也没怎么睡觉，从煤油灯的火光中我能看见她双眼的疲惫。我能感觉到她在读我写的词语，这让我心神不安。我不知道我写的东西会不会只对我一个人有意义。我害怕问她的看法。我无法忍受我的想法会让她失望。

她用拇指翻着纸页。"你觉得你还能写更多吗?"我看见煤油灯在她眼里发出的微光，让我安慰的是知道她的挖苦总是她表达爱的方式。我点点头。

"太糟糕了，"她说，"我比这些纸张更需要你。"

这么说着，她把我的手滑进她的手里，带我走出黑暗的房间。

吃早餐时，我还没饿，于是便把鸡蛋在我的盘子里推来推去。我们的其他孩子，比吉迪恩和汉娜小几岁，在他们的座位上坐立不安，兴奋地期待着他们听说能改变生命的仪式。

我坐着我父亲的旧滑轮椅像他一样划过地板，把我的脏咖啡杯放进水槽。我停下来，穿过打开的纱门看见我母亲和艾玛在花园里，剪掉夏天最后的花朵。我觉得她们是把这些花带给汉娜，但是她们咯咯笑声和弯腰的姿势又让我觉得她们在密谋着我不应该知道的事情。

在去礼拜仪式的路上她们都很安静，只有我们马车支柱发出的吱吱声扰乱着这份安静。我问她们为什么不说话，她们只是耸耸肩。我时不时地瞥着人行道，看见了她们在黑色软帽的帽檐下交换的眼神。我不知道她们是对我的布道感到紧张还是对汉娜的洗礼感到兴奋。我祈祷上帝能够通过我说话，因为我不太相信从我嘴里说出的话能够同样的强有力。力量是作为牧师所拥有的一个好东西。力量，勇气还有信仰。

在接下来的路程中我的胃一直在翻腾。我记得看见天空的云彩遮挡了一个洞，太阳光从里面射出来。他们说要下雨，但我的骨头都比天气预报要准。空气中带着某种具有希望的东西，但是比我不能察觉到它，并认为其是对我骄傲的投射。是的，我很高兴，为汉娜选择加入教会而感到安心。我内心的父亲知道这看起来对我和我的家庭是件好事。但内心的年轻牧师则叱责我。我这么骄傲怎么能做布道？这似乎很讽刺并且感觉不对。

在我们到达将要举行仪式的谷仓时，这个早上变得越来越奇怪。我们把马车停在空马车旁，在一排二十四辆有套上马的马车之间，马在我们后面的草地上咀嚼着潮湿的青草。当我从马车上下来的时候，我注意到一群聚集在篱笆桩的人们停止说话了。我认出了他们，是以前金丝雀帮的人，现在都是成年人了，有的已经结婚，成为了父亲。我非常惊讶他们会来参加我们的仪式。他们大部分人都搬到了其他地区。除了在拍卖会上，我们已经很多年没有像现在一样聚在一起了，但我还是有点儿希望看见在我们的马车前能搭起一张排球网好让我们不那么靠近。他们本来围成一圈，看见我后就散开了，站出来对我问好，带着一种短暂的犹豫不决的表情，这让我更加紧张了。艾玛注意到了这点，走过来更近地靠着我，好像是要阻隔她在我和我要做的事情之间感觉到的任何怀疑。

我站在主教、助祭和其他地区的牧师之间，仪式按部就班地进行。大部分时间，仪式都是普通地顺利进行着。所有的候选人都记住了《信仰书》的十八个章节，声音听起来带着确信。我的胃在仪式进行到一半的时候镇定了，头脑中的喋喋不休也安静了。

当我用余光望去的时候我几乎能听见我的心在说话，我看见当后门打开的时候，尘埃在照射到谷仓里的光束里飞舞。我不知道谁更感到惊奇，因为我们看见每个人都喘着气，太阳的光在他的背后映出，是李维·埃希，他的头发现在白发比金发多，长满胡须，并且因为长年在木工凳上弯着腰或者躲着我们而有些弓背，我们永远不会知道。我看到了金丝雀帮的眼神，他们一起坐在我面前的一排长凳上，意识到了他们一直都不知情。尽管我从不喜欢惊喜，但我感谢他们的这一举动，我放低下巴，用最不易察觉的点头方式表示同意。

李维是我们所知道年纪最大的一个像我们一样穿戴，像我们一样生活的人，但却从未选择加入我们。一部分的我已经听到了他对我们的孩子做出的借口："但是李维·埃希在六十岁之前一直在等待接受洗礼！"

我努力地控制着从肚子里升起来的笑声，当我看见他仍然戴着那副墨镜的时候，意识到李维已经知道他对其他人会产生或好或坏的影响。那副眼镜让他看起来更加现代，还有一点点跟我们的仪式不相适宜。我猜他在其他情况下绝不愿戴着它。他的出现就是祈求我们爱他、接受他，不管他是什么样子，接受他的缺点和一切。

他取下帽子，把它放在后面的长凳上，坐在那里的孩子们喧嚷着要把它捡起来。他们拿着它就好像是一个奖品。李维走过通道，眼睛看着我，露出有些扭曲的微笑，暗示出他来到这儿既高兴又因等了这么久而有些尴尬。

让我的心跳停止的是，李维不仅是来到了这个仪式，他还是在汉娜旁边的位置跟她一起下跪受洗。我想她知道我们的故事，看到了我的注视。她拥有和她姑姑一样的眼睛，而李维要做的就是强忍住泪水。她伸出手，把她的双手放在他的手上，他低下头，闭上了双眼，然后开始背诵《信仰书》，好像是一首他每天都要唱的他的生命之歌。我听见他的声音，认为他可能是这样的，这既是一个对他过去所犯错误的提醒，又是一个对未来行为的支撑。仅仅在那儿，我就知道他一切都会好的，我很感激他加入了我们。

当轮到我来给他布道时，我讲述了我们的故事，相信上帝会引导我。话语很流畅，尽管在阿米什人中这是一次不太可能的讲述，我看见泪水滴进了胡须和软帽里。当我讲完的时候，我知道我的故事是完整的，而我作为牧师的服务会帮助人们理解他们起初不能理解的事件，帮助他们从他们生活中的痛苦和混乱中寻找到意义。我现在知道了这就是我们彼此的责任，也是对上帝的责任，去见证那些我们心中的未解之结。

当我睁开眼的时候看见了艾玛脸上的笑容。汉娜和候选人已经走出了谷仓，李维也跟着他们，从我最年轻的女儿露丝那儿拿回了帽子，而露丝已经以某种方式把这顶帽子认作了她的财富。在门槛处，李维转过身看看这场圣会，然后戴上了帽子。

来自我们花园的夏天花束在我们的桌子上摊开。我望着母亲，她正眨着眼，为李维拉出一把椅子，他与我们一块儿参加友谊餐。我把我的孩子们介绍给他，他们都想要知道我带他们的母亲到费城去找相机时候的事情。李维疑惑地抬头看着，还是为我做了个掩护。

"噢，上帝，我不知道那个故事。"他说。

他们纠缠着要他讲我十六岁时更多的故事，李维只讲了一个影印机的故事就让他们沉浸在了其中。我没有从他那儿为我那天为他做的布道而得到言语上的称赞，但我知道主教和牧师们都很高兴，在他们送我们回家的时候给了我们额外的馅饼。

我和艾玛一起站在马车旁边，把想睡觉的孩子们和糖果装上马车。

"我想我要走路回家。"我说。

我们走到马车后面，避开其他人的视线，很快地亲吻了一下。

"你就要成为一个伟大的牧师了，"她说，"我的父亲会很高兴的。"

我笑了，想象着贝勒主教在天堂里和耶稣、勒罗伊和露丝安妮一起打高尔夫球。

"谁那么好笑？"艾玛问道，感觉到我的微笑中还有更多东西。

我说："事情结果的方式。"

艾玛点点头，爬进了马车。我挥挥手走开了。

我穿过我们邻居的苜蓿地，走近路来到了我们农场边缘的胡桃

树。我看着远处，马路对面，六岁的小露丝穿着紫色的连衣裙向我
跑来。

"父亲！"她的叫声穿过了灰尘，"父亲，等等我！"

"好的。"我回喊着，并挥舞着手。我想告诉她我哪儿也不会
去。事实上，我从未真正离开过这棵树，这也是我禁止我的孩子们攀
爬它的原因。它占据了我内心的大部分，而没有空间让其他任何人来
探索。露丝是唯一一个会忘记的。我记得她一直缠着我要爬树，但
是我列出了各种各样的理由来让她放弃：折断手臂，折断腿，扭伤脖
子。这些理由足以把她吓走，但从她朝我冲过来的样子看来，她一点
也不害怕。

"小心点。"我说着，当露丝靠近马路边缘的时候。她等着，让一
些车辆经过。那些认识我们的人会向我们挥挥手，那些不认识我们的人
会减速给我们拍照。当露丝看到有相机伸出窗户的时候，她立刻就闭上
了她的眼睛。

"没事的，露丝。他们已经走了。"

她睁开眼睛笑着，朝马路两边看看，然后穿过马路来到我站着的地
方，她的头撞在我的腿上。她想我把她举起来，这样她就可以从上往下
看这个世界，并且可以继续进行我们的"你看到了什么"的游戏，一个
我们用来帮助她学习英语的游戏。但是我很疲倦，没有精力举起任何东
西，我用握住她的手代替。她对我的决定没什么意见，她已经被她所接
近的这棵树吸引住了。然后一些事情让她发生了转变，她变得有点绝望。她
拽着我的手臂。

"我一定要爬上去。"她说。

"哦，是吗？为什么？"

我想笑，但是露丝很严肃，用手指着那棵树。她跪在树干下，恳求道：
"为了你。"她说，但是我不知道她说的是树还是我。

"好吧，露丝，"我说，太疲惫以至于不想去争论这个问题，"就这
一次。"

她兴奋地跳入我的手臂里。我深呼吸，把她举到最低的树干上。她

的平衡和在树干上的轻松自在让我吃惊，就好像她以前就来过一样。她将头靠在一根粗树干的背面，以保护她的眼睛不被太阳晒，她越过金色叶子的边缘，向上看着树。

"你看到了什么？"我问。

她向下望着我，笑着："父亲，你看到了什么？"

我看着这棵载满我年轻时候记忆的树，看着它的树皮、躯干、枝丫，还有那个伤疤，即使已经愈合，但仍有痕迹在上面。我走出记忆，向上看着露丝。多年之后，我终于可以说："我看见了天堂。"

| 他们眼中|
《偷灵魂的男孩》

"佩恩把我们]带入了一个陌生又绮丽的阿米什人世界中，引领我们去探索宽恕的普遍本质。伊莱·约德是一个生来就有缺陷的年轻人——并指。但是比起他的肉体的畸形他内心似乎有更深的缺陷——他不能忘却那一次悲惨的事故，也不能原谅那个不知名的肇事者。我发现我是支持伊莱的，这本好书带我去到的美妙世界一直在我心间，我很想知道如果我是他的话究竟我会怎么做。"

——卡洛琳·保罗 《东方，风雨和灭火》的作者

"这是一个关于宽恕的救赎力量的经典故事。伊莱·约德将会抓住读者的心，也会激起读者的同情，获得他们的肯定，因为他最终战胜了他的过去。佩恩的写作技巧让这个故事极具吸引力，伊莱的故事也会在接下来的时间里留在读者心中。"

——凯丝林·科威尔 "读书的好地方"书店店主

"我爱这个故事。它深深地打动了我，以至于我在费城机场含着泪读完了整个故事。我为每页书中伊莱所发生的故事而心碎。当我们在年少时，或者甚至作为成年人，在设想我们的身份和他人看待我们的方式的时候，曾是怎样地误入歧途。这本书是一份值得众人分享的礼物。"

——苏珊妮·舍方 犹太妇女改革会主席

"一个难以忘怀的关于失去、希望和救赎的故事，这个故事也奠定了荷莉·佩恩作为最好的小说家的基础，伊莱的经历也让我们产生了共鸣，我们需要在这个不可思议的世界中寻找到意义。"

——葛特纳 《最后的皇后》的作者

《偷灵魂的男孩》中传递的宽容的力量是如此的强大，令人感动。但是，故事的非凡之处在于如何打破传统观念，如何治愈遗留的伤痛和如何洞穿美丽的心灵。

——《纽约时报》

荷莉·佩恩的新书非常值得一读。很少有故事能够在阅读之初就让读者瞬间坠入情节之中，忘记时间的流逝，《偷灵魂的男孩》做到了！

——《华盛顿邮报》

《偷灵魂的男孩》讲述了一个感人至深又充满隐喻的故事。荷莉·佩恩所讲述的阿米什男孩疗愈伤痕的成长故事扣人心弦，用简朴的力量和厚重的情感深深地触动了读者内心深处最柔软的地方。是不可多得的阅读精品！

——《洛杉矶时报》

图书在版编目（CIP）数据

偷灵魂的男孩／（美）佩恩著；蒋红译. — 北京：北京联合出版公司，2015.8
ISBN 978-7-5502-5457-2

Ⅰ. ①偷… Ⅱ. ①佩… ②蒋… Ⅲ. ①长篇小说－美国－现代 Ⅳ. ①I712.45

中国版本图书馆CIP数据核字(2015)第117297号

偷灵魂的男孩

出版统筹：新华先锋
责任编辑：王　巍
特约编辑：宋亚荟
封面设计：孙丽莉
版式设计：杨祎妹

北京联合出版公司出版
（北京市西城区德外大街83号楼9层　100088）
北京鹏润伟业印刷有限公司印刷　新华书店经销
字数208千字　620毫米×889毫米　1/16　20印张
2015年8月第1版　2015年8月第1次印刷
ISBN 978-7-5502-5457-2
定价：39.50元

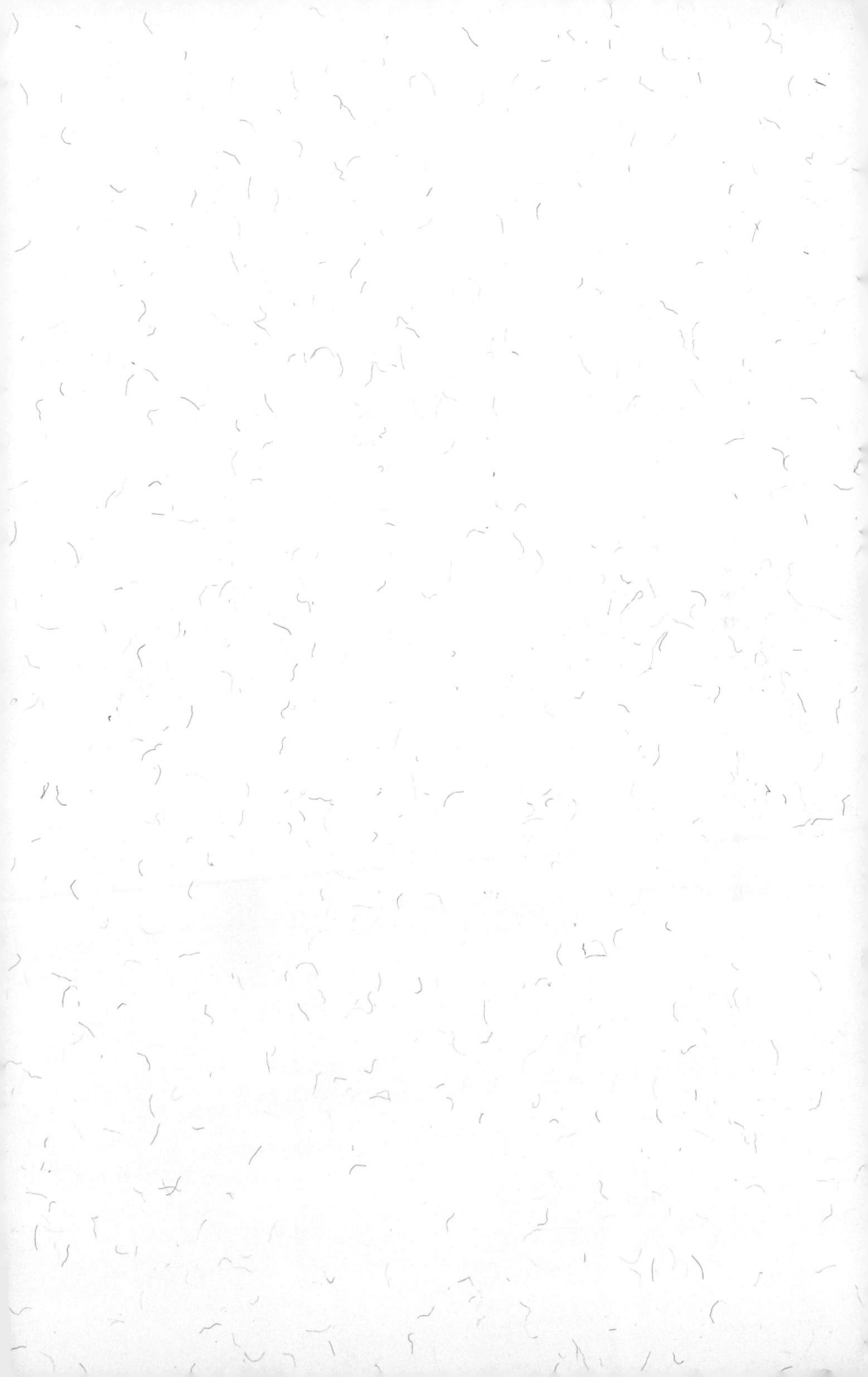